И. А. БУНИН

Собрание сочинений

ブーニン作品集

4

Иван Алексеевич Бунин

アルセーニエフの人生 青春

訳・解説 望月恒子

群像社

ブーニン作品集　第4巻　目次

ブーニン作品集　第4巻

アルセーニエフの人生　青春

第一の書

一

「ものごとは、もし書きとめられざれば、闇に覆われて忘却の柩にゆだねらるるが、書きとめらるれば、あたかも生けるもののごとく……」

私は半世紀前、中部ロシアの村にある父の屋敷で生まれた。

私たちには自分のはじまりと終わりの感覚がない。だから私は、自分がいつ生まれたかを教えられたことが残念でならない。もしも教えられなかったら、私は今でも自分の年齢について何も知らず——私はいまだに年齢の重荷をまったく感じていないのだから、なおさらのこと——、十年か二十年後に自分は死ぬのだと考えずにすんだだろう。もし無人島で生まれ育ったら、死の存在にさえ気づかなかっただろう。「そうしたら幸福だったのに」と私はつけ加えたくなる。だが、わかるものか。ひょっとしたら、それは大いなる不幸かも知れない。それに、本当に死に気づかないだろうか。私たちは死の感覚を持って生まれてくるのではないか。もしそうでなければ、もし死があると思わなければ、私は、今も昔も愛しているように、こんなに人生を愛するだろうか。

アルセーニエフ一族とその起源について、私はほとんど何も知らない。そもそも私たちは何を知っているというのか。私が知っているのは、わが一族は貴族紋章図鑑によれば、「その起源は時の闇の中に失われた」部類に属することだけだ。私が知っているのは、わが一族は「落ちぶれたりと言えども名門」であり、自分はこれまでずっと出自のよさをこの身で感じ、どこの馬の骨でもないことを誇りと喜びにしてきたということだ。聖神降臨祭の日に教会の聖体礼儀では、「太古からのすべての死者の記憶を讃えよ」と呼びかける。教会はこの日、深い意味に満ちたすばらしい祈りを捧げる。

「神よ、汝のすべての僕《しもべ》を汝の家とアブラハムの懐で憩わせたまえ——アダムにはじまり、今日までひたすら汝に奉仕してきた父たち、われらが兄弟、友人、親類にいたるまで！」

ここで奉仕について語られているのは偶然だろうか。かつてその奉仕を行った「父たち、われらが兄弟、友人、親類」と自分とのつながりや関与を感じることは、喜びではないだろうか。私たちの遠い祖先は、「あらゆる生命の父の途切れることなき純粋な道」の教えを信仰し、その道が死すべき親から死すべき子へ、「途切れることなき」不死の命で継承されると信じていた。その道が「汚されない」ため、つまり途切れないために、一族の血の純粋さを守ることをアグニ〔古代インドの火の神〕の意志に命じられていると信じていた。人が誕生するたびに、生まれる者の血はより純粋になり、生きとし生けるものたちの唯一の父との親和と近さが増大するのだと信じていた。

私の祖先の中には、おそらく悪人も少なからずいただろう。それでも私の祖先たちは、互いに記憶せよ、血を守れ、高貴さにふさわしくあれと世代から世代へ命じてきた。私が時々わが一族の紋章を目にするときの思いを、どう伝えようか。騎士の鎧《よろい》、駝鳥《だちょう》の羽をさした兜《かぶと》、その下に楯。楯は地が紺色で、真ん中に忠誠と永遠を表す指輪が描かれ、十字型の柄がついた三本の剣が上下から指輪に切っ先を向けている。

私にとって祖国の代わりとなった国には、私に安息の場を与えてくれた町のように、かつては栄えたが今は貧しく荒れ果て、卑小な日常生活を送っている町がたくさんある。それでもその生活の上には、十字軍時代の灰色の塔や何世紀も聖人たちの像に守られてきた限りなく貴重な正面玄関を持つ巨大な教会や、天の都へ呼び招く高貴なお告げ役である空中の十字架上の雄鶏が、常に――しかも無益に終わることなく――君臨している。

二

私の最初の思い出は、不思議なほど些細なものだ。私が覚えているのは、秋になる前の太陽に照らされた大きな部屋、その南向きの窓から見える丘の斜面を照らす乾いた陽光……。ただそれだけ、ただ一瞬だ！なぜ、ちょうどあの日のあの時間、あの瞬間に、あんな何でもないきっかけで、私の意識が生まれて初めて鮮烈に輝き、記憶という行為が可能になったのか。そしてなぜ、その後すぐに意識は再び長く消えてしまったのか。

私は自分の幼年時代を悲しみとともに思い出す。どんな幼年時代も悲しいものだ。まだ完全には人生に目覚めていない、まだ万物や万人となじんでいない内気で繊細な魂が人生を夢見ている静かな世界は、貧しい。幸福な黄金時代！　いや、これは不幸で病的に感じやすい、みじめな時代だ。

もしかしたら、私の幼年時代が悲しかったのは個人的な条件のせいだろうか。確かに、たとえば私が育ったのは片田舎だった。ひっそりした平原、その中にぽつんと立つ地主屋敷……。冬には果てしない雪の海、夏には穀草と雑草と花の海……。平原の永遠の静けさ、その謎めいた沈黙……。しかし、静かだから、片田舎だからといって、リスやヒバリは悲しむだろうか。いや、彼らは何も問わず何にも驚かず、人間の魂が周囲の世界にいつも感じとる秘密の魂を感知することもなく、空間の呼びかけも時間の流れも知らない。ところが私は当時すでにそれらすべてを知っていた。空の深みや草原の広がりは、それ以外に存在している何か別のものについて私に語り、私に欠けているものへの憂愁と夢を呼び起こし、誰に、あるいは何に向けられているとも知れない不可解な愛と優しさで私の心を動かした。

人々はその頃どこにいたのか。私たちの領地はカーメンカ農場と呼ばれていた。ドン川の向こうにある領地がわが家の主な領地とみなされ、父はよくそこへ長くでかけて行ったが、カーメンカ農場の方は規模が小さくて召使いの数も少なかった。でも、とにかく人々はいて、とにかく生活は行われていた。犬、馬、羊、牛、作男たちがいて、御者、管理人、料理女、家畜番、子守、母と父、中学生の兄たち、まだ揺りかごの中の妹オーリャがいた。なのになぜ私の記憶には、完全にひとりの時しか残っていないのか。たとえば暮れかけた夏の日。太陽はすでに家や庭園の向こうに隠れ、人気《ひとけ》のない広い庭は日陰になり、私は（この世界にまったく一人で）次第に冷えゆく緑の草に寝ころんで、底知れぬ紺碧《こんぺき》の空を——誰かのすてきな懐かしい目のような、父の懐のような空を眺めている。高い高い空に浮かんだ白い雲が流れて渦巻き、ゆっくりと形を変え紺碧の天穹の中で消えていく。ああ、なんと悩ましい美しさ！　あの雲に乗ってあの恐ろしい高みを、天上の空間を、あの高い世界のどこかに住んでいる神様や白い翼を持つ天使たちの近くを飛べたらなあ！　またある時、私は屋敷の裏手の野原にいる。やはり夕暮れのようだ。だが、この時はまだ太陽が低い位置で輝いている。私はやはり世界でひとりだ。周囲は見渡す限り穂を実らせたライ麦と燕麦《えんばく》が広がり、その茎が密集した茂みにはウズラたちの秘《ひそ》やかな生活がある。今はまだウズラは鳴かず、万物も沈黙しているが、時々赤っぽい甲虫が麦の穂に引っかかってブンブンと羽音をたてる。私はその虫を放してやりながら、驚きの目で食い入るように見つめる。一体これは何だ、この赤っぽい甲虫は何ものだ、どこに住んでどこへ向かって何のために飛んでいたのか、何を考えて何を感じているのか。虫は怒って真剣になっている。私の手の中でもがき、硬い前翅《し》をかさかさ動かす。その下からクリーム色をしたとても薄いものが出てくる。不意に前翅が割れて大きく開き、クリーム色のものも広がり――なんと優美だ！――、虫は空中へ飛び上がり、満足と安心の羽音を立てて永遠に私のもとを離れ、空へ消えていく。私に別れの悲しみを残し、新たな感情で私を豊かにしつつ……。

　あるときには私は家の中にいて、また夏の夕暮れで、また一人ぼっちだ。太陽は静まりかえった庭園の向こうに沈み、昼の間ずっと明るく照らしていた空っぽのホールや客間から去って行った。今は最後の光だけが、古いテーブルの長い脚の間に、寄せ木の床の隅に赤く残っている。ああ、その光の言葉なき悲しい魅力の、なんという悩ましさ！　あるとき夜遅く、窓外の庭はもう神秘的な夜の闇に沈み、私が暗い寝室で子供用ベッドに横になっていると、高い空から窓越しに、静かな星が私をじっと見つめていた……。あの星は私に何を求めていたのだろう。無言で何を語りかけ、どこへ誘い、何を思い出させようとしていたのだろう。

三

　幼年時代は少しずつ私を生活と結びつけて、今ではもう私の記憶にいくつかの顔や屋敷の日常のいくつかの光景、いくつかの出来事がちらついている。

　出来事の中で一位を占めるのが、生まれて初めての旅行――あれ以後の私のすべての旅行の中で最も遠くへ行った、最も特別な旅行だ。父と母は町と呼ばれる秘密の国へ出かけることになり、私も連れて行ってくれた。私はそのとき初めて夢が実現する甘美さを味わい、それと同時に、ひょっとして夢は実現しないかも知れないという恐怖を味わった。今でも覚えているが、私は中庭の日の当たる場所に立って、朝早く馬車置場から引っぱり出された旅行馬車を見ながら不安にかられていた——いつになったら馬をつなぐんだろう、いつになったら出発の準備が終わるんだろうと。それから果てしなく長く馬車を走らせ、限りなくたくさんの平原、窪地、田舎道、十字路が現れたこと、それに道中でこんなことが起こったのを覚えている。夕方近くに人里離れた場所で、濃緑の樫《かし》の木が生い茂る窪地の向かい側の斜面の茂みを、腰に斧を差した「追い剥ぎ」が通り抜けていったのだ。おそらくこれは私がそれまでに見た、いや全生涯に見た百姓の中で、最も謎めいた最も恐ろしい百姓だった。どんなふうに町へ入ったかは覚えていない。だが、町で迎えた朝ははっきり覚えている！　私は深い谷を見おろしていた。見たこともない巨大な家々の間が谷間になっていて、太陽とガラスと看板の光で目が眩《くら》んだ。頭上では、何か不思議な混乱した音楽が全世界へ溢れ出していた。大天使ミハイル教会の鐘楼からの響きだ。教会がいとも壮大に華麗にそびえ立つ様は、ローマのサン・ピエトロ聖堂でさえ夢にも思い描けないほどで、その巨大さは、後にクフ王のピラミッドさえ私を驚かすことはなかったほどだ。

町でいちばん驚かされたのは靴墨だった。一生のうちにこの地上で見たものの中で——しかも私は実に多くのものを見てきた！——、この町の市場で靴墨の小箱を手にしたときほどの感激、歓喜を味わったことはなかった。丸い小箱はありふれた樹皮製だったが、その樹皮のすてきなこと、それに箱はなんと芸術的に巧みに作られていたことか！　しかも靴墨ときたら！　黒くて硬くて、鈍い光沢を放ち、うっとりさせるアルコール臭があった。その後でさらに二つ大きな喜びがあった。赤いモロッコ革の縁《ふち》がついた小さな長靴と——それを見た御者が「まっとうな長靴だ！」と言ったことは、生涯私の記憶に残った——、握りのところにホイッスルがついた革鞭を買ってもらったのだ。私はどんなに大きな喜びを感じ、どんなに情熱をこめて、長靴のモロッコ革の縁や強くてしなやかな革鞭を触ったことだろう！　家でベッドに入るとき、ベッドの脇には新しい長靴、枕の下には鞭があると思うと、幸福のあまり息も止まりそうだった。すると秘かな星が高い空から窓をのぞいて語りかけてきた。「そう、今はすべてがすばらしい。世界にはこれ以上すてきなことはなくて、これで十分なんだよ」と。

この旅は、この世に在ることの喜びを初めて私に教え、さらにもう一つ深い印象を与えた。それは帰り道のことだった。私たちは夕方近くに町を出て、長くて広い通りを馬車で行った。私たちの泊まったホテルや大天使ミハイル教会がある通りと比べると私にはもう貧弱に見えた通りを進んで、大きな広場を過ぎると、また遠くにおなじみの世界が――草原と田舎らしい簡素と自由が開けた。道はまっすぐ西へ、沈む太陽の方に向かっていた。私は不意に、太陽と草原を見つめている人がもう一人いることに気づいた。町の出口に、異常に大きくて侘《わび》しい黄色い建物がそびえていた。それまでに私が見た家々とはまるで共通点がなく、非常にたくさんの窓があり、それぞれの窓に鉄格子がついている。高い石塀で囲まれ、塀に設けられた大きな門はぴったり閉ざされていた。ある窓の鉄格子の向こうに、グレーのラシャ地の上着に共布のつば無し帽という格好の男が立っていた。丸くふくれた黄色い顔には何か複雑な重苦しい表情が浮かんでいたが、それは私がまだ一度も人の顔に見かけたことのない表情だった。とても深い憂いと悲しみ、愚鈍な従順さ、それに激しい暗い願望が混じり合ったもの……。もちろん私は、あの建物は何か、あの男は何者なのか説明してもらい、世間には囚人や懲役囚、泥棒、人殺しなどの特殊な人々がいることを父母の話から知った。しかし、私たちが自分の短い人生で得る知識はあまりに少ない。それとは別に、もっと限りなく豊かな、私たちが生まれながらに持っている知識がある。鉄格子と男の顔が私の内にかきたてた感情に比べて、父母の説明はあまりに僅かだった。あの男の独特な恐ろしい魂を、私は自分自身の知識を頼りに、自分で感じ取り自分で洞察した。腰に斧を差して窪地の樫の茂みを抜けていった百姓は、恐ろしかった。でもあれは追い剥ぎで――私はそれには一瞬も疑いを持たなかった――、それは非常に恐ろしいことだが、同時におとぎ話のように魅惑的でもあった。だが、あの監獄は、あの鉄格子は……。

四

この地上での私の最初の数年間についてのそれから先の思い出は、もっと平凡で正確になってくるが、やはり思い出は乏しくて偶然で、まとまりがない。もう一度言うが、私たちが何を知り、何を理解しているというのか、昨日のことさえなかなか思い出せない私たちが！

子供らしい私の心は、次第に自分の新しい住みかに慣れて、すでにそこにたくさんの楽しい魅力を見つけだし、もはや痛みを伴わずに自然の美を眺め、人々に気づき、彼らに対して多少は意識的に様々な感情を抱きはじめる。

世界は私にとってまだ、領地と家と身近な人に限定されている。私はもう血のつながった存在である父に気がついて感じ取っただけでなく、彼を――強くて活発で呑気で、激しやすいが非常に冷めやすくて鷹揚で、意地悪い人や執念深い人に我慢のならない父という人間を――見分けた。私は父に興味を持ち、彼のことをいくらか知った。たとえば彼は断じて何もしなかった。当時は田舎住まいの貴族だけでなく、ロシア人全般にごく一般的だった、あの幸福な怠惰の中で日々を送っていた。いつも昼食の前に活気づき、食卓では陽気だった。食後の昼寝から目覚めると、開けはなった窓のそばに座って、シュワッとすてきな音を立てて鼻につんとくる酸味つきのソーダ水を飲むのが好きだった。そんな時にはいつも不意に私をつかまえて膝にのせ、抱きしめてキスをするが、何でも長びくのは嫌いなので、また急に私を膝からおろす……。私はもう父に好意を覚えただけでなく、時には喜びに満ちた愛情も感じて、父を気に入っていた。勇ましい外見と気分の変わりやすい正直な性格が、もう形成されつつあった私の趣味に合っていた。何より気に入ったのは、昔セヴァストーポリとかいう所で戦争に参加したこと、今はハンターで射撃の腕がすごいこと——空中に投げた二十コペイカ玉を撃ち落とすことができた——、とても上手に心をこめて、必要な所では実に器用に情感豊かに、祖父たちの古き良き時代の歌をギターで弾くことだった……。

私はついにばあやにも気がついた。つまり、大柄でスタイルがよくて威圧的な女の人が家にいて、私たちの子供部屋に特に近しいことを認識したのだ。彼女はいつも自分はこの家の奴隷だと言っていたが、本当は家族の一員で、母と喧嘩するのも（二人はしょっちゅう喧嘩した）実は互いの愛情からで、口論の後でちょっと泣いてから仲直りすることがどうしても必要だったからだ。兄たちは私と年が離れていて、当時はもうそれぞれの生活を送り、学校の休暇の時だけ家に帰ってきた。その代わり二人の妹がいることに私はついに気がついて、それぞれ違うふうに、しかし同じくらい強く、その存在を自分の生活と結びつけた。まだ揺りかごにいてよく笑う青い目のナージャにはやさしい愛情を向け、黒い目のオーリャとはいつのまにか、遊び、楽しみ、喜び、悲しみ、時にはいちばん秘密の夢や考えまでも分かち合うようになった。オーリャは激しやすくて父に似て短気だったが、やはりとても善良で感受性の強い少女で、じきに私の忠実な友になった。私は母については、もちろん他の誰に気づくより前に気がついて理解するようになった。母は私にとって他のすべての人の中でまったく特別な、私自身と分離できない存在だった。私が母に気づいてその存在を感じたのは、おそらく自分自身に気づいて自分を感じたのと同時だった……。

私の生涯で最も辛い愛が母と結びついている。私たちが愛するすべてのもの、すべての人が、私たちの苦しみである。愛する人を失うという永遠の恐怖だけでも、実に大きい！　私は幼い頃から母への――私に命を与え、まさに苦悩によって私を驚かせてきた人への、変わらぬ愛という重荷を負ってきた。母の心全体が愛で成り立ち、愛のために母が悲しみの化身となっていることが、いっそう私を驚かせてきた。私は幼いころ、どんなに多くの涙を母の目に見て、どんなに多くの悲しい歌を母の口から聞いたことか！

はるかな故郷で、一人ぽっちで永遠に全世界から忘れられた母が安らかに眠り、そのいとも尊き名が永遠に祝福されんことを。眼のない頭蓋骨と灰色の骨と化して、ロシアの僻遠の町にある墓地の林でもはや名もなき墓の底に横たわっているのが、本当に彼女なのか、かつて私をその手に抱いて揺らしてくれた人なのか。

「わが道はあなた方の道よりも高く、わが思いはあなた方の思いよりも高い」〔旧約聖書、イサヤ書五五章九〕

五

こうして私の幼年期の孤独は、次第に過ぎ去っていった。ある秋の夜更けになぜか目を覚ますと、部屋の中に神秘的な仄《ほの》かな光が差して、カーテンのない大きな窓から、悲しげな青白い秋の月ががらんとした中庭の上の高い高い空にかかっているのが見えたのを覚えている。月があまりに悲しげで、その悲しみと孤独のせいでこの世のものとは思えぬ魅力に溢れていたので、私の心までが、あの青白い月も味わっているようなこの上なく甘く悲しい感情に締めつけられた。でも私はもう自分がこの世にひとりではなく、父の書斎に寝ていることを知っていたし、それを覚えていたので、泣いて父を起こした。次第に人々が私の生活に入ってきて、生活の切り離せぬ一部になっていった。

世界には夏のほかに、家からめったに出られない秋、冬、春もあることに、私はもう気づいていた。しかし、はじめはそれらの季節を記憶に留めなかった。子供の心にいちばん残るのは、明るく晴れた日だ。だから私は今、あの秋の夜更け以外には暗い情景を二つ三つしか思いだせない。思いだせるのは異常なできごとだ。たとえば、怖いけれどすてきな吹雪が壁の外で荒れ狂っていた冬の夜。吹雪が怖いのは、「聖四十人の殉教者の日」の前夜には必ずこんな天気になると皆が話していたから。吹雪がすてきなのは、壁に当たる風が強ければ強いほど、自分がこの壁に守られていて暖かくて快適なのが嬉しいからだった。次にほんとうに大変なことが起こった冬の朝。目を覚ますと、家の中が変に薄暗かった。白っぽくて信じられないほど巨大な何かが家より高く盛り上がって、中庭からの光を遮っていた。それは一晩のうちに降り積もった雪で、作男たちの雪かきはまる一日かかった。そして最後に四月の陰鬱な日、わが家の庭に突然、軽いフロックコート姿の男が現れた。がに股のみじめな男は、後ろからの寒風に全身をあおられて体を傾け、片方の手で哀れに頭の帽子を押さえ、もう一方の手で不器用にフロックコートの胸元を押さえていた……。繰り返すが、概して子供時代のはじめの頃は、夏の日だけが思い浮かぶ。その夏の日の喜びをほとんどいつも私と分かち合っていたのは、最初はオーリャ、後からは分村《ヴィセルキ》の百姓の子供たちだった。数戸の農家からなる分村《ヴィセルキ》は、崩れ谷《ブロヴァル》の向こう、屋敷から一ヴェルスタ〔一・〇六七キロメートル〕の所にあった。

　夏の日の喜びは貧しいものだった、私が靴墨や革鞭で味わった喜びと同様に。（人間の喜びはみな貧しい。私たちの内部には、時おり自分への痛切な哀れみを催させる何者かが潜んでいる。）私はどこで生まれ育ち、何を見ただろうか。山も川も湖も森も見たことはなく、見たのはただ窪地の灌木の茂み、あちこちの雑木林、所々にある禁伐林《ザカース》とか樫の森《ドゥブロフカ》と呼ばれる森らしきもの、あとはひたすら野原、野原、どこまでも続く穀草の海だった。そこは南方ではなくステップでもない。ステップだったら数万頭の羊が放牧され、馬車で通過するのに一時間もかかる大きな村やコサック部落があって、家々の白さ、清潔さ、人の多さ、豊かさに驚かされる。ここはただの半ステップ地帯〔森林地帯からステップに移行する中間地帯〕だ。野原が波のようにうねり、そこら中に谷や傾斜地や、たいていは石だらけの深くはない草地があり、村々も田舎っぽい住人たちも神から忘れられたように見える。住人たちはとても素朴で原始的なほどに単純で、彼らの家の柳の木や麦藁と似通っている。こんなに辺鄙だけれどすばらしい土地で、私は成長し、次第に世界を認識する。長い夏の日にはこんな光景を見た。暑い真昼に白い雲が青い空を流れ、時には暖かく時には熱く吹く風は、太陽の熱と穀草や雑草の暖められた匂いを運んでくる。わが家の穀物小屋の裏手の野原には——小屋はとても古いので分厚い藁屋根は灰色に固まって石のように見え、丸太の壁はすっかり色褪せていた——炎暑、きらめき、溢れる光があり、見渡す限り続くライ麦畑の海には、鈍い銀色に輝きながら傾斜地を果てしなく走っていく波がある。波は勢いよく茂る麦に歓喜してきらめき、ちらつき、その波間を雲の影が走り、また走る。

それから、柔らかな草が生い茂る中庭のまん中に、石でできた古い槽《おけ》があるのを見つけた。裸足になって、白い足で（その白さが自分でも気持ちよかった）、上の方は日光で熱く下はひんやりしている緑色の草を踏み分け、槽の下にもぐって隠れることができた。穀物小屋の近くにはヒヨス〔ナス科の植物〕の茂みがあった。あるとき私とオーリャはそれを食べ過ぎて、毒消しのためにしぼりたての牛乳を飲まされた。その時は不思議な耳鳴りがして、心にも体にも、空中に飛び上がって好きな所へ飛んでいきたいという願望と、そうできるという確かな感覚があった。穀物小屋近くでは、ビロードのような黒地に金色の筋がはいった大きなマルハナバチの巣も、たくさん見つけた。ブンブンという激しい音がくぐもって聞こえるので、地面の下に巣があるのがわかるのだ。菜園で、穀物乾燥小屋の周囲で、脱穀場で、そして穀草や雑草が壁際まで迫っている召使い小屋の裏で、私たちはどんなに多くの食べられる根っこや甘い茎や穀粒を見つけたことだろう！

六

　召使い小屋の裏手や家畜飼育場の壁の下には、巨大なゴボウの葉、丈の高いイラクサ——棘のあるのもないのも——、ちくちくする花冠をつけた鮮やかな深紅のアザミ、山羊草という名の薄緑色の草が茂り、どれにも独特の姿と色、匂いや味があった。私たちがついにその存在にも気づいた牧童は、実に興味深い少年だった。手織りの麻布で縫ったシャツもごく短いズボンも穴だらけ、手足や顔は乾燥しきって日に焼けて、皮が剝けていた。酸味のあるライ麦パンの皮やゴボウの葉や山羊草をいつも嚙んでいたので、唇は荒れて本格的に膿《う》んでいたが、鋭い目は狡猾そうに動いた。私たちとの友情が禁断のものであることも、自分がとんでもない物を私たちに食べさせていることも、彼はよく知っていた。しかし、この禁断の友情はなんと甘美だったことか！　少年がたえず周囲をうかがいながらこっそり断片的に話す内容は、なんと魅惑的だったことか！　そのうえ彼は長い鞭を驚くほど上手にぴしっと鳴らすことができて、私たちが同じ音を出そうとして鞭の先端で自分の耳を打ってしまうと、狂ったように高笑いした……。

　大地が生み出す食べ物の真の宝庫はどこかというと、それは家畜飼育場と馬小屋の間の菜園にあった。牧童をまねて塩を振った黒パンの皮を用意して、頭に灰色の粒々のネギ坊主がついた緑色の玉ネギの茎、赤いラディッシュ、白い大根、表皮がいぼいぼの小さなキュウリを食べることができた。軟らかい土の畝《うね》にどこまでも延びている蔓《つる》を探ってキュウリを見つけるのは、本当に楽しかった……。こうした食べ物は私たちに何の役に立っただろう。私たちは空腹だったのか。もちろん空腹ではなかった。私たちはこんなものを食べながら、知らぬうちに、大地そのもの、この世界を作り上げている感覚的で物質的なものに触れていたのだ。

私は覚えている――日光が中庭の雑草や石槽《おけ》に照りつけ、空気が次第に重くなり、雲が次第にゆっくりと集まって、ついに赤い閃光が走り、どこかとても遠くの高い所でごろごろと音がして、それが低く響きわたったかと思うと、強く叩きつける音が炸裂して、あたりが重々しく神々しく壮麗になっていく。ああ、世界の壮麗さと、いとも豊かで力強い物質で世界を創造して君臨している神の妙なる壮麗さを、私はすでになんと深く感じていたことだろう！　その後に闇、光、烈風、雹《ひょう》まじりの激しい雨が続き、あらゆるものが荒れ狂い振動して、滅びゆくような気がした。家では窓を閉めてカーテンを引き、銀製の古い飾り枠がついた黒ずんだイコンの前に受難週用のロウソクをともし、十字を切って、「聖なる聖なる聖なる万軍の主よ」と繰り返す。その代わり、その後ですべてが静まって安らぎが戻り、たっぷり水分を含んだ草原のなんとも言えず喜ばしいさわやかな空気を胸いっぱいに吸い込むとき、どんなに気持ちが軽くなったことだろう！　また窓が開かれ、書斎の窓辺に座った父は、まだ東の菜園の向こうで雲が黒い壁のように太陽を遮っているのを見ながら、菜園に行ってできるだけ太い大根を抜いて来いと私に命じる。雨に濡れた雑草を踏んで菜園へ飛んでいって大根を引き抜き、根にくっついた青っぽい泥も落とさずにかぶりついた、あの瞬間に匹敵する瞬間は、私の人生にはそんなになかった……。

それから私たちは次第に大胆になり、家畜飼育場、馬小屋、馬車置場、脱穀場、断崖、分村《ヴィセルキ》まで足を延ばしていった。世界は私たちの前で次第に広がっていったが、それでもまだ人間や人間の生活よりは植物や動物の生活の方が、私たちの注意を引きつけていた。依然として私たちのお気に入りの場所は人がいない場所、お気に入りの時間は人々が昼寝する昼過ぎの時間だった。庭は楽しくて緑が多かったが、私たちにはもうおなじみだった。庭ですてきなものといえば、木の茂みや林、鳥の巣（特に、枝をからませた上に何か柔らかくて暖かいものを敷いた椀状の巣の中に、まだらな色の何かが座って、黒い粒みたいな鋭い目で見ているとき）、それにキイチゴの茂みくらいだった。庭で見つけるキイチゴは、食後に牛乳と砂糖をかけて食べるものより格段においしかった。そしてその先は家畜飼育場、馬小屋、馬車置場、脱穀場の中の乾燥小屋、断崖……。

七

どんな場所にもそれぞれ魅力があった！

一日じゅう人気《ひとけ》のない家畜飼育場は、私たちが全力で押すと門はきしみながらゆっくり開き、強烈に鼻をつくが抗しがたい魅力をもった糞尿や豚小屋の匂いがした。

馬小屋では馬たちが、立ったまま干草と燕麦を音高く噛む馬特有の生活を送っていた。馬はいつ、どのように眠っていたのか。御者の話では、馬も横になって寝ることがあるという。でも、それを想像するのは難しくて気味が悪かった――馬はどさりと不器用に横になるものだから。馬がそんなことをするのはきっと、静まり返った深夜に違いない。普段は馬たちは馬房に立って、一日じゅう燕麦が乳状になるまで噛み砕いたり、干草を引っ張っては柔らかな口に詰め込んだりしていた。みな美しくて強健で、とても触り心地のいい艶やかな臀《しり》、地面にまで届く固い尻尾、女性的なたてがみ、薄紫色の大きな目をしていた。時々その大きな目で脅すように不気味に横目で睨まれると、御者に聞いた恐ろしい話が思い出された。馬たちには一年に一度、聖フロールと聖ラーヴルの日という約束された日があり、その日には馬は人間を殺そうと狙っているという。馬が人間のもとで送っている奴隷状態や、馬車に繋がれるのをじっと待ち、ものを運んだり走ったりするだけの奇妙な使命を果たす生活に対して仕返しするために……。馬小屋でも畜糞が強く匂ったが、家畜飼育場とは違っていた。まったく別の糞だったし、その匂いが馬や馬具や腐っていく干草、そのほか馬小屋に特有の匂いと混じり合っていたからだ。

馬車置場には軽四輪馬車や大型四輪馬車、祖父のものだった古風な箱橇《はこぞり》があり、それらは遠い旅への憧れをかき立てていた。大型四輪馬車の後部には、とても興味深い謎めいた旅行用の箱があった。箱橇は古めかしい無骨さに加えて、祖父の代から伝えられたものに秘かに残った魅力が漂っていて、今どきの物とは似ても似つかなかった。ツバメたちが黒い矢のように前後に飛び、馬車置場から青空へ、また馬車置場の門へ、軒下へと飛び回っていた。すてきな堅さとふくらみと構造を持つ石灰質の巣を、ツバメたちは軒下に作っていたのだ。近頃しきりに思うことがある——いずれ死んでしまったら、空、木、鳥、その他こんなになじみ親しんで別れ難い多くのものを、二度と見られないのだ！　特に別れ難いのはツバメだ。なんと優しくてかわいい清純な美しさ、なんという優美さ！　稲妻のように飛び、ピンクっぽい白色の胸に青みがかった黒色の頭、鋭く尖った長い尾羽《おばね》を十字に組み合わせ、いつも幸せそうに鳴いているツバメたち！　馬車置場の門はいつも開いていたので、何にも邪魔されずに好きなときに駆け込んで、何時間でもツバメの囀《さえず》りに耳を傾けたり、一羽つかまえたいという夢にふけったり、軽四輪馬車に乗ってみたり、大型四輪馬車や箱橇にもぐりこんで、ぴょんぴょん跳ねながら遠くへの旅行を夢見たりすることができた。なぜ人は子供の時から、遠い所、広い所、深み、高み、未知のもの、危険なもの——人生を広げてくれるが、何かのため誰かのために命を失うこともあり得るものに、心を惹かれるのだろう。もしも、今ここにあるもの、「神が与え給うたもの」、大地、この人生だけが私たちの持ち分ならば、こんなに心が惹かれることがあり得ようか。神は明らかにはるかに多くのものを私たちに与えられた。今でも子ども時代に読んだり聞いたりした昔話を思い出すと、未知のものや異常なものについての言葉がいちばん魅力的だと感じる。「はるか遠くの見知らぬ国の、山を越え谷を越え青い海を越えたところに、賢きワシリーサという女王様が……」。

穀物乾燥場はそこにある灰色をした藁の巨大な固まりや不気味な空間、広さ、内部の暗がりのせいで、門の下にもぐって入り込むと風がさあっと音を立てて周囲を吹きぬけていくのが聞こえるせいで、魅力的であると同時に恐ろしかった。乾燥場の隅に埃の積もったイコンが掛かっていたが、それでも悪魔が毎晩ここへ飛んでくるという話だった。悪魔と、悪魔にとっては脅威のはずのイコンが結びついているのが、ことさら不気味な思いを誘った。崩れ谷はもっと遠方の、穀物乾燥場や脱穀場、崩れた火力乾燥小屋を越え、キビ畑を越えた所にあった。大きくはないがとても深い谷に切り立った崖がそびえ、その底に雑草が深く生い茂った有名な崩れ谷があった。それは私にとってこの世でもっともさびしい場所だった。その荒涼たる風景のすばらしさ！ 誰かを愛して誰かを憐れみつつ、この谷に一生住めればと思ったものだ。崖の斜面に生い茂った雑草の間からのぞく、べとつく茶色の茎に赤い花をつけた「聖母草」は、見た目も名前もなんと愛らしかったことか！ 雑草の中で鳴くホオジロの短い歌は、なんと悲しげに優しく響いたことか！ チュ、チュ、チュ、チュと……。

八

そのあと私の子供時代の生活は、次第に変化に富んだものになっていった。私は次第に屋敷の暮らしに気がつき、分村に走っていくことも増え、ロジェストヴォ村や新開部落や祖母の住むバトゥリノにもすでに行っていた。

屋敷では、日の出どきに庭で最初に鳥が囀ると同時に、父が目を覚ます。父は全員が自分と一緒に起きるべきだと固く信じていたので、大きな咳ばらいをして、大声で「サモワールを！」と命じる。私たちも目を覚ます。晴れた朝の喜びと――もう一度言うが、私はまだ晴れた日以外の存在は気づきたくない、あるいは気づくことができない――、早くサクランボ園に走っていって、鳥たちが啄《ついば》み太陽が温めた大好きなサクランボを食べたいという待ちきれない気持ちとともに。この時間に家畜飼育場では朝らしい新たな音で門がきしみ、動物たちの唸り声や吠え声に鞭の音をまじえながら、牛、豚、それに灰色の縮れた毛がびっしり固まって波うっている羊の大群を朝露のおりた草場に出し、馬たちを草原の池へ水飲みに追い立てると、馬の群れが力強く一斉に足を踏みならして地鳴りがする。そのころ煙突つきの台所と召使い小屋では、早くも竈《かまど》にオレンジ色の火が燃え、料理女たちが仕事をはじめている。犬たちがそれを見たり匂いを嗅いだりしようと窓の下や入り口にもぐりこみ、しきりにキャンキャンと鳴いては跳びのく……。お茶の後で父が私を連れて、軽四輪馬車で畑へ出かけることがあった。畑では季節によっては土を耕している。裸足で帽子もかぶらぬ百姓たちが、柔らかい畝に足をとられながら、力む馬と調子を合わせて、次々に灰色の土がこびりつく犂《すき》を重くきしらせて、体を揺らしながらひたすら歩いていく。季節によっては草取りだ。数え切れないほどたくさんの娘たちが、色とりどりの服や活気、笑い声や歌で喜びをまき散らして、キビ畑やジャガイモ畑の草取りをする。炎暑の季節は刈り入れだ。背中は汗で黒ずみ、襟元を開けて頭に革紐を巻いた刈り手たちは、両足を大きく広げて膝を曲げ、シュッシュッと音をたてて勢いよく大鎌をふるい、熱された黄色いライ麦の壁を切り倒していく。その後から服の裾を帯にはさんだ女たちが熊手を使い、背中を丸め腰をかがめて、ちくちくと肌を刺す大きな麦束と格闘して、金色の茎が太陽に熱されて強烈に匂うライ麦の束を膝で押しつぶし、ぎゅっとしばる……。大鎌を研ぐ音は言葉にならないほどすてきだ。水に濡らした柄つきの砥石が、シャリシャリと砂の音をたてながら、光る大鎌の刃のこちら側や向こう側に見え隠れするときの、あの音！　そしていつも必ず、ウズラの巣を大鎌で切ってしまうところだった、もう少しでウズラをつかまえるところだった、ヘビをまっぷたつにしたなどという話をして私をうっとりさせる刈り手がいた。女たちは月夜には夜が更けても麦を束ねることがあるのを私はもう知っていて——昼間は乾燥しすぎて麦粒が散ってしまうので——、夜の作業に詩的な魅力を感じていた。

私はたくさんの日を覚えているだろうか。いや、覚えている日はとても少ない。私が思い浮かべる朝は、記憶の中にある色々な時期の断片的な光景の寄せ集めだ。真昼なら、こんな光景を覚えている。照りつける太陽、食欲をそそる台所からの匂い。そして畑から帰ってくるみんな——父、汗をかいた馬に乗った、縮れた赤毛の頬ひげをはやした日焼けした管理人。刈り手たちと一緒に草刈りをすませ、畦道の花ごと刈り取った草を積んだ荷馬車に乗って、草の上に光る大鎌をのせて中庭へ入ってくる作男たち、そして池から馬を追ってきた男たち。池で水を浴びた馬たちはつやつやと光り、黒い尻尾やたてがみから水を垂らしている。そして全員の顔に、準備された昼食への期待が浮かんでいる……。そんな真昼に私はニコライ兄さんを見た。兄さんも荷馬車に乗って花のまじった草の上に座り、新開部落のサーシカという百姓娘と一緒に畑から帰ってくる。私はもう召使いたちから二人のことを聞かされていた。私にはよくわからないけれど、なぜか心に残る話だった。そのとき荷馬車の二人を見て、私は不意に秘かな喜びの中で二人の美しさと若さと幸福を感じた。背が高くてほっそりして細い顔をした、まだほんの子どもみたいなサーシカは水差しをかかえて座り、兄のほうには目を向けずにうつむいて裸足の両足を垂らしていた。白い庇帽をかぶって白麻のルバシカの襟元を開け、日焼けして清潔な若い兄は、手綱を握って輝く目で彼女を見つめ、何か話しかけて愛しげに微笑んでいた……。

九

聖体礼儀を受けるためにロジェストヴォ村へ行ったことを覚えている。

そのときは何もかも普段と違って華やかだった。御者は黄色い絹のシャツにベルベットのベストを重ね、三頭立て大型四輪馬車の御者台に座っている。ひげを剃りたての父は、都会風の服に赤い縁の貴族帽をかぶり、まだ濡れている黒い前髪を昔風にこめかみから眉の方へ巻毛にしている。母はひだ飾りの多い軽やかできれいなドレスを着ている。私はポマードをつけて絹のシャツを着て、祭日らしく身心ともに緊張している……。

野原はすでに蒸し暑く、高く伸びてそよとも動かない小麦畑の間を通る道は、狭くて埃っぽい。御者は旦那みたいにいばって、やはり着飾って教会へ向かう百姓の男や女たちを追い越していく。村では石ころの多い急な坂道を下ったり珍しいものを見たりして、印象の多さに胸がはずむ。村の農家はみな大きくて暮らし向きもよく、樫の古木が生えた脱穀場や養蜂場を備えており、愛想はいいが独立独歩の気風をもった、長身で恰幅のいい郷士たちが所有している。丘の下では高い柳の木にカラスがたくさん留まって大声で鳴き、その木陰を深くて黒い小川が蛇行し、川は柳の匂いとその根元の低地の湿気を漂わせている。きらめく水に洗われる石橋を渡って対岸の丘に上ると、色とりどりに着飾った大勢の人がいる。若い娘や既婚の百姓女、清潔な長上着を着て円筒形帽子をかぶった腰の曲がった老人たち。教会に入ると、狭さと燃えるロウソクと円屋根から差し込む日光のせいで、暑くて匂いがきつい。そして秘かに誇らしさも感じる。私たち一家はみんなより前の方で上手にきちんとお祈りをしたし、聖体礼儀が終わると司祭は銅の匂いがする十字架をまっ先に私たちに差し出して口づけさせてくれ、恭《うやうや》しくお辞儀をしたからである。その後で、愛想のいい森番のダニーラ爺さん――縮れた白髪頭に、ひび割れたコルクのような茶色の首――の家で休息して、温かいビスケットや木鉢に大盛りのハチミツを出してもらってお茶を飲んだ。そこで生涯私の記憶に残ることが起きた。私は侮辱された！　あるとき爺さんは、とろりと蜜のたれる琥珀色の蜂房《ほうぼう》をひとかけ、こわばった黒い指ですくって直接私の口に突っ込んだのだ……。

私はもうわが家が貧乏になったことを知っていた。父はクリミア戦争への従軍に「金をつぎこみ」、タンボフ時代には賭博で大いに負けたこと、ひどい呑気者で、今に最後の財産が「競売にかけられる」とよく口にしてやたらに自分の不安をかきたてていること、ドン川の向こうの領地は「競売にかけられ」てもうわが家のものではなくなったことも知っていた。それでもこの時期に関しては、満足感と幸福感が残っている。わが家の楽しい食事どきのことも覚えている。栄養たっぷりの脂っこい料理の数々、開いた窓から見える庭の緑と光と影、大勢の召使い、開け放したドアから入り込むたくさんの猟犬、たくさんのハエと華麗な蝶……。昼食の後には屋敷中の人が長い昼寝をしたことを覚えている。もう私も連れて行ってもらえるようになっていた兄たちとの夕方の散歩、若者らしい昂揚した会話を覚えている。すてきな月夜で、南の空は月光を浴びて言いようのない美しさで軽やかに澄みわたり、高い空のあちこちに青い星が瞬いていた。あの星はすべて私たちには未知の、たぶん幸福ですばらしい世界であり、私たちはきっといつの日かあそこへ行くだろうと、兄たちは語った。そんな夜には父は家では寝ないで、荷車を窓の下に引いてきて戸外で寝た。荷車に干草を敷いてその上に寝床を作らせる。月光が自分に降りそそいだり窓ガラスに金色に反射したりする中で眠る父は暖かいだろうと私は思った。こんなふうに寝て、夜の間ずっと眠りの中で月光と平和を、村の夜の美しさと生まれ育った草原や屋敷の美しさを感じているのは、最高の幸福だと私には思えた。

一つだけこの幸福な時代を暗くした恐ろしい大事件があった。ある夕方、野原から農耕馬を飛ばしてきた牧童たちが庭に駆け込み、全速力で馬を走らせていたセーニカが馬もろとも崩れ谷《プロヴァル》に落ちたと叫んだ――底には軟泥が積もった恐ろしい茂みがあるという、あの場所だ。作男も兄たちも父もみんな、セーニカを引っ張り上げて助けるために飛び出していった。屋敷は恐怖のなかで待機して静まりかえった。しかし、太陽が沈んで次第に暗くなり、すっかり暮れても、「あっちから」知らせはなかった。そしてみんなが帰ってきたとき、静けさは深まった。セーニカも馬も死んだのだ……。「すぐに郷の警察署長に知らせよう。人をやって《遺体》の番をさせなきゃ」という恐ろしい言葉を覚えている。これは私にとってまったく新しい言葉だったのに、なぜあんなに恐ろしかったのだろう。私はその言葉をすでに知っていたということだろうか。

十

人間は死に対して、決してみんなが同じように敏感なわけではない。生涯を通じて死の印のもとに生き、幼児期から死の鋭い感覚を持った人がいる（たいていは、生の感覚もやはり鋭いせいである）。長司祭アヴァクーム〔ロシア正教の古儀式派の指導者（一六二〇‐八二）〕は自分の子供時代について、「我はかつて隣人のもとで死せる家畜を見て、夜半に起きあがり、死を思い出して、まるで自分が死ぬかのように自分の魂を思ってイコンの前でさめざめと泣いた」と語っている。私もまたそのような人々に属している。

幼い頃は特に感じやすい心で、この世に存在する暗い不浄な力のことや、ある意味ではその力と同類の「死んだ人たち」の話を聞いた。「死んだ」伯父さんやおじいさんの話や、「死んだ」人たちはあの世とやらにいるという話を聞いて、なんだか納得の行かない不快な印象を受け、暗い部屋や屋根裏、静まった夜中や悪魔への恐怖が生まれた。それに亡霊への、言い換えれば夜になると生き返って歩き回る「死んだ人たち」への恐怖も。

　私はいつ、どのようにして、神への信仰や神についての理解、感覚を身につけたのか。思うにそれは、死を理解したのと同時だった。死はなぜか神と結びついていた（それに灯明や、母の寝室にある銀製や金メッキの飾り枠がついたイコンとも結びついていた）。そして不死も神と結びついていた。神は天に、理解できない高さと力の中におられる。我々の上方、この地上から限りなく遠い不可解な青きものの内におられる。そのことは、人生のごく最初の頃に私の中に入ってきた。死は存在しても私たち一人一人の胸に魂があり、その魂は不死であることが私の中に入ってきたのと同じように。だが死はやはり死であって、地上のすべての人は死なねばならないことを、私はすでに知って恐ろしく感じていた。普通はそんなにすぐ死ぬわけではないけれど、往々にしてどんな時でも、特に大斎期（復活祭前の六週間にわたる精進の期間）の前に人は死ぬことがある。大斎期前日の夜更けにはわが家の全員が急に温和になり、互いに許しを乞いながら深々とお辞儀をした。今夜がこの世の最後になるのではないかと考え、それを恐れて互いに別れを告げているかのようだった。私もそう考え、この運命の夜に行われるかもしれない最後の審判や恐ろしげな「キリストの再臨」、それに何より怖い「すべての死者の甦り」を前にして、心も重く床についた。それから大斎期がはじまる。まる六週間も、生と生のあらゆる楽しみを拒絶する。そして救世主御自身が亡くなられた受難週間がやってくる……。

　受難週間には、復活祭の準備に追われながらも全員がまだ悲しみにふけり、厳しい精進を守った。父でさえ悲しみにふけって精進を守ろうとむなしい努力をしていた。この週の金曜日にロジェストヴェンノ村の教会では至聖所の前に聖帛《せいはく》と呼ばれる布が置かれることを、私はすでに知っていた。当時はまだそれを見たことがなかったが、キリストの棺のようなものだと、母とばあやが実に恐ろしく描写してみせた。復活祭前日の大土曜日の夜、家の中も外もこの上なく清潔に輝き、敬虔かつ幸福な気持ちで大いなるキリストの祭日を静かに待った。そしてついに祭日がやってくる。土曜から日曜にかけての夜に、この世では不思議な急変が生じた。キリストが死を打ち破って死に勝利なさったのだ。私たちは早朝祈祷には連れて行ってもらえなかったが、目覚めるとこのすばらしい変化を感じ、これから先はどんな悲しみも存在する場所がないと思った。しかし、悲しみは復活祭の中にさえあったのだ。夕方、バラ色にそまる静かな春の野で、「キリストは死者の中から甦りたまえり」と喜びにみちて何度も繰り返す声が、遠くから聞こえて次第に近づいてきた。しばらくして「キリスト様の運び手」が現れる。無帽で白い帯を締めて大きな十字架を高々と掲げた若い百姓たちと、白いスカーフをかぶった娘たちだ。娘たちは教会のイコンを清らかな麻布にくるんで運んできた。全員が厳かに歌いながら近づいてきて庭に入り、家の表階段まで来ると、立派に仕事をやり遂げたことを意識して嬉しそうに興奮した様子で、歌を終わる。そして、柔らかくて温かくて若々しい、本当に気持ちのいい唇で、わが家の全員と対等な者のように親しく口づけを交わした。それから彼らは慎重に十字架とイコンを家に持ち込み、春の夕焼けの薄明かりの中、隅で灯明が瞬いているホールへと運び入れた。灯明の下の方にテーブルを寄せて新しい白いテーブルクロスをかけた場所にイコンを置き、ライ麦を盛った枡《ます》に十字架を立てた。すべてがなんと美しかったことだろう！　しかし、少々悲しくて不気味でもあった。何もかもがすばらしくて心を和ませ、かすかに青みがかった春の宵闇の中で、灯明はとても優しく穏やかに燃えていた。それでも、これらすべての中に何か教会や神に関係するもの、つまり死や悲しみの感情と結びついたものがあった。母がひとり広間に残って、隅の灯明と十字架とイコンの前に跪《ひざまず》き、悲しみの中でひたすら祈っているのを私は何度も見た。何を悲しんでいたのだろう。そもそも母は一生の間、理由のなさそうな時にまで何を悲しんでいたのだろう。何を思って夜ごとに数時間も祈り、とても美しい夏の日に窓辺に座って野原を見ながら泣いていたのだろう。母が悲しんでいたのは、自分の心が万人や万物への愛、特に私たち、親しい者、親戚、血を分けた者への愛で充ちていること、すべてが去りつつあり、いつかは永久に過ぎ去って帰ってこないこと、この世には別離や病気、悲哀、かなわぬ夢や希望、表現できない、あるいは表現されなかった感情、そして死があることだった……。

セーニカが私に死への理解をもたらしたのではない。以前にも私はある程度死を感じていた。けれど彼のおかげで生まれて初めて身をもって感知し、その実在を感じた、つまり死がついに私たちにも触れたことを感じたのである。私はあのとき初めて、まさに雲が太陽にぶつかるように、それが世界にぶつかることがあるのを悟った。それは不意にあらゆる「ものごと」の価値を失わせ、ものごとへの関心を、ものごとの存在に正当性や意味があるという感覚を私たちから奪いさり、すべてを悲哀と憂愁で覆ってしまう。死は、記憶すべきあの夜に、脱穀場と納屋の向こうから、崩れ谷《プロヴァル》の方角から迫ってきた。そして私はあの後非常に長いこと、その方角には何かとても暗くて重い、忌まわしいとさえ言えるものがあるような気がして、何を考えても何を見てもすべてがセーニカと結びつき、答えの出ない問いが浮かんだ。セーニカは押しつぶされてから、どうなったのだろう。今はどうなっているのか。それに彼はなぜ、まさにあの夜に死んだのかという問いが。

十一

日が重なって週になって月になり、夏は秋に変わり、秋は冬に、冬は春に変わっていった……。しかし、それらについて私は何を言えるだろうか。言えるのは一般的なこと、私はこの数年間にいつのまにか意識的な生活に入っていったということだけである。

覚えている。あるとき母の寝室に駆けこんで、不意に壁の小さな姿見に（クルミ材の楕円形の枠がついた姿見がドアの向かいにあった）自分が映っているのを見て、一瞬立ちすくんだ。驚きにちょっと恐怖さえまじえて私を見ていたのは、もうかなり背が高くてスタイルのいい痩せた少年だった。茶色のルバシカに黒繻子《しゅす》の幅広ズボン、古いが履き心地のいいヤギ革のブーツを履いていた。もちろん、私はそれまでに何度も自分を鏡で見たことがあったが、それを記憶せず注意も向けなかった。なぜ、そのときは注意を向けたのだろう。それはきっと、ある期間に——よくあることだが、たぶんひと夏の間に——自分に起こった変化に不意に気がついて驚き、ショックさえ覚えたせいだろう。どの季節のことで、何歳だったのか、正確には覚えていない。思い起こすと、鏡の中の少年は日焼けが褪《さ》めるときの白っぽい肌をしていたから、あれは秋で、私はきっと七歳くらいだったのだろう。もっと正確にわかっているのは、スタイルがよくて髪はきれいに日に焼け、表情が生き生きした鏡の中の少年を私は気に入ったこと、そしてちょっと驚いたことだ。なぜ驚いたのだろう。それはきっと、私が突然（第三者のように）自分の魅力に、つまりかなり伸びた身長とスタイルのよさ、生き生きした意識的な表情に気づいたせいだ。この発見にはなぜかしら憂鬱さもあった。ひと言でいえば、突然自分はもう赤ん坊ではないことに気がついて、自分の人生に何らかの転機が、ひょっとしたら悪い方に向かうかも知れない転機が訪れたことを、おぼろげに感じとったのだ……。

そして実際にその通りになった。主に幸せな時間だけが記憶に残るのは大体この時期に終わって——それが意味したことは小さくなかった——、私はいくつかのまったく新しい、とても辛《つら》い認識や考え、感情を知ることになった。その後すぐに、独特のすばらしさを持つ人が私の人生に入ってきて、その人と勉強をはじめた。初めての大病を経験した。新たな死——ナージャの死と祖母の死を経験した……。

十二

かつて凍りつくような悪天候の春の日に突然わが家の庭に現れたフロックコートの男が、またやって来た。正確にいつだったかは覚えていないが、やって来たのだ。この人は本当に不幸な人だったが、ただタイプが独特で、単純に不幸というのではなく、自分の意志で不幸を作り出して、まるで楽しむようにその不幸に堪えていた。要するに、私が大人になってからやっと正確に理解できた、あの恐るべき種類のロシア人だったのだ。名はバスカーコフといい、裕福な名門の出身で頭が良くて才能もあったから、人並み以上とはいかなくても、人並みには生きていけたはずだ。だが、彼が痩せっぽちで猫背で鉤鼻で、「悪魔みたい」と言われるほど黒い顔をしていたのには、それなりの理由があった。彼は無分別な性格で、まだ貴族学校の生徒だったとき、父親と口論の末にひどい悪態をついて家を飛び出した。そのあと父親が亡くなると、遺産分与に際して兄に腹を立てて財産分与証書を破り捨て、兄の顔に唾を吐きかけ、「こんなことなら」分与のことなど知りたくもない、取り分は一銭も要らないと叫ぶと、再びドアを叩きつけて、今度こそ永久に生家を出た。それから放浪の人生がはじまり、どんな場所にもどんな家にも数か月と落ち着くことができなかった。わが家でも最初はそうで、初めてわが家に来たときは、すぐに父と剣でわたり合う騒ぎになった。しかし、二度めに奇跡が起きて、しばらくするとバスカーコフは永久にこの家に残ると宣言した。そして私が中学に行くまで、まる三年もわが家にいた。概して人には軽蔑と憎悪を抱いていたのに、わが家のみんな、特に私を熱烈に好きになったのだ。彼は私の養育係と教師を引き受け、少したつと私は彼に熱烈な愛着を覚えるようになり、それをきっかけに彼との親交によって、非常に複雑で強烈な感情をたくさん味わうことになった。

私は生まれつき強い感受性を持っていた。それは父と母だけでなく祖父や曾祖父たちから受け継ぎ、かつてロシアの教養社会を構成していた実にユニークな人々からも受け継いだものだ。バスカーコフはこの感受性の成長を大いに助けた。彼は養育係と教師としては、普通の意味ではまったくの役立たずだった。他の本と同様にたまたまわが家にあったドン・キホーテのロシア語訳を使って、あっという間に私に読み書きを教えたあとは何をしたらいいのか、まるで知らなかったし、知ろうという気もなかった。母にはいつも恭しい上品な態度で接し、たいていフランス語で会話をした。私にフランス語の読み方も教えるように母が助言した。彼はそれもすぐに熱心にやってのけたが、またそれから先へは進まなかった。中学の一年に入るためにやっておかなければならない数冊の教科書を町で買ってくるように注文したあとは、その教科書を暗記するように私を机に向かわせただけだった。だから、彼が私に与えた大きな影響は、まったく違う面に現れた。彼は大体において人と打ちとけず、閉じこもった生活をしていた。時には実に陽気で優しく、愛想が良くておしゃべりで機知に富み、尽きることなく巧みに話をして輝くばかりのこともあった。でもたいていは皮肉っぽく黙りこんで何か考えこみ、毒のある薄笑いを浮かべたりぶつぶつ文句を言ったりしながら、曲がった細い足で家の中や庭を急いでどこまでも歩いていた。そんな時に彼に話しかけても、いらいらした短い挨拶とか無作法な言葉で遮られた。ところがそんな時でも、私を見ると様子を一変させた。すぐに私の方にやってきて肩を抱いて野原や庭へ連れ出したり、どこか隅っこに一緒に座って本の朗読や何かの話をしてくれたりして、矛盾にみちた感情や観念を私に吹き込んだ。

繰り返して言うが、彼はすばらしく話し上手で、人物になりきって身振りや声色を交えて話をした。朗読も聞きほれるほど上手で、左目を細めて本を体から離して読む癖があった。彼が私に吹きこんだ感情や観念が非常に矛盾していたのは、話をするときは私の年齢など考慮せず、自分の経験の中でも最も辛くて刺激の強い、人間の下劣さや残酷さを裏づける話を選んでいたのに、朗読のときは英雄的で高邁なもの、人間の魂にある高潔なすばらしい情熱を語るものを選んでいたからである。だから私は彼の話や朗読を聞くと、人々に対する怒りや、その人々のせいで苦しんだバスカーコフへの憐憫の情に駆られ、かと思うと喜ばしい興奮で息も詰まりそうになり、陶然とするのだった。出目で近視の目はいつも充血していて茶色の光をはなち、表情は驚くほど緊張していた。歩くとき、より正確に言えば走るときは、白髪まじりのごわごわした髪とひどく流行遅れの一張羅のフロックコートの裾をはためかせていた。「誰の厄介にもなりたくない」という一念で凝り固まっていたので、タバコは（ひっきりなしに吸ったが）安物のマホルカしか吸わず、寝るのは夏は納屋、冬は下男がいなくなってから久しく用のない下男部屋だったし、食べ物については、人間は食べなければならないというのは完全な迷信だと確信しているようで、食卓で関心があるのはウォトカ、それにマスタードと酢だけだった。彼は何で生きているのか、誰もが心から不思議に思った。

彼は、人生で何度も「ろくでなしども」と激しく衝突したことや、学生時代を過ごしたモスクワのこと、かつて放浪したヴォルガ川の彼方の熊が住む鬱蒼たる森のことを話してくれた。私と一緒に読んだのはドン・キホーテ、雑誌「世界の旅人」、「地球と人間」という題の本、ロビンソン・クルーソーである。彼は水彩画を描いたので、私は画家になりたいという熱烈な夢に取りつかれた。絵の具箱を見るだけで全身が震え、朝から晩まで紙に絵を描いたりした。また何時間も立ちつくして、すばらしい青空が薄紫色に変化していく様子を——暑い日に日光を浴びた木々の梢を透かして青空が見え、まるで梢が空で水浴しているようだった——眺めたりした。そして、大地と空の色彩が持つ神々しい意味と意義を、永遠に深く感じとった。人生が私に与えてくれたものを総決算すると、これはその中で最も重要な成果のひとつだったと思う。枝や葉の間から見えた薄紫色をおびた青空を、私は死ぬときにも思い出すだろう……。

十三

父の書斎の壁に、古い狩猟用の短剣が掛けてあった。ときどき父が白い刃を鞘から抜いて上着の裾で拭いているのを見た。私はその冷たくて滑らかな鋭い鋼鉄に触れるだけで、どんなに官能的な歓びを覚えたことだろう！　それに口づけして心臓に押しつけてみたかった。それから何かに突き立て、柄まで突き刺してみたかった。父の剃刀《かみそり》もやはり鋼鉄製で、もっと鋭かったが、私はそれには目を留めなかった。ところが鋼鉄製の武器だったら何であろうと、今でも見ただけで興奮する。この感情はどこから来ているのだろう。私は善良で心優しい子供だったのに、あるとき完全に陶酔しながら、羽の折れた若いミヤマガラスを剣で殺したことがある。庭には人がおらず、家にもなぜか人がいなくて静かだったのを覚えている。私は突然、大きくて真っ黒な鳥を見つけた。鳥は垂れた片方の翼を広げて横向きのぎくしゃくした動きで、草の上を跳ねながら納屋の方へ急いでいた。私は書斎に駆け込んで短剣をつかむと、窓から飛び出した。ミヤマガラスは私が追いつくとぴたっと止まり、光る野生の目に恐怖を浮かべて横に跳びのいて地面に身を伏せると、どうやら命懸けで戦う決心をしたらしく、嘴《くちばし》を大きく開けて上にあげ、歯をむき出して敵意もあらわにシューシュー、フーフーと音を立てた……。そのとき犯した生まれて初めての殺戮《りく》は、私にとっては大事件だった。数日間は気が動転したまま歩き回り、わが魂の大きな苦悩に免じて大きな卑劣な罪をお赦しくださいと、神だけでなく全世界に祈った。だが、捨て身で戦って出血するほど私の腕を引っかいた不幸なミヤマガラスを、ともかく私は殺した。しかも大いに楽しんで斬り殺したのだ。

私は何度バスカーコフと一緒に屋根裏へ上ったことだろう。祖父か曾祖父のサーベルがそこに残っていると、家では言い伝えられていた。私たちは暗がりの中で身をかがめて、非常に急な階段をよじ上った。それからやはり身をかがめて、桁や梁《はり》、灰とゴミの山を越えて先へ進んだ。屋根裏特有の暖気と湿気が漂い、冷えた煙と煤と暖炉の匂いがした。世界には空と太陽と広々とした空間があるのに、ここにあるのは暗がりと、何か押しつぶされたもの、まどろむものだった。周囲の屋根の上で自由にざわめいている草原の風の音もこまで届くと、何か別の魔術的な不吉なものに変化した。暗さは少しずつ薄れて、私たちは煉瓦の煙道や煙突の筒を迂回して、明かり窓から差し込む光の中でいつまでも前や後ろに歩いて梁の下を探したり、梁の上に斜めにかかった垂木の陰を覗いたり、位置や光の加減で灰色や紫色に見える灰の山を掘ってみたりした。もしも昔話に出てくるようなサーベルが見つかっていたら！　私はきっと幸福のあまり息が詰まっただろう。だが、何のために私にサーベルが必要だったのか。サーベルに対する私の情熱的で無目的な愛は、どこから来たのだろう。

だが、この世のすべては目的など持たず、何のために存在しているのかは不明だ。そのことを私はすでに感じていた。

私たちはむなしい探索に疲れてひと休みした。私の探索につきあってくれた変わり者、なぜか人生を完全に破綻させて目的もなく世間を渡って人生を浪費している人、ただ一人私の無目的な夢や情熱を理解してくれている人は、梁に腰かけてタバコを巻き、考え事をしながら何かぶつぶつつぶやいていた。私は立って明かり窓から外を見た。今や屋根裏全体が、特に窓際は明るくて、風の音も不吉には聞こえなかった。それでも、ここにいる私たちと屋敷は別々に存在していたので、私は屋敷やそこで平和に営まれている生活を局外者のような気持ちで思い浮かべた。私の真下では太陽の光の中で、庭の灰色がかった緑や濃い緑の木々の様々な形の梢が浮かび、それを上から見るのはとても不思議な気がした。スズメのにぎやかな声に包まれた木々は、内側は影になり表面は日光で輝いていた。私はそれを見て考えた——何のためにこうなっているんだろう。すごくすてきだ——きっと、ただそのためなんだろう。庭と野原の向こうの地平線上に、バトゥリノ村が森のように青く見えていた。何のためかわからないが、あそこにはもう八十年も母の母であるおばあさんが、とても高い屋根と色ガラスの窓がある昔ながらの地主屋敷に住んでいる。左側は日光を浴びて、何もかも輝いている。牧草地の先は新開部落《ノヴォセルキ》で、柳の木と菜園、百姓たちの貧しい脱穀場があり、長い通りに沿ってみすぼらしい百姓家が一列に並んでいる。あそこの鶏や子牛、犬、水運びの馬、干草納屋、おなかのふくらんだ幼児たち、大きな歯をした女たち、美しい娘たち、もじゃもじゃの髪や髭を生やした寂しげな百姓たちは、いったい何のために存在しているのか。そして何のためにニコライ兄さんはあの村のサーシカの所へ、ほとんど毎日通っているのか。それはただ、遠慮がちなサーシカの優しい顔、白いキャラコの肌着の丸い可愛い襟ぐりや、すらりと伸びた上半身、はだしの足を見るのが、兄さんにはなぜか快いからだ。私も肌着の襟ぐりは好きで、何だか悩ましい感情をかきたてられた。この襟ぐりに何かしてみたいのだが、いったい何のために何をしたいのか、わからなかった。

そうだ、そのころ私を惹きつけたのは、なんといっても屋根裏に隠されたサーベルだった。だが、時にはサーシカのことも思い出された。いつか彼女が屋敷へ来て、表階段の所でうつむいて何かおずおずと母に話していたとき、私は不意にうずくような甘美さを味わった。それは人間のあらゆる感情の中でもっとも不可解な感情の、最初の閃光だった……。

十四

読み方を習うのに使ったドン・キホーテの本とその挿し絵、それにバスカーコフに聞いた中世の騎士の時代の話は、私を完全に夢中にさせた。上部が凸凹になった城の石壁、塔、跳ね橋、甲冑、兜の眉庇《まびさし》、剣と石弓、合戦、騎馬試合などが私の頭を離れなかった。騎士に叙任されることを夢みながら、膝をついた長髪の若者の肩に長剣が振りおろされる、初聖餐のように宿命的な瞬間を想像すると、鳥肌が立った。A・K・トルストイの手紙に、「ワルトブルク城のすばらしさ！　十二世紀の道具さえ置いてある。君の心臓はアジア世界でときめくが、ぼくの心臓は騎士の世界で高鳴る。ぼくは自分がかつてこの世界に属していたことを知っている」という一節がある。私もかつてその世界に属していたのだと思う。これまでにヨーロッパの最もすばらしい城の数々を訪れて中を歩きながら、何度も不思議に思ったものだ。新開部落《ノヴォセルキ》の少年と何も変わらぬ子どもだった私が、本の挿し絵を見たり、安煙草《マホルカ》を吸っている半ば狂った放浪者の話を聞いたりしながら、なぜあんなに正確に城の昔の生活を感じ取り、正しく思い描くことができたのだろうか。きっと、私もかつてその世界に属していたのだ。アクロポリスもバールベクもテーベもパエストゥムも聖ソフィアも、ロシア各地の城塞《クレムリン》にある古い教会さえも、私にとっては今でもゴシック様式の聖堂とは比べものにならない。初めて（青年時代に）カトリック教会に足を踏み入れたとき、それはヴィテプスクの教会に過ぎなかったのに、オルガンの音はどんなに私を感動させたことだろう！　そのとき、このきしむような厳かなオルガンの轟きやうなり、どよめきほどすばらしい音はこの世にないと思った。オルガンの音にまじってその音に逆らうように、天使たちの声が開けた天空で叫び歓喜している……。

　ドン・キホーテと騎士の城に続いて、海とフリゲート艦、ロビンソン・クルーソー、大洋や熱帯の世界がやって来た。私はかつて確かにその世界に属していた。『ロビンソン・クルーソー』と『世界の旅人』の挿し絵と、空白部分の多い南洋にポリネシアの島々が点々と連なっている黄ばんだ大きな世界地図は、生涯にわたって私を魅了してきた。細長い丸木船、弓や槍を持った裸の人たち、ココヤシの林、巨大な葉、木陰の原始的な小屋——これらすべてが私には非常になじみ深い身近なものに感じられた。まるでたった今この小屋を離れてきたような、つい昨日もけだるい昼下がりの時間に楽園のような静けさの中でこの小屋の脇に座っていたような感じがした。なんと甘美で鮮やかな幻影とほんものの郷愁をこれらの挿し絵で経験したことだろう！　ピエール・ロチは、少年時代の彼にとって「植民地《コロニー》」という語が「心躍らせる摩訶不思議な」要素を持っていたと語っている。彼の言葉はこうだ。「小さなアントワネットは、植民地のものをたくさん持っていた。オウム、籠の中の色とりどりの小鳥、貝殻や昆虫のコレクション。私は彼女の母親の化粧台に、いい匂いがする粒でできたすてきなネックレスを見つけた。時々私たちが上っていく屋根裏には、獣の皮や変わった袋や箱がころがっていて、そこにはまだアンティール諸島にある町の住所が読みとれた」。いったい、こんなことがカーメンカ村でありえただろうか。

『土地と人々』という本には色つきの挿し絵があった。そのうち二枚を特によく覚えている。一枚にはナツメヤシ、ラクダ、エジプトのピラミッドが描かれ、もう一枚にはとても高く伸びた細いココヤシ、まだら模様のキリンが斜めに伸ばした首——やぶにらみの目をした女性的な頭と針のような細い舌を、ココヤシのてっぺんの羽状の葉に伸ばしている——、そしてたてがみを持つライオンが全身をぎゅっと縮めてキリンの首めがけて飛びかかる様子が描かれていた。これらすべてが——ラクダもナツメヤシもピラミッドも、ココヤシの下のキリンもライオンも、刺激的な二色を背景に描かれていた。空を表す非常に明るくて濃い青と、砂の鮮やかな黄色だ。ああ、私はこの青と黄を見たとき、乾いた炎暑と太陽を確かにこの目で見て、そればかりか存在全体で感知して、楽園《エデン》の喜びにどんなに陶然としたことだろう！　タンボフの野でタンボフの空の下にいながら、忘れがたい前世で目にしたものや生きる糧にしていたすべてを、あまりに強烈な力で思い出したので、後にエジプトやヌビアや熱帯地方に行った時は、こう言うしかなかった。「そうだ、そうだ、何もかも私が三十年前に初めて《思い出した》のと、まさに同じだ！」

十五

プーシキンの『ルスラーンとリュドミーラ』の魅惑的な序詞《プロローグ》は、私を驚嘆させた。

入江には緑の樫の木
その樫に金の鎖がかかっていた

なんて下らないと思われるだろう。あり得ないほどすばらしいといっても、ほんの数行の詩句なのだから。だが、これが生涯に渡って私の全存在に入り込み、この世で経験した至高の喜びのひとつになったのだ。なんて馬鹿げたことと思われるだろう。どこにも存在しない入江、どういうわけかその入江で樫の木につながれている「博学」の猫、森の精、水の精、「知られざる小道の上に、見たこともない獣たちの足跡」なんて。しかし明らかに、これがなんだか馬鹿げたありもしないことで、理にかなった本当のことではないことが重要なのだ。分別がなくて酔っぱらいで、酒を呑むことにかけて「博学」の何者かが詩人に魔法をかけたところに、この詩の力がある。円を描いて歩き続ける魔法ひとつに大きな価値がある（「博学の猫が昼も夜も、鎖につながれてそのまわりを回っている」）！　そして「知られざる」小道、「見たこともない獣たちの足跡」（あるのは足跡だけで、獣は出てこない）、「夜明けに」の前置詞の使い方、冒頭部分の簡潔さと正確さと鮮明さ（入江、緑の樫の木、金の鎖）、それに続いて夢、幻、多様さ、混乱。そして知られざる北方の国の魔法のような入江の近くの鬱蒼たる森、その森にかかる早朝の霧や雲のように、漂いながら形を変えゆくものもある。

そこでは森も谷も幻《まぼろし》に満ちている。
夜明けには人気《ひとけ》のない砂の岸辺に
波が打ち寄せて
いとも美しい三十人の騎士が
明るい波のなかから次々と、
海の守役《もりやく》と一緒に現れる。

ゴーゴリの作品で私に特別な印象を与えたのは、『昔気質《かたぎ》の地主たち』と『恐ろしき復讐』だった。その中の忘れられない数行！　それは子供時代から永久に私の中に入り込んで、ゴーゴリの表現を借りると「私の人生の成分」の中でも最も重要な部分となって、今でも私にとってすばらしい響きを持っている。あの「歌をうたう扉たち」、庭に「沛然《はい》と降りそそぐ壮快な」夏の雨、庭の向こうの森に住みついた「野良猫たち」。その森では「老木の幹が生い茂るハシバミに覆われて、まるで毛の生えた鳩の足のようだ」……。そして『恐ろしき復讐』！

「キエフの町外れがざわめき、どよめいている。コサック大尉のゴロベツィが息子の婚礼を祝っているのだ。客が大勢やって来た」

「大尉の義兄弟ダニーロ・ブルリバシも、若妻のカテリーナと一歳の息子を連れて、ドニエプル河の対岸からやって来た。客たちはカテリーナの白い顔と、ドイツ製のビロードのように黒い眉、銀の底金を打ったブーツに驚いた。しかしもっと驚いたのは、彼女の年老いた父親が一緒に来なかったことである」

さらに続く。

「全世界が静かに輝いている。山陰から月がのぼったのだ。まるで雪のように白い高価なダマスカス製の薄布をかけたように、月は崖になったドニエプル河の岸を覆い、影はその先の松の繁みの中へと去っていった。ドニエプルの中流を小舟が進んでいた。舳先《へ》には二人の若者が座り、黒いコサック帽を斜めにかぶって、火打石の火花のように櫂の先からしぶきを四方八方へはね散らしている」

そしてカテリーナは、腕の中で眠っている赤ん坊の顔をハンカチでふきながら、静かに夫と話をしている。

「ハンカチには赤い絹糸で木の葉とベリーが刺繍してあった」（私が見て記憶し、一生愛してきたハンカチだ）。彼女は「口をつぐんでまどろむ水に目を落とした。風で波が立って、ドニエプルの川面は夜中に見える狼の毛並みのように銀色に輝いた」

私はまたもや驚く。どうして私はあのころカーメンカ村で、あきれるほど正確にこれらの光景を見ることができたのか。どうして少年だった私の心は、何が良くて何が悪いか、どちらがより良くてどちらがより悪いか、自分の心に何が必要で何が不必要かを、もう見分けることができたのか。私はあるものに対しては冷淡ですぐ忘れてしまうが、あるものは興奮と情熱で受けとめて、しっかりと一生記憶に留めようとした。しかもたいていの場合はその選択を、驚くほど正確な勘と好みでやってのけた。

「みな岸に上がった。山の陰から藁葺《わらぶき》屋根が見えてきた。先祖代々伝わるダニーロの家だった。背後にさらに山があり、その先はもう原野、百ヴェルスタ行こうがコサック一人行き会わない原野だった」

そうだ、これが私に必要なものだった！

「ダニーロの屋敷は二つの山に挟まれ、ドニエプル川へ下る狭い谷の中にある。低くて見た目は普通のコサックの家で、大きな部屋はひと間しかない。周囲の壁の上には樫製の棚があって、食卓用の深鉢や壺がぎっしり並んでいる。贈物や戦利品だった銀の大杯や金の縁どりをした小杯もまじっている。下方には高価な撃鉄銃やサーベル、火縄銃、槍などがかかっている。壁の下には、滑らかに削った樫製の寝板がある。その横、暖炉の寝棚の前には、天井にとりつけた輪に紐を通して揺りかごが吊ってある。部屋の床は粘土で滑らかに塗りあげて固めてある。寝板にはダニーロと妻が、寝棚には召使いの老婆が寝る。揺りかごの中では幼児が楽しんだり子守歌で寝入ったりする。若者たちは床に丸くなって夜を過ごす」

エピローグも比類なくすばらしかった。

「トランシルヴァニアの公なるステパン殿に仕えるイワンとペトロという二人のコサックがいた」

『恐ろしき復讐』は私の心に、どんな人の魂にも組み込まれて永遠に残る、あの高尚な感覚を呼び起こした。それは、復讐は神聖で正当なものだという感覚、最後には善が悪に打ち勝ち、結局は悪が限りなく苛酷に罰されることを、神聖にして不可欠とみなす感覚である。この感覚は疑いようもない神への渇望であり、神を信じる心である。この感覚が勝利して公正な罰が下される瞬間に、人は甘美な畏怖と戦慄を覚え、歓喜の嵐に呑みこまれる。それは人の不幸を喜ぶ気持ちのようだが、実は私たちが神に、そして近しい者に対して抱く至高の愛の爆発なのだ……。

十六

こうして私の少年時代が始まった。そのころ私が懸命に生きていたのは、私を取り巻く現実の生活ではなく、現実が私にとって姿を変えた虚構の生活だった。

現実の生活は貧しかった。

くり返して言うが、私が生まれ育ったのは、ヨーロッパの人には想像もつかない広大な平原だった。遮るものも境界もいっさいない広大な空間が、私を囲んでいた。わが家の敷地はいったいどこで終わり、それに続く果てしない平原はどこからはじまっていたのか。とにかく私は平原と空だけを見ていた。

植民地《コロニー》！　私はロジェストヴォ村にある「植民地商店《コロニアル》」しか知らなかった。私が知っている植民地ものといえば、受難週間につくる復活祭のケーキに入れるシナモン、ロジェストヴォ村の定期市で甘ったるい味を覚えた黒くつやつやしたイナゴマメ、細い針金のネットで包んだ酒瓶（シェリーやマディラ）くらいだった。私は酒瓶のネットをいろいろな形に伸ばして遊んだが、わが家でそれを再びよく見かけるようになっていたのは父がまた深酒をはじめたからだった。ロジェストヴォ村では最高に華麗なものも目にした。それは教会でのこと。穀草や雑草、田舎道、タールの匂いがする荷車、煙突のない百姓家、樹皮草履、手織の麻布で作ったシャツだけを見慣れた目と、静寂とヒバリの歌、ひよこや雌鶏の鳴き声を聞き慣れた耳にとって、教会ではすべてが荘厳で華麗に感じられ、その厳粛さに胸が震えた——白髪頭の厳めしい天帝が、薄紫色のうず巻く雲や大きく翻る祭服の上に手をさし延べている姿が描かれた円屋根、金のイコノスタス、金の飾り枠がついたイコン、祭日にイコンの前に立てられて篝火《かがり》のように明るく燃えて次第に溶けゆくたくさんの細いロウソク、輔祭と堂守が不揃いに大声で歌う声、司祭と輔祭の祭服、完全には理解できない高尚な言葉で行われる祈祷と朗誦、叩頭《こうとう》の礼、大きく揺れる香炉、銀の鎖がカチャカチャと鳴る香炉から立ち上る刺激的な煙……。

私は貴族階級が最終的に零落する中で育った。この零落についても、ありとあらゆる自己破壊に対するロシア的情熱とは無縁のヨーロッパ人には、決して理解できないだろう。自己破壊の情熱は貴族特有のものではなかった。実際ロシアの百姓は、なぜ赤貧の生活を送ってきたのか。彼らはなんといっても広大な土地にヨーロッパの農民には想像もつかない豊かさを有していた。ところが百姓は、政府が百姓のためにほんのちょっとの土地を、そうでなくても年々貧しくなっていく近隣の地主から取り上げてくれないことだけを根拠にして、自分たちの怠惰と沈滞、夢想、乱脈を正当化してきたのだ。蓄財に血まなこの商人たちがしばしば発作的に大散財に走って日頃の蓄財を呪ったり、酔って自分の罪深さに苦い涙を流したり、自分から進んでヨブや浮浪者や聖愚者《ユロージヴィ》になりたいと熱く願ったりしたのは、なぜなのか。そもそも、私たちの目の前で魔法のようにあっという間に滅びたロシアでのできごとは、なぜ起きたのだろうか。

　私の親戚や知り合いの中で、なんとか理解できる人間は私の母だけだった。涙と悲しみ、精進と祈祷に明け暮れ、生からの解放を渇望していた母。その魂は絶え間ない緊張状態にあった。神の支配がこの世に及ぶことはなく、長くは続かない愛《いと》しくて悲しいこの世の生は、別の祝福された永遠の生への準備にすぎないと、母は全身全霊で信じていた。では他の人たちは、つまり自堕落な隣人たちや親戚、父、バスカーコフはどうだったか。バスカーコフが自分の人生をどう扱ったかは、すでに語った。では、活発で力強くて高潔で寛大な、けれども空の鳥のように呑気な父は、自分や自分の裕福さをどう扱ったか。そして私たち――アルセーニエフ一族のかつての栄光と過去の富のみじめな残滓の相続人である若いわれわれ自身はどうだったか。ニコライ兄さんは魅力的な田園生活の無為とサーシカを選んで、中学校《ギムナジウム》を退学した。ゲオルギイ兄さんは大学の休暇をすべて、ラヴロフやチェルヌイシェフスキイ*だのを読むのに費やしていた。そして成長する私がどんな素質を備えていたかは、次のことから判断できる。あるときニコライ兄さんが私の将来を描いてみせた。「そうだな」と兄さんは冗談めかして言った。「うちはもう完全に没落してる。君は大きくなったら、どこかに職を見つけて勤めて、結婚して子どもを作って、少しお金を貯めて家を買って……」。そのとき私は不意にそんな将来像の恐ろしさ、くだらなさをまざまざと感じて、わっと泣き出したのだ……。

十七

わが家がカーメンカに住んでいた最後の年に、私は初めて大病をした。習慣で単に大病と呼ばれているが、実はあの世との境界への旅である驚くべきものを初めて知ったのである。病気になったのは晩秋だった。私に何が起こったか。私が経験したのはすべての精神的な力と肉体的な力の突然の衰弱、人間の五感――視覚、味覚、聴覚、嗅覚、触覚すべての不可思議な変化であった。生きる意欲、つまり動く、食べる、飲む、喜ぶ、悲しむ意欲が消え、相手が誰であろうと、たとえ自分の心にとって最も大切な人でさえ愛そうという意欲が消えた。その後にまるで自分が存在していないような状態が何昼夜も続き、それが時おり夢や幻影で中断した。たいていは醜悪でとんでもなく複雑なその幻影には、この世の肉体が持つ粗野さが残らず詰め込まれていて、それが分裂したり自分自身と激しく戦ったりしながら、燃え上がる炎に包まれて（明らかにこれが、地獄の責め苦に関する人間の想像のもとになったのだ）消滅していく。ああ、次第に意識が戻りはじめた時期のことを、どんなによく覚えていることだろう！　母の姿は巨大な亡霊のように見え、寝室は暗くて陰気な穀物乾燥場のように見えた。ベッドの枕元の床に置かれたロウソクの光の中で、何千ものおぞましい姿や顔、動物や植物が、さっと流れたり揺れる炎とともにうごめいたりした。私の心は、こうして垣間見た地獄から単純で優しくなじみ深い地上へ帰還してからも、なんと長いこと天上的な輝き、静けさ、優しさに満た

＊Ｐ・ラヴロフは十九世紀のナロードニキの理論家、Ｎ・チェルヌイシェフスキイは一八六〇年代の急進的社会運動の指導的思想家。

されていたことか！　この時期に黒パンを食べると、なぜか特別な満足感を覚えた。田舎らしく黒パンはいくらでも与えられたのだが、その匂いを嗅いだだけで恍惚とするのだった。

それから妹のナージャが死んだ。私の病気から二か月ほどたって、クリスマス週間が終わってからだった。クリスマス週間は楽しかった。父は酒を飲み、毎日朝から晩まで酒宴が続き、家中が客でいっぱいだった。母は幸せだった。いつだって彼女の最高の喜びは家族全員が揃うこと、ゲオルギイ兄さんが休暇で帰ってくることだったが、このとき兄さんは帰ってきていた。陽気な騒ぎの中で、突然ナージャが病気になった。その前はいつも以上に活発に丈夫な足で家中を駆け回って、青い目やはしゃぎ声や笑顔でみんなを喜ばせていたのに。祭日が終わって客たちは退散して兄さんも出発したが、ナージャの意識は戻らず高熱が続き、子供部屋は窓のカーテンを引いたままで薄暗く、灯明がともされていた。神はなぜ、わが家の喜びだったナージャをお選びになったのだろう。家中が落ちこんでふさいでいたけれども、この重苦しさがあんなにも突然に深夜のばあやの叫びで終わろうとは、誰も予想していなかった。ばあやは不意に食堂のドアを開けて、ナージャの臨終というとんでもない知らせを伝えた。そうだ、冬の深夜に、暗い雪原が連なる片田舎の屋敷で、私は初めて「臨終」という衝撃的な言葉を聞いたのだった。夜が更けて家中を襲った恐ろしい混乱が静まったときに、私は見た――ホールのテーブルの上、陰々たる灯明の光のもとに、着飾った人形がびくとも動かず横たわっていた。顔は青ざめて表情がなく、黒いまつげの目はうっすらと開き……。私の全人生でこの夜ほど妖しい夜はなかった。

そして春には祖母が死んだ。すばらしい五月の日が続き、痩せて顔色も悪い母は黒い服を着て、開け放した窓の側に座っていた。突然、納屋の陰から馬に乗った見知らぬ百姓が飛び出してきて、母に向かって何かを陽気に叫んだ。母は目を見開いて、やはり何だか嬉しそうにちょっと叫ぶと、窓枠を手の平で叩いた……。

屋敷の生活は、また突然に激しく掻き乱された。悲しいことに私にはもうおなじみの大騒ぎがまたそこら中ではじまり、作男たちは馬車に馬をつなぐため、母と父は着替えをするために駆け出した。ありがたいことに私たち子供は連れていかれなかった……。

十八

初めてこの目で見たナージャの死が、やっと知ったばかりの生の感覚を私から長く奪うことになった。私は突如、自分も死ぬ身であり、ナージャに起こった野蛮で恐ろしいことは、自分にもいつでも起こり得るのだと悟った。この地上で生きているすべての物質的で肉体的なものは、滅亡と腐敗に、家から運び出す前にナージャの唇を覆ったあの紫がかった黒色に屈することを悟った。怖じ気づいた心は、何かにひどく侮辱され傷つけられたかのように、助けと救いを求めてまっすぐに神へと向かった。まもなくすべての思考と感情はただ一つ、神への秘かな祈りに集中して、「私を赦《ゆる》したまえ、全世界で私を覆う死の帳《とばり》から逃れる道を示したまえ」と、口には出さず祈願した。母は昼も夜も熱心に祈っていた。ばあやはそれと同じ避難所を私にも指し示した。

「もっと熱心に神様にお祈りしなくちゃいけませんよ、坊ちゃま。聖人さま方はあんなにお祈りと精進をして、自分を苦しめなさった！ ナージャのことで泣くのは罪です、喜ばなくちゃいけません」と、ばあやは泣きながら言った。「今は天使たちと一緒に天国にいるんですから……」

私はこうしてまた新しい不思議な世界に入って行った。廉価版の聖者伝や殉教者伝を貪るように読んだ。パ分村の靴職人パーヴェルが仕事の材料を買いによく町へ行くついでに、買ってきてくれるようになった。パーヴェルの小屋はいつも、皮革とすっぱい膠《にかわ》の匂いや湿気とカビの匂いがした。だから私の中では、自分が病的に興奮してくり返し読んだ薄っぺらで活字の大きな冊子と、カビの匂いが永遠に結びついている。その匂いは、あの奇妙な冬を鮮やかに思い出させる永遠に大切なものとなった。私はあの冬、半ば狂ったような陶酔と苦悩が入りまじった空想に浸っていた――初期キリスト教徒の殉教、闘技場で猛獣に八つ裂きにされた乙女たち、残酷な実《じつ》の親に首を刎《は》ねられた、野の百合のように清らかな麗しい王女たち。そして灼熱のヨルダンの荒野では、地面まで伸びた髪で裸身を覆ったエジプトのマリアが、俗世での淫蕩の赦しを乞うていた。そして何百人もの受難者が眠るキエフの洞窟。彼らは夜になるとあらゆる恐怖や悪魔による誘惑と侮蔑が襲いかかる地下の闇で、涙と絶え間ない祈祷に身を任せるため、生きながらにして自分を閉じ込めたのだ……。私はそれらの光景やイメージをひたすら心の中で見続けて、家の生活からは離れ、おとぎ話のような神聖な自分の世界に閉じこもって悲しい喜びに浸り、苦悩と自己滅却と苦行を渇望していた。殉教者になることを熱烈に夢みて、人のいない部屋に入り込んで何時間も跪《ひざまず》き、縄の切れ端で苦行衣のようなものを作って体に結びつけ、水と黒パンだけを口にしたりした……。

この状態はひと冬続いた。春が近づくとなんだか自然に少しずつ冷めていった。晴れた日が続くようになって暖まった二重ガラスを生き返ったハエたちが這いはじめると、叩頭祈祷や跪拝をしていてもハエに気を取られないでいるのは難しかった。祈祷は、以前のように完全な心からの喜びを与えてくれなくなった。四月に入って特別晴れわたった日に、日光を受けて輝く冬用の窓枠をバリバリとはずすと、家全体が活気と乱雑さに溢れて、乾いたパテや麻屑がそこら中に散らばった。そして新しい若々しい生活を迎え入れるために、夏用のガラスを自由へ向けて外へ開けると、爽やかで優しい野原の空気と大地の匂い、大地の柔らかな湿気の匂いがどの部屋にも満ちて、もうとっくに渡ってきていたミヤマガラスのもの憂げで勿体ぶった啼き声が聞こえてきた……。夕方には、静かにゆっくりと暮れていく西の夕焼け空に紺色の春の雲が不思議な形に重なり、野原の池では蛙たちが心を癒す夢見るような声で鳴きはじめる。徐々に深まる春の闇が夜中に暖かい恵みの雨が降ることを約束する。こうして、永遠にわれわれを欺き続ける大地が、再び優しく根気強く私を母親のごとき抱擁で包んだのだった……。

十九

私はその年の八月にはもう、銀の徽《き》章がついた紺色の庇帽《カルトゥーズ》をかぶっていた。アリョーシャと呼ばれていた子どもは姿を消し、今や男子中学校一年生アルセーニエフ・アレクセイになったのだ。

冬に経験した体と心の病気は、夏までには跡形もなくなった。私は穏やかで快活になり、それはその年の夏に続いた乾燥した明るい天候にも、わが家にみなぎっていた軽やかな気分にも似つかわしかった。ナージャはもはや母とばあやにとっても単に美しい思い出、天上の永遠の住みかで喜んで暮らしている幼い天使のイメージに変わっていた。二人はまだ寂しがってよくナージャの話をしていたが、以前とは口調が違い、時には笑みさえ浮かべていた。泣くこともあったが、それも以前の涙ではなかった。祖母のことは完全に忘れ去られていた。それどころか、祖母の死がわが家の明るい気分の一因だったのである。第一に、今ではバトゥリノ村の領地がわが家の所有になったので、家計が著しく好転した。第二に、秋にはバトゥリノへの引っ越しが予定されていて、それも秘かに皆の喜びの理由になっていた。環境の変化が常に人を喜ばせるのは、良いことへの希望と結びついているから、それにきっと、はるか昔の遊牧時代に関する無意識の記憶と結びついているからだろう。

母の話を聞いて私は、母と父が急いでバトゥリノに駆けつけたときの光景をありありと思い浮かべた。五月のある日、昔風の納屋などに囲まれた快適な庭、二つの表階段に木製の円柱が立っている古い家、ホールの窓には紺や赤紫の色ガラス。その下に二つのテーブルを寄せて、イコンのあるコーナーの斜め前に配置して、干草を広げてシーツをかぶせてある。ギザギザの縁取りがついた白い頭巾をかぶった青白い顔をした老婆が、透き通った手を胸に組み合わせて横たわっている。枕元に尼さんと呼ばれるきちんとした身なりの老女が立って長い睫毛を伏せたまま、説教調の甲高い奇妙な声で単調に祈りを上げている。その声を父は嫌がって苦笑まじりに「熾天使《セラフィム》の声」と呼んでいた……。私はこの父の表現をよく思い出して、人を惑わす気味悪いものと、そこに含まれる不快なものを漠然と感じた。私が思い浮かべた光景全体も不快だった。しかしもはや不快というだけで、それ以上ではなかった。そしてその不快さも、しょっちゅう頭に浮かぶ後ろめたいけれど快い考えによって、十分に償われていた。考えていたのは、おばあさんのすばらしい屋敷がもうぼくたちのものになって、中学校の休みにぼくも初めてそこへ帰ること、それも二年生として。ぼくが帰ったら、お父さんはおばあさんの持ち馬の中から乗馬用の牝馬《めす》を選んでぼくにくれるだろう。その馬はぼくになついて、口笛を吹けばどこへでも走って来るようになる……。

私はその夏しばしば、母やオーリャやバスカーコフとの別れ、自分が生まれた巣との別れの予感に怯え、町の他人の家でひとりぼっちで送る未知の生活や、制服に身を包んだ厳格で怖い先生たちがいる中学校とかいう所に恐怖を感じた。母やバスカーコフの顔を見るとよく胸が締めつけられたが、もちろん彼らも私を見て胸のつぶれる思いをしていたのだ。でも私はすぐに「まだ先のことだ」と喜びをこめてつぶやくと、やはり将来に待っている魅力的なことの方に思いを馳せた。ぼくは中学生になって、制服を着て、町に住む。仲間ができてその中から親友を選ぶ……。そんな新生活の情景で私を元気づけ、胸はずますようにさせてくれたのは、ゲオルギイ兄さんだった。兄は私には全く特別な存在に思えた。そのころ兄は若者らしく痩身で爽やかで、秀でたすがすがしい額と輝く目をして頬には濃い赤みがさして、驚くほどハンサムだった。しかもありきたりの人間ではなくて、モスクワ帝国大学生で、私がこれから入学するはずの中学校を首席で卒業した人だった。

八月の初めに私はとうとう連れて行かれた――受験のために。表階段で旅行馬車の音がすると、母とばあやとバスカーコフは顔色を変え、オーリャは泣きだし、父と兄たちは苦笑を交わした。「さあ、少し座ろう」と父がきっぱり言って、皆はおずおずと腰を下ろした。「さあ、無事に着きますように」と一瞬後に父がさらにきっぱり言うと、全員がすぐに十字を切って立ち上がった。私は恐怖で足がすくんで、やけに熱心に急いで十字を切ったので、涙を浮かべた母は、私に口づけをして十字を切るために飛びついてきた。しかし私はもう気を取り直して、母が泣きながら口づけしたり十字を切って祝福したりしている間、考えていた。「ひょっとしたら合格しないかも知れないぞ……」

残念ながら私は合格した。この大切な日のために三年間も準備させられたのに、出題されたのは、五十五かける三十はいくつか、アマレク人〔古代パレスチナの遊牧民族〕とは何者か、「雪は白いが、おいしくない」という文を「きれいにはっきりと」書け、それに「東の空は朝焼けに覆われ」〔プーシキンの詩『桜』の冒頭〕を暗唱せよというものだった。暗唱は終わりまでやらせてももらえなかった。「柔らかき草原で」家畜の群れが目覚めるところまで行くか行かないうちに止められた。どうやら先生は〔赤毛で金縁の眼鏡をかけて、鼻の穴が大きかった〕この家畜の群れの目覚めをあまりによく知っていたらしく、急いでこう言った。

「いやあ、すばらしい、結構、結構。君がこの詩を知ってることはわかったよ」

そうだ、兄の言った通りだった。実際、「恐いことは何も」なかった。すべて私が思っていたよりずっと簡単で、思いがけなく早く簡単に片づいた。だが、このとき私はなんと大事な一線を越えていたことだろう！

私は記念すべき初めての旅行以来この町に来たことはなかったが、おとぎ話のような街道も前には魔法のようだった町そのものも、すべて今では以前と違って私を惹きつけなかった。大天使ミハイル教会の傍のホテルはかなりみすぼらしく見えたし、高い塀をめぐらした大きな石畳の庭の奥にある三階建ての中学校の校舎も、なんだかよく知っているように思えた。本当は、こんなに大きくて清潔で音の響きわたる建物には、生まれてから一度も入ったことはなかったのだが。金ボタンの制服を着た先生たちは——燃えるような赤毛もいればタールのように真っ黒な髪の先生もいて、そろって大柄だった——、ハイエナに似た校長先生まで含めて全員が、そんなに驚くべき人たちではなく恐くもなかった。

試験がすむとその場で合格を告げられ、九月一日まで休暇を与えると言われた。父はまさに肩の荷を下ろしたようだった。私の知識が試されている間、教員室に座って退屈しきっていたのだ。私はなおさらほっとした。何もかもうまくいった、合格したし、まる三週間の自由が待っている！　生まれてからこの瞬間まで完全な自由を享受してきた私が、急に奴隷のように束縛されてたった三週間だけ解放されたのだから、ぞっとしたに違いないと思われるだろう。だが私は、「ありがたい、三週間もある！」としか感じなかった。まるで、この三週間に終わりなどないかのように。

「さあ、急いで仕立屋へ行こう。それから食事だ！」と、父は中学校を出ながら元気に言った。

まず、小柄で足が短い人のところへ行った。その人の、質問口調でなんだか怒っているようにひと言ずつ語尾を伸ばす早口のしゃべり方と、上手な採寸に私は驚いた。それから「帽子工房」へ行った。埃っぽい窓が町の太陽に暖められ、無数の帽子箱が乱雑に積み重ねてあるので、狭くてむし暑かった。店主は長々とたくさんの帽子箱を掻き回して、よくわからない言葉で隣室の女の人にしきりにどなっていた。女の人はいやに色が白くて悲しそうな顔をしていた。帽子屋もユダヤ人だったが、タイプはまったく違った。年寄りで太い垂れ髪に、黒繻子の長いフロックコートを着て、繻子地の小さな帽子を後ろにずらし、大柄で胸板も厚かった。陰気で不満げで、煤のように黒い大きな頬ひげが目のすぐ下から生えて、全体にうち沈んで不吉な感じがした。とうとう彼は縁に銀の二本線が白く光る紺色のすてきな制帽を選んでくれた。私がこの帽子をかぶって家に帰ると、母も含めて全員が喜んだが、その喜びはなんだかわけのわからないものになった。というのも、実に当然の疑問だが、父がこう尋ねたからだ。

「アマレク人が、この子に何の役に立つんだい？」

二十

八月の終わりのある日、父は長いブーツを履き、弾薬帯を締めて獲物袋を肩にかけ、壁から二連発銃を下ろすと、まず私を呼び、それからお気に入りの猟犬である栗色の美女ジャリマを呼んだ。そして私たちは、刈り取りの終わった道路沿いの畑を通って池へ向かった。

父はこまかい柄《がら》のルバシカを着て白い庇帽《ひさし》をかぶり、私は、乾燥した暑い天気なのに中学校の制帽をかぶっていた。背が高くて力も強い父は、しっかりした歩調で軽やかに前を歩き、麦を刈ったあとの黄色い株を踏み分け、肩越しにタバコの煙を漂わせていた。私は狩猟のルール通りに父の右側について後ろから急いだが、ルールを守ることが大きな満足を与えてくれた。父が励ますように口笛を吹くと、ジャリマは逸《はや》る心を抑えて堅いしっぽを小刻みに振り、全身を目と耳と鼻にして、私たちの前を行ったり来たりして探索を続けた。畑はもう何もなくて広々としていたが、まだ夏らしく明るくて陽気な感じがした。熱い風がときどきぱたりと止んだ。すると日差しが照りつけ、キリギリスが様々な声で鳴くのが聞こえた。ときどき乾いた柔らかい熱風が起こって勢いよく私たちの横を吹き抜け、突然、農繁期に踏みならされた道に雲のように埃を巻き上げ、それを竜巻のように巻き込んで前方へ運び去った。私たちはジャリマの動きから目を離さなかった。犬はどんどん走って、いつのまにか私たちをずっと遠くまで導いた。時々不意に立ち止まって全身を前へ傾けて右足を持ち上げ、私たちには見えない前方にいる何かを食い入るように見た。父が低い声で「行けっ」と命じて、犬がその見えないものに飛びかかったかと思うと、すぐにフルルッと音がして、尾の短い大きなウズラが重たげに不器用に（脂が乗っているのだ）犬の足元から飛び立ち、五歩くらいも飛ばないうちに撃たれて、丸い塊になって刈り跡に落ちてきた。私は走って行って鳥を拾い上げ、父の獲物袋に入れた……。

そうやって私たちはライ麦畑を過ぎ、じゃがいも畑を過ぎ、粘土色をした池の横を歩いて行った。私たちの右側で細長い形の水面が暑そうにけだるく光っている池は、家畜に踏み荒らされて草も生えない傾斜地に挟まれた窪地にあった。傾斜地のあちこちにミヤマガラスが、寄る辺なくもの思わしげに留まっていた。父がそれを見て、「もう秋だからカラスたちも会議に集まって、出立を考えているな」と言ったので、私はまた一瞬だけ、別れが近いという感覚に襲われた。去りゆく夏との別れというだけでなく、この野原との別れ、この辺鄙で愛しい土地にあるこんなに大切で近しいすべてのものとの別れが迫っていた。私はこの世界で、この静かな住みかで、それ以外のものはまだ見たことがなかった。この世で誰にも知られず誰にも必要のない私の幼年時代、少年時代が、この地で穏やかに、そして孤独に花開いていたのだ……。

それから私たちは道を左に取り、伐採禁止林《ザカース》へ向かって見渡す限り続く黒い耕地の畔《あぜ》を通って行った。耕地では馬鍬《まぐわ》で作業していた。そこはまだわが家の畑で、乾燥した黒土の固まりをならす馬鍬のひとつを引いているのは、栗毛の三歳馬だった。この馬は以前、まだ足が細くて尾の付け根の毛が絹のようにカールして乳離れもしていなかった頃に私に贈られたのに、今では私の許しも得ないで厚かましく勝手に仕事に出されている。吹く風は熱く、耕地の上に輝く八月の太陽はまだ夏らしいとは言え、もうなんだか目的をなくしたようだ。成長して丈も伸びた栗毛馬は——ただ、その伸びた丈は少年ぽくて、まだなんとなく奇妙だった——、縄を引いて従順に歩いていた。その後ろで馬鍬の網がくねったり飛び跳ねたりして、斜めについた鉄製の歯で土が掘り起こされていた。樹皮草履を履いた若者が、下手な手つきで縄を振っていた。私はまたわけのわからない悲しみを感じながら、この光景を長く眺めていた……。

伐採禁止林は草原にあるかなり大きい森で、ちょっといかれた地主が所有していた。彼は全世界に敵意を抱いて、まるで要塞に立てこもるようにロジェストヴォ村近くの屋敷にこもり、凶暴な牧羊犬に守られて、ロジェストヴォ村や新開部落《ノヴォセルキ》の百姓を相手にはてしなく訴訟を続けていた。日傭いの賃金について百姓たちと絶対に折り合わなかったので、何枚もの畑が刈り取られず、干草や穀物の何千もの堆《やま》が晩秋まで畑で立ち枯れて雪の下で駄目になることもよくあった。今もそんな状態だった。刈り取られないまま黄色くなり、家畜に踏み荒らされてぐしゃぐしゃになった燕麦畑を通って、私たちは伐採禁止林の方へ行った。その畑でジャリマはさらに数羽のウズラを駆り出し、私はまた走って行って獲物を拾い上げた。それから伐採禁止林を迂回して、キビがびっしり生えた畑を通って先へ進んだ。たわわに実って地面に垂れた茶色のキビの穂が、太陽に照らされて絹のように輝き、キビの粒は私たちの足元でビーズのように大きい音を立てた。父は襟をゆるめ、顔を赤くして、「ひどい暑さだな、喉が渇いてたまらん、伐採禁止林の池へ行こう」と言った。森の縁と畑地を区切る溝を跳び越え、私たちは森へ進んだ。八月らしく明るくて軽やかだが、すでに黄色く色づきはじめた、楽しくて魅力的な森の王国へ入って行ったのだ。

鳥はもう少なくなっていた。ツグミだけが群れをなして、快活で激しい甲高い声や満腹そうなクックッという鳴き声をたてながら、そこらを飛んでいた。森は人気《ひとけ》がなく広々として、木々が密生していないので遠くまで見通せて、日光が差していた。私たちは白樺の老木の間や広い草原を抜けていった。草原には力強く枝を広げた樫の木がのびのびと立っていたが、その葉はもう夏ほど濃い緑ではなくて、乾いてまばらだった。私たちは樫の木のまだら模様の影の中を進み、木々の乾いた芳香をかぎながら、乾燥した滑りやすい草を踏んで、前方を眺めた。前方にはもっと開けた草原が輝き、その向こうでは楓の若木の小さな林がカナリヤのように黄色く色づいて葉を震わせていた。私たちがその楓林の中の池へ通じる小道に入ったとき、ギザギザの葉をしたハシバミの林の下生えの間で、不意にはじけるような鳴き声がして、私たちの足元から、金色がかった赤い羽をしたヤマシギが飛び立った。父はこんなに早く客が到来していることにまごついてうろたえたので、もちろん即座に発砲したが、撃ち損なってしまった。彼はこんな時期にどこからヤマシギが現れたのかと驚き、撃ち損じに腹を立てて、池に近づくと銃を置いて膝をつき、手の平で水をすくって飲みはじめた。それから満足そうに息を吐くと、袖で口を拭い、池の端に寝ころんでタバコに火をつけた。池は森独特の清らかで透明な水をたたえていた。森の中にぽつんとあって、鳥や獣以外にはほとんど訪れる者もない池には、何か特別なところがある。魔法をかけられた空のような明るい底なしの水面に、池の周囲の白樺や樫の林の梢が、穏やかに映し出されたり下に沈んで見えたりしていた。野原から風が吹き、さらさらと葉ずれの音を立てた。その音を聞きながら、片手で頭を支えて横になっていた父は、目を閉じてうとうとと眠りはじめた。ジャリマも池の水をたっぷり飲んでから、池に飛び込んで少し泳いだ。用心深く頭を水面から出して、耳をゴボウの葉みたいに垂らして泳いでいたが、水の深さに怖じ気づいたのか、急に後ろへ向きを変えてさっと岸に上がると、大きく体を振って私たちにしぶきをはねかけた。今は赤くて長い舌を突きだして父の横に座り、もの問いたげに私を見たり、せかせかと周囲を見回したりしている……。私は立ち上がって、さっき燕麦畑を通って森へ近づいてきた方へ、木の間を抜けてぶらぶらと歩いていった……。

二十一

森の切れ目の向こう、木々の幹の向こうに覆いかぶさった葉の下から広々とした野原が黄色く輝いて見えた。野原からは暖かさ、光、夏の終わりの日々の幸福が漂ってきた。右手の空では、どこからともなく現れた大きな白い雲が木々の後ろから浮かび上がって、ちょっと歪んでいるがすばらしい円形を青空に描いて、ゆっくり流れながら形を変えていた。何歩か行ってから、私も地面のすべりやすい草の上に寝ころんだ。日光を浴びた明るい木々は、まるで私のまわりを散歩しているようだ。二本合わさった白樺——灰色っぽい小さな葉の間から尾状花序《びじょうかじょ》を垂らした白い幹の二人姉妹は、薄い影を落としていた。私も片手で頭を支え、木々の彼方で鮮やかに黄色く輝いている野原やあの雲を眺めはじめた。野原からは乾いた空気や暑熱が柔らかに漂ってきて、明るい森は揺らめき波打って、まどろむような、まるでどこかへ走っていくようなざわめきを立てていた。時おりその音が強まると、網の目のような木の葉の影が揺れ、地面でも樹上でも日光がきらめいて燦々《さんさん》と輝いた。枝がたわんで木々の間が明るく広がり、そこから空がのぞいた……。

私は何を考えていただろうか、もしもあれが考えと呼べるものだったとすれば。私が考えていたのはもちろん中学校のことで、あそこで見た驚くべき人々のことだった。教師と呼ばれる特殊な人種に属し、生徒を教え、常に生徒を恐怖状態に置くことが全使命である人々。私は理解できずに恐怖にとらわれた。なぜぼくは、彼らの奴隷になるために連れて行かれるのか、なぜ、生まれた家やカーメンカやこの森と別れさせられるのか……。さっき見た、耕作地で馬鍬を引いていた三歳馬のことも思った。私は漠然と考えた。やっぱり、この世のことは何も当てにならない。あの馬はぼくのものだと思っていたのに、ぼくに聞きもしないで自分たちの持ち物みたいに使っている。そうだ、以前は足の細い灰色の子馬だった。子馬はみんなそうだけど、怖がりでよく怯えて、だけど楽しそうで人を信じ、明るいプラム色の目をしてた。母馬にだけは――自分を見ると必ず抑えた喜びと愛情をこめて嘶《いなな》く母馬にだけは愛着を持っていたけれど、それ以外は限りなく自由で呑気だった……。子馬はある幸福な日にぼくに贈られて、永久に完全にぼくのものになった。ぼくはしばらくの間は喜んで、子馬のことや彼とぼくの未来、ぼくらの親しさを夢見ていた。これから生まれるはずの親しさ、でも彼がぼくにプレゼントされたことで、もう生まれていた親しさ……。それなのに、ぼくは少しずつ彼のことを忘れて行った。だから、彼がぼくのものだってことをみんなが忘れちゃったのも、不思議じゃない。だって結局、ぼくは彼を完全に忘れていたんだから。きっとぼくはこんな風にバスカーコフやオーリャのことも、それに今はこんなに大好きで、一緒に猟に行くのが嬉しいお父さんのことも忘れるんだろう。そしてカーメンカ、隅々まで知ってて大切に思っているカーメンカのことも。あれから二年経って――この二年はまるでなかったみたいなのに――呑気なおバカさんだった子馬はどこに行ってしまったんだ。今は、たてがみを切られた三歳馬になっている。彼の以前の自由や気ままさはどこへ行ったのか。彼はもう首輪をつけて耕作地を歩き、馬鍬を引いている。彼に起きたことが、ぼくにも起きたんじゃないだろうか。

アマレク人が私に何の役にたつのか。私はしきりに怯えたり驚いたりしていたが、私に何ができただろう。雲は白樺の向こうで輝き、たえず形を変えていた……。雲が形を変えずにいられるだろうか。明るい森は波打って揺れ、眠そうなざわめきやさざめきと共にどこかへ走り去る……。どこへ、何のために？　この動きを止めることができるだろうか。私は目を閉じて漠然と感じる。すべてが夢、不可解な夢だ！　いくつもの野原を越えたところにある、私がそこで暮らさなければならない町も、そこでの私の未来も、カーメンカでの私の過去も、そしてすでに暮れかけている初秋の明るい日も、それに私自身も、私の考えも夢も感情も——すべてが夢だ。悲しい重苦しい夢だろうか。いや、やはり幸福な軽やかな夢だ……。

まるでこの考えを裏づけるかのように、突然私の背後でずどんと音がして、轟音が輪となって森を包み、森じゅうに銃声が広がった。それに続いて、ツグミの大群が飛び立っていくらしく、激しい甲高い鳴き声や低い鳴き声がして、ジャリマの喜び勇む吠え声が聞こえた。目を覚ました父が発砲したのだ。私は即座に考え事を全部忘れて、全速力で父の方へ走った。殺された、血まみれの、まだ温かい、野鳥と火薬の匂いを甘く放っているツグミを拾い上げるために。

第二の書

一

　ここを永久に離れることになるとは知らずにカーメンカを出立して中学に連れて行かれた日――私にとっては新しいチェルナフスカヤ街道を通って――、私は初めて、忘れられた街道の詩情を感じ、伝説になろうとしている古きロシアを感じた。街道は消え去ろうとしていた。チェルナフスカヤ街道もそうだった。以前の轍《わだち》は草で覆われ、だだっぴろい道の左右にまだ所々残っているシロヤナギの老木は、孤独で悲しげに見えた。落雷でやられた幹に空洞のあるシロヤナギを特に覚えている。そこに薪の燃えさしみたいに真っ黒なワタリガラスが留まっていた。「ワタリガラスは数百年も生きるから、こいつもタタールの時代から生きていたかもしれん」という父の言葉が、私の想像力を強く刺激した。父の話の魅力、私がそのとき感じた魅力は何だったのか。ロシアを感じ、それが私の故郷だと感じたということだろうか。それともはるか昔の普遍的なものと結びついているという感覚――いつでも私たちの魂や個々の存在を押し広げて、私たちが普遍的なものに関わっていることを思い出させる、あの感覚だったのか。

　父は話を続けた。昔、ママイ*が南方からモスクワへ向かう途中、私たちの町で略奪の限りを尽くした。また、もうすぐ通るスタノヴァヤという大きな村は、つい最近まで追い剝ぎたちの巣窟として有名で、特に悪名高いミーチカとかいう奴はあまりに極悪非道だったので、ついに捕まったとき、ただの処刑では足らずに四つ裂きにされたという。ちょうどこのとき、スタノヴァヤ村の手前で街道の右側を汽車が通過したのを覚えている。私はまだ汽車を見たことがなかった。私たちを追い越して町の方へ走っていくぜんまい仕掛けの玩具のようなものを、背後で沈みかけた太陽がまともに照らしていた。煙突から煙を後方にたなびかせた、小さいが威勢のいい機関車と、回転する車輪が下についた緑と黄と青に塗られた小さな家。機関車、住んでみたいと思わせる小さな家、日光に照らされた窓、回転が速くて静止しているように見える車輪——すべてが奇妙でおもしろかった。それでも、私は別のものにずっと強く魅かれたのをよく覚えている。それは線路の向こう、謎めいた恐ろしいスタノヴァヤ村の柳が見えているあたりに、私の想像力が描き出した光景だ。タタール人、ママイ、ミーチカ……。まちがいなくまさにこの夕方、私は初めて自分はロシア人であり、住んでいるのはロシアであり、単にカーメンカ村、某郡、某郷ではないのだと自覚した。そして不意にロシアを感じ、その過去と現在を、野蛮で恐ろしいが魅了してやまないその特質を、そして自分とロシアの血の結びつきを感じた……。

二

少年時代に私の周囲にあったものは何もかも、きわめてロシア的だった。

たとえばスタノヴァヤ村。私はあれから何度もあそこに行き、もうずっと前から追い剥ぎなんかいないと確信していた。それでもこの村をまったく普通の目で見ることはなく、今でもここの住人が根っからの悪人

＊キプチャク・ハン国の軍の指揮官。一三八〇年、ロシア諸公軍とドン河畔のクリコヴォ平原で戦って敗北した。

という評判をとっているのには理由があると、いつも思っていた。噂に高いスタノヴリャンスク峠もそうだ。街道はスタノヴァヤ近くで深い谷へ下りるが、土地ではそこを峠と言っていた。どんな季節にも遅い時間にここを通りかかると、わけもなく恐怖にかられる。私自身も若いころ何度もこの純粋にロシア的な恐怖を味わった。昔、チェルナフスカヤ街道ではある刻限になると、隠れた窪地や洞窟から屈強な若者たちが街道脇に出てきて、夜の静寂の中で遠くから聞こえてくる馬鈴や荷馬車の音に耳をすました。そんな場所は街道にはたくさんあったが、中でもスタノヴリャンスク峠は有名だった。夜遅く通るといつも心臓が止まりそうな気がする。馬を全速力で走らせるのと、ゆっくり走らせて小さな音を聞き漏らさないようにするのと、どちらがまずいか途方にくれる。いつもこんな光景が頭に浮かんだ——あっ、あいつらだ。ゆっくり近づいてきて行く手を遮る。斧を手に帯を腰骨の位置できつく締めて目を爛々と光らせ、目にかぶさるほど帽子を深くかぶった連中が不意に立ち止まり、落ち着きはらった低い声で「商人《あきんど》さんよ、ちょっと止まれ……」と命令する。それを聞くのがいちばん怖いのは、いつだろうか。夏の夜の草原の薄闇、その穏やかな静寂の中で聞くときか。それとも、吹雪の白さに目が眩《くら》み、冬の風が騒ぐ中で聞くときか。それとも、秋の星が氷のように冷たく光り、荒涼たる大地が遠くまで黒々と広がり、石のように堅い道路に馬車の車輪の音がひどく恐ろしげに轟くときか。

スタノヴァヤ村を過ぎて街道が舗装道路と交差する所に関所が、つまり遮断機が設けられていた。一時停止して、ニコライ一世時代の老兵が葬式のように白黒の縞に塗られた番小屋から出てきて、同じ白黒の縞模様の横木を上げるのを、そして横木がガチャガチャと鎖の音をたてながらゆっくりと斜めに上がっていくのを待たなければならなかった（そこで国庫に支払わねばならない二コペイカを、すべての通行人が白昼堂々の略奪だと考えていた）。そこから街道は歴史の古いベグラヤ村の横を通り、実に破廉恥な名前を持つ汚い湿原が果てしなく続いている脇を通って、監獄と古い修道院の間でやっと舗装道路に沿って走ることになる。町自体も古さを誇っていたが、それには十分な根拠があった。実際にロシア最古の町の一つだった。半ステップ地帯の広大な黒土帯にあって、向こう側には「いまだ知られぬ未開の土地」が広がる重要な境界線上に位置していた。スズダリ公国とリャザン公国の時代にはルーシの地の枢要な要塞の一つだった。年代記作者の言葉によれば、それらの要塞こそ、たえずルーシの地に侵入してくる恐るべきアジアの民の大群がまき起こす嵐、砂埃、冷気を最初に胸に吸い込み、彼らが昼も夜も放火する火事を最初に発見し、迫った災厄を最初にモスクワに知らせ、そして最初に白骨となって横たわってきた。したがってこの町はそれぞれの時代に、起こり得ることはすべて繰り返し経験してきた。何世紀かにあるハンが町を「破壊し尽くし」、別の世紀にはもう一人のハン、別の世紀にはまた別のハンが破壊を繰り返し、ある時は大火事が町を「嘗め尽くし」、ある時は飢饉、またある時は疫病と地震に襲われた……。こんな状況だったので、町には歴史的記念物が残っていない。それでも町では遠い昔が強く感じられた。商人や町人の根強い生活習慣の中に、町の諸地域――チョールナヤ村、川向こう、そして昔タタールの公が中東産の馬《アルガマク》もろとも転げ落ちたという川岸の黄色い岩壁の上にあったアルガマチャ村――の住人たちの乱暴行為や殴り合いの中に感じとれたのだ。それにこの町は、本当にいろんな匂いがした！　関所から見ると、光り輝く無数の教会のある町が、遠くの広大な低地にまだぼんやりと浮かんでいるだけだったが、そこですでに町は匂いはじめるのだ。最初はあの破廉恥な名を持つ湿原の匂い、次に皮革工場、次に日光で暖まった屋根の鉄板、次に定期市に商売にきた百姓たちが大勢集まっている広場の匂い、それから先はもう何の匂いとも知れない、古いロシアの町特有のあらゆる匂い……。

三

私は中学校に四年いたが、その間ロストフツェフという町人の家に下宿して、つましく貧しい環境で暮らした。町の裕福な人は下宿人をおく必要がなかったので、別の環境に移るのは無理だった。

この生活は、どんなに悲惨に始まったことか！　私にとって町で初めての夜、初めて父母と別れて、全くなじみのないみじめな家具調度、二つの小さな部屋、ナンセンスなほどに私とは無縁で異質な環境の中、地主の家の坊ちゃんである私が、言うまでもなく非常に低級な連中とみなしているのに、突然私に対してある種の権力まで持つようになった人々と共に過ごす初めての夜であり、それだけでも恐ろしいことだった。ロストフツェフ家には下宿人がもう一人いた。私と同い年で中学の同級生、バトゥリノのある地主の私生児、赤毛のグレーボチカだ。だが、その夜は二人の間にはまだ何も接触はなく、彼は檻に入れられた小動物みたいに人馴れない様子で部屋の隅に座り、かたくなに黙りこんで、獣のように不信感もあらわに私を上目遣いに見ていたし、私の方も友だちになるのを急ごうとはしなかった。彼がごく普通の男の子とは思えず、できるだけ離れていた方がいいと感じていたのだ。彼と一緒に下宿することは、まだカーメンカにいるときに知っていたが、ある時ばあやが、嫡出子ではない彼に対してひどい呼び方をするのを聞いたのだ。さてその日、外はことさら暗く、夕方には雨も降り出し、小さな窓からどこまでも見えている石畳の道路は静まり返って通る人もなかった。向かいの家の塀越しに見える半ば落葉した木では、ハシボソガラスが体を丸めて力をふりしぼって、何ひとつ良い預言はせずにカーカーと鳴いていた。埃をかぶった鉄屋根が連なり、そのはるか向こうにそびえ立っている鐘楼は、どんよりと暮れゆく空に向かって、十五分おきに何やら優しくて哀れで絶望的な歌を歌い、音楽を奏でていた。こんな夜には父なら即座に、「灯りをつけろ、サモワールを出せ、早めに夕食にしろ」と叫びだすだろう、「こんな陰気くさいのは我慢ならん！」と言って。しかし、ここでは灯りをつけたり、勝手に食卓についたりしなかった。何事にも決まった時間、期限があったのだ。その日も灯りがともされたのは、すっかり暮れて主人が町から帰ってきてからだった。主人は背の高いスマートな人で、浅黒い端整な顔に少し銀色のまじった黒い頬ひげをたくわえていだが、極端に口数が少なく、常に厳格で教訓的で、何事につけ、「私たちみたいな馬鹿じゃない、私たちの父や祖父が」しっかり定めた自分にも他人にも厳しい決まりを、立派な家庭生活と社会生活のための決まりを有していた。穀類や家畜の買い付けと売却を仕事にして、しょっちゅう方々に出かけた。だが彼が不在の時でも、彼の家、彼の家族の間では（美人で落ち着いた奥さんと、丸みをおびた首がすっと伸びた二人の少女、そして十六歳の息子がいた）、彼の謹厳で高潔な精神によって定められたこと——沈黙、整頓、迅速、一つ一つよく準備された行動と言葉——がいつも支配していた……。その日の陰鬱な夕暮れどき、主婦と娘たちは座って手仕事をしながら、主人が夕食に帰ってくるのを待ち受けていた。表で木戸がかたんと音を立てると、全員が軽く眉を寄せた。

主婦は「マーニャ、クシューシャ、テーブルをしたくして」と小声で言うと、立ち上がって台所へ向かった。

主人は家に入ると、小さな玄関で帽子とラシャ地の長いコートを脱ぎ、グレーの軽い半コート姿になった。それは、刺繍を施したルバシカやぴっちりした子牛皮のブーツと合わさって、彼のロシア的なスマートさを引き立てていた。妻に控えめな優しい言葉をかけてから、彼は台所のたらいの上に掛かっている銅製の水入れの下で念入りに手を洗い、すすいで、強く振った。妹娘のクシューシャが目を伏せて、清潔な長いタオルを差し出した。彼はゆうゆうと手を拭くと、陰気な笑いを浮かべてタオルを娘の頭に投げかけ——娘はうれしそうに顔を紅潮させた——、部屋へ入ってくると、隅のイコンに向かって正確に優美に十字を切って頭を下げた……。

ロストフツェフ家での最初の夕食も、強く私の記憶に残っているが、それは私にとっては非常に奇妙な料理が出たせいだけではない。最初にスープ、次に灰色でざらざらした牛の内臓が木製の丸皿で供された。その見かけと匂いだけで私は身震いしたが、主人はそれをじかに手で取って細かく切った。付け合わせは塩漬けのスイカ、最後は牛乳で煮たソバの粥《カーシャ》だった。だが、問題は食事の内容ではなく、私がスープとスイカにしか手をつけなかったので、主人が二度ほど私に目をやってから、こう言ったことだ――「何にでも慣れなくちゃいけませんよ、坊ちゃん。私たちは庶民です、ロシア人です。昔からの糖蜜菓子を食ってます。凝った食べ物はうちにはありません……」。

彼はこの言葉を、尊大と言えるほど重々しく印象的に語ったと、私は感じた。これ以後私が町でたっぷりと吸い込むことになるもの、つまり誇りが、このとき初めて私にさっと吹きつけてきたのだ。

四

ロストフツェフの言葉には、かなり頻繁に誇りが聞き取れた。どんな誇りか。それはもちろん、われわれロストフツェフ一族はロシア人、生粋のロシア人だという誇り、われわれの生活は実に独特で飾り気がなく、一見すると質素だが、これこそ真にロシアらしい生活であり、これに勝る生活は存在せず、存在し得ない、なぜならこの生活はただ見た目が質素なだけで、本当はどこにもないほど豊かで、ロシア古来の精神のまっとうな所産なのだから、そしてロシアは世界中のどんな国よりも富んだ、強大な、信仰の篤い、栄光ある国だという誇りだった。この誇り高さはロストフツェフだけのものだっただろうか。その後私は非常に多くの人にこの誇りを見出してきたので、今では別のことも見えている。あの誇り高さは時代の象徴とも言えるもので、当時は特に強く感じられており、それは私たちの町だけではなかったということだ。

後にロシアが滅びたとき、あの誇りはどこへ消えてしまったのか。われわれはなぜ、あんなに誇りを込めてロシア的と呼んでいたものすべてを守り抜かなかったのだろうか、その力と真実を強く信じていたと思われるのに。とにかく私が育ったのは、ロシアの力がもっとも強大で、それを大いに自覚していた時代であったことははっきり知っている。少年の頃の観察範囲はかなり狭かったけれども、繰り返すが、私は時代の特徴を見ていたのだ。そうだ、後で知ったが、ロストフツェフだけがあんな調子でしゃべっていたのではなかった。「われわれはぱっとしない人間だが、わが国じゃアレクサンドル・アレクサンドロヴィチ皇帝陛下でさえ、油を塗ったブーツを履いておられる」といった類いの、謙遜をよそおった言い方を私はよく耳にした。あのような言葉は、わが町に限らず、総じて当時のロシア人の感覚の特徴だったと、今では確信している。もちろん、この感情の表現にはわざとらしい部分も多かった。たとえば、ラシャ地のコートを着た町人たちは、十字路でどの方角にでも教会を見かけると、帽子を脱いで十字を切り、頭が地につくほど低い礼をした。こんな化けの皮は剝がれることも多く、往々にして言葉と現実は一致せず、ある感情が正反対の感情に変わることも珍しくなかった。しかし、結局は何が支配的だっただろうか。

あるときロストフツェフは、自分が窓の横枠にチョークでつけた印を指して、こう言った。

「私たちにとって、手形が何だって言うんです！　あれはロシアのものじゃありません。昔はありもしませんでしたよ。誰にいくら貸しがあるか、商人はこんなふうにチョークで鴨居にちょこっと書いたもんです。借り手が返済期限を守らなかったら、一回めには商人は礼儀正しく相手に思いださせます。もう一回期限を過ぎたら、注意をするんです。いいか、三度めは忘れるんじゃないぞ、忘れたら、おれはこの印を拭って消しちゃうぞってね。そうしたら、おまえは恥ずかしいこったろうな、と言ってやるんですよ！」

もちろん、彼のような人間は少なかった。仕事の種類でいえば彼は買占め屋だったが、もちろん自分では買占め屋とは思っていなかったし、思う必要もなかった。彼が商人とだけ名乗っていたのは正当で、他の買占め屋だけでなく、そもそも町の住人の大多数が足許にも寄りつけないような人間だった。たまに私たち下宿人の部屋に来て、にやりとして不意に尋ねることがあった。

「きょうは詩の宿題は出たかな」

私たちは「出ました」と答える。

「どんな詩が？」

私たちはぼそぼそとつぶやく。

「巡視のときに空、めぐりて月は、凍てつく窓の、氷れる模様のなかで輝けり……[*1]」

「うむ、何だか調子が整っていない」と彼は言う。「『巡視のときに空、めぐりて月は』——こりゃ私にはわからないな」

私たちにもわからなかった。「めぐりて」の次にコンマがあることに、なぜか一度も注意を払わなかったからだ。だから確かに調子が整っていなかった。私たちがなんと答えていいかわからずにいると、彼はまた尋ねた。

「他には？」

「ええと——声美しき小鳥、高く伸びた柏の老木を好み、嵐で折られた枝に、隠れ家と平穏を見いだした……」

「うん、これはいい。気持ちよくて優しい。そうだ、あの終夜祈祷の詩と、『大いなる天幕の下』ってのをやってくださいよ」

私はとまどいながら暗唱を始めた。

「来たれ弱き者よ、来たれ喜びに満ちて！　終夜祈祷へ、敬虔なる祈りへと、鐘の音が呼んでいる……」[*2]

彼は目を閉じて聞いていた。それから私はニキーチンを暗唱した――「大いなる青空の天幕の下、はるかに草原が広がっている……」[*3]。これは、ロシアの広大な空間と、ロシアの偉大かつ多様な富と力と事業を、広範にしかも熱狂的に描写した詩である。朗読が誇りと喜びに満ちた最後の部分までくると――「それは汝なり、わが強大なるルーシよ、正教のわが祖国よ」――、ロストフツェフは歯を食いしばり、顔が青ざめた。

「これこそ詩ですな」目を開いて落ち着こうと努め、立ち上がって部屋を出ながら言った。「こういうのをもっとしっかり勉強しなきゃ。これを書いたのはいったい誰です？　私たちと同じ町人、私たちの土地の者なんですからね」

この町の他の「商人」たちは大商人も小商人も、ロストフツェフとは違って、たいていは言葉だけ立派な連中だった。商売では強盗のような真似をすることも珍しくなく、「相手が生きていようが死んでいようが、身ぐるみ剝いでやろうとつけ狙い」、最低のペテン師よろしく、ものを測るときは寸法や目方をごまかし、嘘をついても恥も良心の呵責も感じず、見え透いた誓いを立てた。暮らしぶりは不潔で粗暴、自慢や他人の悪口を言いつのり、お互い同士は敵意や妬みを抱いていた。町にかなりたくさんいた白痴や白痴女、不具者、聖愚者《ユロージヴィ》をひどく残酷に下劣にいたぶり、百姓たちには激しい侮蔑をあらわにして、悪魔のように大胆に巧妙に、しかも楽しそうに商売でだましぬいた。商人以外のロストフツェフの同胞だって、聖人君子というわけ

＊1　N・オガリョーフの詩『百姓家』（一八四二）より。
＊2　I・アクサーコフの詩『放浪者』（一八四六）より。
＊3　I・ニキーチンの詩『ルーシ』（一八五一）より。

ではなかった。ロシアの役人、ロシアのお偉方、ロシアの住民、ロシアの百姓、ロシアの労働者がどんなものか、誰もが知っている。しかし、彼らには長所もあった。もう一度言うが、ロシアへの誇り、あらゆるロシア的なものへの誇りというものが存在していた、しかも過剰なほどに。「それは汝なり、わが強大なるルーシよ！」というニキーチンの詩句を口ずさむとき、あるいはスコベレフやチェルニャエフや解放皇帝[*1]について語るとき、あるいは大聖堂で、金色の祭服をまとった金髪の輔祭が雷鳴のような大声で、「いともかしこき専制皇帝、われらが偉大なるアレクサンドル・アレクサンドロヴィチ陛下」に祈祷を捧げるのを聞くとき、あるいはロシアの王冠が、様々な国と種族と民族から成る広大無辺の帝国の上に、また限りない大地の富と「平穏にして恵み多き生活」の諸々の力の上に君臨していることに、不意に畏怖をこめて気づくとき、誇らしさのあまり顔面が蒼白になるのは、ひとりロストフツェフだけではなかった。

五

私の中学生活のはじまりは、予想もしなかったくらい悲惨だった。町での第一夜に、「何もかもおしまいだ！」という気がしたほどだ。しかし、おそらくもっと悲惨だったのは、その後私があっという間に運命に服従して、ごく普通の中学生らしい生活をするようになったことだろう。ごく普通とは言えない私の感受性は別だったが。グレーボチカと一緒に初めて中学へ行った朝は晴天で、もうそれだけで明るい気分になるには十分だった。おまけに、私たちはなんと着飾っていたことか！　何もかも新しくて丈夫で着心地がよく、喜びを与えてくれた。磨きあげたブーツ、明るいグレーのラシャ地のズボン、銀ボタンがついた紺色の上着、散髪した清潔な頭には紺色の輝くような学生帽、革の匂いがしてキュッキュッと鳴るランドセル、その中には昨日買ったばかりの教科書、筆箱、鉛筆、ノート……。そして中学校の厳格で晴れやかな新鮮さ――きれいな石畳の中庭、日光に輝くガラス、玄関扉の銅製の取っ手。夏の間にペンキを塗り直した廊下、明るい教室、ホール、階段の清潔さと広さと音の反響、夏休み明けにいっそう元気になって戻ってきた非常にたくさんの若者たちの響きわたる話し声と叫び、授業の前に講堂で行われた最初の祈祷の厳粛さと壮麗さ、「二列で足並み揃えて」歩いた教室への初めての行進――前方で生徒を引率し、号令をかけながら元気に歩いているのは、本物の軍人である退役大尉だった――、席取りをめぐる最初の取っ組み合い、そしてついに先生の初めての入室、鶴の尾羽のような燕尾服、光る眼鏡、驚いたような目、先がぴんと上がった顎ひげ、小脇に抱えた鞄……。何日かすると、これ以外の生活などなかったかのように、これら全部に慣れた。こうして日が、週が、月が過ぎて行った。

勉強は私には楽だった。多少とも好きな科目だけ優秀で、他の科目は、何でもすばやく把握する能力で処理して、中くらいの成績だった。アオリスト[*2]のように大嫌いな科目は別である。教わることの四分の三は私たちに全く不要で、私たちの中に何の痕跡も残さなかったし、教え方もぱっとせず形式的だった。教師の大部分は無教養なつまらない人間で、その中の数人は奇人で――もちろん彼らは教室ではあらゆる方法で愚弄された――、二、三人は正真正銘の狂人だった。中でも一人は目立っていた。彼はおそろしく無口で、生活上の不潔さ、人の呼吸、接触への恐怖症に罹っていて、常に道のまん中を歩き、中学では手袋を脱ぐとすぐさまハンカチを握って、ドアの取っ手や教壇の前の椅子に触るときは必ずハンカチを使った。小柄で弱々し

＊1　M・スコベレフは露土戦争の英雄、M・チェルニャエフはセルビアへの義勇軍の指揮者。解放皇帝は一八六〇年に農奴解放を行ったアレクサンドル二世。
＊2　インド・ヨーロッパ語族の時制のひとつ。古代教会スラヴ語と古ロシア語にこの時制があった。

くて、栗色のすばらしい巻き毛を後ろに掻き上げ、秀でた白い額、青白い顔に驚くほど繊細な目鼻立ち、悲しげに静かに虚空を見据える黒っぽい目をしていた……。

中学時代について、他に何を言っておくべきか。その数年間で私は少年から青年になった。だが、この変化が実際どのように起こったかは、神のみぞ知るというところだ。外側から見た私の生活は、言うまでもなくきわめて単調で平凡だった。いつも通りの教室への行進、いつも暗い気持ちで気乗りせずにやる翌日の予習、いつも頭を離れない、次の休暇についての夢想、クリスマス週間や夏休みまであと何日というういつもの計算——ああ、少しでも早くこの日数が過ぎてくれたら……。

六

九月の夕暮れだった。私は町を歩き回る。グレーボチカと違って、勉強を強制されたり耳を引っ張られたりしないのだ。グレーボチカはだんだん恨みを募らせて、ますます怠惰で強情になっていた。私の心には悲しみがあった。夏は果てしなく続くように見えて、最高にすてきな何千もの計画の実現を約束していたのに、あっという間に過ぎてしまったという悲しみ。そして自分がすべての人から——通りを徒歩や馬車で行ったり、市場で商いをしたり、店の行列に並んだりしている人たちから——疎外されているという悲しみ……。すべての人に自分の用事や自分たちの会話があり、みんな大人として慣れ親しんだ生活を送っていて、そんな生活にまだ全然参加していない孤独な寂しい中学生とは違っていた。町は豊かさと人の多さで、はじけんばかりだった。町は非常に豊かで、一年中モスクワやヴォルガ、リガ、レーヴェリと交易していたが、この時期は格別だった。朝から晩まで村から収穫物が運び込まれ、朝から晩まで町中で小麦の集荷が行われ、市場や広場にはあらゆる大地の実りが山と積まれていた。いかにも満足してくつろいだ様子で大声で話をしながら、道のまん中を行く百姓たちとしきりにすれ違ったが、彼らは町での用事を全部終わって、すでに軽く一杯飲んで、今はその余韻を楽しみながら、荷馬車へ向かうところだった。一日中この百姓たちを丸め込もうとしていた日焼けして埃まみれで元気一杯の仲買人たちも、活発に話しながら歩道を歩いていた。彼らは朝から町へやってきて百姓たちを出迎え、客の奪い合いをして、客たちを市場や穀物売場に連れ歩いた。彼らももう仕事を終えて、お茶を飲みに旅籠へ向かっている。町から監獄と修道院へ向かって矢のようにまっすぐ延びる《長い通り》は、埃を浴び、ちょうど今この通りの端に沈んでいく太陽の光を浴びていた。その埃っぽい金色の中を、こちらも町の名物である競馬から徒歩や馬車で帰る人々が、川のように流れていた。なんと多くのめかしこんだ書記や店の番頭、極楽鳥のように着飾った令嬢たち、しゃれた二輪馬車がいたことだろう！　二輪馬車では、尻のでっぷりした若い商人たちが群衆を前に気取って、競馬に出た自分の馬を抑えながら、若い奥さんと並んで座っている。終夜祈祷へ招く鐘の音が聞こえて来て、顎ひげを生やした貫禄のある商人たちが、よく肥えた馬をつけた重くて快適な四輪馬車にロウソクを持った老いた妻たちをのせて聖堂の方へ向かっていた。その奥さんたちの黄色くむくんだ顔や身につけたおびただしい宝石、死人のように青白く痩せた様は、見る人を驚かした。

国定祝日には、聖堂で厳かな礼拝式が行われる。中学校の大尉は、校庭に集合した生徒たちを引率していく前に、一個一個のボタンまで検査する。先生たちは制服に勲章をつけ、礼装用の三角帽子をかぶっている。通りを行進すると道行く人が私たちのことを、祭日を記念する祝典に直接関係する、何か公的で半ば軍隊的なものとして見ているのを感じてうれしくなる。聖堂へは四方八方から他の「公的機関」が、つまり制服、勲章、三角帽子、立派な肩章が、徒歩や馬車で集まってくる。聖堂に近づくにつれて、鐘の音が大きくなり、ますます重厚で華麗になっていく。しかし、もう教会の表階段にさしかかり——「帽子を脱げ！」——、押し合って列を乱しながら開け放たれた玄関からひんやりした荘厳な空間に入ると、千プード〔一プードは一六・三八キログラム〕もある鐘が頭の真上で大きな低い音で響き渡り、その響きが慈しむように厳かに私たちを広く迎え入れて包み込む。なんと大勢の人だろう！　それに、上から下まで金に覆われたイコノスタス、金色の祭服をまとった聖歌隊、燃えるロウソク、赤いラシャを敷いた説教壇の階段の脇にひしめく様々な官等の役人たち——なんと重々しく荘厳なことだろう！　少年の心にとってこれは生易《なま》しい経験ではなかった。長く続くきらびやかな礼拝式、司祭の朗誦、振られる香炉、人や物の出入り、雷鳴のような朗々たるバスや消え入るような甘いアルトが聞こえてきて、時には力強く時には優しく心を魅する聖歌隊、周囲からのしかかってくる巨体の熱さと不快さ、目の前に警視監のイノシシのような胴体が短い上着と銀色のベルトで固められてそびえたつというぎょっとするような光景——そのすべてのせいで、頭がぼんやりしてくる……。

そんな祭日の夜、町は茜《あかね》色に燃え立ち、歩道に点々と置かれた灯明がくすぶって匂いを立て、家々には旗が飾られ、旗の飾り文字や王冠の模様が闇の中で炎のように輝いて見えた。これは最初の頃の町の印象の中で、記憶に残るひとつである。そのころ町では、大がかりな野外の祝祭行事がよく行われた。あるときロストフツェフ家の息子が——私たちと同じ中学校の六年生だった——町の公園の野外行事にグレーボチカと私を連れていってくれた。無数とも見える群衆が、埃や安い香水の匂いをさせながら、混雑のせいでゆっくりと並木道を歩いているのに、私は驚いた。並木道のはずれでは、色つきの灯りに照らされた野外音楽堂でもの憂げなワルツの調べが流れ、軍楽隊が金管楽器やティンパニの音を響かせていた。ロストフツェフは並木道で、数人の女友だちと一緒に向こうからやってきた可愛い令嬢とばったり会って、急に立ち止まった。彼が赤面して、ふざけて靴の踵をかちっと合わせて敬礼すると、凝った帽子をかぶった彼女は、喜びの笑いを隠さずパッと顔を輝かせた。音楽堂前の広場にある大きな花壇のまん中で、噴水の水が四方に吹き出し、冷たい水しぶきを振りかけていた。噴水のさわやかさと、その水しぶきを浴びていた、後に私が知ったところでは単に「タバコ」という名の花の魅惑的な香りは、永久に私の記憶に残った。それはこの花の香りが、私がこのあと数日間、生まれて初めて味わった甘く切ない恋心と結びついたからである。これはあの田舎令嬢のおかげであり、私は今でもタバコの花の香りをかぐたびに心が騒ぐ。だが、彼女は私のことなど何も知らず、私が一生この香りを通じて、彼女のこと、噴水のさわやかさ、軍楽隊の響きを思い出してきたことなど知りもしない……。

七

そして最初の冷え込みがやってくる。鉛色をした貧しく穏やかな晩秋の日々。町は冬用に窓を二重にして暖炉を焚き、温かい服を着て冬に必要なものをすべて備え、早くも冬の快適さや何百年も受け継いできた古い生活様式を、それに季節と慣習の繰り返しをうれしく感じ取っている。

「鴨が飛んで行くよ」と、暖かいラシャ地のコートに暖かい庇帽をかぶったロストフツェフが家に入ってきて、冬の空気を持ち込みながらうれしそうに妻に告げる。「今、群れが飛んで行くのを見たよ。百姓からキャベツを荷車二台分買ったから受け取ってくれ。すぐに運んでくる。ほれぼれするようなキャベツなんだ、大きさが揃ってて……」

私は快い気分になるが、同時に悲しく、非常に悲しくなる。中学校の図書室で借りてきたウォルター・スコットを横に置いて、考えにふける――自分の内部で生じていることを理解し、表現したいのだ。心の中で町を思い浮かべて全体を見渡してみる。遠くの方、町の入り口には非常に古い男子修道院がある。人の話では、どの庵室でも修道士はみんな、いつでもイコンの後ろにウォトカとソーセージを隠しているそうだ。グレーボチカは修道士が祭服の下にズボンを履いているのかどうかに大いに興味を持っているが、私は修道院のことを考えると、自分が精進を守り祈祷をして、聖人になりたいと願っていた、あの異常に昂揚した時期を思い出すし、それと同時に修道院の昔のこと、何度もタタール人に包囲され占領され、焼き討ちや略奪を受けてきたことを思い、なぜか陶然とする。そんなことに魅力を感じるとともに、それをしっかり理解して詩の形式で詩的虚構として表現したいという気持ちが苦しいほどに募る。修道院から引き返し、《長い通り》を歩いて町に入ると、左側の貧しい汚い通りが、町を流れる川の支流がある窪地の方へ下っていくのが見える。悪臭を放つその支流では、獣皮を水に晒《さら》している。流れは浅く、川底一面に皮の黒い層が重なり、両岸には強い刺激臭を放つ茶色っぽいものが幾つも山と積まれ、皮の乾燥と加工用の黒い木枠が並んでいる。頑健で粗野で信じられないほど油まみれの、恐ろしげな連中が非常にたくさん、騒々しく働いたりタバコを吸ったり汚い言葉で罵ったりしている。ここも三、四百年の歴史をもつ非常に古い場所で、私はこの醜悪な場所についても何かすてきなことを言いたい、考え出したいという思いに駆られる……。流れの向こうはチョールナヤ村、岩の断崖の上に位置するアルガマチャ村、断崖の下には遥か南方のドン川下流域へと何千年も流れている川。昔その川でタタールの若き公が死んだのだが、その公についてもやはり何かを考えだして、詩の形式で表現したい。川を挟んでアルガマチャ村の真向かいに、わが国でも最古の教会のひとつがそびえている。今でもそこにある奇蹟をもたらす聖母のイコンが、タタールの公に罰を下されたのだと言われている。そのイコンの前には永遠の灯がともされ、黒っぽい肩掛けをまとった女が常に跪いて祈りを捧げている。灯明のかすかな光に鈍く光る暗い金色の飾り枠を、女はじっと悲しげに見つめている。飾り枠の隙間から、聖母が胸に当てた右手を描いた暗褐色の狭い部分が見え、その上に、これも黒っぽい中世風の小さな顔が見える。レース状の銀に色とりどりのダイヤや真珠やルビーをちりばめた冠をかぶり、顔はおとなしく悲しげに左の方に傾けられている……。川を越えた町はずれには、「川向こう《ザレーチエ》」と呼ばれる場所が低地に広く延びている。そこは独特なひとつの町、鉄道の支配する国だった。昼も夜も、どんより曇った冷たい空の下で鴨の群れがめざしていった遠方への憧れをかき立てながら、音がよく響く冷たい空気の中で、機関車たちが命令するように、訴えかけるように、悲しげに、そして自由に声をかけ合っている。そこにある鉄道駅も独特の匂いで憧れをかき立てる――揚げたピロシキやサモワールやコーヒーの匂いと、石炭の煙の匂い、つまり昼夜を問わずロシアのあらゆる方角へ散って行く蒸気機関車の匂いとが混じり合った匂い……。

貧しく短い秋の日をいくつも覚えている、そんな日は家の心地よさを、町の遠い昔や町から見える自由な秋の大地を夢想して、心が甘くせつなくうずいたものだ。それらの日々は、中学校の教室の退屈さの中で――私はそこで、どうしても知る必要があるらしいことを否応なく勉強した――、また町人の家の暖かい二間の静けさの中で、際限なく続いた。主婦の箪笥の上に置かれた目覚まし時計の眠気を誘う音はもちろんのこと、一日中レース編みをしているマーニャとクシューシャの編み針が細かく触れる音さえも部屋の平穏を深め、秋の日はゆっくりと単調に流れていったが、それが不意に一気に断ち切られる。一段と侘《わび》しい夕暮れに突然、表の木戸がカタンと鳴り、続いて玄関、それから入り口の間のドアの開く音がして、不意に敷居の所に父の姿が現れるのだ。耳当て付きの毛皮帽をかぶり、アライグマの毛皮コートの前を大きくあけている。私は大急ぎで父の首にしがみついて、外の寒さで冷たく湿った口ひげの下の暖かくて懐かしい唇にむさぼるようにキスをしながら、有頂天になって感じる――ああ、お父さんはこの町の人たちとなんて似てないんだろう。なんて他のみんなと違っているんだろう!

八

私たちが住んでいる通りは、町を縦断していた。通りは私たちの区域ではひっそりとして人気《ひとけ》がなく、住む人がいないような石造りの商人の家が並んでいた。だが、通りのまん中あたりになるととても活気があった。通りはそこで市場とぶつかり、居酒屋、アーケード街、高級店、高級ホテルなど、あるべきものは何でもあった。高級ホテルの中には、この通りが《長い通り》と交差する角に位置する《貴族ホテル》もあった。その名前にふさわしく、ここの宿泊客は地主だけだった。通行人は半地下の窓ごしにレストランの厨房の甘い匂いをかぎ、白いコック帽をかぶった料理人たちを見て、玄関のガラスのドアごしには赤い絨毯を敷きつめた幅の広い階段を見るのだった。

父は私の中学時代に、人生最後の好調期を迎えていた。引っ越した先のバトゥリノの領地を抵当に入れ、カーメンカの方は売却して——すべて賢明な経営計画に基づいているみたいに——父は再び自分を裕福な地主と感じていた。だから町に来るとまた《貴族ホテル》を定宿にして、いつも最高の部屋をとった。父が来ると私はすぐにロストフツェフ家を出て、二、三日間まったく別の世界に住んで、一時的にお坊ちゃんに戻った。すると誰もが笑顔を向けてお辞儀してくれるのだ——玄関脇に控えた「威勢のいい連中」と呼ばれる御者たち、ドアマン、廊下のボーイ、メイド、ゆったりした燕尾服に白いネクタイをしめてひげを剃り上げたあのミヘーイチさえも。ミヘーイチは元はシェレメーチエフ家の農奴で、これまでの人生であらゆるものを見て、パリもローマもペテルブルグもモスクワも見てきたが、今は田舎町の《貴族ホテル》とやらの従僕として、堂々と、そして悲しく余生を生きていた。今やこのホテルでは、れっきとした旦那方さえ旦那のふりをしているだけで、他の連中は、ミヘーイチに言わせると「田舎のしゃれ者」に過ぎず、わざとらしく旦那風を吹かして馴れ馴れしく命令するし、威厳のせいではなくウォトカのせいで低い声を出す連中だった。「ご機嫌よう、アレクサンドル・セルゲーイチ！」ホテルの車寄せで御者たちは先を争って父に呼びかける。「待っておれとおっしゃってください。夜はサーカスなどいかがで？」

するると父は、昔のような金持ちの役どころは欺瞞だと感じるものの、呼びかけられるのが嬉しくて、御者に待機を命じる。ホテルの脇にはいつも辻馬車がたくさんいたから、待たせておいてお金を払う意味はまったくなかったのだが。玄関のガラスドアから入ると中は暖かくて、煌々たるランプは浮き浮きするほど明るく、貴族大会や諸会議の会場になる地方の貴族専用の由緒あるホテル特有のすてきな貴族的雰囲気が、いっぺんに押し寄せてきた。レストランに通じる一階の廊下からは、大きな話し声や笑い声が響き、誰かが叫んでいるのが聞こえる――「ミヘーイチ、伯爵に伝えてくれ、われわれはここで待ってるって」。二階に上がる階段では、ゆったりした毛皮コートを着て百姓にも公国を治める公にも見える大男が、私たちを見ると急に立ち止まって驚きの声を上げて、鷹のような冷たい目をいかにも嬉しそうに見開いて、宮廷風に愛想よく母の手に口づけする。父は即座に相手の社交界風の流儀に合わせて、強く握手する。「どうぞ、お寄りください、公爵！　お寄りくだされば光栄です」

廊下では、麻のルバシカに半コートをはおって白っぽい髪の毛を撫でつけ、いつも酔っぱらっている明るいブルーの目を見開いた、足の短いがっしりした若者が、急いで歩いてきた。しゃがれた大きな声でいかにも親戚らしく（親戚関係は全然ないのだが）、まだ遠くのほうから呼びかけてきた。

「おやおや、伯父さん、何年ぶりでしょう！　アルセーニエフ、アルセーニエフって聞こえるけど、伯父さんなのかわからなくて。ご機嫌よう、伯母さま」と男は息もつがずに言って、身内のように母の手に口づけをするので、母は相手の額に口づけせざるを得なくなる。「やあ、アレクサンドル――いつものように私の名前をまちがえて、元気よく話しかけてくる――ほんとに立派になったね。伯父さん、ぼくはもう五日もここでクリチェフスキイの野郎を待ってるんですよ。銀行に払う金を用立ててくれると約束したのに、急にワルシャワへ行っちゃって、いつ帰ってくるのか全然わからないんですよ……。伯父さん、食事はすみました？　下に行きましょうよ、みんな集まってますから」

するとと父は嬉しげに彼にキスをして、何の理由もなく、父自身にさえ思いがけないことに、突然彼を食事に招待して部屋に引っぱりこみ、すごい勢いで信じられないほど大量の前菜、主菜、ウォトカ、ワインをヘーイチに注文する……。この偽の親戚がどんなにたくさん飲み食いしたことか！　どんなに騒々しく途切れなくしゃべり、感嘆し、笑い、驚いたことか！　しゃがれた叫び声や、激した口調でたえず「伯父さん、ぼくにそんな卑劣なまねができると、本気で思ってるんですか！」と言っていたのが、今でも耳に残っている。

私たちは夜には、トルツィ兄弟サーカスの凍りつくように寒い巨大なテントに座っていた。サーカスに付き物のあらゆる匂いが、強く心地よく漂っていた。白塗りの顔に炎のような赤毛で幅広ズボンをはいたピエロたちが、オウムのように甲高い声で叫びながら、観衆の笑いに迎えられて中央に飛び出してきて、わざとぶざまに腹から砂に落ちてみせたのに続いて、年取った白馬が走り出てきた。その弓なりになった広い背中に、ピンクのレオタードを着て全身に金色のスパンコールをきらめかせた足の短い女が、立ち乗りしていた。チュチュの下にピンク色の引き締まったふくらはぎが見える。音楽は勢いをまして熱くなり――「柳よ柳、私の緑の木よ」――、黒ひげのハンサムな団長が、燕尾服に膝上までのブーツと山高帽という格好で、アリーナの中央でくるくる回りながら、長い鞭を見事にリズミカルに打ち鳴らした。馬は首をまっすぐ伸ばして体を傾け、サークルの縁をギャロップで疾走した。女は馬上でタイミングをはかって体をしならせ、突然なまめかしい短い叫び声をあげてジャンプして、チョッキ姿の馬丁たちが高く掲げた紙製の枠を見事に破った。彼女は羽毛より軽やかに見せながら、最後に馬の背中からアリーナの砂の上に最高に優美なポーズで着地して、独特な手首の返しで手を振りながら、嵐のような拍手の中、子供っぽさを強調しつつ裏に走り去る。そのとき不意に音楽が止まり〔ピエロたちは哀れな白痴のふりをしてアリーナをふらつき、「もうちょいとカマリンスキイ〔民謡の題名〕を頼むよ」と舌足らずに叫んでいたが〕、サーカス全体が甘い恐怖に静まり返った。馬丁たちは大急ぎで大きな鉄の檻を引っ張ってくる。そして舞台裏から突然、ガオーというものすごい咆哮が、まるで誰かが激しく嘔吐したように響いてきた。続いて聞えてきた百獣の王が力強く息を吐く音は、トルツィ兄弟の巨大なテントを土台まで揺るがすようだった……。

九

父と母が家に帰った後は、町はまるで復活祭前の大精進期に入ったようだった。

両親はなぜか土曜日に帰ることが多かったので、私はその日の夜、中学校近くのうら寂しい横町にある十字架挙栄教会の終夜祈祷に行かねばならなかった。

ああ、低い暗い円屋根の下の静かでもの悲しい晩秋の夜を、私はどんなによく覚えていることだろう！慣例にしたがって、私たちは祈祷が始まるずっと前に連れてこられ、張りつめた静寂と薄闇の中で待っていた。私たち以外には誰もいない。ただ隅の方で跪いて祈っている老婆たちの暗い影があるだけだ。彼女たちが祈りを捧げるささやき声や、至聖所でロウソクと灯明がはぜる小さな音以外には、物音もなかった。次第に闇が深まり、細長い窓の外では、終わりかけている夕暮れがますます悲しげに青や紫の色を深めていく……。やっと暖かい祭服を着て深いオーバーシューズを履いた司祭たちが至聖所へ進む柔らかな足音が聞こえる。しかし、その後にまた静寂と待機が続き、赤い絹を張った王門[*1]の向こうの至聖所で、何か秘かな準備が行われている。それから王門が開けられ——それはいつも少々突然で気味が悪かった——、宝座[*2]で沈黙のうちに長々と香炉を振って香が焚かれる。ついに輔祭が説教壇まで出てきて、控えめだが厳かな声で「お立ちください」と呼びかけ、それに対して至聖所の奥から開始を告げる柔和で悲しい声が、「神聖にして一体にして生命の源にして三位にして分かれざる至聖三者に栄光あれ」と告げ、その声は静かに唱和する「アーメン」というコーラスに包み込まれる……。

こうしたことすべてが、どんなに私を興奮させることか！ 私はまだ十代の少年だったが、生まれながらにそのすべてを感じ取る感覚を持っていた。またこの数年間にすでに何回も、この教会で待機や礼拝の前の張りつめた静寂を経験し、輔祭の呼びかけの声や、いつでもその声を包み込むように唱えられる「アーメン」を聞いていたので、どれももはや私の心の一部となっていた。礼拝の一語一語を前もって知っているので、心はより強く、より親密に反応した。「神聖にして一体にして」——なじみのある優しい声が至聖所からかすかに流れてくるのを聞き、礼拝のあいだ私は魅せられて立ちつくすのだった。

燭台を持った輔祭が先に立ち、司祭が教会の中を静かに回って、イコンに叩頭しながら香炉の煙をあたりに振りまいていくとき、「来たりて主を崇めよ、来たりて主を崇めよ。わが心よ、主を讃えよ」という声が聞こえてきて、私の目に涙がこみあげる。なぜなら、これより美しく高尚なものはこの地上にない、あり得ないと、すでにはっきり知っているからだ。たとえグレーボチカが、いいかげんにひげを剃った上級生たちの話を聞いて、神はいないと主張しているのが正しいとしても、私がいま司祭の呼びかけや聖歌を聞き、暗い金色をしたイコノスタスの前にある赤い灯を見ながら、そして神に仕える聖なる勇者にして信仰篤きアレクサンドル・ネフスキイ公〔十三世紀のノヴゴロド公、ヴラジーミル大公〕の像を見ながら、こうして感じていること以上にすばらしいことは、この世にないとはっきり知っているからだ。戦士の甲冑を身につけたアレクサンドル・ネフスキイ公は、私の横にある金を被せた柱に等身大に描かれ、神への怖れと畏敬を抱いて胸に手を当て、厳しい敬虔な目で高みを見上げていた……。

そして神聖な機密は進行する。私たちが楽園から追放され、そして再び楽園を見出すことを象徴して、王門が閉ざされ、また開かれる。われらの地上における弱さと寄る辺なさを自覚して、われらを神の道に導きたまえと願うすばらしい祈祷が朗誦される。来たるべき救世主への期待を表し、人間の心が希望で照らされることを象徴してともされるロウソクの光で、教会の円屋根の天井はますます明るく暖かく照らされる。地上の大いなる祈りには、神の寛大さへの深い信頼がこめられている――「天界とわれらが魂の救いについて、全世界の平和と聖なる教会の繁栄について……」。そして向こうでは再び、すべてを穏やかに許す温和な声がかすかに聞こえる――「あらゆる栄光が汝にふさわしきことを、父と子と聖神に尊敬と崇拝を、常に永遠《とこしえ》に……」

いや、私がゴシック式の教会やパイプオルガンについて語ったことは本当ではなかった。私はゴシック式の教会では一度も、あの暗く寂しい夜に小さな十字架挙栄教会で泣いたように泣いたことはない。父と母を見送ってから、まるで父の家に入るように教会の低い円屋根の下の静けさと暖かさと暗さの中へ入っていき、長いコートを着たままぐったりと立ち尽くし、悲しく穏和な「わが祈りは届けられん」や、甘美でゆったりした「静かなる光、不死なる天の父、聖なる祝福されたイエス・キリストに栄光あれ」を聞きながら、また

＊1　イコノスタスの中央にある至聖所への入り口。／＊2　至聖所の中央の聖体礼儀を行う台。

「西にたどり着きし太陽、夕方の光を見て」を聞くと思い浮かぶ神秘的な日没の光景に陶然としながら、私は涙を流したものだ。そして教会にしばしの深い静寂が戻り、またロウソクが消され、教会が旧約聖書の時代のような夜に沈み、続いて、まるではるか遠くの夜明けの光のようにゆっくりとおずおずと、やっと聞こえるくらいの声で、「高みにいます神に栄光を、地に平和を、人に愛を」がはじまり、その聖歌の中ごろで「主よ、汝は祝福されてあり。われに汝の道を教えよ」という激しい悲しみと幸福にみちた慟哭《どうこく》が三回繰り返されるのを聞いた。いや、ゴシック式の教会では、私はあのように泣いたことはなかった。

十

曇った厳しい冬の日や、暗くて汚らしい雪解けの日々もたくさん覚えている。そんな日々にはロシアの地方の生活はひときわ辛く、人々の顔はもの悲しく意地悪そうで――ロシア人は原始的なまでに自然の影響を受けやすい！――、自分自身の存在を含めてこの世のすべてがその不必要さで私たちを苦しめた……。

時には何週間も、いくつかの鐘楼が遠くに浮び上がるだけで他には何も見えないアジア的な吹雪が吹き荒れたのを覚えている。主顕節の頃の酷寒も覚えている。この時期の寒さは、はるか昔のルーシ時代を思わせ「大地が一サージェンもひび割れた」〔一サージェンは二メートル強〕という酷寒を思い起こさせた。そんなとき、降りつもった雪の中にすっぽり沈みこんだ真っ白な町の上で、夜には漆黒の空に白いオリオン座が恐ろしげに光り、朝には二つに見えるおぼろな太陽が鏡のようにまがまがしく輝き、音をよく響かせる刺すような冷気がじっと張りつめて、煙突から立ち上る赤い煙で町全体がゆっくりとかすんでいった。そんな酷寒の日に、半世紀も町をうろついていた乞食の白痴女のドゥーニャが、教会の表階段で凍死した。すると日頃ひどく残酷にドゥーニャをいじめていた町の人々が、突然彼女のために皇帝さながらの葬儀を出してやった……。

不思議なことにこれに続いてすぐに思い出すのは、私にとって初めての経験となった女子中学校のダンスパーティーのことだ。やはり酷寒の時期だった。中学校からの帰り、私とグレーボチカはわざと女子中学校がある道を通っていた。校内ではもう玄関への通路の両側に積もった雪堆《やま》をならして、葉が青々と茂った樅の木を二列に植えこんでいた。日没の時間で何もかもきれいで若やいで、バラ色に染まっていた——雪の積もった通り、雪で厚みを増した屋根、家々の壁、雲母のように金色に輝いているガラス、それに爽やかでピリッとして、まるで人を愉快にする気体《エーテル》のように胸に入ってくる空気までも。校内から私たちの方へ、毛皮コートにオーバーシューズ、かわいい帽子やフードという格好の女子中学生たちが、長いまつ毛を霜で銀色に光らせ、目をきらきらさせて近づいてきた。その中の数人が歩きながら、よく響く声で愛想良く、「ダンスパーティーへどうぞ」と呼びかけてきた。その声の響きが私を浮き立たせて、初めての感情を呼び起こした。それは、彼女たちの毛皮コートやオーバーシューズやフードに、あるいは上気した優しい顔や凍った長いまつ毛やよく動く熱い視線の中に存在する、何か特別なものに対する感情だった。私は後に、非常に大きな力でこの感情に支配される運命にあった……。

ダンスパーティーの後、私は長いことパーティーと自分自身の思い出に酔い痴れていた。新しい紺色の制服に白い手袋をはめて正装した、ハンサムで敏捷で軽快な中学生だった私は、若者らしい冷淡さを胸に、華やかな娘たちの集団にまぎれたり、廊下や階段を歩き回ったり、何度もビュッフェに行ってアーモンドシロップを飲んだりした。シャンデリアの真珠色の光のもと、楽隊席から軍楽隊の勇壮な音が響きわたる広々した白いホールでは、光る粉をまいた寄せ木張りの床で踊っている人たちの間を滑るように進み、初めてパーティーに参加する人をくらくらさせる、いい匂いのする熱気を吸い込んだ。軽やかな婦人靴、白いケープ、首に巻いた黒ビロードのリボン、お下げ髪につけた蝶結びの絹のリボン、ワルツの後にめくるめく幸福感で高く波打っている若い胸元――歩きながら目に入るそれらの一つ一つに魅了されていた……。

十一

三年生のとき私は校長に反抗的な口を利いて、危うく放校になるところだった。ギリシア語の授業中に先生が何かを説明して、自分の字のうまさに満足しながら力を込めてチョークの音も高く板書している間、私は先生の話を聞かずに、『オデュッセイア』の中のもう百回は読んだ大好きな箇所、ナウシカアが侍女たちと岸辺に着物を洗いに行く場面を読み返していた。突然、校長が教室に入ってきて――彼は廊下を歩き回ってドアのガラスから覗く癖があった――つかつかと私の席へ来ると本をひったくり、激昂してどなった。

「授業が終わるまで隅に立ってろ！」

私は立ち上がって、青ざめながら言った。

「どならないでください。それに、そんな言い方しないでください。ぼくは子供じゃありません」

本当に私はもう子供ではなかった。心も体も急速に成長していた。もう感情だけで生きているのではなく、感情を制御することを覚え、自分が見たり知覚したりしたことを理解して、周囲のことや自分の経験をある程度距離を置いて見るようになった。似たようなことは、幼児から少年になる時にも経験した。今度はそれを倍の強さで経験したのだ。祭日にグレーボチカと連れ立って町を歩くと、私の身長は通行人の平均とほぼ同じで、ただ私が少年らしく痩せてスマートなのと、ひげが生えていない細くて爽やかな顔が通行人たちとの違いだと気づくのだった。

その年の九月初め、四年に進級したとき、ヴァジム・ロプーヒンという同級生が急に私と友情を結ぼうと思い立った。ある日の中休みに近づいてきた彼は、私の肘の上をつかみ、まっすぐに、しかし虚《うつ》ろに私の目を見て言った。

「なあ、俺たちのグループに入らないか。貴族中学生の会っていうのを作ったんだ。これ以上そこらのアルヒーポフとかザウサイロフふぜい*と混ざらないためにさ。わかるだろ」

彼は全学年を落第して二年ずつやっていたので、あらゆる点で私よりはるかに大人だった。もう青年らしく背が高くて骨格がしっかりして、金髪で目の色は明るく、金色の口ひげがうっすらと生えていた。もう何もかも知っていて何もかも経験ずみで、品行の悪さは明白で、彼自身はそれを趣味の良さや大人である証拠としていたく満足していることが感じられた。休み時間には、貴族らしく少しはずむような足取りで行儀悪く前かがみになって、たくさんの人の中をぼんやりと歩き回っていた。両手を幅広ズボンのポケットに突っ込み、いつも口笛を吹きながら、嘲笑的な冷たい好奇の目で周囲を見て、「仲間」にだけ近づいて声をかけ、担任を見ると知り合いにするように顎をしゃくってみせた……。私は当時すでに人を観察するようになり、好き嫌いがはっきりして、人々をいくつかの種類に分けるようになっていたが、その中には絶対に嫌いな連中という種類もあり、ロプーヒンは確実にその種類に属していた。それでも私が誘いに気をよくして、グループに入ることを全面的に承諾すると、彼はその夜すぐ町の公園に来るように言った。

「君は第一に仲間と親しくならなきゃいけない。第二にナーリヤ・Rを紹介するよ。まだ女学生で、高慢ちきな両親の娘なんだけど、実は海千山千で、利口なこと悪魔のごとく、陽気なことフランス女のごとしって

*どちらもエーレツの商人の苗字。

やつさ。誰にも手伝ってもらわないで一人でシャンパンのボトルをあけるんだぜ。そのくせ身長はほんの一アルシン〔約七〇センチメートル〕で、足は妖精みたいなんだ。わかるだろ」彼はいつもの癖で私の目をじっと見て、何か他のことを考えながら、あるいは考えているふりをしながら言った。

この会話の直後から、私にとても不思議なことが起きた。ロプーヒンの言葉から想像したナーリャに生まれて初めて恋心を感じただけでなく――その恋心は、前に私がサーシカを見たり、皇帝の日*のお祭りでロストフツェフ家の息子とある令嬢の出会いを見たりしたときの、あの瞬間的で軽い、謎めいたすてきな感情とはまったく違っていた――何か男性的な肉体的なものも感じたのだ。私はどんなにときめきながら夜を待ったことだろう！　ついに来たと私は思った。いったい何が来たのか。何か運命的な、ずっと前から待ち望んでいた、私が越えるはずの境界、罪深い楽園への不気味な入り口だ……。そのすべてが今夜起こる、少なくともそれが始まるのだと感じた。私は床屋へ行った。床屋は私の髪を短く刈りあげて、香水を吹きかけ、いやな匂いのする脂っぽい櫛で搔きあげた。私は家で一時間もかけて顔や体を洗って身ぎれいにして、いい服を着た。公園へ向かうときは、手は氷のように冷たく、耳は燃えるように熱いのを感じた。公園ではまた音楽の演奏があり、噴水が枝分かれした水を高く吹き上げて涼しい水しぶきをまき散らし、茜色の秋の夕暮れ、清涼な空気の中、どことなく女性的で華やかな花の香りが漂っていた。だが人は少なかったので、自分たちだけで歩くのを人に見られ、選ばれた「貴族中学生の会」にまじって独特の貴族的な会話をするのが恥ずかしかった。突然私は何かに撃たれたような気がした。並木道の向こうから私たちの方へ、小柄でスタイルのいい、とても優美でシンプルな服を着た少女っぽい女性が、ステッキを手に小刻みな足取りでやってきたのだ。彼女は足早に近づいてきて、黒い瞳をきらきらさせて、黒い手袋をぴっちりはめた小さな手を差し出し、力強くのびやかに握手して、早口でしゃべったり笑ったりしはじめ、二回ほどほんのちらっと、しかし興味深そうに私の方を見た。そのとき私は生まれて初めて、あの恐ろしい特別なもの、つまり笑っている女性の唇や女性の声の子供っぽい響き、女性の丸い肩やほっそりした腰、くるぶしにさえも感じられる、あの伝えがたいものを非常に強く感じ取ったので、一言も発することができなかった。

「彼をちょっと教育してやってください、ナーリャ」と、落ち着き払って無造作に私の方を顎で示しながら、ロプーヒンが言った。彼は非常にいやらしく意味ありげに何かをほのめかしたので、私の体にさっと冷たい戦慄が走って、歯がかちかち鳴ったほどだった……。

幸い、ナーリャは数日後に県庁所在地へ行ってしまった。県の副知事をしていた伯父さんが急に亡くなったのだ。幸い、あのグループとはそれ以後、何もなかった。その上まもなく、私たちの家で大事件が起きた。ゲオルギイ兄さんが逮捕されたのである。

十二

この事件には父さえも仰天した。

今となっては、かつて一般のロシア人が、不埒にも「皇帝に歯向かう」者にどんな態度を取っていたか、想像もつかないだろう。アレクサンドル二世は何度も襲撃されてついには暗殺されたけれども、皇帝にはまだ「地上の神」というイメージが残っていて、人々の頭にも心にも神秘的な畏敬の念を呼び起こした。「社会主義者」という言葉も、神秘的なものとして口にされ、その中には甚だしい恥辱と恐怖がこめられていた。

＊皇帝の戴冠記念日と名の日（その人の洗礼名の聖者の祭日）を祝う日。

あらゆる悪行の概念を備えていたからだ。近所に「社会主義者」が現れたというニュースは——ロガチョフ家の兄弟とスボーチン家の令嬢たちのことだった——この郡でペストかハンセン病が発生したような衝撃をわが家に与えた。その後にもっと恐ろしい事件が起こった。近所のアルフェロフ家の息子はペテルブルグの軍医科大学で学んでいたが、突如そこから失踪して、その後エレーツ郊外の製粉所の荷運び人夫に身をやつし、樹皮草履に手織りの麻のシャツという格好で頬ひげも思い切り生やしていたのに、見破られて、「プロパガンダ」の罪で——この言葉も恐ろしい響きを持っていた——摘発され、ペトロ・パヴロフスク要塞〔ペテルブルグにあった政治囚の監獄〕に収監された。私の父は決して無学でも旧弊でもなく、あらゆる点でおよそ小心者ではなかった。私は子供の頃、父がニコライ一世のことを大胆にも「鞭打ち屋ニコライ」とか「成り上がり者」と呼ぶのを、何度も聞いた。しかし次の日になると、「神のもとに休み給う皇帝陛下、ニコライ・パヴロヴィチ」と、前日とは正反対のことを、これも本心から重々しい口調で言うのも聞いた。父の場合は何もかも地主貴族らしい性分から来ていたのだが、それにしてもどちらの気持ちが優勢だったのだろうか。ひげもじゃの若い荷運び人夫が「とっつかまった」とき、父はただ茫然として両手を拡げた。

「かわいそうなフョードル・ミハイルィチ！」父は恐ろしげに、逮捕された男の父親について語った。「たぶん、あの若造は死刑だな。いや、絶対に死刑だ——父は常に極端な状況を好んだ——それも当然さ、当然だとも。あのお年寄りは実に気の毒だが、奴らに遠慮してはいかん。このままじゃ、フランス革命みたいなことになってしまう。俺が言ってた通りだ。よろしいか、このおでこの広い無愛想な坊主は今に囚人になって、お宅の恥さらしになりますぞって、何度も言ってやったんだ」

　ところが、まったく同じ恥辱が、恐怖が、突如わが家にも降りかかってきた。どうしてこんなことになったのか。兄を「おでこの広い無愛想な坊主」なんて呼ぶことはできなかった。彼が「犯罪的活動」を行うなんて、スボーチン姉妹の場合よりさらに馬鹿げた、あり得ないことに思えた。彼女たちは裕福な立派な貴族の出だったが、娘らしい愚かさから、ロガチョフ兄弟などのせいでひょいと道を踏みはずすことは考えられた。

兄の「活動」とは何だったのか、彼がどんな大学生活を送ったのか、私は正確には知らない。知っているのはただ、その活動が早くも中学時代に、神学生のドブロホートフとかいう「非凡な人物」の指導ではじまったことだ。しかし、兄とドブロホートフにどんな共通点があっただろうか。兄は後で彼のことを話してくれたが、その時もまだ心酔していて、彼の「厳格主義《リゴリズム》」、鉄の意志、「専制への仮借なき憎悪と民衆への献身的な愛」を語った。しかし、これらの特徴のうち一つでも、兄は備えていただろうか。兄はなぜ彼に心酔したのか。それは明らかに、貴族特有の永遠の軽率さ、熱狂癖のせいである――ラジーシチェフやチャーツキイ、ルージン、オガリョーフ、ゲルツェンなどはこういう癖を白髪になるまで持ち続けた。それにドブロホートフが備えていたいくつもの特徴が、高潔で英雄的だと思われていたせいでもある。そして最後に、兄はドブロホートフを思い出すにつけて、自分の青春を幸福な祝祭として思い出したという単純な理由もある。それは若さという感覚の祝祭、秘密組織への関与という、「犯罪的」だからこそ危険で甘美な祝祭、集会や歌や「心を燃え立たせる」演説、危険な計画や事業の祝祭だった……。

ああ、永遠に祝祭を必要とするロシア人の心性よ！　私たちはなんと感覚的で、どんなに人生への陶酔を、単なる楽しさではなく文字通りの陶酔を求めることか。絶え間ない酔いや深酒に、どんなに惹きつけられることか。そして日常生活と計画通りの仕事は、私たちにはなんと退屈なことか！　私のいた時代のロシアでは生活は非常に広範で活動的で、健康で力強い労働者の数は絶えず増大していた。しかし、牛乳の流れる川や限りない自由や祝祭への昔からの憧れが、ロシアの革命精神を生み出す主要な理由のひとつになったのではなかったか。それにだいたい、ロシアの抗議者、反乱者、革命家とは、いったい何者なのか――常にばかばかしいほど現実と遊離して、現実を軽蔑し、理性や計算や地味でぱっとしない緩慢な過程にはまったく従おうとしない彼らは？　何だと！　知事官房に勤めて、社会事業にささやかな寄与をする？　絶対にいやだ、「馬車を回してくれ、私に馬車を」[*1]！

兄は中学校でも大学でも、学問の世界で輝かしい将来を予言された。だが、当時の兄は学問どころではなかった！　とにかく、「個人的生活を全面的に拒否して、苦しむ民衆に一身を捧げる」ことを義務とした。兄は善良で高潔で活発で思いやりのある青年だったが、ただ自分に嘘をついていた。より正確に言えば、虚構の感情で生きようと努め、他の数千人と同様に実際にそのように生きていた。だいたい、貴族の子供たちの「民衆の中へ《ヴ・ナロード》」運動、自分自身への反逆、集会、論争、地下活動、残虐な言葉や行為を生み出したものは何だったのか。実は彼らは、やはりあらゆる手段で人生を浪費しようとした父たちの、血を分け肉を分けた子供だった。思想は思想としてあったが、旺盛な活動、集会、騒ぎ、歌、危険な――しかも可愛らしいスボーチン家の令嬢たちと「手に手を取って」行う――非合法活動への陶酔、そして捜索、監獄、センセーショナルな裁判、同志と共にシベリアや懲役や北極圏へ行くことへの憧れといった外観の下に、これらの若い革命家たちは、楽しい暇つぶしへの渇望をどんなに多く秘めていたことだろう！　非凡な才能のおかげで中学校も大学もきわめて優秀な成績で卒業した兄に、青春の情熱をすべて「非合法活動」に捧げようと決心させたものは、何だったのか。ピーラやスィソイカ[*2]たちの辛い運命だろうか。兄が彼らのことを読んで何度も涙を流したのは、事実だ。しかし、すべての同志たちと同様に、なぜ新開部落やバトゥリノで現実のピーラやスィソイカに決して目を留めなかったのだろうか。多くの、本当に多くの点で、兄は父の息子にほかならなかった。ウォトカを二、三杯飲むと、「いや、たまらん！　一杯やるのはいいもんだ！　曇ってきたぞ！」と言っていた父の。

「曇ってくる」というのは、昔ウォトカ蒸溜所で使われていた言葉だ。一杯飲んだ人間がこの言葉で表現したかったのは、自分の中に何か若々しい喜ばしいものが入ってくる、自分の内部で甘い発酵のようなもの、分別や日常の窮屈さや堅苦しさからの解放が生じているということだった。農民たちはウォトカについて、「そうとも！ こいつのおかげで人間の中で何かがほどけるのさ」と言っている。「ルーシに飲む楽しみあり」という有名な言葉は、一見そう思えるほど単純な意味ではない。聖愚者、放浪、神がかりの狂態、焼身自殺、暴動、それにロシア文学の栄光の基にある表現力や言語的感受性さえも、この「飲む楽しみ」と関係があるのではないだろうか。

十三

兄は住所を変え、他人の名前を使って、長く身を隠していた。それから危険は去ったと判断して、バトゥリノへ帰ってきた。ところが、着いた翌日に逮捕された。近所の領地の管理人が密告したのである。驚いたことにこの管理人は、バトゥリノに憲兵がやってきたその朝に、自分が指図して伐《き》らせていた庭の木の下敷きになって死んだ。こうして私の想像の中に、そのとき思い浮かべた光景がずっと残ることになった。大きな古い庭園、全体にもう秋らしく葉もまばらで、秋の長雨や嵐や初霜のせいで汚くなり、枯れ葉が散って、木の幹や枝が黒ずみ、ここかしこに黄や赤の紅葉の名残がある。よく晴れた爽やかな朝、草原を照らす眩しい日光が、遠くでは暖かい金色の柱となって木々の幹の間を通り、低地の湿った冷気と影の中へ、

＊1　A・グリボエードフの喜劇『知恵の悲しみ』（一八二二―二四）より。
＊2　F・レシェートニコフの小説『ポドリープノエ村の人々』（一八六四）で農奴解放後に苦しい生活を送る民衆の名前。

まだ消えやらぬ朝霧が青いエーテルのように輝いている薄い煙の中へ落ちている。庭で二本の並木道が交差するところに、樹齢百年のすばらしい楓の木がある。枝を大きく広げ、巨大な樹冠と、ギザギザの黄色い葉が所々に残る黒い枝が、湿った明るい朝の空にくっきりと浮き上がっている。石のように堅いその木の幹に、シャツ一枚になって帽子を後ろにずらした農民たちが、満足げに大声を上げながら、光る斧をだんだん深く食い込ませる。管理人はポケットに手を突っ込んで空を見上げ、梢が揺れるのを見ている。ひょっとしたら彼は、社会主義者にいとも巧妙に罠をしかけたことを考えていたのだろうか。木が突然みしっと音を立てて前へ傾き、轟音とともに、速度と重さと恐怖を増大させながら、周りの木の枝をかすめて管理人の上へ倒れ落ちてきた……。

私はその後何度もこの領地を訪れた。ここは昔、私たちの母のものだった。何もかも売り払うという倦むことのない情熱を持つ父は、この領地もずっと前に売り払い、その金も使い果たした。次の持ち主が死んでから、領地はモスクワ在住の「勲章持ちの貴婦人」の所有になり、放置された。土地は農民に貸し、屋敷は神の意志に任されたのである。私はこの領地から一ヴェルスタほどの街道を通りかかると、しばしば方向を変えて、領地に通じる柏の木の広い並木道を通り、広々とした中庭で馬小屋の横に馬をつないで、屋敷の方へ歩いて行ったものだ……。ロシア文学にはなんと多くのうち捨てられた領地、荒れはてた庭園が登場し、常にどんなに大きな愛をこめて描かれてきたことだろう！　いったいなぜロシア人の魂には、荒廃、僻遠、崩壊といったものが、こんなにも愛しくて懐かしいのだろうか。私は家の方へ歩いていって、裏手の一段高くなった庭へ進む……。ひっそりした中庭を取り囲む馬小屋、召使い小屋、納屋などはすべて非常に大きくて、灰色にくすみ、崩れて荒れはてている。その裏から野原までのびている菜園や脱穀場も、雑草や藪に覆われて荒れはてている。家は木造で灰色の板を張りめぐらしてあるが、もちろんぼろぼろに朽ちて、年とともに魅力を増していった。私は特に、細かい格子の枠がついた窓から中を覗くのが好きだった。空っぽの古家を、この家の消え去った生活を無言で伝える秘密の聖堂を、まるで聖物を冒瀆するようにこっそりと覗きこむあの瞬間の感情を、どうやって伝えようか！　裏の庭の木は、もちろん半分ほど伐られていたが、まだたくさんの古い菩提樹、楓、銀色のポプラ、白樺や柏が美しいままで、忘れられた庭園で長い余生を、いつまでも若い老年期を、孤独と沈黙のうちに過ごしていた。この孤独と沈黙や、祝福された神々しい無益さの中では、木々の美しさはさらにすばらしく感じられた。空を、そして一本一本が常に自分の表情、形、魂、考えを持っている古い木々を、見飽きることがあるだろうか。私は長いこと木々の下を歩き回り、限りなく多様な梢、枝、葉から目を離さず、木々のイメージを把握してその謎を解き、永遠に自分の中に刻み込みたいという欲望にもだえた。そして庭を下りていった広い傾斜地の、丈の高い優しい草や花々の中にゴツゴツと黒く突き出ている巨大な柏の切り株の間で、満々と水をたたえて下の窪地に広がる明るい池を見下ろす場所で腰を下ろして、それらの木々のイメージについて考えた……。そんなとき心は、どんなに遠くこの生から離れて、まるでこの世ならぬ彼方から眺めるように、どんなに大きな悲しみと恵みにみちた叡知をもって生を眺め、人の世の「ものごと」を観察していたことだろう！　そんなとき決まって私が思い出すのは、楓の老木の下敷きになって、木と共に滅びたあの不幸な人のこと、知らぬ間にこの男によって台無しにされた私の兄の不幸な運命、そしてはるか昔の秋の日のことだった——頰ひげを生やした二人の憲兵によって、兄が町の監獄へ、かつて幼い私が鉄格子の間から暗い顔で日没を眺める囚人の姿を見て驚いたあの監獄へ連行された日……。

あの日、兄を乗せた官有馬車を追って町に駆けつけた父と母は、完全に動顚していた。母は涙さえ見せず、乾いた黒い目をギラギラさせていた。父は母や私の方を見ないようにしながらタバコを吸って、「ばかげてる、くだらん！　大丈夫、何日かすればこのばかげた事態にけりがつく……」と繰り返すばかりだった。

兄はその日の夜、さらにハリコフまで移送された。逮捕理由になった地下組織がハリコフにあったのだ。私たちは駅へ見送りに行った。思うに私が何よりもショックを受けたのは、駅へ着いて三等待合室へ行かねばならなかったことだった。兄はそこで憲兵に監視されて列車の出発を待っていたのだ。もう身分のある自由な人とは同席できず、自分の思い通りにしたり、身分ある人とお茶を飲んだりピロシキを食べたりする権利を奪われていた。私はむやみに人が多くて騒がしく汚い待合室に入ったとたん、犯罪者として隔離され権利を奪われた兄の姿が目に入り、心臓を一突きされたような気がした。兄自身も状況をよく理解して、屈辱を感じてこわばった笑みを浮かべていた。彼は待合室のいちばん奥の隅で、プラットホームに出るドアの脇にひとり座っていた。若々しく美しかったが、痩せた姿とグレーの薄手のスーツを着ているのが哀れだった。スーツの上に父のアライグマのコートを羽織っていた。近くに人はいなかった。女たちや農民や町人が群がって、生きた社会主義者に――ありがたいことにもう檻に入れられている――好奇や恐怖の目を向けたが、憲兵がしきりに追い払っていたのだ。特に露骨に興味を示していたのは、丈の高いビーバー皮の帽子に埃だらけの深いオーバーシューズという格好をしたどこかの村の司祭で、見開いた目を兄からそらさず、そっと早口で憲兵に質問を浴びせていたが、答えてはもらえなかった。憲兵たちは兄を、悪さをした子供のように見なしていた。自分たちが警備して、命じられた場所へ連れていかなければならない子供だ。憲兵の一人は、愛想よくへりくだった笑いを浮かべて、母に言った。

「ご心配いりません、奥様、きっと何もかもうまく片づきますよ。どうぞ、一緒にお座りください。汽車が来るまではまだ二十分ばかりあります……。いま部下がお湯を汲みに行きますから、言ってくだされば道中の食べ物を買って参りましょう……。コートを渡したのは、いいことをなさいました。列車は夜中に冷えるでしょうから……」

母がここでついに泣き出したことを覚えている。ベンチの兄の隣に座ると、突然声を上げて泣きだし、口にハンカチを押し当てた。父は辛そうに顔をしかめ、手を一振りすると、急いで逃げ出した。父は苦しみや不快に耐えることができないので、自衛のためにやむを得ず、なんとかそういう場面を回避するようになった。辛い別れなども次第に避けるようになり、あわてて顔をしかめたり、「長い挨拶は余計な涙のもと」とつぶやいたりして、いつも唐突に別れの場を終わらせるのだった。彼はビュッフェに寄ってウォトカを何杯か飲んでから、兄を一等車に乗せる許可をもらうために、駅の憲兵隊長を探しに行った……。

十四

私はその夜は、狼狽と当惑以外には何一つ感じなかった……。だが、とにかく兄は連れ去られ、父と母も帰った……。私はそれから新たな精神的苦痛を乗り切るのに、少なからぬ時間を必要とした。

父と母はなぜか翌日の朝に帰って行った。私たちの地方で十月によくある晴れた日だったが、町中でさえ身を切るような北風が吹き、すべてがこの上なく澄みきって明るく、広々としていた――通りの先に見える空間も、まるで空気がすっかりなくなったような遠くのひっそりとした町はずれも、晴れた空も。空には煙のような白雲が速く流れ、その切れ間に緑色がかった強い輝きが見えていた。私は帰っていく父母を修道院と監獄がある場所まで送っていった。その二つの建物の間を通って、すでに少し凍って堅くなった街道が、寒々しくて草木のない、太陽の光と雲の影がまだらに落ちている野原へと延びていた。馬車はそこで止まった。私たちが仕度して出かけてくる間に太陽が少し高く上って、しきりに雲の陰から顔を出したが、その眩《まぶ》しい光は地上を暖めてはくれず、野原へ出たとたんに突き刺さるような北風が吹いてきたので、御者は頭を低く下げた。コートを着て冬の帽子をかぶった父は、口ひげがふるえて、風が目に当たって涙がにじんでいた。私が馬車から降りると、母はグレーの暖かい頭巾をかぶった頭を私の顔に寄せて、またワッと泣き出したが、父は私にさっと十字を切り、かじかんだ手を私の唇に押しつけると、御者の背中に声をかけた。

「やってくれ！」

幌を半分上げた馬車はすぐに轟音をたて、中央の力強い褐色の馬が首を反らせて、頸木《くび》の下で鈴を揺らし、二匹の鹿毛の副馬《そえ》は尻を高く上げて、揃って元気よく速歩に移った。私は長いこと街道に立って馬車の幌を目で追い、去っていく後輪や、車体の下の車輪の間で跳ねている軸馬の関節、その両側に高く軽やかに跳ねあがる副馬の蹄鉄を眺め、頸木の下から聞こえる母の泣き声が遠ざかるのを苦しい気持ちで聞いていた。軽いコートを着た私は、コートを吹き抜ける風に肩で抵抗しながら、前の晩に貴族ホテルの部屋で夜食をとったとき、父が黒ビールを注ぎながら言ったことを思い出した。

「ばかげてる、くだらん！」と、父は強い口調で言った。「いやはや、くだらん！　さあ逮捕された、連行された、ひょっとしたらシベリア送りかもしれん。いや、きっとそうさ。最近はたくさん送られてるからな。だが、お聞きしますが、トボリスクとやらいう町のどこが、エレーツやヴォロネジより悪いんですか。そうさ、こりゃ全部ばかげてる、くだらん！　悪しきことは過ぎ去る、良きことも過ぎ去る、ザドンスク修道院のチーホン主教が言ったように、何もかも過ぎ去るのさ！」

私はこの言葉を思い出したが、それで気が楽になるどころか、もっと辛くなった。ひょっとしたら、本当にすべてがばかげたことかも知れないが、このばかげたことが私の人生なのだ。それに私はなぜ、この人生が与えられたのは決してばかげたことのためでもなく、すべてが跡形もなく過ぎ去って消滅してしまうためでもないと感じるのだろうか。何もかもくだらない——でも、兄が連れ去られたせいで、私にとっては全世界が空っぽになり、巨大な無意味なものになってしまったようだ。この世界で私はあまりに悲しく孤独なので、もはやこの世界の外側にいるみたいだ。私はこの世界と共にあって、この世界で愛したり喜んだりしなければならないのに！　何がばかげたことだというのだ、昨日、グレーの背広にアライグマのコートをはおって逮捕者として駅に座っていた、愛しいかわいそうな「社会主義者」を、私が愛していてこれまでもずっと愛してきたことが明らかになったというのに。彼はどこかへ連れ去られ、自由と幸福を奪われ、私たちと、そして普通の生活全体とも別れさせられたというのに。世間の人はみんな何も変わりなく、普段通りで、みんな自由で幸せなのに、彼ひとりが拘束と不幸の中にある。ほら、氷のように冷たい烈風に追い立てられて、地味で何やら屈託のありそうな赤毛の犬が、町へ向かって街道を走っている。なのに、彼はもういない。彼は今ごろ、果てしなく広くて人もいない、輝きわたる南方の地で、陽を浴びて走る列車の閉めきった車室で二人の武装憲兵の監視を受け、ハリコフとかいう場所へ向かっているのだ。ほら、あそこに、太陽の光を浴びて穏やかに立ち、街道の向かい側にある修道院を格子つきの窓で見ているのは、監獄の黄色い建物だ。彼をハリコフで待ち受けているのと同じ、気味が悪くて他とは違う特別な建物だ。彼は昨日この建物の中に数時間いたのだが、今はもういない。彼がいたという悲しいなごりだけが感じられる。ほら、上部が凸凹になった修道院の高い塀の向こうでは、鈍い金色をした聖堂の円屋根がすてきに輝き、墓地の老木の枝が空を背景に黒く浮き上がっている。でも、彼はもうこの美しさを目にせず、それを見る喜びを私と分かち合うこともない……。修道院の閉ざされた巨大な門扉には、長身でひどく痩せた二人の聖人の全身像が描かれていた。領帯〔司祭が肩から胸に垂らす帯〕を垂らした二人は緑色を帯びた悲しげな顔をしており、手にした古写本は広げられて地面まで伸びていた。彼らは何年間こうして立っているのだろう。また、彼らがこの世を去ってから、何世紀たつのだろう。すべてが過ぎ去るものであり、すべてが過ぎ去りつつあり、時が来れば私たちもこの世にいなくなる――私も、父も、母も、兄も。それでも、この古代ロシアの僧たちは神聖な叡知の書を手に、今と変わらず沈着に悲しげに門扉に立っているだろう……。私は帽子を脱ぎ、目に涙を浮かべて、門に向かって十字を切った。時間が経つにつれてますます自分と兄がかわいそうに思えてきて、つまり自分と兄と父母への愛がますます強まるのを感じて、われらを助けたまえと熱心に聖人たちに祈った。なぜなら、この不可解な世界がどんなに辛く悲しくとも、やはり世界はすばらしく、私たちはやはり幸福でありたい、互いに愛し合いたいと熱烈に願っているのだから……。

私は帰途についたが、何度も立ち止まって後ろを振り返った。風はさらに強く冷たくなったようだが、次第に太陽が昇って輝き、その一日は楽しげになっていき、生命を、歓びを欲していた。そして万物の上に――町、人のいないシチェプナヤ広場、静寂と神秘に満ちた修道院、その高い塀、墓地の木立、聖堂の金色の屋根、透き通った緑色をした北の地平線の方へ延びる街道のずっと先にある果てしなく広大なステップ――それらすべての上に明るい薄青の秋空が広がり、薄紫色の美しい大きな雲が流れていた。何もかもが明るくて色とりどりで、その上を煙るような薄い影が、まるで絵のように軽やかにたえず太陽の光とからまりながら流れていった。私は立ち止まっては眺め、また先へ歩いた……。その日、私が足を運ばなかった場所があるだろうか！

私は町中を歩いた。シチェプナヤ広場から皮革工場へ下っていく地区を歩き、古くて半分壊れかけた石の太鼓橋を通って、茶色い獣皮が積み重なって腐臭が漂う小川を渡り、対岸の丘を女子修道院の方へ登っていった。女子修道院には日光が当たって、白亜の壁がきらきらと輝いていた。そこの門のくぐり戸から若い修道女が出てきた。修道女は粗末な靴に粗末な黒服だったが、繊細で清純で、古代ロシアのイコンのように美しかったので、私は驚いて思わず足を止めた……。それから町の教会の裏手にある崖の上に立って、川沿いの丘陵に密集している町人たちの粗末な家の朽ちかけた板屋根や、汚くて貧弱な敷地を見下ろしながら、ずっと人間の生について考えていた。すべては移ろって繰り返されるから、おそらく三百年前にもここには今と同じような黒い板屋根があり、そこの空き地や粘土質の丘に生えているのと同じ雑草が生えていただろうと思った。それから、人気《ひとけ》のない明るい野原を三頭立て《トロイカ》馬車で行く父と母の姿とバトゥリノを思い描いた――いつもとても平和で温かい、もちろん今はとても大きな悲しみに沈んでいるだろうが、それでも言いようもなく懐かしくて心はずませるバトゥリノを。さらに思い描いたのは、ニコライ兄さんのこと、黒い目をした十歳のオーリャ、彼女とぼくにとって大切なホールの窓の外の樅の木、木の葉が落ちて裸になった秋らしく物悲しい庭、そこで荒れ騒ぐ風、沈みゆく太陽だった。心全体がバトゥリノに惹かれたが、これらすべての思いと感情の裏に、ずっと離れぬ兄の存在を感じた。川が灰色のさざ波を立てて悠然と黄色い大岩の方へ流れ、大岩の下で南に曲がって遠くで消えるのを見て、私はまた思った、この川はペチェネグ人の時代にもこうやって流れていたのだと。そうしている間も川向こうには目をやるまい、その端っこに赤く見えている、きのうの日暮れに兄が連れて行かれたあの駅舎には目をやるまいと努め、身を切るように冷たい夕風に乗って駅から聞こえてくる、何かを要求するような悲しい機関車の叫びは耳に入れないように努めた……。この不思議な一日に私が目にして体験したすべてのことは、たまらない苦しさで兄への思いと溶け合っていた。特に修道院のくぐり戸から出てきた修道女を思い出すときのあの甘い喜びは！

母はこのとき、兄の救いを求めて永遠に精進を守ることを神に誓い、それを終生、まさに死のときまで厳しく守った。そして神は母をお赦しになったばかりか、ご褒美までくださった。一年後に兄は釈放され、母が大いに喜んだことに、「警察の監視つき」という条件で三年間のバトゥリノ居住を言い渡されたのだ。

十五

一年後に私も自由の身になった。中学を退学して、やはり親元に戻り、私が経験した中で間違いなくもっとも驚くべき日々を迎えることになった。

それはもう青年時代のはじまりだった。これは誰にとっても驚くべき時期だが、私の場合いくつかの特徴を備えていたために、特に驚くべきものとなった。たとえば私はスバルの七つ星が全部見える視力と、夕暮れの野で鳴くマーモットの甲高い声が一ヴェルスタ離れても聞こえる聴力を持ち、またスズランの香りや古書の匂いで酔うほどだった……。

私の生活は外から見るとこの時期に再び大きく変化したが、それだけでなく突如として私の存在全体に好ましい急変、開花が生じた。

樹木が春に芽吹く、そのすばらしさ！　特に一気にやってくる幸運な春には、どんなにすばらしいことか！樹木の内部では目に見えない過程が途切れることなく進行しているが、それが現れ出て、目に見えるようになっていく様は、まさに奇跡だ。ある朝木を見ると、ひと晩で夥しい数の芽が現れたことに驚嘆する。さらに時が過ぎると、突然そのたくさんの芽がはじけて、からみあった黒い枝に無数の鮮やかな緑色の小粒がいっぺんに顔を出す。そして空にその年最初の雨雲が寄り集まり、最初の雷鳴がとどろき、最初の暖かい大雨が降りだすと、もう一度奇跡が起こる。樹木は黒みをまして、枝がむき出しだった昨日までに比べて一段と華麗になり、輝く濃い緑を先の方までびっしりと広げていくので、美しく力強い若葉の中に立っていると自分の目が信じられないほどだ……。これと似たことがその時期の私に起こった。そうだ、プーシキンの詩にある魔法の日々が私に訪れたのだ。

神秘的な谷間で
白鳥たちが鳴く春の日々に
静寂の中で輝く水辺で
詩の女神《ミューズ》が私を訪れはじめた……[*1]

貴族学校《リツェイ》の庭園、ツァールスコエ・セローの湖、白鳥たち——こんなものは何ひとつ、「身代限りをした父たち」[*2]の子である私の運命には与えられなかった。しかし、「生活のあらゆる印象」[*3]から受ける偉大で神々しいほどの新しさ、みずみずしさ、喜び、また若い心にとってはいつでもどこでも神秘的なものである谷間、静寂の中で輝く水辺、みすぼらしくて未熟だが忘れることのできない、詩の女神《ミューズ》との最初の出会い——これらすべてが私にはあった。プーシキンの言葉を借りるなら私が「花咲いた」環境は、ツァールスコエ・セローの庭園とは似ても似つかなかった。だが、あの庭園を歌ったプーシキンの詩句は、当時の私にはどんなに魅力的に、どんなに親しく響いたことだろう！　時おり、熱く訴えかけるように私の心に響いた、あの神秘的な白鳥の鳴き声は、私の心を満たしていたものの本質をなんと生き生きと表現していたことだろう！　詩を呼び起こしたのが何であろうと、かまわないではないか。また私がそれをひと言で伝えられず、表現でき

＊1　A・プーシキン『エヴゲーニイ・オネーギン』（一八三〇）第八章より。／＊2　M・レールモントフの詩『ドゥーマ』（一八三八）より。／＊3　A・プーシキンの詩『悪魔』（一八二三）より。

なかったとしても、どうしたというのだ！

十六

どんな人間の運命も、周囲の人間の運命に左右されて、偶然に形成されていくものだ……。私の青年時代の運命もそうやって形成され、私の運命全体をも決定することになった。

古い詩にあるように、

懐かしい屋根が、ふたたび我がものとなり、
私に与えられたのは、草深い曠野の安らぎ、
なじんだ生活、愛する人々、
そして熱く昂揚した心……

なぜ私は懐かしい屋根の下へ帰ったのだろう、なぜ中学を退学したのだろう。この一見すると取るに足りないできごとがなかったら、私の青年時代はあんなものだっただろうか、私の人生全体はどうなっていただろうか。

父は時おり、私が中学をやめたのは、あまりに意外で下らないので許しがたい理由、すなわち父の好んだ言葉だと「貴族のわがまま」のせいだと言って、私をどら息子と罵り、身勝手を大目に見てきた自分自身を責めることがあった。しかし、別の考えを口にするときもあった。父の意見はいつも大いに矛盾していた。

つまり、私の行動は完全に「論理的」で――父はこの語を非常に正確に、そして優美に発音した――、私は本性が要求する通りに行動したのだと言うこともあったのだ。

「いや」と父は言う。「アレクセイの天職は文官勤務じゃないな。軍服でもなければ領地経営でもなくて、心と生活をうたうことだ。それに領地経営といっても、ありがたいことに、もう何も残ってない。わからんぞ、ひょっとして第二のプーシキンかレールモントフになるかも知れん……」

確かに、私が公教育を放棄するには多くの事情が重なった。その中には父の言う「わがまま」もあったが、これは昔のルーシに特有のもので、決して貴族階級だけの問題ではなく、私の血にも少なからず含まれていた。それに加えて私が父から受け継いだいくつかの気質があったし、当時すでに明らかになっていた「心と生活をうたう」才能もあり、最後に、兄がシベリアではなくバトゥリノに流刑になったという偶然の事情もあった。

私は中学にいた最後の一年間に、なんだか急にたくましく大人っぽくなった。それまで私の中では母から受け継いだ特徴が優勢だったが、このころ急速に父からの特徴が伸びはじめたのだと思う。父の旺盛な生命力、状況や感傷に抵抗すること――感傷は父にもあったが、彼はそれをいつも無意識のうちに急いで自分の強い健康な手の中に収めようとしていた――、願望の実現に向けての無意識の根気強さ、そしてわがままといった特徴である。兄の身に起きた、本質的には実に取るに足りないことは――当時は家族全員が恐ろしいことだと感じ、私もすぐには克服できなかったが、結局は克服した――私の成熟を促し、私の力を呼び覚ますのに役立った。父は酔うと、「めそめそしちゃいかん」とか「人生はとにかくすばらしいもんだ」と口にしたが、私はこの言葉を正しいと感じ、人生には魂を奪われるほどすばらしいことがある、それが言葉による創造だとすでに意識していた。そして私の心に固い決心が生まれた。何が何でも五年に進級して、それから永遠に中学とおさらばしてバトゥリノへ帰り、「第二のプーシキンかレールモントフ」、ジュコフスキイ、バラトゥインスキイになるんだ――私はこの詩人たちを知るやいなや、自分との血の結びつきをありありと感じて、彼らの肖像画を身内のものとして見ていた。

私は冬中ずっと勤勉で活発な生活を送ろうと努力したが、春にはもう努力する必要はなくなっていた。確かに冬の間に、まず身体の発達の面で何かが起こったのだ。どんな少年でも突然頬に柔らかなひげが生えはじめ、手足が荒々しく伸びる。幸い、私にはこの時期にも荒々しさはまったく現れなかったが、柔らかなひげはもう金色を帯び、目の青さは明るさと濃さを増し、顔は目鼻立ちがはっきりして、健康的に軽く日焼けしてきた。試験への態度も以前とはまるで違ってきた。何日も暗記に精出し、自分の根気強さや几帳面さを楽しんだ。時には試験を受難週のようなもの、懺悔と聖体礼儀に備える精進のようなものに変えてしまう、あの若々しくて健康で純粋な要素のすべてを喜びと共に感じ取った。三、四時間の睡眠をとって、朝には身軽に飛び起き、顔を洗い、念入りに身支度をすると、アオリストの試験でさえ神が必ず助けてくださると信じて祈りを捧げた。そして昨日の勉強で身につけたもの、これから所定の場所までちゃんと全部運ばなければならないものを、頭と心にきちんと収め、落ち着いて家を出るのだった。この試練が無事に終わると、別の喜びが待っていた。今回は父も母も私をバトゥリノへ連れて帰るために迎えには来ないで、私を大人扱いして二頭立ての旅行馬車をよこしたのだ。御者役のよく笑う若い作男は道中たちまち私の親友になった。バトゥリノは大きくてかなり豊かな村で、庭園に埋もれた三つの地主屋敷、いくつかの池、広々とした放牧場があった。もうあらゆる木が花咲いて、緑の葉が萌えて、その幸福な美しさ、明るく燃えるような緑、池の水の豊かさ、ヨナキツグミや蛙の元気な鳴き声を、私はもう青年特有の溢れるような感覚と力で、不意に実感し、理解した。

夏にニコライ兄さんが結婚した。そもそも兄さんは私たちの中でいちばん分別豊かな質《たち》だったので、とうとうぶらぶらしていることに嫌気が差して、ワシーリエフスコエ村の国有地の管理人をつとめるドイツ人の娘と結婚したのだ。思うに、この結婚と、またこの結婚のおかげでひと夏がわが家の祝祭になったこと、そして家の中に若い女の人が現れたことが、私の成長を促した。

その直後に突然、ゲオルギイ兄さんがバトゥリノに帰ってきた。六月の夕方、庭では次第に冷えゆく草が香り、昔の牧歌的な絵画にあるように、夕暮れの沈んだ美しさの中に、灰色にくすんだ木の円柱や高い屋根のある古い屋敷がたたずみ、家族は庭に面したバルコニーでお茶を飲み、馬に鞍をつけて街道まで走るつもりだった私は馬小屋に向かって静かに中庭を歩いていた。不意に門のところに見なれぬ町の辻馬車が現れた！　監獄暮らしで青白くなった兄の顔を今でも覚えている。私がよく知っている、しかしどこか他人のような、まったく新しい兄の顔は、その青白さで私を驚かした……。

この夜はわが家の生活で最高に幸せな夜のひとつであり、平和と安寧のはじまりでもあった。この安寧は、私たちの生活が終わって消え去る前に、最後に三年間もわが家を支配したのである。

十七

その年の春、私はもう青年らしい気持ちでバトゥリノに帰った。夏にニコライ兄さんがワシーリエフスコエ村の婚約者を訪ねたときも、小旅行のすべての魅力を共有した。日暮れ前に田舎道を通って育ちゆくライ麦の畑を抜けて行く三頭立て馬車《トロイカ》の気ままな走り、草と花が満ちあふれた遠くの白樺林から聞こえるカッコウの声、金色に輝く西の空に浮かんだ変わった形の雲、村に入ると漂ってくる、百姓小屋や庭園、川、ウォトカ蒸留所、管理人の家で準備中の夕食などの匂いが混じり合った夕暮れどきの匂い、管理人の下の娘たちが私たちのために奏でるアリストン[*1]のせつなく甲《かん》高い音色、壁に掛けられたウエストファリアの風景画、小卓に飾られたえんじ色の牡丹の大きな花束、私たちを迎えてくれたドイツ風の陽気なもてなし、そして背が高くて細身で、美人ではないがとても愛らしい娘さんが私たちに見せる身内のような近しさ……。もうすぐわが家の一員になる彼女の近しさは次第に大きくなって、もう私に親しい口をきいてくれる。

　私はまだ婚礼の介添人にはなれなかったが、花嫁の付き添い少年の役は、自分から引き受けたものの、もう私には似合わなかった。新調の制服に白い手袋、髪にはポマードをつけ、目を輝かせた私は、滑らかな絹のストッキングに包まれた花嫁の足に白いサテンの靴を履かせてから、二頭の力強い灰色馬をつけた馬車に彼女と一緒に乗りこみ、ズナーメニエに向かった。

　毎日雨が続いていたので、馬たちは青みがかった黒土の塊を跳ね散らし、湿り気を帯びたライ麦は濡れた灰緑色の穂を道路に垂らしていた。金色の大粒の雨が降りしきる中、時おり低い太陽が輝き――これは幸せな結婚になる前兆だと言われていた――、馬車の窓は引き上げられて、ガラスについた雨粒がダイヤのようにきらめいた。私は狭い馬車の中で、花嫁の香水や、彼女を包むふわふわした純白の衣裳の匂いを夢見ごこちで吸いこみ、彼女の泣きはらした目に見入り、花嫁を祝福するのに使った、新しい金製の枠に嵌《は》めたイコンを両手で不器用に支えていた。教会での戴冠礼儀[*2]では、この喜ばしい機密《サクラメント》にひそむ奇跡的な、旧約聖書的なものを初めて実感した。村の教会のみすぼらしいが厳かなシャンデリアの下、村の聖歌隊が不揃いな大声で歓喜の歌を歌い、緑がかった夕空に向かって開かれた戸口に村の女や娘たちがうっとりして群がっているとき、この機密は特にすばらしい……。新しくて幸福な何かが新婚夫婦と共にわが家に入ってきて、それがゲオルギイ兄さんの突然の帰還で完成され、家族がみんな揃って完全な幸福が訪れたので、中学へ戻るという考えは私にとってひどく馬鹿げたものになった。

秋になると私は町へ戻って再び学校に通いだしたが、ほとんど予習もせず、教師への返答を拒むことが増えたので、彼らは意地悪く落ち着きはらって私が頭痛を言いわけにするのを聞き、喜々として不可の評価をつけた。私は時間つぶしに町の中や郊外を歩き回った。川向こうでは駅に着く汽車を迎えては見送り、到着した人と出発する人が行き交う混雑の中で、たくさんの荷物を抱えて興奮して忙しげに「遠距離列車」に乗り込む人たちを羨んだ。丈の長い制服を着た非常に大柄な駅員が待合室のまん中に進み出て、よく響く重々しい低声《バス》で悲しげで厳格な調子で、どこ行きの何番列車が出るかを歌うように告げるのを陶然として聞いた……。クリスマス週間までこんなふうに過ごした。そして休暇に入ったとたんに一目散に下宿へ帰って五分で仕度をして、ロストフツェフ家の人たちやグレーボチカとの挨拶もそこそこに——グレーボチカは村から迎えの馬車が来るのを待たねばならなかったが、私は鉄道でワシーリエフスコエ経由で帰るのだ——トランクをつかんで通りへ飛びだし、「中学よ、永遠にさらば！」というとんでもない思いを胸に、最初にやってきた凍りついた馬橇に飛び乗った。毛の長い痩せ馬が全力で駆け出し、橇は下り坂ではがたつきながらも飛ぶように走り、私のコートの立てた襟をちぎらんばかりに寒風が吹いて、冷たい雪が顔に吹きつけた。町は雪が吹きすさぶ陰鬱なたそがれの中に沈んでいったが、私は喜びで息が詰まりそうだった。雪の吹き溜まりができたせいで駅で二時間も待たされたが、とうとう出発だ……。ああ、あの雪の吹き溜まり、ロシア、夜、吹雪、そして鉄道よ！　なんという幸福だろう——雪で全体が真っ白になった列車、暑いほどの車内、その心地よさ、熱くなってハンマーを打ち鳴らすような音を立てるボイラー、外は酷寒、そして一寸先も見えな

＊1　機械仕掛けの箱形楽器。／＊2　結婚の機密にあずかるために新郎新婦の頭上に冠を掲げて行われる儀式。

い吹雪。その後でどこかの停車場に着いたベルの音、灯火、人の声――ただ、列車の下からも屋根からも雪煙が渦巻いて、停車場はほとんど見えない。闇の中で吹雪の彼方《かなた》にある未知の場所をめざす機関車の必死の叫びが前方から聞こえる。そしてガタンと音を立てて列車が再び動き出す。凍りついてダイヤモンドのようにきらめく車窓を、遠ざかって行くプラットホームの灯が走る。そしてまた夜、人里離れた土地、嵐、通風口でうなる風。だが車内には安らぎ、暖かさ、青いカーテンの陰のランタンの薄明かり。列車のスピードは、スプリングのきいた座席に座った人を揺らして眠気を誘う。そしてまどろむ人の目の前で、ハンガーに掛かった毛皮コートがますます大きく揺れる――ああ、なんという幸福だろう！

停車場からワシーリエフスコエまでは十ヴェルスタほどだったが、汽車が到着したのはもう深夜で、外は吹雪が荒れ狂っていたので、薄暗い石油ランプが匂いを立てる寒い駅舎でひと晩過ごさなければならなかった。雪まみれで着ぶくれした貨物列車の車掌たちが、くすぶる赤いランタンを手に出入りするたびに、駅舎のドアがばたんばたんという音が夜の虚空に高く響き渡った。だが、それもすてきだった。私は婦人待合室のベンチで体を縮めてぐっすり眠っていたが、朝を待ちかねる気持ちや、吹雪の音や、遠くで聞こえる荒っぽい話し声で、たえず目が覚めた。窓のすぐ近くに停車した機関車の焚き口が開いていて炎が燃え盛り、カンカン、ゴーゴーと音を立てているのに、それを縫ってどこからか人の声が聞こえてきた。そして穏やかな酷寒の朝が訪れてバラ色の曙光が差すと、私はぱっと目覚めて飛び起きた……。

一時間後にはもうワシーリエフスコエに着いて、新しく親戚になったヴィガンド家の暖かい部屋で座ってコーヒーを飲みながら、幸福感でどぎまぎして、どこに目をやっていいのかわからずにいた。レーヴェリ*から来たヴィガンドのうら若い姪っ子のアンヘンが、コーヒーを注いでくれたのだ……。

十八

バトゥリノの屋敷は――特にこの冬は――すばらしかった。敷地の入口の石柱、砂糖のような雪に覆われ雪溜まりに橇の轍《わだち》が刻まれた中庭、静けさ、太陽、ぴりっとした冷気の中に漂う台所からの甘い匂い。誰かが調理場から家へ、あるいは召使い小屋から堆肥置き場、馬小屋、中庭を囲むその他の建物へと歩いた足跡に感じられる何か快い家庭的なもの……。静けさ、きらめき、雪が厚く積もった白い屋根。冬らしく雪に沈んだ庭が家の裏の二方向に広がり、葉の落ちた木の枝が赤黒く見えている。雪の山頂のように傾斜の急な屋根の向こう、ゆらゆらと高く煙を上げている二本の煙突の間に、百年を経たトウヒの古木が鋭く尖った濃緑色の梢を青いまばゆい空に向かって伸ばしている……。太陽で暖まった表階段の切り妻屋根に、いつもはおしゃべりなのに今は非常におとなしい、修道女のようなコクマルガラスが留まって、気持ちよさそうに身を縮めている。まぶしい日光や凍って宝石のようにきらめく雪面に楽しそうに目を細めて、小さな四角形の枠がついた古風な窓が外を眺めている……。凍りついたフェルト靴をきしませながら固い雪を踏んで右側にある大きな方の階段を上り、庇の下を通って、古い黒ずんだオーク製の重いドアを開け、薄暗くて細長い入り口の間を通り抜ける……。窓際に粗末な大きな木箱が置かれた下男部屋は、まだ青くかげって寒々しい。窓が北向きで、あまり日光が差し込まないのだ。でも暖炉が唸り火がパチパチとはじけて、銅製の焚き口を震わせている。右側には家族の居室に続く暗い廊下があり、正面にはやはり黒ずんだオーク製の、ホールへ入る大きなドアがある。ホールの暖炉は焚かれていない。広々として寒く、巻き毛の鬘《かつら》をつけた顔色が暗くて

＊エストニアの首都タリンの旧名。

無表情な祖父の肖像画と、袖口に赤い折返しのついた軍服姿の鷲鼻のパーヴェル帝の肖像画が、壁に掛かって寒さに凍えている。他にも昔の肖像画や燭台があるのだが、ずいぶん前に使わなくなった小さな食器部屋に山と積まれて、すっかり凍りついていた。半分ガラスになっているドアからその小部屋を覗くのは、子どもの頃のひそかな楽しみだった。ホールには日光が溢れ、驚くほど幅の広い滑らかな床板に、薄紫や紅色の鮮やかな斑点が炎のように揺らめいている。上の色ガラスが映っているのだ。左手にある北向きの窓には大きな菩提樹が黒い枝を伸ばし、ドアの向かいにある日の当たる窓からは雪溜まりに沈む庭が見えている。まん中の窓は全体が非常に高いトウヒにふさがれている。家の煙突の間に見えていたあの木だ。窓の向こうに、積もった雪が服の袖のように見えるトウヒの枝が何列も垂れ下がっている。厳しく冷え込んだ月夜には、この木はなんと言葉にできないほど美しかったことだろう！　ホールに入っていくと灯りはなく、窓外の空の高みに明るい月があるばかり。ホールはひっそりとして荘重で、まるでごく薄い煙が立ちこめているようだ。そして彼女が、あの鬱蒼たるトウヒが、白雪の喪の衣をまとってガラス窓の向こうに威風堂々と立ち、その尖った梢は、教会の円屋根のような清らかに澄みきった藍色の高みへどこまでも伸びている。空では大きく広がったオリオン座が白や銀色に浮かび上がり、その下の地平線近くに明るく開けた空間では壮麗なシリウス、母の好きな星が碧いダイヤモンドのように輝き、瞬いている。この煙るような月明かりの中を、床に長く伸びた窓格子の影を踏みながら、私はどんなに歩き回って若者らしい思索を繰り返し、威厳と誇りにみちたデルジャーヴィンの詩を口ずさんだことだろう。

紺碧の天空に
金色の月が浮かび

窓からわが家を照らし出した
その淡黄色の光が
金色の窓を描き出した
私の部屋のニス塗りの床に……＊

私がこの家で初めて過ごした冬に経験した新しい感情も、すばらしかった。この冬はずっと、私を急速に成長させたゲオルギイ兄さんとの散歩や果てしなく続く会話、ワシーリエフスコエ村への訪問、それにデルジャーヴィンやプーシキンの時代の詩人たちの作品を読むことで過ぎていった。バトゥリノの屋敷には本はほとんどなかった。しかし私は、ワシーリエフスコエにある従姉《いとこ》の屋敷へ通うようになっていた。屋敷は、ヴィガンドが管理人を勤めるウォトカ蒸留所のある国有地の川向こうの丘に立っていた。従姉はピーサレフと結婚していたが、私たちは長いこと彼女の家には行かなかった。彼女の舅であるピーサレフ老人が息子とは正反対に恐ろしくまじめな人間だったので、当然ながら父はすぐに彼と仲違いしたのだ。この年に両家の交際が復活して――老人が亡くなったので――、私は、彼が長い生涯に集めた蔵書を完全に自由に使えるようになった。そこには、にぶい金色の革で製本され、分厚い背表紙に金色の星がついたすばらしい本がたくさんあった――スマローコフ、アンナ・ブーニナ、デルジャーヴィン、バーチュシコフ、ジュコーフスキイ、ヴェネヴィチノフ、ヤズィコーフ、コズロフ、バラトゥインスキイ……。本の頁についている竪琴、壺、兜、花輪などのロマンティックな小さな飾り模様《ヴィネット》、字体、たいてい青みがかった色をしたざらざらの紙、その紙

＊G・デルジャーヴィンの詩「ムルザの幻影」（一七八三）より。

に印刷された詩の清らかで均整のとれた美しさ、気高さ、高尚な様式は、なんと魅惑的だっただろう！　私はこれらの詩集とともに青春の最初の夢想を経験し、自分でも書こうという最初の大きな渇望を、その渇望を満たす最初の試みを、そして空想の快楽を経験した。その空想はまさに奇跡をもたらした。「若き歌い手が戦へと向かう」、「騒げ、険しい山頂から音高く落ちよ、静まるな、白き流れよ」、「タヴリーダに口づけする青き波の間に、朝焼けの光の中に、我はネレイスを見たり」*という詩句を読むと、私にはその若き歌い手が、白き流れが、青い波が、海辺の朝が、裸のネレイス〔ギリシア神話で海に住む女神〕の姿がまざまざとこの目に見えて感じとれるので、自分でも歌いたい、叫びたい、笑いたい、泣きたいという気持ちに駆られるのだった……。この時期に私自身のペンから生まれたものの幼さ、くだらなさには、驚くばかりだ！

冬じゅう浮き浮きと続いた私の初恋もすばらしかった。アンヘンは素朴で初々しいだけの娘だった。しかし、重要なのは彼女だっただろうか。それに彼女はいつも明るくて優しくてとても善良で、素直に心の底から私にこう言った。「私、あなたが本当に好き。あなたには燃えるような純粋な感情があるわ！」私の気持ちは、もちろん一気に火がついた。彼女をひと目見たときから燃え上がった。ドイツ人らしい清潔さ、飾りの多いピンクのワンピース、若々しいかわいい顔立ちという新鮮な魅力でいっぱいの彼女が、冬の朝のバラ色の光が差し込むヴィガンド家の食堂へ出てきて、駅からの道中で冷え切った私にコーヒーを注いでくれた、あの時だ。水を触ったばかりでまだ冷たい彼女の手を握ったとたんに、私は胸が高鳴って、「これだ！」と思った。バトゥリノへ帰る私は幸福そのものだった。クリスマス週間の二日目にヴィガンド家の人々がうちに来ることになっていたからだ。実際彼らはやって来て、あっという間に家全体をドイツ的な騒々しい陽気さと理由もない笑いと冗談で満たした。そして冬の田舎の生活で、寒い戸外からやってきた客たちが、特有の匂いを立てる冷たい毛皮コートやオーバーシューズやフェルト靴を玄関の間で脱ぎながら持ち込んでくる、あの特別なお祭り気分も家中にまき散らした。夜には他の客もやってきたので、もちろん老人を除く全員が仮装して近隣の屋敷を馬車で回るという話になった。にぎやかに騒ぎながら思い思いに仮装して――ほとんどの人は百姓や百姓女の格好だが、私は髪をきつく巻いて顔に白粉《おしろい》や頬紅を塗られ、こういう場合にお決まりの焦がしたコルクで黒い口ひげを描かれた――、すでに暗がりで数台の橇が待っている表階段に一斉に出ていって乗り込んで、鈴が鳴り響く中を笑いさざめきながら、積もったばかりの雪溜まりを抜けて中庭を通っていった。私はもちろんアンヘンと一緒に橇に座っていた……。どうして忘れられよう、冬の夜に鳴り響く鈴の音を、荒涼たる雪原の荒涼たる夜を、低い空と雪が合わさってできたあの常ならぬもの、柔かく揺れ動く冬らしい灰色のかたまりを！　そして前方にはどこかの灯火が、まるで冬の夜の未知の生物の目のようにずっと見えていたのを！　どうして忘れられよう、夜の雪原の空気を、アライグマの毛皮コートの下に薄手の長靴を通して伝わってくる寒気を。女の子が毛皮のついた手袋を脱いで差し出した暖かい手を私が生まれて初めて若く熱い自分の両手で包んだことを、そして早くも私の想いに応えるように薄闇の中で優しく輝いていたあの目を！

十九

それから、私の人生でいちばん変わった春がやって来た。
昨日のことのように覚えている。私は妹のオーリャと一緒に、中庭に面した窓のある彼女の部屋にいた。

＊順にI・コズロフの詩「若き歌い手」（一八二八）、E・バラトゥインスキイの詩「滝」（一八二一）、A・プーシキンの詩「ネレイス」より。

よく晴れた三月の夕方五時頃のことだ。突然父が、半コートのボタンをはめながらいつも通り元気よく入ってきて――口ひげは白くなっていたが、まだ若々しかった――、こう言った。

「ワシーリエフスコエから使いが来た。ピーサレフが卒中でも起こしたらしい。今から行くんだが、一緒に行くかい」

思いがけずワシーリエフスコエに行ってアンヘンに会える幸福な機会がうれしくて、私は立ち上がり、すぐに父と出かけた。驚いたことにピーサレフは元気そのもので、何があったのかわからず自分でもあきれていた。「ともかく、少し酒を控えろよ」と、翌朝父は玄関で別れ際に言った。「何でもないさ！」ピーサレフは父に半コートを着せながら、ジプシーのような目で笑って答えた。赤い絹のルバシカの裾をズボンの上に出し、軽くてゆったりした黒のズボンに銀色の刺繍つきの赤い部屋履きという格好で、浅黒い顔に黒い頬ひげを生やした彼のスマートな姿が、今でも思い浮かぶ。私たちは安心して家に帰り、まもなく雪解け水が激しく氾濫して、ワシーリエフスコエとの連絡が二週間ほど完全に途絶えた。復活祭の日曜日、あたりはすっかり乾いて、柳の木も放牧場も緑に染まりはじめた。私たちがみんなでワシーリエフスコエに行こうと、もう家を出て旅行用馬車に乗ろうとしていたとき、突然門の所に馬が、続いてそれに引かれた軽四輪馬車が現れた。馬車には従兄《いとこ》のピョートル・アルセーニエフが乗っていた。

彼は近づきながら、いやに穏やかに「キリストは甦りたまえり」と復活祭の挨拶をした。「ワシーリエフスコエに？　そりゃ、タイミングがいい。ピーサレフが亡くなりましたよ。けさ目を覚まして姉さんの部屋へ行き、急に肘掛け椅子に座って――それでお終いでした……」

私たちが向こうの家に入ったときには、ちょうどピーサレフの体を拭き清めて死装束を着せたところだった。それは死者がテーブルに安置されて横たわっている普通の光景だったのだが、彼が二週間前にまさにこのホールの戸口で、沈みゆく太陽とタバコの煙のせいで目を細めて笑っていたことを思うと、不思議さに驚かされた。目を閉じた彼は——まぶたの暗い紫色のふくらみが今でも思い浮かぶ——まだ生きているようで、まだ湿っている真っ黒な髪と頬ひげは櫛できれいに整えられ、新しいフロックコートと糊のきいたシャツを着て、黒いネクタイをきちんと結び、腰から下を覆ったシーツに紐でくくった足首の先がまっすぐ上を向いている形が表れていた。私が静かにぼんやりと彼を眺めて、額と手に触れてみるとまだ温かかった……。しかし、夕方にはすべてが大きく変化した。私はもう何が起こったか理解していたので、最初の追悼祈祷のためにホールに呼ばれたときは平静さを失っていた。ホールの窓から見える遠くの野原の上にはまだ春の夕焼けが赤く残っていたが、小川の暗い谷と湿っぽい暗い野原と冷えゆく暗い大地全体から立ち上ってくる薄闇が次第に濃く夕焼けを覆っていった。暗いホールには人が溢れて香の煙が立ちこめ、暗さと煙を通して全員の手の中で金色に燃えるロウソクの火が見えた。死者の床の周囲では教会の長いロウソクが赤い炎を出してくすぶり、その陰から司祭たちの朗誦が無気味に響いた。その朗誦は、何気なく繰り返される「キリストは死者の中より甦りたまえり」という復活祭の喜びの挨拶と奇妙に交錯していた。そして私は前方をじっと見たり——煙でかすんだ光と薄闇の中で、一日のうちに黒ずんで悲しそうにうなだれた死者の顔が早くも恐ろしげに鈍く光っていた——、唯一の逃げ場を求めて熱い愛をこめて、静かに控えめに立っているアンヘンの顔を人混みの中に探したりした。その顔は下からロウソクの火で温かく純真に照らし出されていた……。

夜には不安と悲しみの中で眠り、大勢の人がせわしく動き回る不自然なほどに鮮明で無秩序な幻影に襲われ続けた。その幻影は今度のことと秘かに気味悪く結びついていて、どの人も忙しげに——何より恐ろしいことに、亡くなったピーサレフその人の無言の指揮に従っているようだった——すべての部屋を歩き回って、せわしく話し合いながらテーブルや椅子、ベッド、箪笥を置き換えていた……。朝になると私は、まるで酔ったような状態で表階段に出て行った。静かで暖かく晴れた朝だった。乾いた表階段と、優しく鮮やかに緑が萌え出た中庭と、まだ遠くまで見通せるけれど柔らかい光の中でもう春らしく灰色になった庭園を太陽が暖めていた。しかし、ふと周囲を見渡した私は、すぐ横の壁に暗い紫色をした新しい棺の長い蓋が立てかけてあるのを見て、ぞっとした。階段を駆け下りて庭園へ行き、まだ葉が出ていないので光が差し込んでいる暖かい並木道を長く歩き、アカシアの並木道でベンチに腰を下ろした。ズアオアトリが囀《さえず》り、アカシアには優しい陽気な黄色の新芽が吹いて、大地や若草の匂いが甘くせつなく心に沁《し》みた。遠くの低地の白樺の老木にミヤマガラスが留まって、庭園の穏やかな静寂を乱すことなく単調に尊大に荘重に啼いていた。その低地では、まだ枝の出ない柳の茂みがオリーブ色の春霞に溶けていた……。そして万物の中に死が、目的もなく永遠に続く愛しい生と混じり合った死が、存在していた！　なぜか突然、『ウィリアム・テル』の冒頭が思い浮かんだ——その前に私はずっとシラーを読んでいたのだ。山々、湖、舟を漕ぐ漁師が歌う場面……。不意に私の心の中に、どこか遠くの言いようもなく幸福な国々の、言いようもなく甘く喜ばしい自由な歌が響きわたった……。

緊張の絶えないこの一日を、私は酔ったように過ごした。また追悼祈祷が行われ、また人が大勢集まり、隣人たちが来ては去っていった。日の当たる子供部屋はどの方向のドアも閉ざされて、まだ事情をわかっていない子供たちが気楽に遊ぶのを、ばあやはしきりに涙を流しながら悲しみをこめて愛しげにぼんやりと見守っていた……。

そしてまた日が暮れて、またホールに人が集まり、そっと言葉をかわしながら追悼祈祷を待った。司祭たちの到着、それをきっかけにホールを支配した沈黙、その静けさの中でロウソクの点火、祭服、神秘的な礼拝の準備、それに続いて手提げ香炉の最初のひと振り、最初のひと声——故人にとって最後となる夕べのこうしたことすべてが私にはあまりに意味深く思えて、前方に置かれたものに——寄せたテーブルの上のふっくらしたビロード張りの棺にも、棺の中に頭を高くして盛り上がって見える恐ろしいものにも——目を上げることすらできなかった。教会や埋葬と結びついた、その恐ろしいものは、金襴の覆いと胸元に置かれた金製の小イコン、真っ白な新しい枕に囲まれて不吉な華麗さの中にあった。そして落ちくぼんで黒ずんだまぶたと黒いひげを持つ顔は、暖かい煙と揺れる熱い炎の向こうから金属的な光を放ちつつ、棺の中でもう覚めることのない眠りの陰鬱な闇に沈んでいた……。

夜になると私とゲオルギイ兄さんの寝る場所は、またピーサレフの書斎に用意された。人のいなくなった、まだ香の匂いが強く漂うホールでは、ロウソクのもとで輔祭が単調な低い声で祈祷を唱えていたが、そこに通じるドアはすべて閉じられて、家は穏やかに静まっていた。兄はロウソクを消して寝てしまった。だが私は着替えることさえできずに服を着たまま横になり、やはりロウソクを吹き消したが、一瞬まどろんだと思ったとたんに自分がホールにいる姿が見えて、ぞっとして目が覚めた。体を起こして心臓をドキドキさせながら闇を見つめ、かすかな物音も聞き逃すまいと耳をすました。何もかも普段と違って、ひどく静かだった——ホールの祈祷の声だけが、遠くからかすかに聞こえた。私はなんとか気力を奮い起こしてソファから足を下ろし、書斎のドアを開けると暗い廊下を爪先立ちで走り、ホールからの光が漏れているドアに耳を押しつけた——

「主は支配し給う。主は偉大さに包まれ、強大さに包まれたり」と、輔祭がドアの向こうで感情を込めない低い声で早口で唱えていた。「主よ、川は自らの声を高め、自らの波を高める……。初めに汝は大地を作り給い、天は汝の手によるものなり……。それらが滅びるとも汝は在り、それらすべてが祭服のごとく古びるとも、汝は衣を替えるごとくそれらを替えるであろう……。主よ、永遠に誉れあれ、主よ、御業《みわざ》を喜びたまえ！」

私は感動の涙で体を震わせて、暗い廊下から裏口を通って裏階段へ急いだ。家をぐるりと回り、中庭のまん中で立ち止まった。あたりは暗く、早春にだけ時々見られる独特の清らかさ、爽やかさ、静けさがあった。地面は凍りついて固かった。澄んだ星空と地面の間に、この上なく繊細で清らかな息吹がほのかに銀色に感じられた。静けさの中、遠くの方で、谷間を流れる春の川が低い音を立てていた。私は谷の向こうの暗闇を眺め、対岸の丘を眺めた。対岸のヴィガンドの家で深夜の灯りがぽつんと赤く光っていた。

「彼女がまだ寝ないでいるんだ」と私は思った。「川は自らの声を高め、自らの波を高める」——思いだすとまた涙がこみ上げてきて、対岸の灯が揺れた。それは幸福と愛と希望の涙、そして物狂おしいほどの歓喜に溢れた優しさの涙だった。

第三の書

一

ワシーリエフスコエでのあの恐ろしい春の夜は、葬式前夜だったのでいっそう忘れがたいものになった。

あの夜、私は明け方になってやっと寝ついた。すぐには屋敷へ戻れなかったのだ――星明かりの中に家の輪郭があまりに不吉に暗く浮き出し、表階段の脇には棺の蓋が黒々と見えていた。私は野原まで行って足の向くままに長いこと闇の中を歩いた……。東の空が白んで村中に雄鶏の声が響く頃に家に帰ってきて、また裏口からそっと中へ入るとすぐに寝入った。しかし間もなく、なんだか非常に重要な瞬間が近づいているという思いが夢うつつに不安をかき立てて、三時間も寝ないで飛び起きた。家はまだ完全に異なる二つの世界に分かれていた。一方には死があり、棺を安置したホールがあって、もう一つの世界、つまりホール以外のすべての部屋は、どの方向からもぴたりと閉ざされたドアでホールと隔てられて、私たちの無秩序な生活が気ままに流れ、この無秩序が避けられぬ終焉を迎えるのを待ちかまえていた。私はついにその終焉が訪れたと強く感じて目を覚ましたのだが、起きてみるととても驚いたことに、私と一緒に故人の書斎で寝た兄は、くしゃくしゃのシーツが床まで垂れたソファに下着姿で座って、平然とタバコを吸っており、ドアの向こうの廊下ではもう人が急ぎ足で歩いて、何か短く質問したり答えたりする声が聞こえた。女中頭のマリヤ・ペトローヴナがお茶をのせたお盆を持って入ってきて、私たちの方は見ずに黙ってお辞儀してから机にお盆を置くと、屈託ありげな様子で出ていった。私は震える手で服を着た。古びた金色の壁紙が貼られた書斎では、何もかも普段どおり平凡で、陽気ささえ感じられ、男たちの朝の生活を彩る香り高いタバコの煙が漂っていた。兄はタバコを吸いながら、ピーサレフのカフカス風の部屋履きをぼんやり見ていた。私が二週間前に、ジプシーのように活気のある美男だったピーサレフを最後に見たときのあの部屋履きが、今も机の下にあった。私もそれに目をやった。彼はもういないのに部屋履きはまだそのままで、これから百年もこのままなのかもしれない！　彼は今どこにいるのか、そして終末がくるまでどこにいるのか。彼は本当にもうあちらに行って、大昔に死んだ、まるで昔話に出てくるようなおばあさんやおじいさんたちと会ったのだろうか、彼は今は何者なのだろうか。本当にあれが彼なのか――ホールのテーブルに安置された棺の中に横たわっている恐ろしいものが。根元まで燃えた短いロウソクの鈍い光に昼間も不自然に照らし出されているものが――丈の高い銀製の燭台に立てられたロウソクは、まわりに巻かれた紙に厚くロウを垂らして染みを作っている――本当に彼なのか。一昨日の朝のちょうど今ごろ、洗顔の後でまだ艶やかな黒いヒゲをきれいに梳《と》かして隣室の妻のところへやってきたのに、三十分後にはその部屋の床で、裸の、まだ生きているような、従順に力なく横たわる体を清められていた彼なのか。とにかくあれが彼なんだと私は考えた。これから彼の身に最後のことが起きる。教会と関係があって、生前の彼がまったく関与していなかったこと、この世でいちばん不思議なことが。そしてまだ若い私は人生で初めてそれに参加する。つまり、なぜか中学で暗唱させられた不思議な言葉が現実になるのをこれから経験する――「キリスト教徒は死んでから三昼夜の後に教会へ運び出される……。その準備として故人の近しい者、友人、親族が集う中で香炉が強く振られ、主の最後の審判が行われてすべての死者が棺から立ち上がる時までこの者が平穏であるようにと願って、聖歌が歌われる……」。私は不意に今の場合の「キリスト教徒」とはピーサレフのことだと思い当たって驚愕し、最後の審判で死者が立ち上がる時まで――まったく想像すらできない、意味も目的も期限も持たない何かがはじまり、永遠に続くことになる前のあの立ち上がりの時まで――彼に残された時間の果てしない長さに愕然とした……。

二

私は慄《おのの》きつつ熱心に出棺を見守った。祭日のようにお腹いっぱい食べて身綺麗にした作男たちは若くて力も強かったが、ついにピーサレフが自分の家や全世界と別れる最後の時が来ると、なんとぎこちなく、なんと緊張して顔をそむけながら重い棺をテーブルからずらして白い麻布にのせて持ち上げたことだろう！　銀製の醜い足がついた紫色のビロード貼りの大きな箱の中にあるのは、神聖であると同時にみだらなほどに地上的で不必要なものだと、そのとき私はまた感じた。それは黒いフロックコートの袖口からのぞいた石のように固まった両手を従順に十字に組み合わせ、命のない頭を揺らしながら、他人の意のままに床の上の低い位置を漂い、人込み、司祭たちの祭服、香の煙、不揃いな歌声の間を抜けて、大きく開いたドアの方に足を向けて――もう二度とこの家の敷居をまたぐことはないのだ！――、まず入り口の間へ、それから表階段へ、春の中庭のまぶしい光と緑に向かって進んだ。中庭では人々がキリストの磔刑《たっけい》像を頭上に掲げ、二人の百姓が棺の蓋を頭にのせていた。そこで作男たちが足を止め、布でこすれて赤くなった首を伸ばしていると、朗誦の声が高くなった――「肉体なき霊たちが全能なる神の玉座を囲み、絶えず主を讃える神聖な歌を歌う。故人が彼らの王国に移り行くしるしに……」。表階段の正面にある小屋の向こうにそびえた教会の鐘楼から、高く悲しい鐘の音がゆっくりと流れて次第に強まっていたが、突然、ごく短い、ひどくはずれた、悲劇的な不協和音が引きちぎれたように鋭く響き渡り、それに驚いた庭中の猟犬たちが一斉に吠えたり唸ったりした。

そのあまりの醜悪さに、長い喪服を着た従姉はふらっとよろけて声を立てて泣きだし、いならぶ女たちも大声で泣き、自分も棺をかついでいた父は嫌悪感と心痛で顔をしかめた。

私は教会ではずっと、円屋根の下の王門の向かいに安置された死者の顔を見ていた。円屋根には石のような灰青色をした雲が描かれ、雲の間の青い三角形の中から、「すべてを見通す目」*が厳しい謎めいた視線を投げかけていた。葬儀は進行した。故人の顔は鼻が尖ってきて、黒いまばらな頬ひげと口ひげの下に厚みのない閉じた唇が光り、頭にはすでに雑色の紙で作った死者の冠をかぶせてあった。私はそれを見ながら考えていた。彼はもう昔の大公に似てきた。今や永遠に、聖人たちやすべての先祖たちと同列になった。棺の上で歌が歌われ――「無垢なる者、主の法によりて旅立つ者は幸いなり」――、私は彼に対しては苦しみと痛みを、自分には優しさを覚えながら考えた。指がこわばって爪が黒ずんだ彼の手にもうすぐ「赦免符」が差しこまれ、「聖油」が注がれ、「塵埃」が十字架の形に撒かれる。棺にモスリンと蓋をかぶせて運び出し、埋葬し、人々は去り、彼は忘れられる。年月は流れ、ぼくの幸福な生活はぼんやりとした明るい未来にどこかの土地で長く続いていくのに、彼は、より正確に言えば彼の頭蓋骨と四肢の骨は、教会の裏の土の中に、白樺の根元の高く伸びた草の下に、いつまでもいつまでも横たわり続けるのだ。白樺は今日これから彼の頭の位置に植えられ、いつか幹の白いすばらしい木に育ち、長い夏の日にはくすんだ緑色の梢が波立って、甘く震えることだろう……。彼に「最後の接吻」をしたとき、私の唇が紙の冠に触れた――ああ、なんという冷たさと異臭が吹きつけたことだろう！　冠の下にある暗黄色の骨ばった額の氷のような硬さに、私は震えあがった！　その硬さは、教会の格子窓から気持ちよく入り込んでくる生き生きした春の暖かさとは、想像を絶するほど正反対だった。

そのあと私は教会の裏で旅団長や大尉たちの古い墓石や記念像の間に立って、幅の狭い深い穴を覗き込んだ。垂直で固い穴の側面が鈍く陰気に光っていた。湿った原初の土が容赦なく荒々しく穴に投げ込まれ、棺の紫色のビロードと白モールの十字架に振りかかった。私は冒瀆的なほど非情になりたくて、教会の円屋根に描かれた、雲の多い空に冷たく浮かぶ「すべてを見通す目」を思いうかべて、一週間後には棺の中は言葉にできない状態になると考え、時がたてば私にもまったく同じことが起きるのだと自分に納得させようとしてみた……。だが、それを信じる気は全然起きないうちに、墓穴はすでに地面と同じ高さに均され、新しい白麻のワンピースを着たアンヘンがいて……、式の最後にはまた祭日のようにキリストを讃える聖歌が、すべてを赦しすべてに希望を与えるように優しくひたむきに、太陽に照らされた暖かい空間に響き渡った……。誰かが永遠に去った後で、この世界はまるでいっそう若く、いっそう自由に、広く、すばらしくなったようだった……。

三

墓地から帰る途中、従姉は目にハンカチを当てて前も見ずによろよろと歩いていた。だが、父が彼女の腕をとってしっかり支えて並んで歩きながら、昔からこんな場合に言われてきた意味のない優しい言葉をかけ続けた。

「おまえを慰めるなんて無駄だけど、ひとつだけ言っておこう。いいかい、絶望は大きな罪だ。それにおまえはこの世でひとりぼっちじゃない。おまえを限りなく愛してる人たちがいるし、人生に高い目的を与えて

＊神の全知の象徴としてイコンなどに描かれる眼。

くれる子供たちもいる。なんと言っても、おまえはまだ若くて、人生はこれからじゃないか……」

父の横を、父の古い友人でよく太ってがっしりした地主が、貴族帽を手に持って歩いていた。日焼けして肌の浅黒い人だった、茶色の目の黄色っぽい白目の部分に金褐色のシミがあって、私は子供の頃からそれに興味をもっていた。着慣れないフロックコートや糊のきいたシャツ、肥満、それに込み上げてくる感情のせいで、彼は暑そうだった。急ぎ足なのと息苦しさのせいであえぎながら、彼も父と同じことを言っていた。

「ヴェーラ・ペトローヴナ、私にも言わせてください。故人の父親が亡くなってから、私は親代わりでした。洗礼親だったし、彼を育て上げて、あなたとの婚礼では祝福も授けた。だから、私が今どんな気持ちかわかるでしょう……。それにご存じのように、私も早くに妻を亡くした。だが、まったく彼の言う通りです。百姓たちがなんと言うか知ってますか。『死はお日さまと同じ。じっと見ちゃいけない』っていうんです。そう、見ないことです、見てはいけません。そうでないと生きていけない。私は恥ずかしい、彼は亡くなったのに、自分はこうやって歩いちゃ息を切らしてるんだから。だが、われわれの意志でこれがどうにかなりますか」

彼の短く刈った白髪頭、広い後頭部、色黒で小さい手の指にくいこんだ古い結婚指輪に、私は目をやった。それらを見ながら感じていた——私たち全員が多かれ少なかれ恥ずかしくて気詰まりな思いをしているが、だけどやっぱりこの三日間私たちにのしかかっていた重荷の後で生活に帰るのは、とても気持ちがいい。柔らかな春の土を踏んで暖かい日差しを浴びながら帽子なしで歩くのも、まわりの庭園で悩ましく幸福そうに啼きながら動き回っているミヤマガラスの絶え間ない啼き声を聴くのも。それに、今までと違ってほとんど恋する者のような目で、従姉を、彼女の喪服を、若さと悲しみの中の美しさを見たり、きょう庭の奥でアンヘンとデートする約束があることに胸ときめかせて思いを馳せるのも、本当に快かった……。

家も主人から解放されて若返っていた。床もガラスもすべて洗い、どこもかしこもきれいにして、窓は太陽と大気に向かって大きく開かれていた。追善供養のためにテーブルが配置されたホールに入るとすぐに、午前中ずっと棺の横にいた私をひどく悩ませた、この世の何にも似ていない恐ろしい匂いがまた鼻につんときた。しかしそれは、まだ黒く湿っている床や、四方八方から家に流れ込んでくるさわやかな春の匂いと、実に刺激的に混じり合っていた。テーブルのクロスや食器、グラス、デカンタは、死ではなく生の宴のために華やかに輝いていた。それでも、ごちそうの多すぎる昼食が延々と続いたのは、なんとうとましかったことだろう。酔っぱらった司祭たちの胴間声で食事は何度も中断された。彼らは立ち上がっては、自分たちの手で教会裏の地面に埋めてきたばかりの不可解な存在に対して、感情をこめて永遠《とわ》の記憶を歌った。食事中にこう話しかけてきた父の言葉は正しかった。

「わかるよ、おまえの今の気持ちは。私たちだって全員がショックを受けてるが、これが人生の入り口で、しかもそんな時代遅れの気性とくれば……。わかるとも、おまえの気持ちは！」

四

私は葬式の後も半月ほどワシーリエフスコエに滞在して、不可解で恐ろしい終わり方をこの目で見たばかりの生を二面性を持つものとして鋭く感じ続けていた。

その頃は故郷に帰るアンヘンとの別れというもう一つの試練も待っていたので、いっそう辛かった（この別れに、せつなく苦い慰めも見出していたが）。

父と従兄のピョートル・ペトローヴィチは、従姉のためにしばらくワシーリエフスコエに残ることになった。私も腰を据えたが、それは日ごとに恋心が募ってゆくアンヘンのためだけではなく、自分を支配している二面的な感覚をなぜか引き伸ばしたかったからだ。その感覚が、ピーサレフの蔵書の中から偶然手にした『ファウスト』と別れることを私に許さなかった。

自然の営みを、行為の嵐を
己は支えて動いてやまぬ。
かしこに働き、ここに働く。
生を司り、死を司る。
永遠の海に漂い、
筬《おさ》をさばき、
いのちを燃え上がらす。
こうして己は絶えず動く時の機《はた》を織り
神の霊妙な衣を作る。*

ワシーリエフスコエの生活も二面的だった。暮らしはまだ悲しみに包まれていたが、驚くほど速く日常に戻りつつあった。春の美しさが開花して強まりゆく中で様々な変化が起こるので、暮らしもとても心地よくなってきた。そろそろ前よりずっと強く新しい力をふるって生活に立ち返る時期だと、誰もが感じていた。家全体で格別の清潔さを保つために、多くの箇所を変えた――古い家具を屋根裏に片づけ、いくつかは違う部屋に移し、従姉のために子供部屋の脇に新しく寝室をしつらえ、小さな客間の奥にあった夫婦の寝室は広い休憩室に模様替えをした。それから故人の持ち物をほとんど全部しまいこんだ。裏口の脇で、貴族用の制服や赤い縁どりの帽子、羽毛つきの三角帽などにブラシをかけて大きな古い長持ちにしまっているのを見かけた……。家政も新しいやり方をはじめていた。父とピョートル・ペトローヴィチが采配を振り、主人と働き手の関係がいつも最初はそうであるように、召使いはみな喜んで指図に従い、何もかも新規まき直しで順調に進むことを期待していた。私はこのことにとても感動したのを覚えている。何より感動的だったのは、従姉が次第に暮らしに戻ってきたことだ。少しずつ自分を取り戻し、穏やかに落ち着いてきて、時には食卓で子供たちの馬鹿げたかわいい質問にふと笑うことさえあった。父とピョートル・ペトローヴィチは控えめに、しかしいつも優しく注意深く彼女に接していた。

この悲しくも幸福な日々は、私にとって驚くほど速く過ぎていった。夜遅くアンヘンと別れ、延々と続いたお別れに甘い疲れを感じて家へ帰ると、そのまま書斎へ行って、明日のデートのことを考えながら死んだように眠った。朝になると本を手に日当たりのよい庭に座って、アンヘンを散歩に連れ出すために川向こうへ行ける時間になるのを待った。散歩には必ず女の子たちが、つまりヴィガンド家の下の娘たちがついて来たが、いつも先の方に走っていって私たちの邪魔はしなかった。正午には家に食事に帰り、食事の後はずっと『ファウスト』を読み返しながら、夕方のデートを待った。夜には月齢の若い細い月が庭の奥を照らし、ヨナキツグミがひそやかに鳴いた。アンヘンは私の膝にのって私を抱きしめ、私は彼女の胸の鼓動を聞きながら、生まれて初めて女性の体の幸福な重みを感じていた……。

彼女はついに行ってしまった。私はその日ほど激しく泣いたことはなかった。でもその涙には、どれほどの優しさと、甘美きわまる愛の苦しみがこめられていたことだろう！　それは世界への愛、人生への愛、ア

＊ゲーテ『ファウスト』第一部五〇一－五〇九行、高橋義孝訳。

ンヘンが自分でも知らぬ間に私に開いてみせた、人間の肉体と精神の美しさへの愛だった。その日の夕方、泣き疲れた私がやっと落ち着いて、なぜかまた川向こうに歩いて行くと、アンヘンを停車場へ送っていった馬車が私を追い越したが、御者は馬車を止めて、私にペテルブルグの雑誌を手渡した。私はひと月ほど前に初めてその雑誌に詩を送ったのだった。歩きながら開くと、私の名前を記した魔法の文字が、まさに稲妻のように目に突き刺さった……。

私は次の日の早朝に歩いてバトゥリノへ帰った。最初は朝もやの中で輝く畑の中の車輪に均された乾いた田舎道を歩き、それからピーサレフ家の森を抜けていった。日が当たって明るい緑色をした森は、春の鳥の鳴き声や去年の朽ち葉や咲き始めのスズランの花でいっぱいだった……。私がバトゥリノに着くと、母は私が痩せて目が落ちくぼんだことに驚いて、手を打ち鳴らした。私は母に口づけして雑誌を渡すと、疲れてふらふらしながら自分の部屋へ行った。なじんだ家なのに見慣れない感じを覚え、狭さと古さに驚きながら……。

五

その春、私はやっと十五歳になったところだった。しかしバトゥリノに帰ったときには、自分はもう完全な権利を持った成人の生活に入ったと確信していた。

私はすでに冬のうちから、どんな大人にも必要な多くのことを知っていると感じた。宇宙のしくみ、氷河期、石器時代の未開人、古代の諸民族の生活、蛮族のローマ襲撃、キエフ・ルーシ、アメリカの発見、フランス革命、バイロン主義、ロマン主義、四〇年代人、ジェリャーボフ、ポベドノースツェフ[*1]のことなど。それぞれの感情や運命を持って永遠に私の中に入ってきた多数の架空の人物については言うまでもない――どんな人間にも必要な存在と思われるハムレット、ドン・カルロス、チャイルド・ハロルド、オネーギン、ペチョーリン、ルージン、バザーロフたち[*2]の顔や人生を……。自分にはもう非常に大きな人生経験があるような気になっていた。ワシーリエフスコエから帰宅した時は疲れきっていたが、これから完全に「充実した」生活を始めるのだと堅く決意していた。それはどんな生活だろう。私が思うに、人生がもたらすあらゆる印象や自分の好きなことの中から、できるだけ多く高尚な詩的喜びを経験することこそ、生の充実だった。自分はそれに対して特別な権利を持っているという思いさえあった。「我々は熱烈な期待をもって人生に踏みだした」[*3]――私も熱烈な期待をもって人生に踏みだした。でも、そのためのどんな基盤を私は持っていただろうか。

私は「人生はこれからだ」という気持ちを持っていた。若々しい力、肉体と精神の健康、ある種の美しさのある顔だち、すぐれた体格、自信にみちた自由な動作、スピードのある軽快な歩き方、大胆さ、機敏さ――たとえば私はどんなに乗馬が上手だったか！　若者の純潔、高邁な意欲、正直さ、あらゆる低劣さへの軽蔑――そういうことへの自覚もあった。高揚した精神も持っていたが、それは生まれつきのものであると同時に、高尚な使命について語り続ける詩人たちの言葉を読んで身につけたものでもあった。彼らは「詩とは地上の神聖な憧れに宿った神である」とか、「芸術とはより良き世界への階段である」と語っていた。私は時に

＊1　四〇年代人は、ロシアで一八四〇年代に活発な思想論争を行った貴族出身のインテリゲンツィア。A・ジェリャーボフは、アレクサンドル二世暗殺に関与して処刑されたナロードニキ系の革命家。K・ポベドノースツェフは保守的な思想家・政治家。
＊2　それぞれシェイクスピア、シラー、バイロン、プーシキン、レールモントフ、トゥルゲーネフの作品の主人公。
＊3　N・オガリョーフの詩「友人たちに」（一八四〇－四四）より。

はそれらと対極的なこと、つまりレールモントフやハイネの辛辣な詩句、死を前にすべてに幻滅した目をゴシック建築を照らす窓外の月に向けるファウストの慨嘆、メフィストフェレスの陽気なふてぶてしい言葉などをつぶやくこともあったが、私がそれらの詩句をくり返す苦い情熱の中にも、心を昂揚させる喜びがあった。しかし果たして私は、翼があるだけでは飛べないことを、翼には空気が、さらに発達が必要なことを、時には自覚しなかっただろうか。

ものを書くすべての若者が、自分の名前が活字になっているのを見たときに経験する特別な感情を、私も経験せずにはいられなかった。しかし、ツバメが一羽飛んだだけでは春にならないことも、理解しないわけにはいかなかった。父は腹を立てると私のことを「貴族のどら息子」と呼んだ。「ほんの少しずつ、ともかく何かを、やっとのことで」学んだのは私だけではないと、自分を慰めていたが、この慰めが疑わしいこともよくわかっていた。秘かに（読書とゲオルギイ兄さんの薫陶のおかげで、もう多くの自由思想に染まっていたのに）アルセーニエフ一族であることをまだ大いに誇りにしていた。だがそれと同時に、わが家の貧窮が募っていることや、貧乏に対して家族が不自然なほど無頓着であることを自覚しないわけにもいかなかった。私は奇妙な確信を抱いて成長した。兄たち、特にゲオルギイ兄さんにはたくさんの美点があるが、あの非凡なるもの――父の持つ多くの欠点にもかかわらず、私の知っているすべての人の中で父を私にとって非常に特別な存在にしているもの――の主な相続人は自分だという確信を。しかし、父はもはや昔の父ではなかった。もう何もかもあきらめてしまったらしく、しょっちゅう酔っぱらっていた。いつでものぼせた顔、ひげを剃らずくすんだ顎、髪が乱れてふくれ上がった頭、ぼろぼろの部屋履き、セヴァストーポリ時代から着ている裂けた上着を見て、私はどんな思いをしたことだろう。老いてゆく母や成長する妹を思うと、時にはなんと心が痛んだことだろう！　自分自身にも強い哀れみを覚えることが多かった。たとえば冷製スープだけの昼食をすませて、本と、私のたった一つの宝物であるカレリアの白樺製の祖父の手箱が待つ自分の部屋へ帰るときなどに。手箱には私のいちばん大切なもの、悲歌《エレジー》や四行詩《スタンザ》をびっしりと書き込んだ紙の束がしまってあった。ハッカ入りの安タバコの匂いがする灰色の紙を、私は村の小さな店で買ったのだ……。

時おり私は父の若いころについて考えた。私と比べてなんという違いだろう！　父は彼のような階層、身分、欲求を持つ幸福な若者にふさわしいものは、ほとんど何でも持っていた。彼は実に呑気な環境で成長してその中で生きていたが、その呑気さは、彼が自由に悠然と享受していた貴族的雰囲気にとってはごく当たり前のものだった。若者らしい気まぐれや欲求を邪魔するものなど知らず、どこへ行っても完全な権利と陽気な尊大さをもって、自分はアルセーニエフであると感じることができた。ところが私が持っているのは、カレリアの白樺製の手箱、古い二連発銃、痩せ馬のカバルダ号、擦りきれたコサック式の鞍だけだ……。時々どんなにしゃれた格好がしたかったことか！　ところが客に行くときは、ゲオルギイ兄さんがハリコフの監獄に連行されたときに着ていたグレーの背広を着なくてはならず、そのせいで訪問先では秘かに鋭い羞恥を感じた。私には所有の感覚は欠如していたが、時には富やすばらしい贅沢、さまざまな自由、それらと結びついた肉体と精神のあらゆる喜びについて、どんなに憧れたことだろう！　遠くへの旅行や女性のすばらしい美について、また魅力的な若者や同年代の者、共通の志向や情熱や趣味を持つ仲間との友情について想像をふくらませた……。だが、私の足はまだ郡庁所在地より遠くには踏み出したことがなく、私の世界は慣れ親しんだ野原や丘陵に限られ、会うのは百姓と百姓女ばかりだった。知り合いの範囲は二、三の小さな地主屋敷とワシーリエフスコエに限られ、私のあらゆる夢想が憩うのは自分の古い角部屋に限られていた。部屋は上部が色ガラスの窓が二つ庭に面していて、引き上げ式の窓枠は腐りかけていた。はたして私は、時にそのことを意識しなかっただろうか。

六

庭は花が咲き終わって緑に包まれ、ヨナキツグミが一日中さえずり、私の部屋の下の窓は一日中引き上げてあった。小さな四角形を組み合わせた古風な窓、黒っぽいオーク材の天井、オーク製の肘掛け椅子、やはりオーク製で滑らかな横板のあるベッドのおかげで、私はこの部屋がいっそう好きになっていた。最初のころはただ本を手に横になって散漫に読んだり、ヨナキツグミの声を聞いたり、これから自分が始める「充実した」生活について考えたりした。時には短時間ぐっすり寝てしまうこともあり、目覚めるといつも周囲の新鮮さや魅力に新しい驚きを覚えた。そして空腹感で飛び起きると、ジャムを探しに食器室へ、つまりガラス窓つきのドアでホールとつながっている打ち捨てられた小部屋へ行ったり、黒パンを探しに召使い小屋へ行ったりした。そこは昼間はいつも人気がなく、汚れた熱い暖炉の上の薄暗い片隅にレオンチイが寝ているだけだった。長身で信じられないほど痩せて、黄色の硬いひげをびっしり生やして、年をとって全身がかさかさになったレオンチイは、もとは祖母の家の料理人だったが、避けられない死をなぜかもう何年も免れて、まるで穴居人のような不可解な生を続けていた……。幸福への期待、すぐに始まるはずの幸福な生活への期待！　しかしそのためには、ただこうして短い眠りから覚めて黒パンの皮を取りに駆け出したり、バルコニーへお茶に呼ばれたり、お茶を飲みながら、これから馬に鞍をつけて日暮れ時の街道を気の向くままに走ってみようと考えたり、それだけで十分なこともある。

月夜が続いていた。私は時おりヨナキツグミさえ歌わぬ真夜中に目を覚ますことがあった。全世界に静けさが満ち、この途方もない静けさのせいで目覚めたような気がするほどだった。一瞬、恐怖に駆られる。不意にピーサレフのことを思い出し、客間に通じるドアの脇に背の高い影が見えた気がする……。しかし一瞬後にはもう影はなく、部屋の薄闇を通して暗い隅っこが見えるばかりで、開け放たれた窓の外では月夜に庭が輝いて、言葉のない明るい王国へと誘っていた。それで私は起き上がり、客間へのドアをそっと開けて、薄闇の中で壁から私に目を向けているボンネットをかぶった祖母の肖像画を見たり、冬の月夜にすばらしい時を過ごしたホールを眺めたりする。あの時よりホールが神秘的で天井が低く感じられるのは、夏には月が屋敷の右寄りを通るのでホールに光が差しこまないせいだ。それにホール自体が薄暗くなっているせいでもある。北側の窓の外に立つ菩提樹の葉が濃く茂って、暗い大きな枝が庇《ひさし》のように窓を塞いでいるのだ。私はバルコニーに出るたびにいつも夜の美しさに打たれ、当惑や苦痛さえ覚えた。一体これは何だ、この美しさをどうすればいいのだ！　私は今でもこんな夜には似た経験をする。すべてが新鮮だったあの頃、露をおびたゴボウの葉の匂いとしっとり濡れた草の匂いの区別がつくほど嗅覚が鋭かったあの頃は、どうだっただろうか！　高く高く伸びたトウヒが形作る三角形が、片側だけ月の光を浴びて、ギザギザの先端を透き通った夜空に向けてそびえ立っていた。空にまばらに散った星は小さくて穏やかで、あまりにも果てしない遠方にあって、ただ美しく神々しく感じられるので、跪《ひざまず》いて十字を切りたくなる。屋敷の前のひっそりした野原は、不思議な強い光に照らされていた。右手の庭の上に広がる明るい地平線に、満月が輝いているのだ。月は内側から明るい白光を発して、死者の顔のように青白い輪郭だけがかすかに黒く翳《かげ》っていた。ずっと前から互いを知っている私と月は、長く見つめあっていた。声もなく黙して、互いに何かを期待しながら……。何を期待していたのか。私は、自分にも月にも何かとても足りないものがあることだけを知っていた……。

そのあと私が自分の影と一緒に、夜露がおりて虹色に光る野原の草を踏んで、池へ通じる並木道の光がまだらに差している薄闇へ入っていくと、月もおとなしくついてきた。歩きながら振り返ると、月は鏡のように輝いたり割れたりしながら、黒い影の中にところどころ明るく輝く部分のある木々の枝や葉が織りなす模様の中を移動していく。私は満々と水をたたえた池のほとりで、露のおりた斜面に立ち止まる。右手の堰の横で、広い池の水面が金色に輝いている。私が佇んで眺めると、月も佇んで眺めた。眼下の岸の横に、底知れぬ水面下の空が揺れる暗い鏡のように広がり、その表面に鴨たちが浮かんで、羽の下に頭を隠した姿を深く映し出して、浅い眠りをむさぼっていた。対岸の左手には、地主のウヴァーロフの屋敷が遠くに黒く見えていた――グレーボチカは彼の庶出の息子だ。池の正面に見えるのは月の光をまともに浴びた粘土質の斜面、その先は夜らしい明るさの村の放牧場、その後ろに黒く並ぶ百姓家の列……。なんという沈黙だろう。こんなふうに沈黙できるのは生きているものだけだ！　鴨たちが急に目を覚まして、足下の揺れる鏡のような空をかき乱し、その驚きと不安の声が雷鳴のように周囲の庭々に響き渡った……。私がゆっくりと先へ進んで池に沿って右手へ行くと、月も私と並んで、夜の美しさの中で凍りついた木々の暗い頂きの上を静かに移動して行った……。

こうして私は月と一緒に庭を一周した。まるで考えごとも一緒にやっているようで、その考えごとはいつも同じこと――人生の謎であるせつない愛の幸福のこと、まだ謎だけどきっと幸せであるはずの私の将来のこと、そして言うまでもなく、いつもアンヘンのこと。ピーサレフについては、生きている姿も死んだ姿もどんどん忘れていった。祖母については、客間の壁に掛かった肖像画以外に何が残っているだろうか。ピーサレフだって同様だった。今では私が彼のことを考えるとき思い浮かべるのは、ワシーリエフスコエの家の休憩室に掛かっている、彼が結婚したばかりの（そしておそらく果てしなく生きると思っていた）時期の大きな肖像画だけだった。以前の問いはまだ頭に浮かぶことがあった。彼は今どこにいるのだろう、彼はどうなったのか、彼が身を置いているという永遠の生とは一体何なのだろう。しかし、答えのない問いはもはや不安に満ちた懐疑へ導くことはなく、慰めさえもたらした。彼がどこにいるか、それは神様だけが知っておられる。ぼくは神を理解できないけれど、信じなければならないし、生きるために、幸せであるために信じている。

アンヘンによる苦しみはもっと長く続いた。昼間でさえ、何を見ても感じても、何を読んでも考えても、すべての背後に彼女が、彼女への優しい気持ちが、彼女と結びついた思い出があった。それに、私がどんなに彼女を愛しているか、この世には私たちが一緒に楽しめるはずのすばらしいことがどんなに多いか、それを語る相手がもはやいないという痛みがあった。夜については言うまでもない。夜には彼女は私を完全に支配していた。しかし時は流れ、アンヘンもまた次第に伝説に変わり、生きた面影を失っていった。なんだかもう彼女が私と一緒にいたことも、今もどこかに存在していることも信じられなかった。彼女のことはただ詩的に、つまり一般に愛や美しい女性の像に憧れるように、感じたり考えたりするようになった……。

七

夏の初めに、私はその年購読していた雑誌「一週間《ニジェーリャ》」で、ナトソン[*]全詩集が出版されたことを知った。当時、どんな片田舎でも彼の名はどれほど熱狂を引き起こしたことか！　私はナトソンの詩をいくつか読んだことがあったが、どうしても感動はできなかった。「引き裂かれた胸に宿りし無慈悲な疑惑よ、その毒の消え去らんことを」――これはひどいたわ言にしか思えなかった。カヤツリグサが池を「見下ろし」、池に「緑の

＊S・ナトソンは市民詩の伝統を受け継ぎ、特に若い世代に絶大な人気のあった詩人。

枝を垂らす」とうたう詩に、大した尊敬は抱けなかった。しかし、とにかくナトソンは「夭折した詩人」で、「南の紺碧の海のほとりで、バラと糸杉の中で息絶えた」麗しくも悲しげな眼差しをした若者だった。冬に彼が死んで、「花に埋もれた」金属製の棺が葬儀のために「酷寒と霧のペテルブルグ」へ運ばれたという記事を読んだとき、私はひどく興奮して青ざめた顔で昼食の席に出ていったので、父までが心配そうに私を見て、私が悲しみのわけを説明するとやっと落ち着いた。

「えっ、それだけのことか」――ナトソンの死が理由だと知ると、父は驚いて尋ねた。

そしてホッとしながら、腹立たしげにつけ加えた。

「しかし、おまえの頭にはくだらないことが入り込むもんだな！」

今度も、「一週間《ニジェーリャ》」誌の記事が私を大いに興奮させた。冬の間にナトソンの名声はさらに高まっていた。この名声のことを思うと私の頭にガツンと衝撃が走って、自分自身の名声への渇望が一気に高まった。名声を得るためには一瞬も無駄にせず即座に行動を起こさなければという思いに駆られ、ナトソンとはいったい何者なのか、詩的な最期を遂げたこと以外に、いったい何がロシア全土をこんなに感動させているのかを見極めるために、次の日にナトソンの本を求めて町へ行くことにした。乗っていくものが何もなかった。カバルダ号はびっこを引いていたし、農耕馬はどれも痩せ過ぎでみっともなかったので、歩いて行くしかなかった。町までは三十ヴェルスタ以上あったが、私は歩いて出かけた。朝早く家を出て、暑くて人気のない街道を休まず歩き、三時頃にはもうトルゴヴァヤ通りの図書館に入っていった。額に巻き毛を垂らしたお嬢さんが、表紙の擦り切れた本が上から下までぎっしり詰まった狭い部屋で、ひとり退屈していたが、長い道のりと日差しのせいで疲れきっていた私を、なぜか非常に興味あり気に見た。

「ナトソンは順番待ちです」と彼女はすげなく言った。「一か月以上待っていただかないと……」

私は呆然として途方に暮れた。三十ヴェルスタもやってきたのに！　だが、彼女は私を少し困らせたかっただけだったのだ。

「でも、あなたも詩人ですよね？」と彼女はほほ笑んで、すぐにこう言った。「私、あなたを知ってます。あなたが中学生のころから見てました。私の本をお貸ししますわ……」

私は感謝の言葉を並べたてて、照れくさいのと誇らしいのとで紅潮して、貴重な本を手にしてあまりに喜んで外に飛び出したので、歩道脇に止まった馬車から下りてきた、グレーの麻のワンピースを着た十五歳くらいのほっそりした女の子を突きとばしそうになった。馬車には一風変わった馬が三頭つながれていた。三頭とも毛色はぶちで、頑丈で、体は小さくて、毛色もしぐさもそっくりだった。さらに風変わりなのが、背を丸めて御者台に座っている御者だった。信じられないほど痩せて筋肉質で、服も信じられないほど襤褸《ぼろ》なのに、実に粋な赤毛のカフカス人で、先っぽを折り曲げた円筒形の毛皮帽をかぶっていた。馬車の中には押し出しのよい堂々とした貴婦人が、ゆったりした絹紬《けんちゅう》のコートを着て座っていた。婦人もかなり驚いてきっと私をにらんだが、少女の方は心底驚いて脇へ飛びのいた。結核患者のような黒い目、病人のようないじらしい唇、少し青みがかった肌のほっそりした清らかな顔全体に、さっと驚きが走った。私の方がもっとうろたえて、異常に熱心かつ上品に「ああ、どうぞお許し下さい」と叫ぶと、後も見ないで駆け出して市場の方へ下りていった。斜め読みでいいから一刻も早くこの詩集を読みたい、宿屋でお茶を飲みたいとだけ考えていた。だが、この出会いはそんなに簡単に終わる運命にはなかった。

この日私は徹底的に運がよかった。宿屋にバトゥリノの農民たちがいたのだ。彼らは私と会うと、同じ村の者が町で会うと必ず見せるうれしげな驚きの表情で、声を揃えて叫んだ。

「おやおや、わしらの若旦那じゃないか。若旦那、こっちへ！　どうぞ、掛けて下さい」

私も大いに喜んで腰を下ろした。一緒に帰れればと期待したら、本当に彼らはすぐに私を乗せていこうと申し出た。彼らは煉瓦を取りに町へ来ていて、荷馬車を町外れのベーグラヤ・スロボダー近くの煉瓦工場に置いていて、出発は夕方だということがわかった。だが、夕方になっても煉瓦の積み込みは続いていた。私が一時間、二時間、三時間と工場に座って、目の前の街道の向こうに広がる夕方の野原をきりもなく見ている間、農民たちはずっと積み込みを続けていた。町ではもう晩祷を知らせる教会の鐘が鳴り、茜色に染まった野原のすぐ上にまで太陽が下りてきたが、農民たちはまだ積み込んでいた。私が退屈と疲労ですっかり参っていると、できたばかりの赤い煉瓦を前掛けいっぱいに載せて力を振り絞って荷馬車へ運んでいた百姓が、街道脇の道を埃をまき上げて走って行く三頭立て馬車《トロイカ》の方に首を振って、こう言った。

「ほれ、ビビコーヴァの奥様だ。わしらの村のウヴァーロフ様の屋敷にいらっしゃるんだ。おとといウヴァーロフの旦那が、あの奥様がお客に来るんだとおっしゃって、小羊を屠殺に出されたぞ」

もう一人が続けて言った。

「本当だ、あの奥様に違えねえ。ほれ、あの皮剝ぎ野郎が御者台に座ってるで」

私は目をこらして、すぐにさっき図書館脇にいたぶちの馬たちだと気づき、不意に、図書館を飛びだしてからずっと秘かに私を悩ませていたのは何だったのかを悟った。それは彼女、あのほっそりした少女だったのだ。彼女が私たちのバトゥリノ村へ行くところだと聞いて、私はさっと立ち上がって百姓たちに質問を浴びせかけ、直ちにたくさんのことを知った。彼らの話では、ビビコーヴァの奥様というのが少女の母親で、未亡人であり、少女はヴォロネジの寄宿女学校、農民たちの言い方では「貴族学校」で勉強している。母子はザドンスク近郊の「ちっこい領地」でひどい貧乏暮らしをしていて、ウヴァーロフの親戚なのだが、彼女たちに馬を貸したのは、近くの領地に住む別の親戚のマールコフだった。マールコフのぶちの馬たちは、カフカス出身の皮剝ぎ野郎と同様に、県全体で有名なのだ。あのカフカス人はマールコフ家で最初はただ馬の調教をしていたが、その後「住み着いて」しまい、ある恐ろしいきっかけで主人と深い関係ができて親友になった。彼はマールコフの馬群から一番いい牝馬を盗もうとしたジプシーの馬泥棒を革鞭で打って、死なせてしまったのだ。

私たちは夕暮れ時にやっと出発して、一晩中のろのろと歩くように進んだ。百プード〔一プードは約一六・四キロ〕の荷を牽《ひ》く非力な馬には、それがぎりぎりのスピードだったのだ。しかし、なんという夜だったろう！　夕暮れに街道に出たとたんに風が吹きはじめ、東から雨雲が押し寄せてきたので、急速に暗くなった様子が何やら不穏で怪しげで、重々しい雷鳴が鳴り響いて空全体を揺るがし、赤い稲妻が恐怖を駆り立てた……。半時間もたつとまっ暗になった。闇の四方八方から時には熱風が、時には涼風がさっと吹きかかり、まっ黒な野原を白や赤の稲妻があらゆる方向に走って目をくらませ、真上で炸裂する打撃音やものすごい轟音、はじけるような乾いた音が耳をつんざいた。それから本格的な突風が激しく吹きつけ、上空まで重なった雨雲の間を白く灼熱した稲妻が蛇のように走って、猛烈な震えと恐怖を引き起こす。土砂降りの雨が絶え間なく打ちかかり、激しい唸りを立てて私たちを鞭打つ。この世の終わりを思わせる光と炎が走って、地獄のような空の闇が私たちの頭上でぽっかりと口を開けると、赤銅色に輝く雲の山が太古のヒマラヤ山脈のように超自然的な光を発しているのが見えた。私は冷たい煉瓦の上に横になって、農民たちが渡してくれたありったけの麻袋や百姓外套にくるまっていたが、五分もたつと全身ずぶ濡れになった。だが、この地獄と洪水は私には何でもなかった！　私はすでに、新しい恋に完全に支配されていた……。

八

当時の私にとって、プーシキンはまぎれもなく自分の生の一部だった。

彼はいつ私の中に入ってきたのか。私は幼いときから彼のことを耳にしていた。彼の名は家ではいつもまるで親戚のような気安さで、私たちと彼が共に属している独特なグループの完全に「仲間内」の人間として口にされていた。確かに彼は「私たち」のことだけを、私たちのために、私たちの感情をこめて書いた。嵐が「雪を竜巻のように巻き上げて」空を覆い隠すと彼がうたったのは、まさに冬の夜にカーメンカの屋敷の外で吹き荒れる嵐のことだった。母は時々私に朗読してくれた（歌うように夢見るように、時代遅れの読み方で、優しい悲しげな笑みを浮かべて）――「きのう私はパンチのグラスを手に、軽騎兵と座っていた」。すると私は「どの軽騎兵なの、ママ？　死んだおじちゃんのこと？」と尋ねた。「乾燥して香りも失せた一輪の花が本の中に忘れられているのを、私は見つける」と母は朗読し、そして私はその花を母自身の娘時代のアルバムの中に見つけた……。私の青春時代はすべてプーシキンと共に過ぎたのだ。レールモントフも私の青春と切り離せなかった。

もの言わぬステップが青く広がり、
銀色のカフカスが輪のようにそれを囲んでいる
海を見おろすカフカスは、曇り顔をして、静かにまどろんでいる
まるで楯にもたれる巨人のように、
放浪する波の話に聞き入りながら

そして黒海は、静まることなくざわめいている……*

はるかな国々を放浪することへの若き日の憧れに、遠方のすばらしいものへの熱い夢に、そして心の中の秘かなる響きに、この詩はどんなに強く応え、どんなに心を沸き立たせ、私の心を形成してくれたことだろう！　それでも私はより多くの時をプーシキンと共に過ごした。彼は私の中にどれほど多くの感情を生みだしたことだろう！　私は私自身の感情に、また私を包み、私を生かしているものすべてに、なんと頻繁にプーシキンの詩を寄り添わせたことだろう！

たとえば晴れた酷寒の朝に目覚めると、プーシキンと一緒に「酷寒《マロース》と太陽、すばらしき日よ！」と叫ぶことで、うれしさが倍になった。こんな朝をこれほどすてきに表現したばかりか、「君はまだまどろんでいる、すばらしき友よ……」という魅惑的なイメージまで与えてくれた彼と、一緒に叫ぶのだ。

たとえば吹雪の日に目覚めて、きょうは犬を連れて狩猟に行くんだと思うと、また彼と同様にその日をはじめる——

数々の質問をする——暖かいか。吹雪はおさまったか、
新雪は積もっているか、いないか。
鞍に座るためにベッドを離れても大丈夫か、それとも昼食の時間まで
隣人の古い雑誌を読んでいた方がよくはないか。

＊M・レールモントフの詩「オドエフスキイの思い出に」（一八三九）より。

たとえば春の夕暮れ、庭の上空に金星が浮かび、庭に面した窓が開け放たれているとき、彼はまた私と一緒にいて、私の秘かな夢を表現してくれる。

急げ、わが美しき人よ、
金色の愛の星が
空に上った！

たとえばすっかり日が暮れて、庭中が憂いに沈み、ヨナキツグミも憂いの声を響かせるとき——

あなたは聞いただろうか、茂みの陰の夜の声、
愛の歌い手、悲しみの歌い手の声を。

たとえば私がベッドに横になり、「わが床の傍でわびしいロウソクが燃えるとき」——本当に、枕もとにあったのは電灯ではなくて、わびしい獣脂ロウソクだった——、若者らしい愛を、いや正確に言えば愛への憧れを言葉にしていたのは誰だろう、私か、それとも彼か。

眠りの神《モルフェウス》よ、朝まで喜びを与えてくれ、
苦しみに満ちた私の愛に！

そして彼方ではまた「森が紅の衣を脱ぎ捨て、冬麦の畑は狂おしい楽しみ事に悩まされる」——これは私もあんなに熱中した、まさにあの楽しみ事だ。

周囲に広がる野を、なんと速く
ふたたび蹄鉄を打たれた私の馬は、走っていることだろう
馬の蹄《ひづめ》の下で、なんと音高く
凍った大地は響き渡っていることだろう

夜がふけると、ひっそりした黒い庭の上に大きな赤いおぼろ月が昇る。するとまた私の中ですばらしい言葉が響き渡る。

まるで幻影のように、松林の向こうに
おぼろ月が昇った

そして私の心は、彼によって創造されて永遠に私を魅了した見知らぬ女性への言いようのない想いでいっぱいになる。その女性は、どこか遠くの国で、ちょうどこんな静かな時間に歩いているのだ——

騒ぐ波が洗う岸に向かって……

九

リーザ・ビビコーヴァへの私の感情は、私の子供っぽさに基づいていただけでなく、かつてはロシアの詩全体と固く結びついていた私たちの暮らしへの愛にも基づいていた。

リーザへの恋は詩的で古風なもので、完全に同じ階層に属している存在への恋だった。私が想像をふくらませて理想化していたこの階層の気風は、私の目の前で永久に消滅しつつあったので、いっそうすばらしいものに思われた。

自分たちの生活様式が精彩を失っていくのを目のあたりにしていたので、それはなおさら私にとって貴重だった。奇妙なことに私は生活の貧しさを喜んだことさえある。たぶん、その貧しさの中にもプーシキンとの近さを見出したからだろう。ヤズィコーフの描写によれば、プーシキンの家も裕福とはほど遠かった。

ぼろぼろの壁紙が
わずかに残った壁、
修理されていない床、二つの窓、
それに挟《はさ》まれたガラス入りの扉、
隅のイコンの前に置かれたソファ、
そして二脚の椅子……。*

だが私たちの貧しい生活も、リーザがバトゥリノにいた時期には、六月の暑い日々や、日陰が多い庭の濃い緑、散りかけたジャスミンと盛りを迎えたバラの花の香り、そして池での水浴で美しく彩られていた。池のこちら側の岸は庭園になっていて日陰が多く、ひんやりした草が鬱蒼と茂っていた。高く伸びた柳の木々のよくしなる艶やかな枝や輝く若葉が、絵のように美しい影を池に落としていた……。だからリーザは私にとって永遠に、あの六月の池で水浴をはじめた日々、様々な光景や匂いと結びついたものとなった――ジャスミン、バラ、昼食に出されたイチゴの匂い。香り高いが口にふくむと苦い岸辺の柳の長い葉、太陽に温められた池の水や泥の匂い……。

私はその夏はウヴァーロフ家には行かなかった。グレーボチカは中学校で成績不良だったので農業学校に転校させられ、そこで夏を過ごしていたからだ。ウヴァーロフ家の人たちもわが家には来なかった。両家の関係は緊張していた。よくある田舎の小さな争いである。けれどもウヴァーロフの奥さんは、うちの父から池のこちら側で水浴する許可を得て、ほとんど毎日ビビコーヴァ母子と一緒にやって来た。私は偶然を装ってしょっちゅう彼女たちと池の岸で顔を合わせて、丁寧なお辞儀をした。ビビコーヴァ夫人はいつも何だか勿体ぶって頭を上げ、ゆったりした上着の肩にバスタオルを掛けて歩いていて、かなり愛想よく私の挨拶に応えた。軽く笑っていたのはきっと、私が町の図書館から飛びだしてきたときのことを思い出していたのだろう。最初は遠慮がちだったリーザも、次第に親しげに活発に挨拶に応えるようになった。もういくらか日に焼けて、つぶらな目にも輝きがあった。襟が紺色の白いセーラー服に紺色のかなり短いスカートをはいて、少し縮れた黒髪をおさげに編んで大きな白いリボンを結び、日除けになるようなものは何もかぶっていなか

＊N・ヤズィコーフの詩『プーシキンの乳母の死に捧げる』（一八三〇）より。

った。彼女は水には入らないで、柳の木が特に鬱蒼と茂っているあたりで母親とウヴァーロヴァ夫人が水浴している間、岸に座っているだけだった。しかし時には靴を脱いで、草を踏んで柔らかくてさわやかな感触を楽しむことがあったので、私は何度か彼女の素足を見た。緑の草を踏む真っ白な足は、言いようもなく魅力的だった……。

ふたたび月夜がきて、私は夜はまったく寝ないで過ごそうと思いついた。床につくのは日の出どきで、夜は自分の部屋のロウソクのもとで詩を読んだり書いたりして、それから庭を散策して池の土手からウヴァーロフ家を眺めるのだ……。

この土手には昼間はよく村の百姓女や娘たちがやってきて、岸近くの水中にある大きな平たい石の上に身をかがめていた。スカートの裾を膝上まではしょり、赤くて大きいが優しくて女らしい膝を見せて、早口で元気よくおしゃべりしながら、力を込めて調子よく、濡れたグレーのシャツを洗濯用の杵で叩いていた。時おり体を伸ばしてまくり上げた袖で額の汗をぬぐい、私が傍を通りかかると馴れ馴れしくふざけて、意味ありげに「坊ちゃん、何かなくしもの？」と声をかける。それからまた身をかがめて、さらに勢いよく杵を使って水をはね飛ばし、しゃべっては何か笑い声をあげる。そして私は急いで立ち去る。私はもう、身をかがめた彼女たちを眺めてむき出しの膝を目にするのが平気ではなくなっていた……。

その後で別の隣人、つまりわが家から街道を渡った所に屋敷があって流刑囚の息子を持つアルフェーロフ老人のところに、遠い親類に当たるペテルブルグの令嬢たちがやって来た。いちばん年下のアーシャはかわいくて機敏で背が高く、陽気でエネルギッシュで気さくだった。クロッケーをしたり、何でもカメラで撮影したり、乗馬したりするのが好きだった。私はいつの間にか足繁く訪問するようになり、アーシャとまるで友だちのようなつきあいを始めた。彼女は私を子供みたいにこき使ったが、それと同時に子供であるはずの私と一緒にいることに明らかな満足を見せた。しきりに私の写真を撮り、私を相手に何時間でもクロッケーの木槌《マレット》を振り回した。クロッケーではいつもミスは私のせいにされ、彼女はしょっちゅう動きを止めてはひどく落胆して、とてもかわいい舌たらずなしゃべり方で、「ああ、なんてバカ、なんてバカなの！」と大声を張り上げた。彼女がいちばん好きなのは、夕方近くに街道を馬で走ることだった。彼女が乗馬中にあげる歓声を聞き、紅潮した頬や風に乱れた髪を見ると、私はとても平静とは言えない気持ちになり、野原に二人きりでいるのを意識した。竪琴《ハープ》のような彼女の胴体はすんなりと鞍の上に落ちつき、風に翻る乗馬服の裾から、鐙《あぶみ》にのせた左足のぴんと張ったふくらはぎがちらちらとのぞいていた……。

しかし、これは日中と夕方のことだった。夜は詩に捧げる時間にしていた。

野原はもう暗くなり、暖かい夕暮れが迫ってきて、私とアーシャは家へ向かってゆっくりと馬を走らせ、夏の夕方特有の色々な匂いを放っている村を抜けていく。アーシャを送り届けてから、わが家の内庭に馬を乗り入れ、汗をかいたカバルダ号の手綱を作男に渡すと、家に入って夕食の席に駆け込む。そして兄たちや兄嫁が陽気にからかう声に迎えられる。夕食が終わると兄たちと一緒に、池の向こうの放牧場へ行ったり、また街道の方へ散歩に行って暗い野原の向こうに赤いおぼろ月が昇るのを眺める。野原からは穏やかな柔らかい暖気が漂ってくる。散歩の後で私はようやく一人になる。すべてが静まっている——家も、敷地全体も、村も、月光の下の野原も。私は自分の部屋の開け放った窓辺で、読んだり書いたりする。もう所々月に照らされた庭から少し冷たい風が吹いてきて、溶けはじめたロウソクの火を揺らす。蛾の群れがロウソクのまわりを飛び、パチパチという音と快い匂いをたてて燃え落ち、次第に机の上を埋めつくす。眠気に抵抗できずこっくりして、瞼《まぶた》がくっつきそうになるが、なんとか克服しようと、打ち勝とうと努める……。すると、たいてい真夜中には眠気が去る。私は立ち上がって庭へ出る。今や六月で、夏の月は低空を移動していた。月は家の角にかかり、家の大きな影が草地の遠くまで延びて、その影から東の空で静かに瞬く七色の星を眺めるのがとても快かった。星は、庭をはるかに越え、村を越え、夏の草原を越えたところで輝いていた。草原からは時々遠くで鳴くウズラの声がほんの微《かす》かに、微かなだけに特に魅惑的に聞こえてきた。家の脇に立つ百年を経た菩提樹が花咲いて甘く香り、月は暖かく金色に光っていた。また風が吹いたが、夜明け前の暖かい風だ。早くも東の空の下では地平線がわずかに銀色を帯び、夜明けが近いことがうかがえた。池の向こうから風が吹き、私は穏やかな風を受けてゆっくりと庭を歩いて、土手に近づいていく……。ウヴァーロフの屋敷の前庭は村の放牧場とつながり、奥の庭園は野原とつながっていた。土手から屋敷を眺め、誰がどこに寝ているかを正確に思い描いた。私はリーザがグレーボチカの部屋で寝ていることを知っていた。庭に面した窓があって、暗く茂った庭が窓際まで迫っている部屋だ……。開いた窓から木の葉のざわめきが静かな雨のように流れ込むあの部屋の中で眠るリーザを思い描きながら屋敷を眺めていたときの気持ちを、どうやって伝えようか！　あの窓にはこの野原からの暖かい風もしきりに吹き込んで、この世にこれほど清らかで美しいものはないように思える、まだ半ば子供のようなリーザの眠りを、甘く慰めているのだ。

十

この奇妙な暮らし方は、もう少しでひと夏続くところだった。しかし、思いがけない急な変化があった。私はある朝突然、ビビコーヴァ母子がもうバトゥリノにいないことを知った。前日のうちに出発したのだ。私はなんとかその日を過ごして、夕暮れ前にアーシャのところへ行った。そこで何を聞かされたか。「私たち、明日クリミアへ発つの」と、彼女は私を見たとたんに言った。まるで私を大喜びさせたいかのように、実に明るく。

　それからは世界があまりに空虚で退屈になったので、私はライ麦の刈り取りが始まった畑へ出かけては、刈り終わった場所に腰を下ろして刈り手たちを何時間もぼんやり眺めていた。私が座っていると周囲には乾燥、そよとも動かぬ暑熱、規則正しい大鎌の音があった。雲ひとつない、暑さのせいで灰色がかって見える空を背景に、乾燥して黄金色になったライ麦の海が実った穂をおとなしく垂らして、厚く高い壁となって延びていた。帯を締めずにシャツの裾を垂らした百姓たちが次々に近づいてきて、足を大きく広げて私の前を通り、均等にゆっくりと遠ざかっていく。大鎌がしゅっしゅっと大きく振られて、きらきらと日光にきらめく。百姓たちが進むにつれて、彼らの左側には刈りとった麦の列が次々に並び、後ろにはブラシのような黄色い切り株の列と、がらんとした広い空地の帯ができていく。彼らは少しずつ野原を裸にして様子を一変させ、新しい眺望と遠景を開いていく……。

「坊ちゃん、どうしてぼうっと座ってるんです？」あるとき、麦を刈っていた長身で色黒で美男の百姓が、荒っぽいが好意的な口調で話しかけてきた。「私のもう一つの大鎌を取って、一緒においでなさい……」

　私は立ち上がると、一言も口を利かずに彼の荷馬車へ向かった。その時から始まったのだった……。

　最初はひどく難儀した。急がねばならないのと、とにかく下手なせいで、私はへとへとに疲れ、夕方はやっと家へたどり着くありさまだった。背中は曲がって折れそうで、肩は疼き、手には血豆ができてほてり、顔はひりひりして、髪の毛は乾いた汗で固まり、口の中は苦い味がした。しかし、その後では自分から進んでやっている苦役に慣れて、「明日はまた麦刈りだ！」と幸福な思いで眠りにつくほどになった。

　麦の刈り取りに続いて搬出がはじまった。この仕事はもっと難しかった。そしてもっときつかった。乾いて弾力のある大きな麦束に農作業用フォークを差し込み、つるつる滑る柄を膝で支えて、一気に、腹に痛みが走るほどに振り上げ、さやさやと鳴る重い束を投げ上げて、尖った麦粒を浴びながら荷馬車の上の高い巨大な山をさらに高くする。束ねきれなかった茎がつんつんと突き出ている麦の山は次第に大きくなり、荷馬車はどんどん小さくなっていく……。重い麦の山はゆらゆらして、あらゆる方向からちくちくと刺し、ライ麦が熱せられて強い匂いを放っている。その山に荒縄をかけて全力で引っ張り、荷馬車の横木に堅くしっかりと巻き付ける……。それから車輪で掘られて穴だらけの間道を通って、ぐらぐらする巨大な積み荷の後について、熱い埃を浴びながらゆっくり歩いていく。大きな荷の下でとても小さく見える馬をじっと眺めながら、心の中でずっと馬と一緒に力んで、恐ろしいほどの荷を積んで全音階のきしみ音を発している荷馬車が、どこかの曲がり角でこらえきれないのではないか、車輪が道に嵌まるんじゃないか、積み荷全体がぐしゃりと崩れるのではないかと、たえず気をもむ。これは笑いごとではなかった。帽子もかぶらずに頭を太陽にさらし、汗ばんだ胸はライ麦のごみが刺さってかっかと熱く、疲れきった足は震え、口中に苦味を感じる時は、なおさらのことだ！

九月に入ると私はずっと脱穀場にいた。どんよりした曇りがちの日々だった。脱穀場の中の乾燥小屋では朝早くから夜遅くまで、脱穀機が叫んだり唸ったりして藁をまき散らし、もみ殻であたりを煙らせていた。百姓女や娘たちの中には、塵を浴びたスカーフを目が隠れるほど下げて、脱穀機の近くで熊手を振る者もいれば、暗い隅っこで唐箕《とうみ》をリズミカルに動かしている者もいた。唐箕の持ち手を握って中の羽を回して、風を起こしていたのだ。彼女たちはその間じゅう、単調に甘くもの悲しい歌を歌っていた。私はずっとその歌を聴きながら、女たちと並んで唐箕を回したり、もみ殻の落ちた麦粒を唐箕の下から枡の方へかき集めるのを手伝い、その後で満足を覚えながら、枡の下で口を開いている袋に麦を流し込んだりした。私は百姓女や娘たちとますます仲よくなっていった。足が長くて、赤毛で、誰よりも上手に威勢よく歌を歌う娘などは、うわべは活発で乱暴だったが、とても寂しげな人懐こい一面を見せて、たとえば新しい鋏《はさみ》をプレゼントされても悪い気はしないということを、はっきり私にわかるようにほのめかしていた。もしも私の人生に新しいできごとが起きなかったら、こういった娘たちとのことがどんな結末を迎えたかはわからない。私は思いがけずペテルブルグのもっとも重要な月刊誌のひとつに作品が掲載され、当代のもっとも有名な作家たちの仲間入りをしたばかりか、十五ルーブリの郵便為替を受け取ったのだ。私は感激して、「いや、もう乾燥小屋はたくさんだ。そろそろ読書や書き物に戻らなきゃ」と自分に言った。そしてすぐにカバルダ号に鞍をつけに行った――「町へ行ってお金を受け取ろう。それから仕事だ……」。もう暮れかかっていたが、馬に鞍をつけて、村から街道に走らせた。野原は陰鬱で、人気がなく、寒くて、よそよそしかったが、若くて孤独な私の魂は、なんという活発さに、人生への意気込みに、そして人生への信頼に満ちていたことだろう！

十一

野原はどんよりと暮れて寒風が吹いていたが、私は冬近くのさわやかな空気を胸いっぱいに吸い込み、ほてった若い顔をなでる新鮮な冷気を快く感じながら、カバルダ号をひたすら走らせた。私はいつも馬の速駆けが好きで、乗っていたカバルダ号に強い愛着を覚えていたが、この馬を苛酷に扱うのもいつものことだった。すぐに疾走をはじめた。私は考えていただろうか、特に何かを夢想していただろうか。いや、人の一生に何か重要なことや少しでも意味のあることが起きて、結論を出したり決定を下したりする必要がある場合に、人はあまり考えないで、秘かな心の動きに身を任せるものだ。よく覚えているが、町までの道中、盛んに沸き立った私の心は絶えず何かに集中していた。いったい何に？　人生で何らかの変化や何かからの解放が起きるのを願う気持ちや、どこかへ行きたいという欲求を、私はまだ知らなくて、ただ感じていただけだった……。

そう、あのときはスタノヴァヤ近くでちょっとだけ馬を止めた。夜が迫って、野原はいっそう陰鬱にうら寂しくなった。この誰にも忘れられた寂しい街道にも、まわり数百ヴェルスタ四方にも、人っ子ひとりいないように見えた。辺鄙、広漠、荒野……。ああすてきだと、私は手綱をゆるめながら思った。馬は立ち止まると横腹を大きく波打たせてから静まった。膝が冷えてしまった私は、暖まって滑りやすくなった鞍から降りて、鋭い目で注意深くあたりを見回した。スタノヴァヤの盗賊にまつわる古い言い伝えを思い出し、恐ろしい遭遇や激しい格闘を秘かに期待しながら、馬の腹帯を締め直し、半コートの革ベルトをきつく締めて、短剣を差し直した……。烈しい風が冷たい水のように横腹を締めあげ、体を打ち、耳元でうなり、野原の薄闇の中で乾燥した雑草と麦の刈り跡の間を吹いて、不安げにざわめいていた。横腹に鐙《あぶみ》を下げて鞍の先を突き出したカバルダ号は大変すっきりした姿で立ち、耳をぴんと立てて、まるでこの場所の悪い噂を感じとっているように、じっと街道沿いを見ていた。馬は熱い汗をかいたせいで早くも全身が黒ずんで、肋骨や尻のあたりがこけていた。だが私はこの馬の耐久力を知っていた。立ち止まって一回深呼吸をすれば、もう若くはないが力を振り絞って、変わらぬ従順さと私への愛情を全開にして再び走り出せるのだ。だから私は優しく馬の細い首を抱いて神経質な鼻に口づけすると、また鞍にまたがり、いっそう馬を駆りたてた……。

それから夜がやってきた、真っ暗な本物の秋の夜が。まるで夢の中にいるように、この闇も、向かい風も、足元の暗闇に響く軽快な蹄の音も、はてしなく続くような気がした……。それから遠くにある町と郊外の灯が秋の夜らしく鋭くくっきりと浮かび上がり、長く一か所に留まっているように見えた……。その灯がやっと近づいて大きくなり、街道沿いの大村《スロボダー》の板葺きの屋根が黒々と見えて、屋根の下の明るい窓や百姓家の明るい内部、家族で夕食をとっている様子が、快く魅力的に見えた。そこまで来ると、多くの人間たちが発する複雑な町の匂いがはっきりと感じとれて、たくさんの灯や明るい窓がきらめき、カバルダ号の蹄鉄も通りの敷石を踏んで心はずむ明るい音を立てた……。町は静かで暖かく、まだ宵の口だった。野原にはとっくに真っ暗な夜が訪れていたのに。私はちょうど夕食の時間にナザーロフの宿屋に到着した。

その夜、私の心にはなんと様々な思いがあったことだろう！　有名雑誌に掲載され、有名作家たちの仲間入りをしたことで、心が浮き立っていたとか幸福だったということはない。私はそれをほぼ当然のことと受けとめたのを覚えている。強烈な快い興奮を感じていたが、様々な能力と精神や肉体の感受性はすべて完全に律していたから、あらゆるものが私に無上の喜びを与えてくれた。秋の夜の町も、速駆けでナザーロフの宿屋に馬を乗りつけ、門柱の穴に通してある錆びついた針金の輪を引っ張って庭中に鈴の音を響かせたことも。それから門の向こうでびっこの門番が石を踏む足音が聞こえてきて、彼が門を開けてくれたことも。そして厩肥《きゅう》の匂いがする中庭の安らぎも——黒い庇やそのすきまの空の下に開けている暗がりに、数台の荷馬車と音たかく飼葉を食む馬たちが立っていた——。そして私が寒さにかじかんだ足で朽ちかけた木の階段を上って、長いことドアの引手を探していた入り口の部屋の、何ひとつ見えない暗闇に漂っていた昔風の便所の匂いも。その後で不意に明るく開けた、人が多くて暖かい台所も。そこでは脂《あぶら》の多い塩漬け肉がジュッと焼ける匂いと、食事中の百姓たちの匂いがしていた。そしてその向こうにある清潔な部屋も。そこでは吊りランプに照らされた大きな丸テーブルを囲んで、上唇が長くてあばたのある太ったおかみさんと、年とった主人と——大柄で骨太の、陰気な厳めしい町人で、茶色の直毛の髪とスーズダリ風の鼻が古儀式派教徒に似ていた——、たくさんの人が夕食をとっていた。ベストとルバシカを着て、ベストの下からルバシカの裾を出した、日焼けして風にさらされた顔の人たちが……。主人以外はみんなウォトカを飲み、肉とローリエ入りの脂っこいキャベツスープを、共通の大鉢から木の匙ですすっていた……。ああ、すてきだと私は感じた。何もかもなんてすてきなんだろう、野原を覆っていた荒涼としてよそよそしい夜も、暖かく迎えてくれる町の夜の生活も、飲み食いしている百姓や町人たちも。つまり粗野で複雑で力強くて家庭的な、田舎っぽい古いルーシ全体も。そしておとぎ話のようなペテルブルグやモスクワや高名な作家たちに関する、私の漠然たる夢も。そしてこれから私もたくさん飲み、町の柔らかい白パンとキャベツスープをすごい食欲でたいらげようとしていることも！

実際、私は大いに食べて大いに飲んだので、後で（もう皆は引っ込んで、中庭や台所や部屋でてんでに横になって、灯を消してぐっすりと寝つき、南京虫やゴキブリの餌食になっている頃）、帽子もかぶらず表階段に腰かけて、少しふらふらする頭を十月の夜の冷気にさらしながら、夜の静けさの中で耳をすまして、ひっそりとした街道沿いのどこか遠くで舞踏曲のように巧みにはっきりと鳴っている拍子木の音や、中庭の庇の下で馬たちが穏やかに飼葉をかむ音、時々起こる馬たちの短い喧嘩や荒い嘶《いななき》などを聞きながら、ずっと何かを考え、ほろ酔いの幸福な心で何かを決めようとしていた……。

私はその夜にはじめて、遅かれ早かれ絶対にバトゥリノを去ろうと考えたのだった。

十二

宿の主人夫婦だけが皆と別に、自分たちの寝室で寝た。寝室には金製や銀製のたくさんのイコンを収めた聖像入れがあって、まるで礼拝堂のようだった。部屋の隅にある聖像入れは黒い霊廟のような縦型で、その前には赤い灯明がともっていた。われわれ全員、つまり私と他の五人の泊まり客は、夕食をとった部屋で寝た。三人は床の上にカザン製のフェルトを敷いて休み、不運にも私も含まれる他の三人は、木製の背もたれが直角についた石のように固い長椅子の上で寝た。そして言うまでもなく、私もひと晩じゅう南京虫に喰われた（小さいが猛烈な奴らで、マッチをつけると枕の上をさっと逃げた）。暖かくて悪臭の漂う暗がりに激しいいびきが鳴り響いて、夜は明けないのではないかと絶望的な気持ちになるほどだった。時どき窓のすぐ下を通り過ぎるせわしない拍子木の音はむやみに大きくて、威勢がよかった。主人たちの寝室のドアが半開きだったので、灯明の赤い光がまっすぐ私の目に当たって、黒い十字型の灯心や放射状にちらつく弱い光や揺れる影が、昔話に出てくる巨大な巣のまん中に陣取った蜘蛛の形を作っていた……。しかし、主人たちが目覚めた音が聞こえるとすぐに、私は何事もなかったかのように飛び起きた。その頃には、床に寝ていた連中もあくびをして起き上がってブーツを履きはじめ、料理女が客たちの足元やフェルトの上を通って、サモワールをテーブルにがたんと置いた。お湯が沸騰して木炭のいい匂いがする一ヴェドロー〔約一二・三リットル〕入りの大きなサモワールは盛んに湯気を上げ、窓ガラスと鏡がすぐに曇った。

一時間後には私はもう郵便局に着いて、初めての原稿料と、世界中のどんな本とも違う分厚くてすばらしい本を受け取った。卵黄色をした、乙女のように初々しい表紙のこの本に私の詩が載っていたのだ。一瞬自分の詩ではなくて、どこかの本物の詩人が書いた本物のすばらしい詩のような気がした。私にはその後に予定していた用事があった。父の言いつけで、イワン・アンドレーエヴィチ・バラーヴィンとかいう穀物買付け人を訪ねて、うちで脱穀した麦の見本を見せ、その値段を聞いて、できたら売却契約を結ぶのである。というわけで郵便局からそちらへ向かったのだが、そのときの私の歩き方ときたら、行き交う百姓や町人が、ブーツと青い庇帽と青い半コート姿の若者を驚きの目で見たほどだった。本を目の前に開き、ずっと同じページを見つめて、歩くのがどんどん遅くなって、時には道路の真ん中でほとんど立ち止まったりしていたのだ。

バラーヴィンの対応は最初はそっけなくて、ロシアの商売人によく見かける、理由もない悪意がこもっていた。彼の倉庫は穀物関連の店が並ぶ界隈にあって、両開きの扉が直接、舗装道路に面していた。番頭は私を倉庫の奥に案内し、内側に赤い更紗の布を掛けたガラス窓のついたドアをそっとノックした。

「お入り」と、誰かがドアの向こうで不愉快な声で応えた。

入っていくと、年齢のはっきりしない人が大きな机の向こうで立ち上がった。ヨーロッパ風の服を着て、とても清潔で透き通るような黄色味をおびた顔をして、白っぽい色の髪をまん中できちんと分けて黄色の細い口髭を生やし、明るい緑色の目をすばやく動かす人だった。

「何のご用ですか」彼は早口でそっけなく尋ねた。

私は名を名乗り、半コートのポケットから麦の入った小袋を二つ、あわてて不器用に取り出し、机に置いた。

「お座りください」彼は無造作に言うと、腰を下ろして私の方は見ないで袋をほどきはじめた。ほどき終わると麦を一つかみ取りだして手のひらに載せ、指でこすったり匂いを嗅いだりして、その後でもう一方の袋についても同じことをした。

「全部でいくつですか」彼は無愛想に言った。

「つまり、何俵ってことですか」私は尋ねた。

「まさか貨車で何台分じゃないでしょう」彼は馬鹿にしたように言った。

私は顔を赤くしたが、彼は私に答える暇は与えなかった。

「でも、量は大したことじゃありません。今は値段はぱっとしませんよ、ご存じでしょうが……」

そして買い値を告げると、明日にでも搬入するように言った。

「その値段で結構です」私は頬を赤らめて言った。「手付け金をいただけますか」

彼は黙ってポケットから札入れを取りだすと、私に百ルーブリ札を渡して、慣れた正確な手つきで札入れをしまった。

「領収証を書きましょうか」自分が大人っぽくて実務的なことに照れながらも満足して、いっそう顔を赤くして私は尋ねてみた。

彼はにやりと笑って、「ありがたいことにお父上のアルセーニエフ様はよく知られていますから」と答えた。そして仕事の話はこれで終わりだと告げるかのように、机上にあった銀製の煙草ケースを開いて、私に差し出した。

「ありがとうございます、煙草は吸いませんので」私は言った。

彼は火をつけてから、また無造作な口調で質問した。

「詩を書かれるのは、あなたですか」

私はとても驚いて相手を見たが、彼は今度も私に答える暇を与えなかった。

「私がこんなことにも興味を持つからって、驚くことはありませんよ」彼はかすかに笑いを浮かべて言った。「言わせていただくと、実は私も詩人なんです。本だって出したことがある。もちろん今じゃ詩の竪琴に触ることはありません。それどころじゃないし、才能も大したものじゃなかった。通信記事だけは書いてますんで、お聞き及びかもしれませんな。でも、文学への関心はなくさないで、新聞や雑誌はいくつも購読してます……。これは確か、あなたにとっては総合雑誌へのデビューになりますね。心から成功をお祈りするとともに、自分を大切にするよう助言させていただきます」

「つまり、どうしろと?」私は取引のための訪問の思いがけない展開に驚いて、尋ねた。

「そうですね、あなたは自分の将来についてしっかり考えなきゃいけません。失礼ながら、文学に携わるには生活手段と高い教養が必要ですが、あなたは何をお持ちです？　いやあ、自分のことを思い出しますよ。無用な謙遜は抜きにすれば、私だって若い頃は馬鹿じゃなかったし、子供の時分から結構世の中を見てきたのに、いったい何を書いたでしょう？　思い出すのも恥ずかしい！

わが生まれしは辺鄙な草原、
空気の濁った簡素な小屋、
木彫り模様の家具などなく、
板寝床の揺れる所……

いったいどこの間抜けがこれを書いたのか、聞いてみたいくらいだ。第一、これは嘘です。私は草原の小屋の生まれじゃない、町生まれなんですよ。第二に、木彫り模様の家具と板寝床を比べるなんて、愚の骨頂です。第三に、板寝床は絶対に揺れない。私はこういうことを知らなかったでしょうか？　よく知ってたのに、たわ言を口にしないではいられなかった。なにしろ成熟してなかったし、教養がなかった。貧乏のせいで成熟するチャンスがなかった……。ではご機嫌よう」彼は不意に立ち上がって手を差し出し、私の手を強く握って、じっと目を見ながら言った。「どうか私との出会いが、あなたが自分のことを真剣に考えるきっかけになりますように。田舎にくすぶって、人生ってものを見ないでいいかげんに書いたり読んだりするのは、輝かしい出世とは言えません。あなたには明らかに才能がある、あなたは感銘を与えます。口幅ったい言い方だが、実に気持ちのいい感銘をね」

そしてまた不意にそっけなく気難しくなった。

「さようなら」また無造作に言うと、顎をしゃくる動作で私を放免して、また机に向かった。「どうぞ、お父上によろしく……」

こうして思いがけないことに、私はバトゥリノを去ろうという秘かな思いをさらに固めることになったのである。

十三

しかし、この計画はすぐには実行に移されなかった。

私の生活はまた以前と同様に、いやもっと呑気に、日一日と過ぎていった。私は次第に、少なくとも見た目にはありふれた田舎の若者になっていった。もう屋敷の日常を毛嫌いしたりせず、まったく慣れた風に屋敷で暮らし、狩猟に行ったり隣人たちを訪ねたり、雨や吹雪の日には退屈まぎれに村で気に入っている百姓家へ出かけたり、家族と一緒にサモワールを囲んで時間をつぶしたり、あるいは何時間もソファで本を読んだりした……。それから、いずれいつかは起こるはずだったことが起こった。

まったくの一人暮らしだった近所のアルフェーロフが亡くなった。住む人のいなくなった領地をニコライ兄さんが借り、兄はその冬にはもう私たちと一緒には住まず、アルフェーロフの屋敷で暮らした。そこの使用人の中に女中のトーニカがいたのだ。彼女は結婚したばかりだったが、貧乏なのと家がないせいで、結婚式が終わるとすぐに夫と離れなければならなかった。馬具職人の夫は嫁を取るとまた近在を回って歩く仕事に出かけ、妻の方はニコライ兄さんの所で働くことになった。

彼女は二十歳くらいだった。村ではカラスとか野蛮人と呼ばれ、完全にバカだと思われていた（無口なせいで）。背は低い方で肌は浅黒く、敏捷で強靭な体つき、小さいが強い手足で、濃い茶色の眼は細かった。色黒の顔は直線的で粗削りで、黒髪は硬くて直毛で、インディアンの女のようだった。しかし私はそんなところに独特の魅力を感じた。私はほとんど毎日兄を訪ねていって、いつも彼女に見惚れた。彼女が力強くてすばやい歩き方で足音高く、サモワールやスープの深鉢をテーブルに運んでくるところや、意味もなくちらりと視線を向けるところが好きだった。足音、視線、オレンジ色のスカーフの下に見える硬いまっすぐな黒髪、青みがかった少し長めの唇、なだらかに肩へ続く若々しい浅黒い首筋――そのすべてがいつも私を疼くような落ち着かない気持ちにさせた。時には玄関やそれに続く入り口の間ですれちがいざまに、ふざけて彼女をつかまえて壁に押しつけることもあった。彼女は黙って身をかわし、それで終わりだった。二人の間にはどんな恋愛感情もなかった。

だが、ある冬の夕暮れに村を散歩したときに、私はうっかりアルフェーロフ屋敷の敷地に入りこみ、雪溜まりを抜けて家へ向かい、表階段を上って行った。入り口の間は暗くて、特に上の方は真っ暗で黒い洞窟の中のように幻想的で、焚きつけたばかりの暖炉の火が赤く見えていた。そしてトーニカがスカーフもかぶらず、浅黒いはだしの足を広げ気味に投げ出して、なめらかな脛《すね》を炎にさらして、暖炉の焚き口の前の床にじかに座っていた。全身に炎の照り返しを受け、両手で火搔き棒を握り――先端は炭に触れて熱で白くなっていた――、やはり炎に照らされた顔を火から少しそむけて、暗赤色に透き通って見える炭の固まりをぼうっと眺めていた。熾《おき》火の一部はもう輝きを失って薄紫色になっていたが、別の部分はまだ燃えて青緑色に揺らいでいた。私は入るときバタンとドアの音を立てたが、彼女は振り向きもしなかった。

「ここは何だか暗いね。あれ、誰もいないの？」私は近づきながら声をかけた。

彼女は顔をさらに反《そ》らして、私の方は見ずに、なんだか不自然なけだるい笑いを浮かべた。

「知らないふりして！」彼女はからかうように言った。

「ぼくが何を知らないって？」

「もういい、いいですってば……」

「何がいいのさ」

「ご主人たちがどこか、知らないはずないでしょう。お宅へいらしたんだから……」

「ぼくは散歩してたんだ、会ってないよ」

「散歩ねえ、わかってますって……」

私はしゃがんで、彼女の足と何もかぶっていない黒髪をちらちら見ながら、もう全身が震えるような思いだったが、暖炉で燃える暗赤色の光を眺めるふりをしていた……。それから、不意に横に座ると、彼女を抱いて床に倒し、炎のせいで燃えるように熱い唇が避けようとするのをとらえた……。火掻き棒がガチャンと音をたて、暖炉から火の粉が飛んだ……。

そのあと私は、思いがけず殺人を犯してしまった人のように表階段へ飛び出して深呼吸をすると、誰か来やしないかとあたりを見回した。だが誰もおらず、何もかも平穏で静かだった。村はいつも通り冬の暗さに包まれ、信じられないほど穏やかで何事もなかったかのようで、家々には灯がともっていた……。私はさっと眺めて耳をすましてから急いでその場を離れたが、正反対の二つの感情のために、足元の地面さえ感じられなかった——突然私の人生に取り返しのつかない不幸が起こったという思いと、飛び立つような勝利感と……。

夜には浅い眠りを通して極度の憂鬱が、何か恐ろしくて犯罪的で恥ずかしいこと、不意に私を破滅に陥れることが起きてしまったという感覚が、しきりに私を苦しめた。もう何もかもおしまいだ！——目を覚ますたびに心を落ち着かせながら思った――何もかもおしまいだ、破滅だ。でも、きっとこうなるはずだったんだ。とにかく今となっては取り返しがつかない……。

朝めざめるとまったく新しい目であたりを、夜の間に積もった新雪に照り映える慣れ親しんだ部屋を見渡した。太陽は出ていなかったが、白雪のおかげで部屋はとても明るかった。私が目を開けて最初に考えたのは、もちろん昨日のことだった。しかし、それはもはや私を脅かさず、憂鬱も絶望も羞恥も罪悪感も、もう心にはなかった。それとは正反対だった。どんなふうにお茶に出ていこうか？――私は考えた――大体、これからどんな態度でいればいいんだろう？　いや、どんな態度もいらない。誰も何も知らず、これから知ることもない。何もかもこれまで通りだし、かえってすばらしいくらいだ。戸外は私の好きな真っ白な静かな日で、葉を落とした木々の枝に雪が積もり、庭じゅうに雪溜まりができている。私がまだ寝ている間に誰かが暖炉を焚いておいてくれて、部屋は暖かい。暖炉はもう調子よく燃えてパチパチとはぜ、焚き口の銅製の蓋を揺らしている。暖炉脇に置いてあったヤマナラシの枝の氷が溶けて、部屋の暖かさの中で刺激的で爽やかな匂いをたてていた……。決まり通りの必然的なことが、起こるべくして起きただけだ。だって、ぼくはもう十七歳なんだから……。私はふたたび勝利感を、男の誇らしさを感じた。夜中に頭に浮かんだ考えは全部、なんて馬鹿げていたんだろう！　昨日のことは、なんと驚くべき大変なことだったんだろう！　あれはまた起こる、ひょっとしたら今日にでも！　ああ、ぼくはなんて彼女を愛していることか、これからどんなに愛することか！

十四

この日から私にとって恐ろしい時がはじまった。

それは、私の精神と肉体の力をすべて呑み込んだ本物の狂気であり、情欲の瞬間とそれへの期待と、激しい嫉妬の苦しみだけの生活だった。その嫉妬は、夫がトーニカに会いに来て、いつもは屋敷で寝ている彼女が夜になると彼と寝るために召使い小屋へ行かねばならないとき、私の心を完全に引き裂いた。

彼女は私を愛していただろうか。最初は愛していて、秘密にはしていたけれどこの愛でとても幸福だったので、どんなに抑えようとしても、兄や兄嫁の前で私に給仕するときでさえ、そっと私に見惚れたり下を向いた細い目が輝いたりするのを隠すことはできなかった。そのあとからは愛している時もあれば愛していない時もあって——ただ無関心とか冷淡という以上に敵意さえ見せることもあった——、彼女の気持ちの揺れ動きは、いつも理解不能で思いがけなくて、私をすっかり消耗させた。私は彼女をひどく憎む時もあったが、そんな時でさえ、彼女の銀のイヤリングを思い出し、彼女の唇や丸みをおびた顎、伏せた細い目に現れた優しさ、かわいさ、初々しさを思い、スカーフの匂いとまじり合って髪が野卑な匂いを放つのを思うだけで、体が震えた。そんなとき私は自分から進んで——飽くなき喜びすら感じつつ——彼女に対していくらでも卑屈になれた。二人が親密になった最初の日々の幸福が、一瞬でも戻ってくるためだったら。

私はせめて少しでも以前のような暮らしをしようと必死で努力したが、私の毎日はとうの昔に以前の生活のみじめな見せかけに変わりはてていた。

冬が過ぎて春が来た……。私は何にも目を留めず、なぜか根気強く英語の勉強をしていた……。

神が思いがけなく私を救った。

すばらしい五月の日だった。私は英語の教科書を手に、自分の部屋の開いた窓のそばに座っていた。すぐ傍のバルコニーから兄たちと兄嫁と母の声が聞こえていた。それを聞くともなく聞きながら、ぼんやりと教科書を眺め、まったく望みのないことを考えていた。ほんの一分でいいからアルフェーロフの屋敷へ行ってきたいな、兄さん夫婦はここにいるんだから、トーニカはきっと一人だ。その一方で、堕ちるところまで堕ちたという重苦しい自覚に心が押しつぶされて、ひどく辛く苦しく、あまりに自分が哀れで、死への想念が頭に浮かび、それが幸福だとさえ思えた。庭は暑い太陽に照らされて蜂たちの低い羽音が聞こえたかと思うと、ごく淡い水色の影に包まれた。限りなく高い空はまだ春らしく若々しかったが、鮮やかな濃い青さをたたえ、時おり果てしない高みで雲が渦巻いて太陽を覆い隠した。するとあたりがゆっくりと暗くなって青みを帯び、空はますます広く高くなった。空の高みで、この世界の春らしい幸福な空虚の中で、恵み深く荘厳に雷鳴が鳴り響き、その音が次第に高まっていった……。私は鉛筆を手に取り、まだ死について考えながら教科書に書きこみはじめた。

そして再び、あなたの頭上で、
木々の青い暗がりと雲の間で、
高みはエデンの青さに充たされるだろう、
祝福された、清純な、天上の青さに。
そして再び、雲は渦巻き光り輝くだろう、
木々の彼方に、山の雪さながらに。
そしてマルハナバチは花の冠にもぐりこみ、
春の神が荘重なる雷鳴を轟かせるだろう。

そして私は、私はどこに行くのだろうか。

「おまえ、家にいたのか？」ニコライ兄さんが私の部屋の窓に近づきながら、いつになく硬い調子で言った。「ちょっとこっちへ来てくれ、言わなきゃならないことがある……」

私は青ざめるのを感じたが、立ち上がって窓を飛び越えて外へ出た。

「言いたいことって？」ことさら平静に尋ねた。

「ちょっと歩こう」兄はぼそっと言うと、前に立って池の方へ下りて行った。「お願いだからぼくの言葉を理性的に受け取ってくれ……」

そして立ち止まると、私の方を振り返った。

「実はね、もちろんおまえにもわかってると思うが、このことはずっと前から、誰にも秘密じゃなくなってる……」

「何のこと？」私は無理して訊いた。

「よくわかってるはずだ……。先に言っておくけど、今朝あの娘に暇をやったよ。そうしないと、最後は人殺しまで行っちゃうからね。昨日あの男が帰ってきて、まっすぐぼくの所へ来た。『ニコライ様、私はずっと前から知ってます。今すぐアントニーナに暇をください。でないと、まずいことになります……』真っ青な顔をして、唇は乾いてしゃべるのもやっとさ……。本気で言うけど、正気を取り戻して、これ以上あの娘に会わないようにするんだ。それに会おうとしても無駄だ。二人で、どこかリヴヌイの近くに向かってるから……」

私は一言も答えずに、兄の脇を通り抜けて池の方へ歩き、岸辺の若葉輝く柳の下で、草に腰を下ろした。

柳は、鏡のように銀色に光る水面に弓なりに枝を伸ばしていた。限りなく高い空のどこかで、また雷鳴が厳かに轟き、周囲で何かせわしい大きな音がして、湿った若草が新鮮な匂いをたてた……。頭上の果てしない高みに雪の塊のようにそびえた大きな雲から、雨がまばらにまっすぐ降り、ガラスでできた長い糸のようにキラキラと下がってきて、鏡のように白く滑らかな水面に、ぽつぽつと音を立てながら黒い点がさっと広がり、水面で無数の釘が跳ねはじめた……。

第四の書

一

私のバトゥリノ最後の日々は、家族にとってもこれまでの生活の最後の日々となった。

私たちはみな、これまでの生活が終わろうとしていることを理解していた。「私たちの巣も終わりだな」と父は母に言った。確かに、ニコライ兄さんはもう巣を離れた。ゲオルギイ兄さんも飛び立とうとしていた。警察による「監視」期間が終わりかけていたのだ。残るは私だけだったが、私の順番も来ようとしていた……。

二

また春だった。そして私にはこの春もかつてなかったような、過去とは似ても似つかぬ何かのはじまりのような気がした。

病気からの回復期にはいつも特別な朝があって、目を覚ますとついに明快さと日常性を全身に感じる。その日常性とは健康のことであり、やっと戻ってきた普段の状態に他ならないが、新しい経験と賢こさが加わって、病気する前とは違ったものになっている。私はまさにそのように、五月のよく晴れた静かな朝に、若いから窓のカーテンを閉める必要もなかった自分の角部屋で目を覚ました。毛布をはねのけ、若々しい力に穏やかな満足を覚え、夜の間にベッドと自分の体を暖めた若さと健康を感じた。窓から日光が差し込み、上部の色ガラスを通った光が床に赤や青の点をちらつかせていた。私は窓を押し上げた。もう夏を思わせる朝で、澄んだ柔らかな朝の空気にも、草と花と蝶があふれた明るい庭がたてる匂いにも、夏らしい平和な純朴さが感じられた。私は顔を洗って服を着てから、イコンに向かってお祈りをした。部屋の南角に掛けられたイコンは、アルセーニエフ家伝来の古いもので、いつまでも変わらずに続く日々の流れに従順な励ますような感覚を、常に呼び起こした。家族はテラスでお茶を飲みながら、話をしていた。またニコライ兄さんがいる。兄さんはよく朝のうちにこちらに来た。彼は明らかに私の話をしていた。

「何を考えることがあります？　もちろん、勤めなくちゃいけませんよ、どこかへ就職しなきゃ。ゲオルギイが世話してくれますよ、自分が落ち着いたらね」

はるか遠い日々！　私にとって身近なのに、今ではもう意識を集中しないと自分のものだったとは感じられない日々。身近さを覚えつつこうして書きながらあの日々のことを考え、私はなぜかいつも誰かの遠い若い日の像を復元しようとしている。いったい誰の像だろうか。これは、私が考え出した私の弟、はるか遠い時代とともにずっと前にこの世から消えた弟のようなものだ。

よその家で古いアルバムを手に取ることがある。色褪せた写真からこちらを見ている顔は、奇妙で複雑な感情を引き起こす。まず、この人々に異常なほどの疎外感を覚えるが、それは人と人が時には非常に疎遠なものだからだ。次に、この人々と彼らの時代への鋭い高揚した感覚を覚える。この人々は一体どんな存在なのだろう？　彼らはみな、いつかどこかで、それぞれに様々な運命を抱えて様々な時代に生きていた——服装、習慣、人々の性格、社会の風潮、事件などすべてが、その時代独特のものだった。この写真の謹厳な老官吏は、二重結びのネクタイの下に勲章を下げ、フロックコートの襟は大きくて高く、ひげを剃った顔は造作が大きくて肉付きがいい。こちらの写真に映ったゲルツェン時代の社交界のダンディーな男は、髪を縮らせて頬ひげをたくわえ、手にはシルクハットを持ち、幅広のフロックコートに同じく幅広のズボンを履いて、服がゆったりしているせいで足が小さく見える。この写真は、憂いをおびた美しい貴婦人の上半身だ。後ろ髪を大きくまとめた髷《シニヨン》に凝った帽子、バストと細いウェストをぴったり締めつけたフリルつきの絹のドレス、耳には長いイヤリング……。こちらは一八七〇年代の若者だ――糊のきいたシャツの襟もとが開いて喉仏がのぞき、やさしい丸顔にうっすらと産毛が生えて、謎めいた大きな目に若者の憂愁が漂い、長髪は波打っている……。この人々も、彼らの人生も、彼らの時代も、おとぎ話だ、伝説だ！

昔の自分の姿を再現しようとしている今の私も、まったく同様の感じを味わっている。本当にいたのだろうか。若いヴィルヘルム二世がいた、ブーランジェとかいう将軍がいた、そしてアレクサンドル三世が、広大なるロシアのでっぷり太った主人がいた……。今や伝説となったあの時代に、永遠に滅びたあのロシアに春がきていた。そして頬に暗い紅がさして明るい青い目をした誰かがいた――なぜか英語の勉強で自分を苦しめ、昼も夜も自分の将来に関する夢を心に秘めて、自分の将来にはこの世のあらゆる魅力と喜びが待っていると感じていた誰かが。

三

夏の初めに、私は村でトーニカの兄嫁を見かけた。彼女は立ち止まって、こう言った。

「誰かさんからよろしくって……」

私はこれを聞くと興奮して、家へ帰ってカバルダ号に鞍をつけ、行き先も決めずに走りだした。そう、あのときはマリノヴォエを通ってリヴェンスカヤ街道まで走った。一種独特の完全な平和と美しさと幸福が野原にたちこめて、夏の初めらしい穏やかな夜が訪れようとしていた。私は街道脇で馬を止め、どこへ行こうかと少し考えてから、街道を横切ってずっと先まで馬を進めた。もう低く傾いていた輝く太陽に向かって走り、誰かの大きな森へ入っていった。森の入り口には低地が長く続き、草の生い茂った谷や窪地があり、馬の腹の高さまで伸びた草や花はすでに夕方らしくひんやりして、森や草地はさわやかに匂っていた。あたり一帯の灌木や茂みでヨナキツグミが大きく甘美な声で鳴き、はるか遠くのどこかで一羽のカッコウがヨナキツグミたちの無意味な歓喜に囲まれて、孤独で家も持たない自分の悲しみの正当性を確信しているかのように、休むことなく執拗に規則正しく鳴き続けていた。うつろに響き渡るその鳴き声はあるときは近く、あるときは遠くに聞こえた。その鳴き声と、暮れゆく森の奥から返ってくる谺《こだま》が交互に聞こえて、それは寂しく、実にすてきだった。私は馬を走らせながら耳をすませて、カッコウが私に何年の寿命を予言しているか――人生、愛、別れ、喪失、思い出、希望と呼ばれるこの不可解なものが、私にはまだどれほど残されているのかを数えはじめた。するとカッコウはしきりに鳴いて、私に何か無限なるものを予言した。しかし、この無限には何が秘められていただろうか。あたり一帯は謎めいて無関心で、そこに何か恐ろしいものさえ感じられた。私は馬の首を眺め、馬の歩みに合わせて穏やかに揺れている片側に倒れたたてがみや、しゃんと持ち上げられた頭を見た。昔話で語られる時代には、馬が予言の声を発することもあったという。馬が宿命的に言葉を持たないこと――こんなにも私と親密で、私と同じように感じたり考えたりしている賢い生き物が、何ものにも破られることのない沈黙を永遠に守り、口をきかないことは恐ろしかった。だが、もっと恐ろしいのは、馬が不意に沈黙を破るという、昔話で語られている可能性の方だった……。あたりでは意味のない不気味な喜びをこめてヨナキツグミたちが鳴き、遠くでは謎めいた執拗さでカッコウが鳴いていた――空しく一生をかけて、秘められた巣を探しながら……。

四

夏に私は町で開かれるチフヴィンスカヤ定期市へ出かけて、偶然にまたバラーヴィンと会った。彼は馬の仲買人と歩いていた。仲買人はひどく不潔で服もぼろぼろだったが、バラーヴィンの方は清潔そのものでしゃれた身なりをしていた。服は全部仕立ておろしで麦わら帽子も新しく、ステッキもぴかぴかだった。仲買人は並んで急ぎ足で歩きながら、熱心に何か約束しては問いかけるような視線を向けていたが、バラーヴィンは耳を貸さず、明るい緑色の目で厳しく前を見て歩いていた。彼はとうとう「嘘ばっかりだ!」とすげなく言い放つと、私に挨拶して——私と会ったのが二年前ではなく、つい昨日だったかのように——私の腕を取り、「お茶でも飲んで少しおしゃべりしに」行こうと誘った。屋台の茶店に入ると、軽く笑って、「さて、いかがお暮らしです、何か成果は?」とあれこれ質問した。それからわが家の「窮状」を話題にして——どこから聞いたのか、当の私たちより事情通だった——、また私の話に戻った。それから彼と別れた私は意気消沈していたので、そのまま家へ帰ることにした。もう日暮れ時で、終夜祈祷を知らせる修道院の鐘が鳴り響き、放牧場とその近辺で開かれていた定期市も終わりかけていた。荷車が車輪をきしませて街道へ向かい、その後に続く牛たちはなんだか脅すような声で途切れ途切れに鳴き、町へ帰る辻馬車は放牧場の埃っぽい窪みでがたつきながら、勢いよく通り過ぎていった……。私は来あわせた辻馬車に飛び乗り、駅へ急いだ。ちょうど家の方へ向かう列車が来る時間だったのだ。さあどうしようと、私は考えた。バラーヴィンの話を思い出すと、あれは全く絶望的な内容だったという確信が深まっていった。「あなた方がこの先どうなるのか、見当もつきません」と彼は言った。「あなたのお父さんたちならこんな状況だと、馬でカフカスに行って軍務についたり、外務省の機関に就職したりしたものです。しかし、あなたはどこへ駆けつけたり就職したりすればいいのか。私が思うに、あなたには勤務はまるで無理ですね。あなたの夢はそんなものじゃない。占いの本の言い方だと、あなたはあまりに遠くを見ている。バトゥリノについては解決策はただ一つ、できるだけ早く、競売にかけられないうちに売ることです。そうすればお父上のポケットには、僅かだがお金が残ります。あなたのことについては、なんとかご自分で考えるんですね」だが、私に何を考えつけるだろう――私は自問した――彼の倉庫にでも雇ってもらうか。

この出会いのせいで、私の『ハムレット』翻訳の熱さえ少し冷めてしまった。私は自分のために『ハムレット』散文訳をしていたが、これは決して私の愛読書には含まれていなかった。清らかで勤勉な生活を再開しようと思った時に、たまたま手元にあったのだ。私はそのとき直ちに翻訳に取りかかって、じきに夢中になり、難しさゆえの喜びも刺激も与えられた。その上、翻訳家になろうという考えも生まれた。尽きせぬ芸術的楽しみの糧《かて》だけでなく、生活の糧をも得ようというのだ。私は家へ帰りながら不意に、こんな望みには見込みがないことを悟った。日々は過ぎゆくけれど、バラーヴィンが自分では気づかずに私の胸に再びかき立てた「夢」は、依然として夢のままだった。私はわが家の「窮状」についてはすぐに忘れた。自分の「夢」については、そうは行かなかった……。その夢とは一体どんなものだっただろう。バラーヴィンはたまたまカフカスのことを口にしたが――「あなたのお父さんたちならこんな状況だと、馬でカフカスに行って軍務についた」――、父たちのそんな立場に立てるものなら、命の半分でも投げ出すのに。私は定期市で若いジプシー女に手相を見てもらった。まったくこのジプシー女たちには新しさがない！　しかし、この女が力強い色黒の手で私の手を握っている間、私はなんと多くの感覚を味わい、その後でどんなに彼女のことを考えただろう！　黄色や赤のボロをまとった彼女は全身が実に雑多な色合いで、まっ黒な髪の小さな頭からショールをはねのけて、お決まりの下らないことを語りながら、ずっと太股《ふともも》を軽く揺らしていた。私を陶然とさせたのは、彼女の太股の動きやけだるく甘い目と唇だけではなかった。はるか遠方の地の出身である彼女の存在の古さ全体が、《父たち》もこんな場にいたことが――父たちの中でジプシー女に占ってもらわなかった者がいようか――、彼らと私との秘かな結びつきが、そしてその結びつきを感じ取りたいという欲望が、私を陶然とさせたのだ。なぜなら、もしも世界が私たちにとって完全に新しいものであったなら、私たちは今ほどには世界を愛することなどできないはずだから。

五

そのころ私はしばしば、言わば歩みを止めて、若さゆえの驚嘆をこめて自問することがあった。私の人生とは――私を取り囲む不可解にして永遠なる巨大な世界の中にあり、過去と未来の無限のつながりの中にあり、それと同時にバトゥリノという場所で、私にだけ与えられた時間と空間の中にあるこの人生とは、いったい何なのだろう？　人生とは（私の生も、どんな人の生も）、昼と夜、仕事と休息、出会いと会話、事件と呼ばれることもある満足と不快が移りかわることだと、私の目には映った。また人生とは、印象や情景やイメージが無秩序に積み重なったものであり、そのほんの一部だけが（なぜ、どのようにしてかは不明だが）私たちの中に留まるのだ。人生とは、互いに関連のない感情と思考や雑然とした過去の思い出と未来についての漠然たる予想が一瞬も私たちを置き去りにせずに流れていくことでもある。さらに人生とは、なんらかの本質を、意味と目的を、どうしても把握して表現することができない大事な何かを、そしてそれに関係する永遠の期待を含むものだ。その期待は幸福と幸福の完璧な実現に向けられているだけでなく、（その幸福が訪れたときに）ついに本質と意味が明らかになる何物かにも向けられている。「占いの本の言い方だと、あなたはあまりに遠くを見ている……」その通りだ。私はこの人生で秘かに遠くを見てきた。何のためだろう。ひょっとして、まさに人生の意味を探るためか。

六

ゲオルギイ兄さんはまたハリコフへ行った。彼がずっと前に監獄へ連行された日と同じく、よく晴れて冷えこんだ秋の日だった。私は駅まで彼を送って行った。私たちは踏み固められて光っている道に馬車を勢いよく走らせ、元気よく将来の話をして、別れの悲しみや人生の一時期が過ぎ去ったことの秘かな痛みを追い払おうとした。どんな別れも、ひとつの時期を締めくくり、それを永久に終わらせるものだ。「きっと何もかもうまく行くさ」自分がハリコフでの生活にかけている望みを曇らせたくない自己中心的な思いから、兄は言った。「少し状況を見て生活がなんとかなったら、すぐに呼ぶから。向こうへ行けば様子が見えてくるさ……。タバコを吸うかい？」兄はそう言うと、私が不器用に生まれて初めてのタバコを吸うのを、満足げに見ていた。

ひとりで家へ帰るのはとても悲しくて、おかしな気持ちがした。長いあいだ秘かに恐れていたことが現実になって兄はいなくなり、私はこうしてひとりで帰り、明日はバトゥリノでひとり目を覚ますのだということが信じられなかった。ところが、家ではさらに大きな不幸が待っていた。空が茜色に燃える凍りつくような夕暮れに、私は帰っていった。カバルダ号は三頭立ての副馬として、速足で進む中央の馬に休みも与えずに走りきった。帰り着いたとき、私がカバルダ号のことを考えてやらなかったので、誰も馬を引き回して落ち着かせてやらず、馬はそのまま水を与えられて汗をかき、ひどく震えて、馬衣もかけてもらえずに厳しい寒さの中で一晩中立ち通して、明け方に倒れた。私は正午に、馬が運ばれた庭の奥の草地に歩いていった。ああ、この世にはなんと厳しくて明るい空虚が、陽光の下にはなんと深い沈黙が、人気《ひとけ》のない野原にはなんと透明な空気と寒さと輝きがたちこめていたことだろう！　カバルダ号は命のない塊となって、膨れあがった脇腹も投げ出された頭部の細く長い首も、草原で醜く黒ずんでいた。その腹に早くも犬たちが取りつき、夢中で首を振って肉を食いちぎり、その横には老いたカラスの群れが待ちかまえていた。忌まわしい作業の最中も不安げに唸っている犬たちが、不意に血まみれの顔で歯をむき出してカラスの群れに飛びかかると、カラスたちは猛烈な勢いで飛び上がった……。私が朝食をすませて自分の部屋のソファにぼんやりと寝そべっていると――小さな四角に区切られたガラス窓の向こうに秋の青空が広がり、葉を落とした木々が黒く佇んでいた――、廊下に重くてすばやい足音がして、父が急に私の部屋に入ってきた。父は以前の贅沢品の中から残った唯一の貴重品であるお気に入りのベルギー製二連発銃を手にしていた。

「ほら」父は銃を私の横に置いて、きっぱりと言った。「私からのプレゼントだ、こんなものしかないが。少しは慰めになるかもしれない……」

私は飛び起きて父の手を取ったが、私が口づけする前に父は手を引っ込め、さっと身をかがめて私のこめかみにぎこちなく口づけした。

「あまり悲しむんじゃないよ」いつも通り明るく話そうとしながら、父は付け加えた。「言いたいのは、もちろん馬のことじゃなくて、おまえの状況のこと全般だが……。私には何も見えていない、おまえのことなんか考えていないと思ってるんだろう？　誰よりも考えてるよ！　私はおまえたちみんなに悪いことをして、みんなを世間に放り出してしまったが、それでも兄貴たちにはまだ何かある。ともかくニコライは生活が成り立っているし、ゲオルギイは教育を受けた。だが、おまえには何がある、そのすばらしい心のほかに？　でも、兄貴たちがどうだっていうんだ？　ニコライは十人並みだし、ゲオルギイは万年大学生のままだろう、だがおまえは……。残念ながら、おまえが私たちと一緒にいるのも長くはないだろうが、おまえの行く手に何が待っているのか、誰にもわからない！　とにかく、私の言うことを覚えておいてくれ――悲しみよりもひどい災難はないってことだ……」

七

その秋、わが家は閑散として静かだった。私はその頃ほど父と母に濃《こま》やかな愛情を感じたことはなかった気がするが、非常に強く孤独感に捉われていた私を救ってくれたのは、妹のオーリャだけだった。妹と一緒に散歩や話をしたり、将来を夢見たりするようになって、彼女の精神も知性も私が思っていたよりずっと成熟していて、思っていたよりずっと私に近しい存在だという確信を、驚きと喜びをもって深めていった。この新しい関係は、二人が親しかった遠い子供時代へのすばらしい回帰だった……。

父は私に、「おまえの行く手に何が待っているのか、誰にもわからない！」と言った。では妹の、青春の魅力に溢れているのに、バトゥリノの貧しさと孤独の中にいる彼女の行く手には何が待っていたのか？

だが、当時の私が考えていたのは何よりも自分のことだった。

八

私は仕事を投げだした。多くの時間を村で百姓家を訪ねて過ごし、ニコライ兄さんと一緒に、あるいは一人で、猟にもよく出かけた。家ではもうボルゾイ犬は飼っておらず、ビーグル犬が二頭だけ残っていた。まだ郡のあちこちでは大がかりな猟が行われて、オオカミやキツネを追って近場よりもっと成果の上がる遠くの猟場へ、時間をかけて出かけた。だが私たちはウサギ一匹でもうれしかった。より正確に言えば、ウサギを追って秋の空気の中で秋の野を歩き回るのがうれしかったのだ。

そんなふうに十一月の末にエフレーモフ近郊を歩き回ったことがあった。朝早く召使い小屋でほかほかのじゃが芋を食べてから、銃を肩にかけて農耕用の老いぼれた去勢馬にまたがると、犬たちを呼んだ。兄の所では唐箕《とうみ》で麦をふるいにかけていたので、私は一人で出かけることにした。とても暖かい晴れた日だったが、野原は陰鬱で猟は成果が見込めなかった。陰鬱だったのは、もうあたりがあまりに静かで木々も葉も落とし、周囲のすべてに秋の終わり特有の貧しさと慎ましさが漂っていたからだ。猟の成果が見込めないのは最近の雨のせいだった。ひどくぬかるんでいたので――道路だけでなく、秋まきの小麦畑も鋤《す》き起こした休耕地も刈り取り後の畑も――私も犬も畔《あぜ》道や土地の境界をたどって行かなければならなかった。私がじきに猟については考えるのもやめてしまうと、犬たちもそれに倣って、勝手に前の方へ走っていった。たとえ追うべき獲物がいたとしても、こんな野原で追い込むのは無理だと知っていたのだ。犬たちは湿った腐葉土が強く匂う林に入ったり、赤っぽい樫の木立やどこかの窪地や小さな丘を通ったりするときだけ、少し元気づいた。しかし、そんな場所にも何もおらず、あたりには空虚、沈黙、暖かくて明るいが生気のない弱々しい輝きだけがあった。その輝きの中に、低い平らな土地が秋らしくくっきりと明るく見えていた。そこには麦の刈り株と秋まき小麦の緑と休耕地が格子状に広がる野原、樹皮の赤っぽい灌木、遠くに島のように灰青色に浮かぶ白樺やヤマナラシの林があった。

ロバノヴォまで行って私はようやく引き返した。シーポヴォを過ぎて、レールモントフ家の先祖伝来の領地だったクロプトフカ村へ入っていった。知り合いの百姓の家で一休みさせてもらい、一緒に表階段に座ってクワスを飲んだ。私たちの前には放牧場が広がり、その向こうには長く人の住んでいない小地主の屋敷が見えていた。小さな古い家の背後に広がる薄青い空に庭の木々の頂きが黒くそびえ、その庭だけが屋敷にほんの少し彩りをそえていた。私は座って、クロプトフカへ来るといつもするように、屋敷を見ながら考えた。レールモントフが子供時代にあの家にときどき来たということや、彼の父親がほとんど一生あそこで暮らしたというのは、本当なんだろうか。

「売りに出てるそうですよ」やはり屋敷の方を見ながら、目を細めて百姓が言った。「エフレーモフのカーメネフが値段を掛け合ってるって話で……」

それから私の方を見て、いっそう目を細めた。

「お宅は？　まだお売りになりませんか」

「それは親父の仕事さ」私は言葉を濁した。

「そりゃあ、もちろんですよ」百姓は何か考えごとをしながら言った。「私はただ、近頃はどこも売りに出てるって話だから言ったんでさ。旦那方にとっちゃ悪い時代だ。民衆はつけあがって、自分のところの仕事もいい加減だから、旦那の地所の仕事ときた日には……。農繁期の手間賃の高いことったら。でも旦那方は手間賃を前金で払おうにも、先立つものがない。旦那自身が素寒貧《すかんぴん》ときてるんだから……」

そこから私は大きく回り道をして馬を進めた。気晴らしのためにワシーリエフスコエを通って、ピーサレフ家に泊まっていこうと決めたのだ。馬を走らせながら、私たちの地方のひどい貧しさについて深く考えた。すべてが貧しくみすぼらしく、ただひっそりしていた。街道を行くと、荒れ放題で無人なのに驚いた。田舎道をたどって村々や地主の領地を通過すると、野原やぬかるんだ道路は言うまでもなく、同じようにぬかるんだ村の通りや人気《ひとけ》のない地主屋敷の敷地内も、まったく閑散としているのだった。わけがわからなかった——いったい人々はどこにいるのか、百姓家や地主屋敷に座り込んで、どうやって秋の退屈ややるせなさを慰めているのだろうか。そして私は、こうした環境にある無意味な自分の生活をまた思い出して、ぞっとした。レールモントフについても同時に不意に思い出したからである。そうだ、クロプトフカ村やあそこの忘れ去られた屋敷を見ると、実に暗澹《たん》とした説明しがたい思いにかられる……。私とレールモントフ共通の貧しい故郷、彼の生涯の初めの日々——そのころ彼の幼い魂は、かつての私と同じく、漠然とした憂いを感じながら「不思議な望みを抱いていた」[*1]。彼の初期の詩も私と同じく下手くそだった……。だが、その後に何が現れたか。突如として『悪魔』、『ムツイリ』、『タマーニ』、『帆』、そして「樫の葉が一枚、枝から落ちた……」[*2]という詩が現われたのだ。レールモントフのすべては、あのクロプトフカ村とどんな関係があるのか。レールモントフとはいったい何者かと私は考えた。そしてまず彼の二巻作品集を、彼の肖像画を、じっと動かぬ暗い目をした奇妙な若い顔を思い浮かべる。それから彼の詩を次々に思い浮かべ、外面的な形式だけでなく、それに結びついた光景を、つまり私がこれこそレールモントフの地上での日々だと思う光景を思い浮かべる。雪をかぶったカズベーク山の頂き、ダリヤール峡谷、「アラグヴァ川とクラ川が、姉と妹のごとく抱きあって」[*3]音高く流れている、私の知らないグルジアの明るい谷、『タマーニ』で描かれた雲った夜とあばら屋、遠くに白帆が浮かんだ煙るような青い海、おとぎ話の世界のような黒海の岸辺に生えた鮮やかな緑色のプラタナスの若木……。なんという人生、なんという運命だろう！　わずか二十七年だが、なんと限りなく豊かですば

＊1　M・レールモントフの詩『天使』（一八三一）より。／＊2　レールモントフの詩『木の葉』（一八四一）より。
＊3　レールモントフの物語詩『ムツイリ』（一八三九）より。

らしい人生だろう。それはあの最後の一日、マシューク山の麓にあるひっそりした道での暗い夜、マルトゥイノフとかいう男の旧式の大きなピストルが大砲のような轟音を発して、「レールモントフがどさっと倒れた」あの夜まで続いたのだ。感覚と想像力をとぎすましてこれらのことに思いを馳せると、不意に心が歓喜と羨望でいっぱいになって、私は思わず声に出して言った――「もうバトゥリノでの生活はたくさんだ!」

九

翌日家に帰ってからも、私は同じことを考え続けた。

夜、自分の部屋でそのことを考えながら読書をした。『戦争と平和』を読み返していた。天候は一日のうちに急変していた。寒くて荒れ模様の夜だった。もう遅い時刻で、家中が暗く静まりかえっていた。部屋ではストーブが焚かれ、風が庭や家に吹きつけて窓を揺らしていたが、その風が激しさと陰鬱さを増すほどに、ストーブはごーごーと音を立てて赤々と燃えた。私は座って本を読み、同時に自分のことを考え、この遅い時刻を、夜を、ストーブを、そして嵐を、寂しいながらも楽しんでいた。それから立ち上がって上着を着て、客間を通って外へ出ると、家の前の原っぱで、凍りついた疎《まば》らな草を踏んで行ったり来たりしはじめた。周囲には風の騒ぐ庭が黒く浮かび上がり、原っぱには青白い光が差していた。月が出ていたが、どこか苦しげでオシアンの詩を思わせる夜だった。凍りつくような北風が吹き荒れ、何本もの古木の梢が一つに合わさって陰鬱に唸り、灌木は乾いた鋭い音を立ててざわめき、まるで前に走り出しそうに見えた。白く塗りつぶしたような空に巨大な虹色の輪がかかった月が浮かび、非常に陰気で不吉な感じがする北の方角から、この土地の雲のようには見えない、昔の画家たちが描いた夜の難破船の絵の海上にあるような暗くて恐ろしげな雲が、さっと流れてきた。私は、刺すような寒気をこらえて向かい風を受けたり、背中を風で押されたりしながら、ふたたび考えはじめた。若き日に胸の奥深くに秘めた思いに特有の素朴で脈絡のない想いだった。それはおよそこんなものだった――

《いや、ぼくは『戦争と平和』ほどすばらしいものを読んだことがない！　いや、それじゃ『コサック』は、エローシカは、マリヤンカ[*1]は？　それにプーシキンの『エルゼルム紀行』は？　ああ、彼らは皆なんて幸せだったんだろう――プーシキン、トルストイ、レールモントフは！

　昨日、誰かの狩猟隊がトルストイ家の若い人たちと一緒に遠くの猟場をめざして街道を通ったそうだ。すごいことだ、ぼくがあの人と同時代に生きて、しかも近所に住んでるなんて！　だってそれは、プーシキンと同時代に生きて、近所に住んでるようなものじゃないか。だってあれは全部あの人が書いたんだ――ロストフ家、ピエール、アウステルリッツの野、瀕死のアンドレイ公爵の言葉「人生には何もない。ぼくにわかっていることはすべて無益で、わかっていないが重要なことこそすごいってことをのぞいては……」[*2]も。誰かがしょっちゅうピエールに向かって、『生きることは愛することだ……。人生を愛することは神を愛することだ……』と言う。ぼくもしょっちゅう同じことを言われる。そしてぼくはすべてをどんなに愛してることか、この荒涼たる夜だって愛している！　ぼくは全世界を、大地全体を、あらゆるナターシャやマリヤンカたちを見たい、そして愛したい。ぼくはどうしてもここを抜け出さなきゃ！》

　乳白色の月にかかった輪は、まさに天の不吉な前兆だった。少し傾いた青白い月の顔はますます悲しげに

＊1　エローシカとマリヤンカは、トルストイの小説『コサック』の登場人物。

＊2　トルストイ『戦争と平和』第十二編でアンドレイ公爵は生と死について想念をめぐらす。ブーニンは記憶によって自由に引用しており、この通りの言葉は原作にはない。

なって、白っぽく曇った空でかすんでいた。空の高みでは鉛色やまっ黒の煙のような雲が流れてはからみあって、時おり月の顔を喪のベールのように覆った……。北の方では風が吹きすさぶ庭の背後から黒雲がわき起こり、野原の雪の匂いが風に運ばれてきた。私は歩きながら考えた。

《これ以上、こんなふうには生きていけない。たとえ抵当に入っていないバトゥリノみたいな領地を十も持っていたとしても、ぼくにはこんな生き方はできない。トルストイすら若いときは何よりも結婚や家庭、領地経営を夢見ていたなんて、全くぞっとする！　今じゃ誰もが「民衆に益する仕事」とか「民衆への負債の返済」とか言っている。でもぼくは民衆への負債なんて感じたことがない。民衆のために自分を犠牲にする、民衆に「仕える」、お父さんの言い方だと「地方自治会の会議で党派ごっこをする」なんて、ぼくにはできないし、やりたくもない……。いや、そろそろ何か決心しなくちゃ！》

いったい何を決心したらいいのか答は出ないまま、無益で脈絡のない思考に陥って、私は家に帰った。ストーブは消え、ランプも燃え尽きて灯油の匂いを立て、その明かりはとても弱くなっていたので、部屋には不穏な青白い夜のほのかな光が浮かんでいた。私は机の傍にしばらく座り、それからペンをとった――自分でも思いがけず突然ゲオルギイ兄さんにあてて、数日中にオリョールの「声《ゴーロス》」新聞社に職を探しに行くと書きはじめた……。

十

その手紙が私の運命を決めた。

もちろん、私は「数日中」には出発しなかった。まず少しでも旅行用のお金を作る必要があった。それでもついに出発した。

家での最後の朝食を思い出す。朝食が終わるとすぐに窓の下からくぐもった鈴の音が聞こえて、冬らしく毛がふさふさした田舎馬が二頭、窓のすぐ外に姿を見せた。馬たちの毛がふさふさなのは、その日、乳白色のぼたん雪が見通しがきかないほど降りしきっていたせいでもあった。ああ、そのすべてが、このような旅立ちが、なんと古くからくり返されてきたことか、ただ私にとってはなんと新鮮だったことか！　降る雪さえもなんだか特別で、父のアライグマ皮の重いコートを着て、家中の者に見送られて、馬車に乗るために外へ出たとき、私は雪の白さとすがすがしさに驚いた。

その後はまるで夢を見ているようだった。静まり返った長い道のり、雪が降りしきる白い果てしない世界でリズミカルに揺れる馬橇。そこには地面も空もなく、小止みなく下へ流れて行く白さと、冬の旅につきもののすてきな匂いだけがあった――馬、アライグマ皮のコートの湿った襟、硫黄マッチと安タバコの匂い……。その後で最初の電柱が白い世界をさっと通り過ぎ、雪をかぶった防雪柵が道路脇の雪山から突き出しているのが見えてきた。もうステップの生活ではなくて、別の生活のはじまりだった。ロシア人にとってはいつでも特別で胸がわくわくする、鉄道と呼ばれるものが見えてきたのだ……。

列車が到着すると、私は作男に別れを告げて父のコートを手渡し、バトゥリノのみんなにくれぐれもよろしくと伝えてから、まるで終わりの見えない旅へ出かけるような気持ちで、混んでいる三等車に乗り込んだ。しばらくは乗客たちが平然としていることにさえ驚きを感じた。お茶を飲んで何かつまんでいる人もいれば、寝ている人もいた。鋳鉄製のストーブは灼熱してまっ赤で、その燃えさかる炎が車両全体を暖めているのに、手持ち無沙汰なのでしきりに薪を投げ入れている人もいた。私は座席に腰掛けて、乾いた金属の熱と白樺の薪や鋳鉄の匂いを楽しんだ。窓の外では灰色の雪が降りしきり、たそがれがますます迫ってくるようだった……。

私が車両へ入っていったときのあの気持ちは、まちがっていなかった。行く手に待ち受けていたのは、決して短くない非日常的な道程、家もない放浪の数年間だったのだから。無分別で無秩序なその生活には、限りなく幸福なときもあればひどく不幸なときもあったが、ひとことで言えば、全体として明らかに私にふさわしい生活であり、ただ無益で無意味に見えていただけだったのだ……。

十一

出発のときの不安な思いは非常に大きな悲しみと優しさに溢れていたが、それは私がバトゥリノの静寂と孤独の中に置き去りにしてきた、いま別れてきたばかりのすべてに向けられていた。バトゥリノに自分がいないことが見えたし、感じられた。空っぽになった自分の部屋も見えて、部屋はあたかも敬虔な沈黙の中に、すでに永遠に完了したもの——以前の私を保存しているようだった。しかし、この悲しみには秘かに大きな喜びもまじっていた。ついに夢が実現したという幸福、自由と意志、行動、移動（まったく未定だが、だからこそ魅力的な何かに向かっての移動）の幸福もあった。駅に着くたびにこの感覚が強まっていき、前の悲しみは次第に弱まって、ついには置いてきた過去全体がどこか遠くへ（懐かしいけれどもすでに無縁な方へ）退却していって、現在だけが残り、それが次第に興味深く明瞭になっていった。私はもう周囲にある自分とは無縁で粗野なたくさんの暮らしと顔に少しなじみ、それらを少し理解して、個人的な感情に生きるだけでなく彼らへも感情を向けて、彼らについて色々と想像をめぐらした。タバコのマホールカとアスモロフの匂いを嗅ぎ分け、百姓女が膝に乗せている布包みと、向かいに立っている徴兵された兵士が持っているオーク製まがいのトランクも見分けた。さらに気づくと、車両はなかなか新しくて清潔で、車内は黄色で壁は畝《うね》のようだった。ストーブで暖められた壁は薄い板を重ねて作られていたのだ。車内には種々のタバコの煙がこもっていた。煙は非常にいがらっぽかったが、窓外の雪の世界——そこでは電線が上下に揺れながら、どこまでも流れていた——から仕切られた、親しい人間生活の快さを与えてもくれた。私は外で雪や風に触れたくなり、ふらつきながらドアの方へ歩いていった……。雪原の冷気がデッキに吹き込み、もはや私には未知の野原が周囲に白く広がっていた。やっと雪が小やみになり、明るさと白さが増して、列車はどこかへ近づいて数分間停車する。片田舎の停車場、静けさ——前方で機関車のシューシューという音がするだけだ——、すべての中に理解できない魅力が潜んでいる。短時間の停車と沈黙にも、シューシューと音を立てて待機する機関車にも、一番線に貨物車が赤い壁のように立ちはだかって駅舎が見えないことにも。雪が解けたレールの間を雌鶏が悠々と歩き回って餌を啄《ついば》んでいる。なぜかこの停車場で一生を平和に送るように運命づけられた雌鶏は、おまえが様々な夢や感情を抱いて、どこへ何のために向かっているのか、まったく関心を持っていない——おまえの夢や感情にひそむ永遠の高き喜びは、外面的にはこんなに何でもない日常と結びついているのだ……。

夕方が近づくと、何もかもがただ一つのこと、最初に着く大きな駅への期待に収束する。私がまたしばらくデッキで凍えていると、ついに前方の無愛想な夕闇の中に見えてくる——たくさんの色とりどりの光と四方八方へ延びる線路、見張り小屋、転轍《てつ》機、待機中の機関車、そして人々が黒く群がっているプラットホームと駅舎が……。私がどんなに急いでいい匂いのする明るい食堂へ飛び込み、世界でもっともおいしいキャベツスープ《シチー》で舌をやけどしたか、容易に想像がつくだろう!

これら一連のことは、かなり思いがけない結末を迎えた。私は食事の後でタバコを手に、また轟音を立てはじめた車両の黒いガラス窓の近くで、官給の太いロウソクが燃える角灯の薄明かりの下で考えていた――本当に不思議だけど、もうすぐ旅の目的地オリョールに到着する。ぼくにはまだ想像もつかないけれど、その駅からロシアの地図全体に延々と線路が通じているというだけでも驚くべき街に。北へ行くとモスクワ、ペテルブルグ、南へ向かえばクルスク、ハリコフ、そしてこれが肝心だけど、お父さんの青春が永遠に残っているようなセヴァストーポリにも通じている……。そこで私は不意に自問した――ぼくは本当に「声《ゴーロス》」新聞社なんかに働きに行くのだろうか？　確かにそこにはすごく魅力的なものがある、編集局とか印刷所とか。でもクルスク、ハリコフ、セヴァストーポリだぞ……。「いや、ナンセンスだ！」と私は言った。「オリョールには立ち寄るだけにしよう。挨拶して、ぼくに提供されてるのはどんな仕事か聞いて、『しばらく考えさせてください、兄に会ってきます』と言おう……。ちょっと寄ってから先へ、ハリコフへ行くんだ！」

だが、結局オリョールには立ち寄りもしなかった。私の予想よりうまく行った。まるで仕組んだようにオリョール到着が遅れて、ちょうど下りのハリコフ行きが到着する時刻と重なった。しかも仕組んだように、ハリコフ行きは私がまだ見たことのないすばらしい列車だった。アメリカ製のすごい機関車がついた急行で、大型で重そうな一等車と二等車だけの編成で、窓はウールのカーテン、灯は青い絹に覆われていた。こんなに暖かくて快適で豪華な世界で一晩を過ごすことは（しかも南へ向かって）、拒むことなど考えられない幸福に思えた……。

十二

私はハリコフでいきなり、自分にとってまったく新しい世界に入り込んだ。

私の特質のひとつは常に光や空気に敏感であること、空や空気のごく小さな違いにも敏感であることだった。だからハリコフで最初に驚いたのは、空気の柔らかさ、そして私たちの地方よりも光が多いことだった。私は駅を出て辻待ちの橇に乗ると――ここでは小鈴をつけた二頭の馬が橇をひき、御者たちは互いに丁寧な言葉を遣っていた――周囲を見回して、すべてが私たちの地方と違ってもっと柔らかくて明るくて春めいているのをすぐに感じ取った。ここも雪があって白かったが、私たちの地方とは違う快くまぶしい白さだった。太陽は見えなかったが、光は多めで、少なくとも十二月にしては多かった。雲の間から暖かい光が差して、何かすばらしいことを約束していた。そしてこの光と空気の中では、すべてが柔らかだった――駅の裏から漂ってくる石炭の匂いも、御者たちの顔や口調も、馬鈴の響きも、駅前広場で輪形パンやヒマワリの種や黒パンや塩漬け脂身《サーロ》を売る女たちのやさしい呼び声も。広場の向こうに一列に並んだ巨大なポプラは、葉を落としていたが、やはり非常に南方的で小ロシア〔ウクライナのこと〕的だった。そして町の通りでは雪が解けていた……。

しかし、そのすべても、それから私を待っていたことに比べると、取るに足りなかった。私はまだこんなに多くの新しい感情を知らず、まだこんなに多くの人と知り合ったことがなかった。どこかに到着した最初の日に、めったにないほど多くの印象や出会いにめぐりあうことがある。この日の私がまさにそれだった。

驚き喜んで私を迎えてくれた兄にも、やはりどこか新しい面があった。ハリコフの兄はバトゥリノにいたときとは別人のようで、再会を大いに喜んでくれたが、私との親近感は減っているようだった。それに兄の生活の奇妙なこと！　兄は「万年大学生」に違いないとしても、とにかくアルセーニエフ家の一員だった。ところが、私は彼をどんな場所で見出しただろうか？　山裾へ延びる狭い通り、石炭とユダヤ料理の匂いがきつい中庭の汚い石畳、大所帯のブリュムキンとかいう仕立屋の狭い住居……。確かに目新しくてすてきだったが、やっぱり私は驚かされた。
「よかったよ、おまえが着いたのが日曜日で、ぼくが家にいて！」兄は何回も口づけしてから言った。「でも、何しに来たんだい？」とわが家特有のふざけた調子で話そうと努めながら、付け加えた。

私は「自分でも何しに来たのかわからない」と答えたが、言うまでもなく、これからどうすべきか、やっとまじめに相談するために来たのではなかったか。しかし兄はもう聞いていなかった。「なんとか考えよう」と自信ありげに言うと、私をせきたてて手洗いと着替えをさせ、パン・リソフスキとやらの食堂へ出かけた。地方自治会統計係の同僚の多くが、いつもそこで食事をするのだ。私たちは家を出て取りとめのない話をしながら、通りをいくつも歩いていき、私は――もう都会的な服に着替えて、それを大いに意識していた――とても豪華に見える通りや周囲のものをキョロキョロと見た。正午を過ぎて晴れ上がり、雪が解けてどこもかしこも輝き、スムスカヤ通りのポプラは、煙るような青空に浮かんだふんわりした白雲に向かって高く伸びていた……。

パン・リソフスキの食堂は非常に興味深い地下の店で、カウンターにはとびきりおいしくて驚くほど安い軽食が並べられていた。特にすばらしいのは、ぴりっと胡椒がきいて舌が焼けそうに熱い、一つ二コペイカのブリンニク〔重ねたパンケーキの間に詰め物をした料理〕だった。兄と私が大きなテーブルにつくと、私にはとても変に見える人たちがやってきて一緒の席についた。彼らについてはバトゥリノで兄からさんざん聞いていたので（他の人たちとまったく違う特別な人たちだと）、私は興味津々で見つめた。兄は大急ぎでうれしそうに、ちょっと自慢げに私を紹介した。じきに私は頭がくらくらしはじめた。それまで知りもしなかった驚くべき人々と、人の多い地下食堂のせいだった。食堂の窓は半地下になっていて、上から春めいた明るい日光が差し込み、色々な足が外の通りを歩いて行くのが見えた。頭がくらくらしたのは、赤くて熱いボルシチのせいでもあり、また私たちのテーブルで、何のことかわからないが非常に興味深そうな話題で活発な会話が続いていたせいでもあった。話題はアンネンスキイの有名な統計のこと——彼の名には必ず感嘆が込められていた——、ヴォルガ地方の県知事のこと——飢えた農民が飢饉の噂を広めないように鞭打ちにしたらしい——、モスクワで開催されるピローゴフ大会のこと——これはいつものように大事件になるに違いない——などだった……。この席で私の若さと初々しさ、田舎者らしい日焼け、健康、純朴さ、それに愚鈍に見えるほど緊張して熱心に注意深く見聞きしている様子は、どんなに目立っていたか、容易に想像できる！　兄も大いに目立っていた。彼は他の人たちと大変親しかったけれど、まるで別世界の人のようだった。誰よりも若くて素朴で繊細に見えて、使っている言葉さえ違う感じがした。

後からわかったのだが、このグループの多くは、外見もその他の点も、ある種の典型だった。私はもう秘かに、何人かの好ましくないところを見つけた。非常に背が高くて胸板の薄い人がいたが、彼はひどい近眼で、いつも背中を丸めてズボンのポケットに手をつっこみ、片方の足で貧乏揺すりをして、その上にのせたもう一方の足を奇妙にねじっていた。髪が黄色で、細い顔も黄色っぽい人は、あまりに熱く勢い込んでたくさんしゃべるように、私には思えた。彼はタバコを見もしないで、タバコを持った手の骨張った人差し指をぴんと伸ばしてトントンと灰を落としながら、しゃべるのだった。もう一人は私には実に不快に思えることをやりながら、いつも何かを嘲笑していた——白パンを丸めて、それが汚らしくなってもずっと二本の指でテーブルクロスの上を転がしていたのだ……。反対に、とても感じのよい人たちもいた。落ち窪んだ悲しげな目にかさついた唇をしたポーランド人のガンスキは、ひっきりなしにタバコを吸っていた。煙を深く吸い込み、ちゃんと燃えているタバコに震える手で何度も火をつけていた。非常に長身で見事なぼさぼさ髪をした、洗礼者ヨハネのようなクラスノポリスキイもすてきだった。最年長で頬ひげをはやしたレオントヴィチは統計学者として有名で、愛想のよい平静さと親切な思慮深さ、そして何よりも純粋に小ロシア風な快い響きをもつ深い声ですぐに私を魅了した。尖った鼻に眼鏡をかけた小柄な人は、途方もなくそそっかしくてすぐにかっとなる質《たち》で、いつも何かに腹を立てていたが、子供みたいに純真で誠実だったので、私はすぐに彼のことがレオントヴィチ以上に好きになった。もう一人、統計係のワーギンのことも非常に気に入った。後から知ったのだが、彼は世界には統計以外には何も存在していない熱狂的な統計学者で、がっしりとして上背があり歯が白くて、その美男子ぶりと快活さは農民的で――実際に農民の出身だった――、高笑いを周囲に伝染させせて、母音のオが強く響く南方方言で勢いよく話す男だった……。他の二人の男には大いに不快感を感じた。その一人の元労働者のブィコフは、ゆったりした上着をきた肩幅の広い若者で、縮れ髪の頭や太い首や突き出た目に確かに牡牛的《ブィク》なところがあった。もう一人は苗字をメリニクといい、ひょろひょろと痩せて虚弱で、灰色っぽい赤毛で、目がひどく悪くて鼻声だったが、異様に舌鋒が鋭くて自信過剰な所があった。私が大いに驚いたことに、ずっと後にこの男はボリシェヴィキの大物、「穀物の独裁者」とやらになった……。

十三

こんな人たちに囲まれて、私はハリコフでの初めての冬を（そしてその後の多くの年月を）過ごした。これはどんな人々だったのか、この仲間がどのように形成され、どのように生きて、何を信じていたかはよく知られている。

何より注目すべきなのは、この人たちはまだ学校にいるころに、彼らが出発点とみなす特別なことを経験していたことだ。それは何かのサークル、それに続く何らかの学生「運動」や「事業」への参加、追放、監獄か流刑である。彼らは何があってもその「事業」を続けて、その後ではロシアの他の人たちからひどく孤立した生活を送った。あらゆる実業家や商人、耕作者、医者、教育者（政治と無縁な）、官吏、聖職者、軍人、特に警官と憲兵をまったく人間とはみなさず、そんな連中とのどんな小さな接触も不名誉で犯罪的とすらみなしていた。何につけてもぶれない特別な自分たちだけのものを持っていた――自分たちの仕事や興味、事件、自分たちの中の名士、モラル、恋愛や家庭や友情に関する慣習を持っていた。自分たちだけのロシア観もあったが、それはロシアの過去と現在を否定し、ロシアの未来に夢と信頼を託し、その未来を勝ち取るための「闘争」の必要を認めるものだった。もちろん、この仲間には雑多な人が含まれていた。彼らは、革命性や民衆への「愛」や民衆の「敵」への憎悪の度合いが異なっていただけでなく、外見や内面も異なっていた。しかし、概して全員がかなり狭量で直情径行で不寛容であり、信条はかなり単純だった――人と呼べるのは自分たちと「虐げられ辱められた人々」だけだ。悪はすべて右に、善はすべて左にある。光はすべて民衆に、民衆の「規範と希望」の中にあり、害悪はすべて統治形態と悪しき為政者たちの中にある（為政者はひとつの種族とみなしていた）。救いはすべて変革、憲法、共和国の中にあるというのが彼らの信条だった……。

まさにこんな仲間に私はハリコフで加わったのだ。なんと私に不似合いな仲間だったことか！　しかし、他のどんなグループに加わることができただろう。他のグループとはつながりがなかったし、それを探そうともしなかった。この新しいグループには全然ぼくの好みでないことが多いにしても、他のグループだったらもっと多いだろう、たとえば商人や役人たちとぼくにどんな共通点がある？　そんな感情や自覚の方が、他のグループに入ってみたいという願いよりも大きかった。それにこのグループには快適なことも多かった。学生の私は急速に知り合いを増やしていったが、この仲間だとそれがいとも簡単にできるのが気に入った。学生のように質素な生活、簡素なしきたりと互いの態度が好きだった。それに彼らと暮らすのはとても愉快だった。午前中は職場に集まるが、そこではお茶やタバコ、議論の時間が結構多い。お昼はほとんど全員で色々な料理屋に行くので、にぎやかな食事になる。夜はまた集まって会議かちょっとしたパーティー、あるいは誰かの家……。その冬にいちばんよく集まったのはかなり裕福なガンスキの家で、次が美人で富裕な未亡人シクリャレヴィチの家だった。そこにはよく有名な小ロシアの俳優たちが遊びに来て、「自由なコサック」の歌や彼らの「マルセイエーズ」とも言える「みんな武器を手に取れ」を歌った。

だが、このグループには私の好みに合わないことも多かった。仲間に慣れて観察を深めるにつれて、私はよく憤慨するようになった。たいていの人が私を気に入って許してくれるのをいいことに、色々なきっかけで時には怒りをあらわにして、熱いが無駄な議論をした。他のあらゆるグループへの根拠薄弱な批判を自分も鵜呑みにするようになったと感じたが、では自分のグループには何を見出していただろうか。彼らは少年少女には経済学を読ませ、自分たちはコロレンコとズラトヴラツキイしか読まず、チェーホフは「政治的無関心」ゆえに軽蔑し、トルストイのことは口をきわめて罵っていた。「無為という恥知らずで有害な思想を宣伝」して、「神なんか崇め奉っている」からだ。それにトルストイは百姓や靴屋のまねごとをしてから「贅沢な食卓」につくが、彼が愛していると言いはるヤースナヤ・ポリャーナの農民は、「飢えのために腹がぽこんと出ている」というのだ。文学については大体こんな評価だったので、私は大いに憤慨しながらも、日ごとに秘かに恐怖を募らせた。ひょっとして全く書いてはいけないこと、誰にも必要のないことを書いてるんじゃないか、彼らが認めるものだけが（哀れな農民マカールのことや流刑人の生活だけが）必要不可欠なんじゃないかという恐怖である。彼らはロシアのためならいつでも何でもする覚悟があったが、もっとも無知蒙昧で貧困な階層を除いたロシアの全階層を非常に厳しい疑惑の目で見ていた。『祖国雑記』が発行されていた時代が黄金時代だったと考え、あの雑誌の廃刊をロシアの生活で最大の恐ろしい事件とみなし、現代を「沈滞期」と呼び――「もっと悪い時代はあったが、これほど卑劣な時代はなかった」――、ロシアはこの沈滞状況に「喘いでいる」と断じていた。彼らが正しいと認めたことに少しでも疑いを抱いた者には「裏切り者」の烙印を押し、「中庸と几帳面さ」を備えた者にはたえず嘲笑を浴びせた。ワーギン夫人が日曜日に幻灯と朗読の会を開き、自分でも「火山について」などの朗読を準備すると、大まじめに賞賛した。パーティーでは立派なひげを生やした男たちまで「敵意の嵐、われらが頭上に吹きすさぶ」と歌った。私はこんな「嵐」は偽りだし、彼らが生涯に渡って考え出す感情や考えは欺瞞だと痛感して、目のやり場に困るほどだった。するとこんな声が掛かるのだ。

「あら、アリョーシャ、また詩人っぽく口を歪めてるの」

こう尋ねるのは、あの不可解なやり方で足を組む統計係ボグダーノフの妻だった。夫妻のところで大きなパーティーが開かれて、小さなアパートは大勢の人とタバコの煙でいっぱいで、食卓からサモワールが片づけられることはなく、部屋の隅はビールの空き瓶だらけだった。ある有名な老いた「闘士」が秘かにハリコフに来たので人が集まったのだ。スケールの大きな強硬な活動で知られる老闘士は、要塞監獄に収監されたことは数知れず、北極圏にも数回送られたが、どんな場所からも脱走した。外見は原始人のようで、髭もじゃで、鈍重で、鼻の穴からも耳からも毛が飛び出していたが、小さな目は知的で眼光鋭く、驚くほど弁が立って、まるで書いたものを読んでいるようだった。夫のボグダーノフはなんとも冴えない男だったが、夫人の方は昔から有名で、それも当然、これまで実に様々な人と知りあい、あらゆる企てに参加してきたのだ。昔は美人で取り巻きが大勢いたが、今でも明るく元気で舌鋒《ぜっぽう》が鋭くてウィットに富み、どんな相手でもきわめて論理的にやりこめることができたし、繊細で若々しく、パーティーがあるとめかしこんで額にかかる前髪にカールをかけた。彼女は私を気に入っていたが、何にでも文句をつけた。そのとき私が「口を歪めて」いたのは、みんなが名士の話をたっぷり聞いて自分たちもたっぷりおしゃべりして、かなり酒も飲んでから、部屋の隅で歌っていたからだ。「悪党どもに呪いを送ろう、すべての闘士を戦いに呼び招こう！」私は不快でやりきれず、細いタバコを手にソファで私の横に座っていた女主人は、それに気づいてイライラしていた。私はなんと答えたらいいのかわからず、自分の気持ちを表現できなかったが、彼女は私が答えるのを待たず、タバコを深く吸って、「歓喜にむせび、無駄なおしゃべりに興じ、その手を血で赤く染める連中……[*1]」と言った。ひどい言葉だと私は思った。歓喜にむせび、おしゃべりに興じ、手を赤く染める人なんているだろうか。学生的な血気に逸《はや》った歌が続いて歌われ、私はますます虫酸《むしず》が走った。「はるかな国から、広大な母なるヴォルガから、誉れある勤労と明るき自由のため、我らここに集えり……」この「母なるヴォルガ」や「誉れある勤労」から私が顔を背けると、ブライロフスカヤという名前の無口で情熱的でかわいい女の子が、アルハンゲリスク風のよく光る探るような目に挑戦的な憎悪をあらわにして、隅っこから私をにらんでいるのが見えた……。

だいたい私は、たわいない革命精神や、善良で人間的な公正さを心から希求する点で、彼らより右寄りというわけではなかった。でも、冗談めかして（とは言え、もちろん教え諭すように）、「君は詩人にはならなくていいが、市民にはなる義務がある」と言われるのは我慢できなかった。人がこの義務を私に教え込もうとしたり、人生の意味はすべて「社会」のため、つまり農民や労働者の「役に立つ仕事をすることにある」と説教したりすると聞いていられなかった。頭に血が上った——なぜ私が、いつも酔っぱらっている指物師や馬を持たないクリムのために、自分を犠牲にしなければいけないのか？それも生身のクリムじゃなくて、人が辻馬車の御者を気にとめないのと同様に、一生ほとんど気にとめない、象徴としてのクリムのことじゃないか。でも私はバトゥリノのクリムたちなら、昔も今も心から愛している。布袋と鋸を肩にかけておどおどと町を歩いて、ごく貧しい若者である私に、「若旦那、お宅で何か仕事はありませんか」と、無邪気で愚かな問いを遠慮がちに投げ掛ける流れ者の木挽きになら、喜んで最後の一コペイカまでくれてやる。どうして「社会の利益のために誠実に働いたら、落ち着いて死んでいける」なんて言えるのか、私には理解できなかった。決まって朗読されるシチェドリンの作品のイウドゥシカに関する一節とか、グルーポフ町や白馬に乗って町に入る町長の一節を聞くのも、本当に苦痛だった。[*2] どんな知り合いの家にも、チェルヌイシェフスキイの肖像画や、痩せこけて大きな恐ろしい目をしたベリンスキイが死の床から身を起こして、書斎の戸口に現れた憲兵たちを迎える絵が壁に掛かっているのを見ては、私は歯をくいしばった。

しかもこのグループにはブイコフとかメーリニクみたいな連中がまじっていた。その顔を見ていると、彼らもすばらしい未来のための働き手であり、彼らこそ人類の幸福をもっともよく理解してそれを作る人だという考えを受け入れるのは、難しかった。

さらにもう一人、時々どこからともなくハリコフに現れる、マックスと呼ばれる有名な男がいた。長身で、足は樫の根っこみたいにがっしりして曲がっていて、底に鋲を打ったスイス製の厚手のブーツを履き、非常に冷静で実務的で、言葉遣いが正確で、日に焼けた粗野な顔、鉢の開いた大きくて丸い頭をしていた。彼は異常に小食で睡眠時間も僅かで、いつもまったく疲れを知らずにどこかへ向かっていた……。

＊1　N・ネクラーソフの詩「一時間だけの騎士」（一八六〇－六二）より。
＊2　イウドゥシカはM・サルトゥイコフ＝シチェドリンの小説『ゴロヴリョフ家の人々』（一八七五－八〇）の主要人物。グルーポフは同じ作家の小説『ある町の歴史』（一八六九－七〇）の舞台で、「愚者の町」という意味の架空の町。

十四

こうして冬が過ぎた。

兄が職場にいる午前中、私は公立図書館に行った。その後で散歩して、読んだもののことや徒歩や馬車で道を行く人々のことを考えた。ほとんどの人は、おそらくそれなりに幸福で自分の平穏で仕事が忙しく、ある程度は暮らしに不自由がないというのに、このぼくは、何かを書きたいという漠然たる空しい望みに苦しんでいるだけだ。ぼくが書きたいのは、自分でも理解できない何か、決める勇気も取りかかる能力もなくて、ただ将来へ引き伸ばしている何かなのだ。自分があまりに貧乏で、すてきなノートを買うという小さな秘かな夢さえ実現できないことも考えた。非常に多くのことがこのノートにかかっている気がして――生活全体が変わってきて、もっと明るい活動的なものになるだろう、だってそのノートにたくさんのことを書けるから！――、ノートが買えないのが辛かった。もう春めいてきていた。私はドラゴマーノフの小ロシア歌謡集成を読み終えて、『イーゴリ軍記』に完全に魅了されているところだった。何気なく読み返して、不意にその言いようのない美しさを理解した私は、遠くへ行きたい、ハリコフを出たいという思いにまたも襲われた。軍記の歌い手が讃美したドネツへ、今でもあのはるか昔の早朝と同じように若き公妃エフロシーニヤが城壁に立っているように思える場所へ、「白き石」の上に不思議な「眼光鋭き白き鷹」が留まっているコサック時代の黒海へ、そして父の青春の地セヴァストーポリへ行きたかった……。

午前中はそうやって時間をつぶしてから、パン・リソフスキの料理屋へ出かけた――現実に帰って、なじみの食卓での会話と論争に向かったのだ。それから兄と一緒に休息したり、部屋のベッドに寝ころがって話をしたりした。温かくてスパイシーなユダヤ料理の匂いが、昼食後は特に強くドアの向こうから漂ってきた。

その後で少し仕事をした。私も事務所から計算や報告の仕事をもらっていた。それからまたどこかへ人に会いに行った。

私はガンスキの家に行くのが好きだった。彼は音楽の名手で、ひと晩中私たちのために演奏してくれることもあった。それまで私がまったく知らなかった不思議な世界、快くもあれば苦しくもある昂揚した世界を、彼は開いてみせた。私は最初の数音を聞くとすぐに、ぞくぞくするような熱い喜びとともにその世界に入りこみ、そしてすぐに錯覚の中でも最大の錯覚（祝福された全知全能の者になれる、想像上のすばらしい可能性）を手に入れる。それをもたらすのは、音楽と、時おり訪れる詩的インスピレーションの瞬間だけだ！過激な革命精神をもつガンスキが――彼はそれをごく稀に非常に控えめに発揮するだけだったが――ピアノを弾いているのを見ると奇妙な気がした。彼はいつも燃えるような情熱をこめて演奏し、唇は黒ずむほど固く結ばれていた。ピアノの音は私をどこかへ導き、拍子をとって進み、根気強く、流れるように優美に、喜び勇んで、あるいは意味なく神々しく楽しく鳴り響くのでなんだか恐ろしくなり、私の頭の中に驚くべき悲劇的なイメージが浮かび上がった。ガンスキはいつかきっと発狂するという気がしたのだ。その時には彼は窓に鉄格子が嵌まった狭い部屋で、熱い唇に恍惚としたまなざしで、灰色の服を身にまとい、もはや音楽は存在しないが、同じように無意味で喜ばしい昂揚した錯覚の世界に住み続けることになるだろう……。

ガンスキはまだ青年の頃にザルツブルクにあるモーツァルトの家を訪れて、幅の狭い古いクラヴィコードと、その横のガラスケースに入った頭蓋骨を見たと、あるとき話してくれた。「まだ青年の頃だって？　このぼくはどうなんだ？」と私は考えた。そして非常に辛くて腹立たしくて、座っていられぬくらいだった。すぐに家へ走って帰り、一分も無駄にせず物語詩《ポエマ》か中編小説に着手して、すごいものを書き、たちまち栄誉を得て有名になる、そしてザルツブルクへ行って、この目でクラヴィコードも頭蓋骨も見るんだ――突如としてそんな強い欲求に駆られたのだ。

それ以来この夢は、他にもたくさんあった長年の秘かな夢にまじって常に私の中にあったが、私はその夢を何年もたってから実現した。ザルツブルクの町もクラヴィコードも頭蓋骨も、この目で見た。鍵盤と頭蓋骨はまったく同じ色をしていた。身をかがめてそれに口づけしたいと、私は思った。信じられないほど小さくて、赤ん坊みたいな頭蓋骨だった……。

十五

早春にクリミアへ出かけた。

無料切符を手に入れてもらったので、どこかの鉄道作業員を装って他人の名前で旅行しなければならなかった。私の青春はひどい貧乏の中にあった！

おそろしく長い編成の夜行の郵便列車に乗って、私はそれまで経験したことがないほど混みあって不快な状況で出発した。列車は到着したときに超満員だったのに、ハリコフのホームでも、南方へ出稼ぎに行くすごくたくさんの人たちが乗りこんだのだ。彼らはずだ袋や背負い袋を持ち、それに樹皮草履や脚半、やかん、ぷんと匂う道中の食料——油っぽい干魚や焼き卵*——をくりつけていた……。もう遅い時間だったので眠れぬ夜が私を待ちかまえていて、その後は長い一日、そしてまた眠れぬ夜のくり返しだった……。しかし、私は平気だった。向こうでは父の青春時代が私を待っているのだ。

私は幼い頃から、父の青春時代のイメージを持っていた。はるか遠い昔の晴れた秋の日のイメージだった。その一日には、とても悲しいと同時に限りなく幸せな何かがあった。それは、クリミア戦争の時代に関する私の漠然たる理解と結びついていた。どこかの要塞の角面堡、襲撃、「農奴制」時代と呼ばれる特別な時代の兵隊たち、そしてマライの丘でのニコライ伯父の戦死。大男でハンサムな大佐で、裕福でダンディーだった伯父の思い出は、わが家ではいつも伝説に包まれていた。そして何より、私が思い描く一日には人のいない明るい海辺の丘があり、その石の間にマツユキソウのような白い花が咲いている。幼い頃、冬の日に父がこう言うのを聞いた――「クリミアではこんな季節にコートなしで軍服だけで、花を摘んだものさ！」。ただそれだけの理由で、この花があるのだ。

私は現実には何を見ただろうか。

最初の日の夜明けどき、列車の片隅にいた私は、もうハリコフから遠く離れたステップ地帯の駅で目を覚ましたことを覚えている。車両の隅ではまだロウソクが燃えて太陽もまだ見えなかったが、あたりはもう完全に明るくてバラ色だった。私はこのバラ色の中で人々がてんでに眠っている醜悪な光景に驚きの目を向け、すぐに窓を開けた。ああ、なんという朝焼けだっただろう！　遠くの東の空はバラ色に燃え、早春の明け方にステップでだけ味わえる、あのすばらしい爽やかさと晴れやかさが空気中にあった。静けさの中、姿の見えないヒバリが空で爽やかに甘美に春らしくさえずり、左右には私たちの列車の壁が延び、列車のすぐ近くの脱穀場のように平らな果てしない草原には大きな墳墓があって私の方を見つめていた……。なぜ、あの墳墓にあんなに驚いたのか、今でもわからない。しっかりと形が定まっているがとても柔らかい輪郭にしても、内部に隠されたものにしても、墳墓は他の何物にも似ていなかった。ごく単純なのに並外れていて、あまりに古くて現在生きているものにはまるで無縁のようなのに、なぜかなじみ深くて親密だった。

＊殻つきのままオーブンで焼いた卵。

「いやあ、昔の埋葬はすごいですね」と、遠くの隅から老人が話しかけてきた。彼だけが眠らずに、背を丸めてパイプを吹かしていた。皺くちゃの赤ら顔に薄汚い白髭をはやし、ぼろぼろの子牛革の帽子の下に涙のにじむ腫れ上がった目が光っていた。「昔の人は、記憶が残るように葬られました！」老人はきっぱりと言った。「裕福だったんですな」

　ちょっと黙ってから、つけ加えた。

「タタール人がわれわれをこんなふうに埋葬したのかもしれませんね。まあ、この世の中には何でもありましたからな、いいことも悪いことも……」

　二日めの夜明けもすてきで、さらにすばらしかった。私はこの日もどこかの駅で不意に目を覚まして、天国のような光景を目にした。夏らしい白い朝——そこはもう完全に夏だった——、非常に狭いが一面に花が咲き、露を帯びていい匂いがする。全体にバラがからみついた小さな白い駅舎、その上に切り立った樹木の多い崖、向かいの崖でやはり花をつけている鬱蒼たる木立……。機関車はそれまでとは全く違って嬉しそうに、まるで驚いたように汽笛を鳴らして出発した。汽車が開けた場所に出たとき、樹木に覆われた前方の丘の背後から、空へせり上がっている暗くて巨大な広がりが、不意に目に飛び込んできた。それは黒に近い濃い紺色で、湿っぽい靄に包まれて、夜明け前の暗く湿った夜の深奥からやっと解き放たれつつあるものだった。そして私は不意に恐怖と歓喜のうちに、海だとわかった。初めてなのに、思い出してわかった！

　セヴァストーポリはほとんど熱帯のようだった。なんと華麗な駅！　全体がやさしい空気に暖められている。熱いレールがなんと輝いていたことか！　あまりの暑さで空は色を失ってグレーに見えたが、そのことさえ華麗で幸福で、南方らしかった。私たちについてきていた何か巨大な農民的なものは道中で溶け去った。私はついに、ほぼ一人だけ、汽車を降り、やっと本当の名を取り戻して、疲労と空腹でふらつきながら一等待合室へ行った。真昼で周囲はがらんとして、大きな食堂（特急列車でやってきた裕福で自由な名士たちの世界！）は清潔で静かで、白いテーブルクロスや花瓶や大燭台がきらめいていた……。もう我慢できずに、道中ずっと守ってきた極端な倹約をやめて、コーヒーと白パンを注文した。横目で見られたが、すべて出してくれた。私はまったく怪しげな風体だったのだ。だが、かまうものか——私はふたたび自分自身になり、静けさと清潔さと窓や戸口から流れ込む熱い空気を楽しんでいた。そして不意に見た——明るいプラットホームに開け放たれたドアから、思いがけないけれど実に自然に、ホロホロチョウのようなまだらな色の鳥が、悠然とホールに入ってきたのだ……。あれ以来私の中ではいつも、南方の駅とまだらな色の鳥が結びついて思い出されるようになった。

だが、私の旅の目的の一つは、どこにあっただろうか。セヴァストーポリには砲弾で破壊された建物はなく、静けさも荒廃もなかった。父とニコライ伯父の時代をしのばせるものは、従卒も旅行用トランクも宿舎も、何ひとつなかった。彼らがいなくなってから長くたち、建物はすっかり建て替えられて、町は白く美しく暑く、白い幌をかけた広々した辻馬車が走り、南方のアカシアの明るい緑が影を落としている通りには、カライム人やギリシア人がたむろしていて、すてきなタバコ屋がいくつもあった。装甲艦が並ぶ緑色の海のグラフスカヤ桟橋へと降りていく階段の横の広場には、猫背のナヒーモフ提督の像が立っていた。その向こうの緑色の水を越えた所にだけ、父とつながったもの——要塞北面や合同墓地があった。そこからは遠い過去の悲しみと魅力が吹きつけてきた。とっくに忘れ去られた過去、私自身のものみたいな平和な永遠なる過去の……。

私はさらに先へ行った。町はずれの安宿に泊まり、翌朝早くセヴァストーポリを出た。正午にはもうクリミア戦争の激戦地バラクラヴァを越えていた。草木のない山はなんと不思議な世界だったことか！　果てしなく延びる白い街道、前方に見える草木のない灰白色の谷。近くにも遠くにも見える灰色の山頂は重なり合って遠くまで延びて、その薄紫色や灰白色の山容と炎暑に包まれた秘かな眠りが、けだるくどこかへ誘っていた……。石ころだらけの広い谷で、私は腰を下ろして休憩した。タタール人の羊飼いの少年が長い杖を手に、一面に小石をまいたように見える灰色の羊の群れのそばに立っていた。少年は何か噛んでいた。私は近づいて行って、彼が羊の乳のチーズとパンを食べているのを見て、二十コペイカ銀貨を取りだした。少年はもぐもぐやりながら私をじっと見て、首を横にふり、肩にかけていた袋を私に差し出した。私が受け取ると、彼はうれしそうに歯を見せて、黒い目をした顔を輝かせた。丸い帽子の下から突き出た耳が後ろへ動いた……。二人の横の白い街道を、三頭立ての幌馬車が蹄と鈴の音を響かせながら走っていった。御者台にはタタール人の御者、馬車の中には麻の庇帽をかぶった黒い眉の老人、その脇には全身を布でくるんだ、肌が蠟のように黄色くて暗い恐ろしい目をした娘……。私は何年も後に、大理石の十字架が立ったこの娘の墓を確かに目にしたと思う。ヤルタを見下ろす山上のたくさんの十字架の間、糸杉とバラの下、明るい南国の昼間に海からの爽やかな風が吹く中で……。

バイダル門では、駅逓馬車の駅の表階段で夜を過ごした。私が馬を借りないとわかると、駅長は私を部屋へ通してくれなかったのだ。門の向こうの暗い果てしない深淵では、海が一晩中ざわめいていた。太古から続くまどろむようなざわめきは、不可解で威嚇的な荘厳さをたたえていた。私は何度か外へ出ていった。地の果て、真っ暗闇、霧の匂いと波の冷気が強く吹きつけ、潮騒は静まり、強まり、高鳴って、原生林の響きのように立ち上ってきた……。深淵、夜、何も見えず心をざわつかせながら、どこか奥で重々しく生きている、敵意にみちた無意味な何か……。

どこかから帰る時はいつも、自分の不在中に何か起こったような、特別な手紙か知らせが届いたような気がするものだ。たいていは何も起こらず、何も届かなかったことが判明する。しかし、この時は違った。私を出迎えた兄はひどく困惑していた。第一に、父がバトゥリノ売却の契約を結んで送金してきて、悲哀にみちた懺悔の手紙をよこした……。私は一瞬だけ喜びで燃え上がった。またどこかへ行けると思ったのだ。だが、その喜びは即座に痛みに代わり——そうか、わが家の生活は完全に終わってしまうんだ！——、父母と妹への痛切な哀れみに代わった。ぼくと兄はここで呑気に楽しくやっているし、こちらは春で、町暮らしで人も多いのに、父さんたちは孤独な田舎暮らしで、考えることといえばぼくたちのこと、それに自分たちがもうすぐ家を失うこと……。私は父が悲しむ姿を見ても、「おまえたちを世間に放り出した」ことの言いわけをするのを聞いても、平静でいられたためしがなかった。そんなときは「世間に放り出された」こと自体に心から感謝して、大急ぎで父の手に口づけしようとしたくらいだ。私はセヴァストーポリ旅行をしてきた今、涙をこらえるのがやっとだった……。幸い、父が売り払ったのは土地だけで、屋敷は含まれていなかった。

第二のニュースはさらに思いがけなかった。兄は私に伝えながら激しく狼狽していた。「隠しててすまなかった。家族に知られたくなかったんだ、今でもそうだけど……。実はぼく、結婚してるんだ。もちろん、教会で挙式したわけじゃないよ——彼女は子供のために夫との生活を続けてるんだから。わかってくれるね。彼女はいまハリコフに来てて、明日には出発する……。着替えてくれ。彼女のところへ行こう、彼女は君のことを知ってて、もう愛してるよ……」

そして兄は急いでいきさつを語った。彼女は裕福な名家の出身だが、自由主義とナロードニキ思想に憧れつつ成長し、若くして結婚した――「愛する人と手を取りあって」ひたすら民衆のために生き、闘争に生きるためだった。「愛する人」は彼女のおかげで裕福になると、すぐに以前の情熱を失った。ところが彼女にとってその情熱は非常に神聖で尊いものであり、若い頃からそれで苦しんできた。民衆があらゆる苦しみを嘗めているのに自分は幸福であることへの痛みが募り、自分の美貌さえ恥じて、人がほめそやす腕を硫酸で焼いて自分を醜くしようとしたこともあった……。彼女と兄は南方で出会った。当時兄は身を隠して、他人の名前で暮らしていた。兄への愛に気づいた彼女は、絶望して海に身を投げた。漁師たちに助けられたのは、本当に偶然だった……。

私は着替えながら兄の話を聞き、大いに驚き興奮して、兄から目をそらした。なぜか兄のことが不愉快で気詰まりになり、兄のヒロインへの敵意がめばえた。とにかく、全体がロマンチックすぎた。しかし、彼女が泊まっていた贅沢なホテルの部屋に入ったとたん、私はさらに驚かされた。立ち上がって私を迎えたときの敏捷さ、身内のような抱擁の優しさ、穏やかなほほ笑みのすばらしさ、話の切りだし方の見事さ！　その優しい率直な応対には、血筋としつけと気立てのよさからくる繊細さ、遠慮がちで女性的だが驚くほど闊達な魅力があふれ、身のこなしは柔らかくて正確だった。歌うように響く上品で深みのある声にも、黒いまつげに縁取られて悲しげな笑みを浮かべた、清らかに澄んだグレーの目にも、なんとも言えぬ魅力があった……。

それでも、こうして思いがけず彼女と知りあいになって、兄には家族に内緒の生活があり、家族以外に愛の対象があるのを発見したことは、私を大いに傷つけた。周囲は春めいて自分も若さいっぱいなのに、私は孤独に感じ、悲しみと幻滅を味わっていた。だが一方では、自分にこう語りかけてもいた。「いや、これはぼくにはかえって都合がいい。いま知ったばかりのすばらしい国で、ぼくは完全に自由だ……」私は南ルーシ全体にどこまでも広がる春の大地としてこの国を思い描き、その過去にも現在にもますます強く想像を掻き立てられた。現在はそこに大いなる豊かな地方があり、畑地、ステップ、農園、村、ドニエプル川、キエフ、そして力強くて優しい民に、美しさが宿っていた。その民はどこまでも美しく清楚で、ドナウ沿岸やカルパチアに住んでいた真のスラヴ人の後継者だった。古くにはこの民族の発祥の地があり、スヴャトポルク公やイーゴリ公、ペチェネーグ人やポーロヴェツ人がいて――名前だけでも私を魅了した――、トルコ人やポーランド人を相手の数世紀にわたるコサックたちの戦いがあり、ドニエプル川の早瀬、ホルチツァ島、ヘルソンの湿原、河口があった……。『イーゴリ軍記』*は私を夢中にさせた。

「ことばをついで《ロシヤの子らよ、予は御身《おみ》らとともにポーロヴェツの野末《のずえ》に槍を折ろうと思うぞ》（…）広野《ひろの》を越えて飛び行くは、嵐に追わるる鷹ならず。群れなせる小鴉《こがらす》大ドンさしてひた奔《はし》る。（…）馬はスーラのかなたに嘶《いなな》き――勝鬨《かちどき》はキエフにとどろく。喇叭《らっぱ》はノーヴゴロトに高鳴り――旗印はプチーヴリに立つ。（…）かくてぞイーゴリ侯、黄金《こがね》の鐙《あぶみ》に諸足《もろあし》かけ、広野《ひろの》をのぞんで馬を進めた。天日《てんじつ》は暗く翳《かげ》って、侯の行く手を遮《さえぎ》りかくす。夜は雷《いかずち》をとどろかせて、群鳥《むらどり》の眠りを覚まし（…）ジフは梢《こずえ》より呼ばわって、名も知らぬ国へと合図を送る――ヴォルガの流れ、アゾフのほとり、スーラの岸辺、スーロシュ……」

「《イーゴリ勢ドンに到《いた》る！》兵車の叫びは深夜に谺《こだま》し、さながら飛び立つ白鳥の羽音のよう。（…）鷲はしきりに啼《な》いて、けものを餌食《えじき》に呼び招き、狐の群れはロシヤの勢の真紅の盾に吼えかかる。ああロシヤ、汝《なれ》ははや丘のあなた！」

「その明くる日の朝まだき、血の色の朝焼けは夜明けを告ぐる。黒雲は海より迫って（…）そが中に青き稲

＊十二世紀末に成立したキエフ・ルーシの叙事詩で、作者不詳。引用は木村彰一訳『イーゴリ遠征物語』（岩波文庫、一九八三年）によるが、改行を略し読点を補った。ブーニンが省略した部分を（…）で示した。

妻しきりにきらめく。やがて大いなる雷《いかずち》はとどろき渡り（…）雨は矢となって降りそそごう……」

　それから、

「聞け、あのどよめきはなんの音？　あの鈴の音《ね》はなんの音？　この朝まだき」

「スヴャトスラーフ、一夜《ひとよ》怪《あやし》の夢を見給う。さて宣《のたま》うよう――《昨夜キエフの丘の上で、まだ宵のうちに誰やらん、櫟《いちい》の床に予を寝かせ、墨染めの経帷子を着せてからに、苦みのまじった青い酒をば、しきりに汲んで予に差しおった……》」

「夜半《よわ》のころ海は荒れ立ち（…）神、イーゴリ侯に、ポーロヴェッツの国を逃れて黄金なす父祖の御座へ帰る道をば教え給う。夕映えの光は消えた。イーゴリは眠る。いなイーゴリは醒めてある。イーゴリは胸中ひそかに、大ドンよりドネーツまでの野の道の長さを測る……」

　まもなく私はまた放浪の旅に出た。その昔イーゴリが虜囚から逃れて、「葦原指して、貂《てん》のごと身をば躍らせ、白鴨のごと水に泛《うか》んだ」ドネーツの岸を訪れた。「岩山をあまた穿《うが》って、ポーロヴェッツの地を流れた」ドニエプルの河畔までも行った。白く浮かぶ春の村々を横に見ながら、どこまでも青いドニエプル河畔の低地を抜け、川上のキエフへ向かった。そのとき、私の中で春やイーゴリ侯の歌と共に歌声をあげていたものについて、どう語ったらいいだろう。「空高く照る日のもと、イーゴリ侯、いまぞロシヤの国にあり！　乙女らがドナウの岸にうたう歌声、その歌声は海を越え、キエフをとよもす」

　キエフからクルスク、プチーヴリへ回った。「はらからよ、駿馬に鞍置け！　わが馬ははやクルスクのほとりにて鞍置かれたり」私がコストロマーやスーズダリ、ウグリチ、ロストフ・ヴェリーキイなどの町の魅力に目覚めたのは、何年もたってからである。当時は別の魅力にとらわれていた。「クリスク」は退屈きわまりない県都で、埃っぽいプチーヴリも、確かにそれに劣らぬ退屈さだったが、それがどうしたというのか！

早朝のステップで土壁の上に立つ「ヤロスラーヴナの声」が聞こえたあの時代にも、この辺鄙さと埃はあったではないか。

「ヤロスラーヴナは朝早く、プチーヴリの町の胸壁《はざま》に、むせびつつかきくどく。《わたしは郭公《ほととぎす》となって、ドンの河沿いに飛んで行こう。海狸《かいり》の袖をカヤーラの河に浸して、わが夫が血を吹く傷を拭《ぬぐ》ってあげよう》」

十七

この旅の途中から、私はもうわが家をめざしていた。今や気が急《せ》いていた。その頃には放浪熱もある程度充たされて、休息と仕事を求めていたので、バトゥリノで待っている夏がすばらしいものに思われた。私はすばらしい希望と計画、そして運命への信頼でいっぱいだった。だが、よく知られているように、運命への過信ほど危険なものはない……。

要するに、私はオリョールに立ち寄ったのである。

その時点では放浪はほぼ終わったつもりだった。あと数時間でバトゥリノだ。あとはレスコフとトゥルゲーネフの町であるオリョールを一目見て、編集局や印刷所とは一体どんなところなのかを知ればいい。

私は非常に元気だった。だが、定期市を五つも駆け回ってきたジプシーさながら、真っ黒に日焼けして痩せていた。大いに歩き、ドニエプル川を航行する間はずっと甲板にいて、太陽と川面の光と汽船の煙突の熱が織りなす喜ばしい暑さの中で——煙突の上では一日中、とても薄いガラス状のものが揺らめき流れていた——、人々と機械と厨房が発する強烈な暑さと濃厚な温気《うんき》を浴びてきた。だから少し贅沢する必要があった。

そこでオリョールで汽車を降りると、町いちばんのホテルへ行くように命じた。埃っぽい薄紫色の黄昏どき、そこかしこに灯がともり、川向こうの公園から吹奏楽の演奏が聞こえた……。夕方、知らない大きな町で完全にひとりぼっちでいる時の甘く心をかき立てる漠然たる感情は、誰もが知っている。私はそんな感情を抱いて、県都の古い立派なホテルのがらんとしたホールで食事をとり、それから自分の部屋の鉄製のベランダに座った。部屋の下の街灯に木が覆いかぶさり、街灯のせいで木々の緑は金属的に見えた。下では話し声や笑い声が聞こえ、煙草の赤い火とともに人々がそぞろ歩き、向かいの大きな家々の開け放たれた窓には、明るく照らされたいくつもの部屋やお茶を飲んだり何かしたりしている人たちの姿が見えた――こんな時にじっと見入ってしまう、魅惑的な他人の生活が……。後に世界中を旅するようになって、私はこうした孤独な平穏と観察の時を何度も経験し、そこから苦い知恵を得た。しかし、川向こうから軍楽隊の音が、時には歌うようにやるせなく時には悲壮な大音響で聞こえてきたあのオリョールでの暖かい夜には、まだ知恵どころではなかった……。

私はまともに寝る習慣がすっかり抜けていたので、その夜は快適で清潔な大きいベッドや、部屋の暗さや静けさ、広さを奇異に感じたほどだ。旅行中と同様に、やっと夜が明けはじめる頃に目を覚ました。時ならぬ早い時間に「声《ゴーロス》」新聞の編集局に着いたのは、そのせいである。

暑い朝だった。樹木のない白い中央通りは、まだ人気《ひとけ》がなかった。訪問してもそれほど失礼でない時間までなんとか暇をつぶすために、私はまずこの通りを下り、橋を渡って大きな商店街へ出た。そこには様々な古い倉庫、金具や鉄製品や塗料や輸入食品の店があって、当時ロシアの町々に溢れていたどっしりした豊かさが感じられた。この豊かさや朝の光と調和するように、オルリク川の岸辺に高く重々しくそびえたつ教会から、礼拝式に呼び招く荘重で敬虔な鐘の音が聞こえてきた。それを聞きながら――鐘の音は全身に低く響きわたった――もう一つの橋を渡り、高台にある官庁街のニコライ一世やアレクサンドル二世時代の建物の方へ上っていった。役所の前には陽を浴びた細長い広場があって、まだ朝らしくしっとりした菩提樹の広い並木道が広場の左右に延びていた。私は「声《ゴーロス》」新聞編集局がある通りの名を覚えていたので、通りがかりの人に遠いかどうか聞いてみた。

「すぐそこですよ」という返事に、急に胸が高鳴るのを感じた——もう編集局に着くのだ！

ところが、編集局は簡素でまさに田舎っぽかった。広場を越えると庭園が続き、それに埋もれるように木陰の多い静かな通りが延びて、雑草が茂っていた。編集局のある灰色の細長い家も、そんな通りにあって大きな庭に囲まれていた。私は近づいて、通りに面した半開きのドアを見つけ、呼び鈴の紐を引いた……。遠くでジリジリと音がしたが、何か動く気配はなかった。家は人が住んでいるようには見えなかったが、それはまわりの家々も同じだった。静けさ、庭園、ステップ地帯にある県庁所在地の懐かしい明るい朝……。私はもう一回呼び鈴を鳴らし、ちょっと待ってから入ってみることにした。細長い玄関ホールが奥に通じていた。先へ行くと、天井の低いひどく汚れた大きな広間に出た。そこら中に機械があって、床は靴跡だらけで、一面に油じみた紙切れが散らかっていた。どの機械も運転中で、規則的な音をたてて大小の黒いシャフトの下の鉛色の板を前後に滑らせ、何かの網を上下に動かして大きな紙を次々に繰り出していた。紙は下の方ではまだ白いが、上に行くと黒く輝くキャビアのような粒々の字が浮き出てきた。機械のうなる音が印刷工や植字工の声と溶け合い、風が吹くと刷り上がったばかりのインク、紙、鉛、灯油、機械油の強烈な快い匂いが運ばれてきた。これらすべてが一瞬にして（そして永遠に）、私にとって特別なものになった。

「編集局に用かい？」風と騒音と機械のうなりの中から、誰かが怒ったように声をかけた。「ここは印刷局だよ。おおい、編集局へ連れてってやれ」

するとどこからか、丸い頭に鉛色の短い髪がぼうぼうに突っ立った汚れた男の子が飛び出してきた。

「どうぞこちらへ」

どきどきしながらその子について玄関ホールに引き返した私は、一分後にはもう編集局の方の広い応接室に座り――編集者は大変きれいな若い小柄な女性だった――、それから食堂へ移り、すっかりくつろいでコーヒーを飲んだ。ひっきりなしに食べ物を勧められ、質問され、首都の月刊誌に掲載された詩をほめられ、「声《ゴーロス》」新聞で働くよう勧められた……。私は顔を赤くしてお礼を言ったり、ぎこちなく笑ったり、こんな思いがけない素敵な出会いに有頂天になるのをこらえながら、口の中でさっと甘く溶けるクッキーを少し震える手でつまんだりした……。この状態がおさまったのは、ドアの向こうから元気のいい声が聞こえてきて、女主人が急に動きを止めて笑い出し、こう言ったからである。

「あら、お寝坊なお嬢さんたちだわ。いま魅力的な二人を紹介します。私の従妹のリーカとお友だちのサーシャ・オボレンスカヤよ……」

すぐに食堂に入ってきた二人のお嬢さんは、色とりどりのビーズやリボンがついた華やかな刺繍のあるロシアの衣装をまとい、幅広の袖からは若々しい丸みのある腕が肘までのぞいていた……。

十八

こんなにも偶然にわが身に振りかかってきたことに、私はびっくりするほどすばやく、夢遊病者さながらに意志もなく、身を任せた。すべてはあんなにも幸福に気楽に何気なく始まったのに、後にあれほどの苦悩と悲哀をもたらし、私の精神的な力と肉体的な力を奪い去った。

なぜ私はリーカを選んだのか。オボレンスカヤだって彼女に劣らずかわいかった。しかし、部屋に入ってきたリーカはオボレンスカヤよりも親しげな注意深い視線を向けてきたし、しゃべりはじめた口調も率直で活発だった……。私はいったい何にこんなにすばやく惚れこんだのか。もちろん、すべてにだ。突然私を包みこんだ若々しくて女性的なもの、女主人のきゃしゃな靴、リボンやビーズをふんだんに使って刺繍をほどこした娘たちの衣装、ふっくらした腕、丸みをおびた膝、陽の当たる庭に面した窓のある天井が低くて広々とした田舎風の部屋——これらすべてに。そして最後に、顔をほてらせて汗ばんだ男の子を、ばあやが散歩から連れて帰って食堂に入ってきたことにさえも。その子は母親がキスをしてから上着のボタンをはずしてやる間、青い目で私の方をまじめにじっと見ていた……。それからテーブルの上を片づけて、朝食の用意がはじまった。そして不意に女主人の頭に、私は朝食の席を離れるべきではない、そもそもオリョールをすぐに離れるべきではないという考えが浮かんだので、リーカが私の帽子を取り上げて、ピアノで「猫ふんじゃった」を弾きはじめた……。結局、私が時間のたつ速さに驚いて編集局を出たのは、午後三時だった。そのときの私はまだ知らなかった。このように時間が速く流れ、時間が消失することこそ、恋というものの最初の兆候、常に意味もなく楽しい、天にも昇る陶酔のはじまりなのだということを……。

十九

こうして、私の人生の重大事となった新しい恋がはじまった。そしてこの恋のはじまりは、ある二重の意味で驚くべき出来事によって忘れられないものとなった。

すでに大切で親しく感じられるようになったオリョールを去るとき、私は恋人とはじめて離れるときの悲しみと愛情、またすぐ会えるようにという熱い希望を抱いていた。まさにこの日、きわめて高貴な方の葬送列車がオリョールを通過した。それはちょうど二時、私が乗る列車が発車するわずか一時間前だったので、葬送列車出迎えの式典に参列する私の新しい友人、「声《ゴーロス》」新聞の女社主は、私を駅まで送ろうと申し出て、珍しい光景を見る機会を与えてくれた。それで私は、オリョールではずっとそうだったように全く思いがけなく、大勢の選ばれた上流人士の一団に加わることになった。彼らはホームに整列した兵隊たちの前で、こちらへ近づいてくる荘厳にして無気味なものが到着するのを待っていた。町と県のあらゆる名士、燕尾服、刺繍つきの制服、礼装の三角帽、軍服の太い肩章、聖職者のきらびやかな祭服や典礼用の冠に私は囲まれていた。こんな荘重な一団にまぎれこんだ人は、すぐにある種の麻痺状態に陥ってしまうものだ。だから三十分ほどもホームに立っていた私がやっと我に返ったのは、弔旗を掲げた機関車が蒸気や轟音とともに私たちと駅全体に襲いかかるように巨大な姿を現し、その後から磨き立てた大きな窓に絹地のカーテンを掛けた、金色の鷲の紋章のついた紺色の壮麗な列車が目の前に走り込んできたときだった。出迎えの群衆が後ろに下がると、静かにぴたりと停まった列車の真ん中の車両から、モールつきの赤い軍服を着た若い巨漢の軽騎兵がさっそうと現れ、予めホームに敷かれていた赤いラシャの上に降り立った。明るい亜麻色の髪、直線的な厳しい顔立ち、少し横柄そうに歪んだ力強く細長い鼻孔、少し突き出た顎、人間離れした長身、細くて長い足、帝王のように鋭い目、そして波打っている亜麻色の短髪、傲然と後ろへ反らした頭、美しくカールした尖った顎ひげ――私はこれらに完全に圧倒された……[*1]。

　私がこの人と、いつ、どんな形で、再び会うことになるのか、あの暑かった春の日に考えることができただろうか！

二十

あれから長い人生が過ぎた。

ロシア、オリョール、春……。そして今はフランス、南方、地中海沿岸の冬の日々。

私も彼も異国に住んで長い。この冬、私のすぐ近くに住んでいる彼は重い病いだ。ある朝、私はこの地方のフランス語新聞を開き、不意にそれを取り落とす——終わりだ。私はずっと前から新聞で注意深く彼の動向を追い、自分の住む山から、どんな時も彼の存在が感じられる遠くの隆起した岬をいつも眺めてきた。今やその存在に終わりが来たのだ。[*2]

明るくて寒い朝だった。私は段状になっている庭に出て、棕櫚《しゅろ》の根元に砂利が敷かれた場所へ行った。そこからは日光と青い大気がきらめく渓谷と山と海が一望できる。森林の多い広大な低地に丘や窪地が連なって、次第に高さを増しつつ、海辺から私がいるアルプス近くの山地まで迫っていた。眼下の右手にのびた石だらけの険しい尾根には、サラセン人が作った粗削りの原始的な塔を備えた古代の要塞が見え、その周りにプロヴァンスでも最古の住居跡がある。それは要塞と同じように粗削りで灰色で、石が段状になって一つに融け合い、でこぼこした瓦は上から見ると錆びついた鱗《うろこ》のように見えた。前方の水平線上では、遠くの海面から明るくかすんだ空に向かって白っぽい霧が伸びている。あの隆起した岬はもっと左側にあり、朝の海面で揺らめく光の中に沈んでいる……。私は長いこと岬を見つめる。巻き起こる北風《ミストラル》が時々この庭にまで

*1　ニコライ一世の孫に当たる大公ニコライ・ロマノフ（ジュニア）が、クリミア半島で亡くなった父ニコライ・ロマノフ（シニア）の遺体を葬送列車でモスクワへ運ぶ途中、オリョールを通過した。

*2　ロシア革命後に亡命したニコライ・ロマノフ（ジュニア）は、一九二九年にフランスの地中海沿岸の町アンティーブで死去した。ブーニンはそこからほど近いグラースで暮らしていた。

吹きつけ、棕櫚の木の堅く長い葉が揺れて、墓地の花輪のようにかさかさと乾いた音を立てる……。岬へ行くべきだろうか。はかり知れない不思議さ——生涯で二度しか会わず、その二度とも死が伴っているなんて。そうだ、すべてがはかり知れない。今こんなにまばゆい太陽は——光を浴びてかすんだ山々に、彼らが見てきたすべての時代と民族について無関心ながらも幸福な夢を見させている太陽は、かつて私と彼を照らしていたあの太陽と同じなのだろうか。

二十一

一日中続いた北風《ミストラル》と、棕櫚の木の鋭い葉擦れ、心を乱す冬の日差し。

夕方近く、やっと静かになってきたようだ。

四時に私はもう岬に着き、先へ歩いて行く。

南方らしい庭園が続く中に、長い上り坂の道がある。道をのぼりきると広大な昔風の領地があって、広々と開けた庭の奥、棕櫚の老木の長い並木道の先にある開け放たれた門の向こうに、白い大きな屋敷が見える。

その背後に、夕方近くの太陽と一面に輝く西の空。

最初に出くわす不気味なものは、故人のために万人に広く自由に開け放たれた門と、その脇に並んだたくさんの自動車だ。

並木道には人がいない。みんなもう家の中だ。私も急いで向かう。足元で砂利がきしむ。

表階段にも人はいない。こちらかな?

私がこの言葉を発したのは、不意にまごついたからだ。十年間も見ていなかったものが突然目に入って、私の以前の生活全体が奇跡的に目の前に蘇ったような驚きを覚えたのだ。それは肩章つきの軍服を着た、青い目をしたロシアの将校だった……。

ガラス窓つきの丈の高い扉も開け放たれていた。それを通ると薄暗い玄関の先にまた扉があり、その先はほの明るいフランス風の大きな客間、そこに何か不思議な美しいものがあった――高く伸びた半円形の窓に掛かった絹地のカーテンが日光を透かして深紅の石榴《ざくろ》石のようにきらめき、常になくこんなに早い時間に灯されたシャンデリアが天井の下でクリーム色の真珠のように輝いているのだった。

玄関には大勢の人が寄り集まって、黙していた。私が粛々と二番目のドアまで進んでから目を上げると、樫の板で作られた覆いの中に途方もなく長い棺があって、そこに横たわるものがすぐに見えた――黄色っぽい灰色の大きな顔、ロマノフ家特有の広い額、かつての亜麻色の髪ではなくて、すでに白髪だが、まだ力強く堂々とした老いたる頭部。白くなった顎ひげはわずかに前に突き出し、鼻孔はなんだか人を見下すような繊細な形をしている……。

私はなおも見て、細部を感じとる。奇妙な薄明かり、下ろされたブラインドの間から夕暮れ前の日光が赤く漏れている、真珠色に輝くシャンデリア、丈の高い燭台でかすかに震えている青白い細い炎。そこに人々はいるが、みな壁際にかたまり、客間の中央はすべて彼が占めている。覆いをかけた鏡を置いた左側の壁の大理石の暖炉に、両脇が膨らんだ変わった形の棺の蓋が立て掛けられて、黄色いニス塗りの樫の木肌を光らせている。部屋の隅、棺の頭部の向こうでは、小卓に置かれた古い銀製のイコンの前で、まるで子供部屋のように灯明が控えめに優しく燃えている。

残りのスペースはほとんど全部が、棺を納めた覆いに占められている。その覆いも奇妙に両脇がふくらんで、異常に長くて深く、真新しくぴかぴかと美しく輝いていた。恐ろしいことに、内側にビロードを張った亜鉛製の棺がその中にある。その脇で軍人らしくぴしっと粋な姿勢を決めたコサック将校が、最後の護衛をつとめている。抜き身の軍刀を右肩に当て、肘から折り曲げた左手に軍帽を持ち、絶対的忠誠をたたえた鋭い目をじっと彼に向けている。並外れた長身をいっぱいに伸ばしたあの方自身は、体の下半分を三色のロシア帝国旗に覆われ、ぴくりとも動かず横たわっている。昔はあんなに派手で華やかだった頭部は、いまや老人らしく質素で庶民的だ。白くなった髪は柔らかで張りがなく、額ははるかに広くなっている。頭は今も巨大に見えるが、肩は子供のように痩せて薄い。赤っぽいグレーのごく質素な古いチェルケス風コートは、胸につけたゲオルギイ十字勲章以外には装飾がなく、袖がひどく短いので、長くて扁平な手の上の太い黄色っぽい腕が見えている。重たげに不自然に組み合わされた腕は、やはり老いているがまだ強そうで木のようにこわばり、片方の手に古びて黒ずんだアトス山の糸杉の十字架をまるで剣を握るように力強く握りしめている様子が、人を驚かせる……。私は近づいて、棕櫚の枝や花輪が寄せ掛けてある棺の足元に立つ。

そしてすぐに祈祷がはじまる。奥から親族が出てきて、司祭は祭服を身につけ、私たちの手元ではロウソクの光が暖かく優しく燃えている……。私にはこのすべてが、なんと慣れ親しんだものだろう——大声ではないがよく響く歌声、香炉を規則正しく振る音、この地上ですでに何万回となく響き渡ってきた哀愁と感動のこもった悲しげで恭順な朗誦と祈祷！　この祈祷で呼び上げられる名前は変わるが、どんな名前にもいつかは呼び上げられる順番がくるのだ！

「我らが神は祝福されてあり、常に、今も、永遠に……」

「平和のうちに主に祈らん……」

「永遠に記憶される神の僕《しもべ》のために……」

かつて晴れた暑い日にオリョール駅に降り立った人のことを、私はまだ考えている。しかし、その鮮やかな幻影は、ほんの一瞬私の前にちらついただけだ。「信心深き大公殿下」——ついに「キリストの慰めを待ち望む」死者たちの群れに仲間入りして、今や彼らとともに「平安と静けさと至福の記憶」を望み、罪なき身で神の恐ろしい王座の前に立つことを願っているあの方のために、悲しく弱く祈祷が響く。故人の顔は、早くも私たちには近づけないものに向けられて、まだ表情を保っているものの、すでに穏やかに静まっている。ふくらんだ瞼は閉じられ、色を失った唇もきつく閉じられて口ひげの下に白く見えている……。老いて広がったこめかみに血管が浮き出ている。この血管も明日には黒ずむのだと、私は考える……。終わったばかりの、あんなに偉大で複雑だった彼の人生について私は考え、自分自身の人生についても考える……。

「みまかりたる汝の僕《しもべ》の魂の平安を祈らん……。彼の意識的な罪も無意識の罪もすべて赦されんことを……」

「神の恩寵と天国と罪の赦しを、不死の王にして我らが神なるキリストに祈らん……」

それから私は、彼の足を覆っている三色旗とチェルケス風コートに再び視線を向け、黒い十字架を握りしめた石のような手、忠誠心で凍りついたような衛兵たちの顔、彼らの軍帽、捧げた剣と肩章を見る。私がもう十年も目にしていなかったものだ……。

「我は汝の語り得ぬ栄光を示すものなり。主よ、汝の創造物を慈しみ、望める天国を我に与えたまえ……」

私たちがみな外に出ると、もう夕方になっている。太陽が沈んだばかりで、黒い棕櫚の木の向こうは暗いバラ色の夕焼け空だ。はるか前方に、悠久の地中海の岸辺の壮大な光景が広がっている。その奥の方では、バラ色と紺色がまじって冷たくかすんだ東の空に、雪をかぶったアルプスの山々が不動の姿でそびえている。山々はもう光を失って暗赤色になり、すべての生けるものと限りなく無縁に、荒涼たる冬の夜に沈みかけており、下半分はもう灰青色の濃い闇に溶けていた。その下の海には夜が訪れ、厳しく、冷たく、青を深めていた……。

二十二

夜が更けて、私の住む山上ではずっと北風《ミストラル》が唸り、叫び、吹き荒れている。私は突然目を覚ます。今しがた夢の中で見た、あるいは考えたのだ——祈祷の後で死者に別れを告げるとき、親族の最後に、黒ずくめの服に黒の長いベールをつけた、ほっそりして背の高い若い女性がお別れをした。彼女がすっと近づいて、実にしとやかに優しく身をかがめたとき、ほんの一瞬彼女のベールが棺の縁に触れて、チェルケス風コートに包まれた遺体の、老いているが子供のようにも見える肩を覆った……。北風《ミストラル》が吹き抜け、棕櫚の枝が大きな音を立ててもつれあい、まるで風に乗ってどこかへ飛んで行きそうだ……。私は起き上がり、やっとのことでバルコニーへのドアを開ける。顔にさっと寒気が吹きつけ、頭上には漆黒の空が広がり、白や青や赤の星が輝いている。何もかもが、どこか前へ前へと飛ぶように動いている……。

頭上で輝く峻厳にして哀切なるものを見ながら、私はゆっくりと十字を切る。

第五の書

一

私が初めて放浪の旅をした春の日々は、まるで修道士のように過ごしたわが青春時代の最後の日々だった。

オリョールでの一日めには、まだ旅の途中と同じように、私はホテルとも街とも無関係な孤独で自由で平静な人間だったので、街では普通とは言えない時間——やっと夜が明けはじめる頃に目覚めた。しかし、翌日には、もう他の人たちと同じように、もっと遅い時間に目覚めた。入念に身支度しながら鏡を見た。昨日、編集局にいるうちから、ジプシーのように日焼けしていることや風にさらされた痩せこけた顔や伸びっぱなしの髪が恥ずかしくなっていた。身だしなみを整える必要があったが、幸いにも私の状況は昨日思いがけなく好転した。編集局で働くようにという申し出を受け、前金まで提供されたのだ。ひどく赤面したが、ともかく前金は受け取った。だからその朝は中央通りへ向かい、タバコ屋で高級タバコを一箱買い求めてから、床屋に行った。さっぱりして小さくなった頭から良い匂いをさせて出てきた時は、床屋を出るときのあの独特な男らしい快活な気分だった。すぐにまた編集局へ行って、昨日運命があんなに惜しみなく与えてくれた晴れやかな新しい印象を、早く味わってみたかった。だがどうしても、すぐ行くわけにはいかなかった。「えっ、あの人また来たの？　また朝から⁈」と言われる。私は散策を始めた。昨日と同様にまずボルホフ通りを下り、モスクワ通りという駅まで延びる長い商店街へ出て、埃だらけの凱旋門を過ぎて人けのない貧しい地域に入るまでこの通りを歩き、そこからもっと貧しいプシカルナヤ集落へ折れ、またモスクワ通りに戻った。そこからオルリク川へ下り、馬車が通ると轟音をたてて揺れる古い木の橋を渡り、官庁街へ上って行った。そのとき町の教会の鐘が一斉に鳴り響き、二頭の大きな黒毛の馬に引かれて、勢いはよいが鐘の音とは違って規則正しく、主教の乗った箱馬車が並木道をこちらに向かって走ってきた。主教は左右にやさしく手をかざし、行き交う人々に祝福を与えていた。

編集局はまた人で溢れ、大きな机に向かって熱心に仕事をしていた小柄なアヴィーロワさんは私に愛想よく笑いかけると、すぐにまた机にかがみこんだ。またにぎやかに長々と朝食をとり、その後で私はリーカの激しいピアノ演奏を聞き、それからオボレンスカヤもまじえて庭のブランコで遊んだ。お茶の後でアヴィーロワさんは私に全部の部屋を見せてくれた。寝室の壁に掛かった肖像画の額縁の中から、眼鏡をかけて肩幅の広い、髪の豊かな男の人が不満げな顔を見せていた。「亡くなった主人ですの」とアヴィーロワさんが何気なく言ったので、私は少々うろたえた。この肺病病みの男と、いきなり彼が自分の夫だと告げた活発で魅力的な女性が一つに結びついているというナンセンスな事実に茫然としたのだ。その後、彼女はまた仕事に取りかかった。リーカはおしゃれして、「さあ皆さん、私、消えるわ」と告げ——私がすでに気づいてきまり悪く思っていた独特の口調で——、どこかへ出かけてしまったので、私はオボレンスカヤの用事につきあうことにした。彼女はカラチェフスカヤ通りに行こうと提案した。下着の仕立屋に用があると言うのだが、彼女がこんな親密な提案で私たちの関係を一気に近づけたことが、私はうれしかった。彼女と町を歩き、そのまじめな声に耳を傾けるのもうれしかった。仕立屋では彼女の相談が終わるまで立ったまま待ち続け、自分の忍耐心に大いに満足した。私たちがカラチェフスカヤ通りに戻ったときは、もう日が暮れかけていた。「トゥルゲーネフは好き?」と彼女に尋ねられ、私は返事に詰まった。私は田舎で生まれ育っているからトゥルゲーネフを好きだろうと思われて、しょっちゅうこの質問をされていたのだ。「まあ、どうでもいいの。とにかく、あなたにはおもしろいはずよ。『貴族の巣』の舞台になったらしいお屋敷が近くにあるの。見たい?」と、彼女は言った。私たちは町外れまで足を運び、いくつもの庭園に埋もれた寂しい通りへ行った。オルリク川の切り立った岸辺に古い庭園があった。萌え出たばかりの四月の緑が広がる庭園の中に、長く人の住まない屋敷が灰色にくすみ、その壊れかけた煙突にはコクマルガラスの巣がかかっていた。私たちはしばらく佇み、低い柵越しに屋敷を眺めた。庭の木々はまだ葉がまばらで、梢が織りなす模様が澄んだ夕焼け空にくっきりと浮き出ていた……。リーザ、ラヴレツキイ、レム〔『貴族の巣』の登場人物の名前〕……。私は無性に恋がしたくなった。

夜にはみんなで、町の公園にある野外劇場へ出かけた。薄闇の中で私はリーカと並んで座り、オーケストラや舞台で進行するにぎやかな馬鹿騒ぎを仲良く楽しんだ。下から照らされた舞台では、かわいい町娘や王宮の兵士たちが轟きわたるダンス曲に合わせて床を踏み鳴らしたり、空っぽの錫製ジョッキで乾杯したりしていた。芝居の後は公園内で夜食をとった。私は人の多い広々としたテラスで、氷につけたワインを前にして女性たちと座っていた。彼女たちの知り合いがひっきりなしに近寄ってきて、私はその全員に紹介されたが、一人を除いてみんな私に愛想がよかった。その一人は私に会釈すると、それ以上は何の注意も向けなかった。後になって私を大いに苦しめた——最初の時と同じ完全な無視によって——その人物は、やけに背の高い将校で、長い顔は浅黒くくすみ、黒い目はじっと動かず、黒い短い頬ひげを生やし、膝下丈の仕立てのよいフロックコートを着て、裾に掛けひもがついた細身のズボンを履いていた。リーカはみんなが見惚れているのを自覚して大いにしゃべり、すてきな歯を見せて笑っていた。私は二人を平静に見ていられず、将校がテーブルを離れながら大きな手で彼女の手をちょっと長めに握ったときには、ぞくっとした。

私が出発する日、その年最初の雷鳴があった。思い出す——雷鳴、私とアヴィーロワさんが駅まで乗って行った幌付きの小型馬車、それに自分がこの馬車もアヴィーロワさんとの同行も得意に思ったこと、自分で恋を考えだしてその恋をもう信じ込んでいた相手と初めて別れる不思議な感覚、そして他の何よりも強かった、オリョールで何か特別な幸せを手に入れたという気持ち……。駅のホームで驚いたのは、集まって列車を待っていた町の華やかなエリートたちがみな大きくて立派だったこと、それと比べて、最前列で十字架と香炉を捧げた聖職者たちが、教会の装具はきらびやかなのに、いかにも平民的だったことだ。ついに大公の列車が力強く駅に走り込み、そこから明るい赤毛の大男が飛び出してきて、その真っ赤な軽騎兵用軍服が皆の目を射た瞬間に、何もかもが混じり合ってごちゃごちゃになった。その後は、追善祈祷の儀式が陰々滅々と行われたことしか覚えていない。そして四隅に小旗を立てた機関車のぎらぎらした鉄の巨体が、また煙突から煙を吐いて力強い音を響かせた。動輪の連結棒の動きが白い鉄の筋になって後方へ流れ、金色の鷲が描かれた輝くブルーの客車は前進した。私が列車の下で回転を速める動輪やブレーキやスプリングを眺めていると、それらはついに一つになり、クリミアからの長い旅の間に白い魔法の埃で全体を厚く覆われた塊と化した。列車は轟音とともに目的地めざしてロシアを走って荘厳なる葬送を続けて、次第に見えなくなり、私はおとぎ話のようなクリミアを思い、伝説の人プーシキンがグルズフで過ごした魅惑の日々に思いを馳せた。

私が乗る地味なローカル列車は遠くのホームで待っており、私はもう列車で味わうはずの孤独と休息が楽しみになってきた。アヴィーロワさんは出発まで一緒にいてくれて、ずっと陽気におしゃべりしていた。またすぐにオリョールで会えますようにと言ったり、私が何かおかしな悲しみにひたっていることはお見通しだと伝える微笑を見せたりした。発車のベルが鳴ると私は彼女の手に熱烈に口づけし、彼女は唇を私の頬に寄せた。私が飛び乗ると列車はがたんと動きだした。私は窓から身を乗り出して、ホームで軽く手を振っている彼女の姿が遠ざかっていくのを見た……。

その後の道中は何もかも心に沁みるようだった。やっと走っていたかと思うと突然轟音を立てて勢いよく走りだす短い編成の列車も、なぜか長々と停車する無人駅や信号所も、そして再び私を取り巻いたなじみのものたちも――車窓を流れていく、何も生えていないので実にみすぼらしく見えるなだらかに傾斜した畑地、まだ芽吹かないで静かに春を待っている白樺林、貧しい地平線――すべてが心に沁みた。夜もやはり貧しく、春らしく冷えこみ、低い空は白っぽかった。

二

オリョールを離れるとき、私はひとつの夢を持っていた。この町ではじまったことを、できるだけ早くまた続けるという夢。だがオリョールから遠ざかるにつれて、野原や長く続く四月の夕焼けを車窓から眺めているうちに、次第にそれを忘れはじめた。車内はすでに薄暗く、窓の外、列車の左側に延びるまばらな樫林も薄暗かった。林では木々はまだ葉がなくて幹が節《ふし》くれだち、地面には雪が融けてやっと現れた去年の赤茶けた落葉が積もっていた。私はもう鞄を持って立ち上がり、次第に興奮してくる。もうスボーチンの森、これを過ぎたらすぐにピーサレヴォ駅だ。汽車は悲しげに警告するように虚空に叫ぶ。私はデッキへ急ぐ。原初の湿気と清涼感が漂い、小雨が降って、駅の手前にぽつんと一両の貨車が停まっている。列車がその横を通り過ぎると、私はまだ停車しないうちに飛び降りる。それからホームを走り、限りなくもの悲しくて照明の暗い、百姓たちの靴跡だらけの駅舎を通り抜け、暗い車寄せに出る。駅前の丸い敷地には冬が終わって汚くぬかるんだ植えこみがあり、薄闇の中に百姓御者の馬が一頭ぼんやりと見えていた。時には数週間も空しく客を待つこともある百姓は、さっと駆け寄ってきて、勢い込んで私の一言一言にうなずいて、地の果てまでも行くし、お代はいくらでもいい――「ひどいことはなさらんでしょう！」――と言ったので、私は一分後にはもう彼のちっぽけな荷馬車でおとなしく揺られていた。最初は荒寥《こうりょう》たる暗い村を抜け、それから次第に速度をゆるめて、全世界と隔絶して暗く静まりかえった野原、黒い海のような土地を通って行った。はるか彼方、北西の方角にある雲の下で、何かがかすかに緑色に光っている。雨を含んで湿った四月の夜の野原の風が前方から吹きつけ、どこか遠くで、まるで風の中でたえず場所を変えているように鶉《うずら》が鳴いている。ロシアの低い空で、雲に囲まれてまばらに散った星が瞬いている……。また鶉の声、春、大地――はるか昔の、淋しく貧しかった私の青春よ！　道はひどく遠かった。ロシアの百姓と行く野原の十ヴェルスタは、短い距離とは言えない。百姓は黙り込んで謎めいてきて、体からは百姓家の匂いと擦りきれた半外套の乾いた羊皮の匂いを発して、少し急いでくれと頼んでも返事もしなかったが、坂にさしかかると御者台から飛び降り、手綱を握って、よろよろ進む牝馬と並んでゆっくりと歩き、顔をそむける……。ワシリエフスコエ村へ入ったときは、もう夜更けのように思われた。どこにも灯が見えず、人の気配もなかったからだ。暗がりに慣れた目には、一軒一軒の百姓家も、村へ入って行く広い道に面した百姓家の前に立つ、まだ葉っぱのない柳の木の一本一本も、よく見えた。それに続いて、湿っぽい四月の低地へ下りる坂、右手の川にかかる橋、左手に無愛想に黒く佇んでいる地主屋敷へ通じる上り坂が、目にも見え、感覚でもわかった。感覚はふたたび鋭くなった――何もかもがなんとなじみ深く、同時になんと目新しかったことだろう、春の田舎の暗さ、貧しさ、冷淡さよ！　丘へ上るとき、百姓はまた死んだように黙り込んだ。不意に、前方の松の植え込みの間に窓の灯が見えた。ありがたい、まだ起きている！　うれしさ、焦り、そして子供のような照れくささ――やっと表階段で荷馬車が止まってから、馬車を降りて入り口の扉を開けて家に入り、みんなが喜んで迎えてくれるのを目にするときの……。

ワシリエフスコエからは翌日馬に乗って、降ったり止んだりの穏やかな明るい朝の雨に打たれながら、畑と休耕地の間を帰っていった。百姓たちは畑を耕して、種子を播いていた。耕す役の百姓は裸足で犂《すき》の後ろを進む。体を揺らし、白い内またの足が柔らかな畝《うね》でたたらを踏む。馬はうんと力んで背中を隆起させて踏ん張り、畝を掘り起こしていく。犂の後ろを青っぽいミヤマガラスがぴょんぴょん跳ねて、しきりに畝のミミズをついばんでいた。その後から、帽子をかぶっていない老人が一定した大きな歩幅で進んでいく。種子袋を斜め掛けにして、右手を大きく振って正確に半円を描いて、地面に穀物を播いていく。

バトゥリノでは心が痛くなるほどのあふれる愛情と喜びで迎えられた。何より感動したのは、母ではなく妹の喜びようだった。妹が窓から私を見つけて表階段に駆けだしてきたとき示した愛情と喜びは、思いもかけなかったほどすてきだった。清純さと若さにあふれた妹は、なんとかわいかったことだろう。その日私のために初めて新しいワンピースを着た姿は、なんとさわやかで純真だったろう！　家も、昔風の無骨さで私を魅了した。私の部屋は、私がついさっき出ていったばかりのように、何もかも元の場所にあった。半分燃えたロウソクも、冬に出発するとき私が机に置いたまま、鉄製の燭台に立っていた。私は部屋に入ってあたりを見回した。隅にはいくつかの黒いイコンが置かれ、上部に色ガラス（薄紫色と紅色の）をはめた古風な窓の向こうには、木々と空が見えている。ところどころ青がのぞく空から、緑の萌え出した大枝や小枝に細かい雨が降り注いでいた。部屋の中はすべてが少し暗くてゆったりして、深みが感じられた。天井は暗い色の滑らかな木造りで、壁も同じように暗い色の滑らかな丸太造りで、樫製のベッドの丸みを帯びた側板も滑らかで重々しかった……。

三

再びオリョールに行く口実になる用事ができた。銀行に利子を届ける必要があったのだ。それで私が持って行ったのだが、少しだけ払って残りは遣ってしまった。これは冗談ではすまないことだったのに、どうかしてしまった私は、大したことだと思わなかった。私の行動は終始、愚かしくて幸福な大胆さにあふれていた。オリョールに行くときは客車に乗り遅れてしまい、すぐに貨物列車に乗せてもらうことにした。思い出す——鉄製の高いステップを上って雑然とした汚い場所に入りこむと、あたりを見回した。機関士たちの服は、ひどく油じみて鉄のように光っていた。彼らの顔も同じように油じみて黒光りして、黒人のように白目が目立ち、役者がわざと塗りたくったように瞼まで黒かった。若い機関士が床に積んだ石炭の山に勢いよく鉄のシャベルを突っ込んでから焚き口の蓋を開けると、地獄のような真っ赤な炎が飛び出してくるが、彼はシャベルの真っ黒な石炭で地獄の炎を静める。年長の機関士はぞっとするほど油じみたボロ切れで指を拭うとそれを放り投げて、何かを引っ張っては何かを回す……。汽笛が耳をつんざき、目に染みる蒸気がどこからか熱く押し寄せて、不意に轟音が響き渡り、列車はゆっくり前へ動きだす……。轟音はなんと荒々しく鳴り響き、列車はなんと力強く速度を上げ、周囲のすべてがどんなに振動して飛び跳ねたことか！　時間は凍りついて石のように固まり、燃える竜は疾駆して、丘にさしかかると横揺れする。駅と駅の間は、どこもなんと速く通りすぎることだろう！　その後で列車が停止して深夜の駅の平和な静けさに包まれるたびに、夜の森が香りたち、周囲の茂み全体からヨナキツグミが勝ち誇るように恍惚と歌う声が聞こえる……。私はオリョールでは不謹慎なほどめかしこみ——しゃれた細いブーツ、細身の黒いコート、赤い絹のルバシカ、黒地に赤い縁取りの貴族帽——、高価な騎兵用の鞍を買った。それを持って夜遅く列車で家に帰るときは、革がきゅっきゅっと鳴って強く匂うのがあまりにすてきで、鞍が手元にある喜びで眠れなかった。私はまたピーサレヴォへ出かけた。馬を買うのが目的だった――村で馬の定期市が開かれていたのだ。そこで同年輩の何人かと親しくなったが、コートを着て貴族帽をかぶった彼らは定期市の常連だったので、彼らに助けてもらって血統の良い若い牝馬を買うことができた（ジプシーはドン産の乗りつぶされた老いぼれの去勢馬をなんとか売りつけようとした――「旦那、ミーシャにしなよ、ミーシャを買えば、一生あたしに感謝しますぜ！」）。続く夏は私にとって果てしない祝祭となった。私は三日と続けてバトゥリノにじっとしていることはなく、しょっちゅう新しい友人たちの家に遊びに行き、あの女《ひと》がオリョールから帰省してくると、今度は町に出かけるようになった。彼女からメモ――「帰ってきました。デートを所望いたします」――を受け取ると、メモの馬鹿げたウイットが不愉快だったし、もう夕方で雨雲が広がっていたにもかかわらず、すぐに駅に向かった。そしてまるで酔っ払いのように列車のスピードを喜んだ。激しい雷雨になり、列車の響きと雷鳴と屋根を打つ雨音がひとつになって、列車の動きはいっそう速く感じられた。黒い車窓をひっきりなしに青い稲妻が走り、窓ガラスで水滴が泡立ってほとばしり、さわやかな香りがした。

楽しいデートの喜び以外には何もないような日々だった。しかし、ある時、それはもう夏の終わりのことだったが、新しい友人のひとり――町の近くのイスタ川の切り立った岸の上にある領地に妹や老父と住み、あの女《ひと》の家にも出入りしている男――が、大勢の仲間を名の日の祝いに招待したことがあった。彼が彼女を迎えに来て、二人は二輪馬車に乗り、私はその後を馬で追った。日光を浴びた乾いた広大な野原が気を浮き立たせ、砂地のように見える開けた畑地はどこまでも麦束の堆《やま》に覆われていた。私の中のすべてが、何か向こう見ずで烈しい行為を求めていた。私は馬を思いきり興奮させて、少し抑えてからぱっと走らせ、全速力で麦の堆《やま》を飛び越えた。蹄鉄が鋭く馬の関節に当たって、血をにじませた。名の日の祝宴は朽ちたベランダで夕方まで続き、夕方はいつのまにか夜になり、ランプ、ワイン、歌、ギターへと続いた。私は彼女と並んで座り、もう照れずに手を握り、彼女もそれを離そうとしなかった。夜が更けると私たちは申し合わせたようにテーブルを離れて、ベランダから暗い庭へ下りた。彼女は暖かい暗闇で立ち止まると、木にもたれて私の方へ両手を伸ばした。はっきりとは見えなかったのだが、私はすぐにその動作を理解した……。その後で庭は急速に闇が薄れて、屋敷の方では若い雄鶏たちがうっとりと頼りなげにしゃがれた鳴き声をあげはじめた。一分後にはもう川沿いの低地の向こうの黄色い野原の上に大きく広がる東の空が金色になって、庭全体が明るくなった……。それから二人で低地を見下ろす断崖に立ち、彼女は朝日に燃える地平線を見ながら、もう私には目を向けないで、チャイコフスキイの「朝」を歌った。高音が出せなくて急に歌いやめると、ライチョウのような色の麻のスカートの襞《ひだ》をつかんで屋敷の方へ走って行った。私は茫然と立ち尽くし、もう何か考えるどころか立っていることさえできなくなった。川岸の斜面の乾いた草地に立っている白樺の古木に近づき、木の下に横になった。すでに太陽が昇り、夏の終わりの天候のよい時分にいつもそうなるように、いきなり明るくて暑い朝になっていた。私は白樺の根に頭をのせ、すぐに寝入った。しかし日差しが強くなり、暑さと眩しさでじきに目が覚めたので、起き上がって、ふらつきながら日陰を探しに歩き出した。照りつける乾いた日光の中でまだ家中が眠っていた。寝ていないのは、この家の老主人だけだった。彼の書斎の窓の近くにライラックがこんもりと生い茂り、開け放たれた窓から主人の咳が聞こえた。彼がその朝最初のパイプの一服とクリーム入りの濃いお茶を老人らしく満喫しているのが、その咳から伝わってきた。私の足音と日光に輝くライラックから雀の群れが飛び立った音を聞きつけて、主人はベイズリー柄の古い絹の部屋着の胸をかきあわせながら、腫れた目と大きな白い頬ひげのせいで恐ろしげな顔を窓からのぞかせて、とても善良そうな笑いを浮かべた。私はお詫びの気持ちで頭を下げ、ベランダを通って、開いていたドアから客間に入った。部屋は朝らしく静かで閑散として蝶が飛び回り、古風な青い壁紙と肘掛け椅子やソファがあって、とても魅力的だった。いくつかあるソファの中で、シートがへこんで非常に座り心地の悪いソファに横になり、私はまた深く寝込んだ。しかし、すぐに――長く寝たのに、寝たばかりのような気がした――誰かが近づいてきて、笑いながら何か話しかけて私の髪をくしゃくしゃにした。目を開けると、この家の若主人である兄と妹だった。二人とも髪が黒くて燃えるような目をしたタタール人的な美男美女だった。兄は黄色い絹のルバシカ、妹も黄色い絹のブラウスを着ていた。私は体を起こして座った。二人は、もう起きて朝食をとる時間であること、彼女はもう出発したが、一人ではなくクズミンと一緒だったことを、何だかとても上手に私に告げ、彼女の書き置きを渡してくれた。私はすぐにクズミンの目を思いだした。よく動く、蜂のようなまだらな色の不敵な目だ。私は書き置きを受け取ると、古風な「女中部屋」へ向かい――洗面器をのせた小卓の横で、黒っぽい服を着た老女が茶色いしみだらけの細い腕に水差しを持って私を待っていた――、歩きながら書き置きを読み――「これ以上、私と会おうとしないでください」――、顔を洗った。水は刺すように冷たかった。「湧き水、井戸水でございますから」と老婆は言って、とても長い麻の手拭いを差し出した。私は玄関へ急ぎ、帽子と革鞭を取ると、暑い庭を通って馬小屋へ行った……。馬は暗い小屋の中から私に向かって小さな声で悲しそうに嘶《いなな》いた。鞍もはずしてもらえず、空っぽの飼い葉桶を前に空きっ腹で立っていたのだ。私は手綱をつかんで鞍に飛び乗り、まだ妙に高揚した気持ちのまま自分を抑えて、勢いよく庭から駆け出した。屋敷を出るとさっと野原へ向きを変え、麦の刈り株がかさかさと音を立てる畑を気の向くまま走り、最初に突き当たった麦束の堆《やま》で馬を止め、鞍から飛び降りて腰を下ろした。馬は麦束をくわえて引き寄せた。穂から麦粒がガラスのようにきらきらとこぼれ落ち、刈り株や麦束の堆の中で何千もの小さな時計が時を刻むようなキリギリスの啼き声が聞こえ、周囲にはまるで砂漠のように一面に明るい野原が広がっていた。私は何も見ず、何も聞かず、ただ一つのことを心の中で繰り返していた――彼女が私に、彼女自身を、昨夜を、今朝を、彼女の足が乾いた草の中に見え隠れするときに麻のスカートがたてた衣擦れの音を、返してくれるか。さもなければ、私たち二人が生きるのをやめるか、どちらかだ！

こんな狂ったような思いを抱き、わけもなくその思いを信じて、私は馬を町へ走らせた。

四

私はその後しばらく町に留まって、何日も続けて、鰥夫《やもめ》暮らしの彼女の父の屋敷の裏手にある埃っぽい小庭で彼女と一緒にすごした。父親（呑気な人で、リベラルな医者だった）は、彼女をいっさい束縛しなかった。私がイスタ川から馬で駆けつけたとき、彼女は私の顔を見ると、両手をぎゅっと自分の胸に押し付けた。あのとき以来、私の愛と彼女の愛は（彼女の方にも突然どこからともなく、愛が湧きおこっていた）、どちらがより強いのか、より幸せなのか、より無意味なのか、もはやわからなくなっていた。とうとう私たちは、互いに少しでも休息を与えるために、しばらく離れる決心をした。後払いで貴族ホテルに泊まっていた私の借金が払いきれない額になったので、別れるのはなおさら必要だった。おまけに雨も続いていた。私は何だかんだと別れを引き伸ばしていたが、ついに決心して、大雨の中を家へ帰った。家では最初のうち寝てばかりで、部屋から部屋へそっと歩き回り、何もせず何も考えなかった。その後で考え込むようになった――私の身に何が起きたんだろう、そしてこれはどのように終わるのか。ある時ニコライ兄さんが家に寄って、私の部屋へ来ると、帽子も脱がずに腰を下ろして言った。

「さてと、おまえのロマンチックな生活は順調に続いてるね。あい変わらず、『狐がぼくを運んでいく、暗い森の向こうまで、高い山の向こうまで』ってわけだが、森の向こう、山の向こうに何があるかはわからない。ぼくは何もかも知ってるよ。色々聞いたし、それ以外は想像がつく。こんな話はみんな似たようなものだからね。今のおまえは良識ある判断を下すどころじゃないことも、承知してる。でも、それにしてもさ、これからどうするつもりだ?」

私は冗談半分に答えた。

「人はみんな、どこかの狐に連れて行かれるものさ。どこへ、何のためにかは、もちろん誰にもわからない。『行け若者よ。若き日に汝の心が導く所、汝の目が見通す所へ』って、聖書にもあるだろう」

兄は口をつぐみ、みじめな秋の庭に降る雨に聞きいるように床を眺めてから、暗い声で言った。

「それじゃ行け、行くがいいさ……」

私はたえず、何をすべきか自問していた。答えは明白だった。しかし、明日こそきっぱりと別れの手紙を書こうと自分に言い聞かせるたびに——私たちはまだ最終的な親密さには至っていなかったから、別れはまだ可能だった——、彼女への愛や彼女への賛嘆が、また彼女の愛や彼女の目、顔、笑い、声への感謝に満ちた感動がなお強く私を包んだ。数日後の夕暮れに突然、馬に乗った配達人が全身ずぶぬれで屋敷にきて、濡れた電報を私に手渡した——「これ以上だめ。待ってます」。数時間後には彼女と会って彼女の声を聞くんだと思うと怖くて、私は夜明けまで寝つけなかった……。

こうして、ある時は家である時は町で、私はその秋を過ごした。鞍も馬も売り払って、町ではもう貴族ホテルには泊まらず、シチェプナヤ広場にあるニクーリナの旅館に泊まった。町は今や変化して、私が少年時代を過ごした時とは全く違っていた。すべてが質素で平凡だった。ただ時々ウスペンスキイ通りにある中学校の庭と校舎のそばを通ると、なんだか親しみ深い、かつて経験した気持ちが甦ってきた。私はもうずっと前からタバコを吸い、いつも床屋で髭を剃ってもらうようになっていた。昔はその床屋で子供らしくおとなしく座って、チョキチョキと音を立てる鋏《はさみ》から自分の絹のような髪の毛が床に落ちるのを横目で見ていたものだ。私と彼女は朝から晩までほとんど二人きりで、食堂のトルコ風ソファに座っていた。ドクターは朝からよそへ出かけ、彼女の弟は中学校へ行った。昼食の後にドクターは昼寝してからまたどこかへ出かけ、中学生の方は赤犬のヴォルチョークと狂ったように走り回って遊ぶのに夢中だった。犬は怒ったふりをして吠え、二階に続く木の階段を上へ下へと息も荒く駆けまわった。彼女は一時期、二人で座ってばかりいること、それに恐らく、私がいつも感情的すぎることに嫌気が差して、外出の口実を見つけて友人や知り合いを訪ねるようになった。私はひとりでソファに座り、中学生の叫び声や笑いや走る音、階段を走るヴォルチョークの大げさな吠え声を聞きながら、涙のにじむ目で半ばカーテンのひかれた窓から一面に灰色の空を眺め、次から次へとタバコを吸った……。それからまた彼女に何かが起こった。また家にいるようになり、私にとても優しく親切だったので、私には彼女がどんな人間なのか全然わからなくなった。あるとき彼女は、「そうね、きっとこうなるべきなのね」と言ってうれしそうに顔をしかめて見せて、泣き出した。それは昼食後にドクターが休息しているので、皆がそっと歩いている時間だった。「私はただ、お父さんがすごくかわいそうなの。私にはお父さんより大切な人はいないんだから」と彼女は言って、いつものように父親への愛情の深さで私を驚かせた。まるで仕組んだように、その直後に中学生が走ってきて、ぼうっとした口調で、ドクターが私を呼んでいると告げた。彼女は顔色を変えた。私は彼女の手に口づけして、毅然と歩いていった。

ドクターは、十分な昼寝のあとで顔を洗ったばかりの人らしく愛想よく陽気に、鼻歌を歌いタバコをくゆらせながら私を迎えた。

「わが若い友人よ」と呼びかけて、私にもタバコを勧めた。「前からお話がしたかった。何の話かはおわかりでしょう。ご存じのように、私は偏見のない人間です。ただ娘の幸せは大事だし、あなたのことも気の毒でね。だから腹を割って、男同士の話をしましょう。おかしなことに、私はあなたという人をまったく知らない。あなたは一体何者ですか?」と、彼は笑みを浮かべて言った。

顔を赤くしたり青くしたりしながら、私はタバコを深く吸いこんだ。私は何者か? ゲーテのように誇りをもって答えたかった(エッカーマンの本を読んだばかりだった)、「私には己のことがわからない。神よ、私が己を知ることを免れさせたまえ!」と。しかし、私はおとなしく言った。

「ご存じのように、私はものを書いています……。書き続けて、自分を磨きたいんです……」

そして不意に付け加えた。

「たぶん受験勉強をして、大学に行きます」

「大学、そりゃ、もちろん結構です」とドクターは答えた。「でも、受験勉強は大変ですよ。それに、具体的にどういう活動をめざすつもりです? 文学だけですか、それとも社会的な活動、役所勤めとか?」

またもや馬鹿げた言葉が頭に浮かんだ、またもやゲーテが。「私は永遠に生きる、地上的なものすべての堪えがたい移ろいやすさを感じつつ……。政治は決して詩の事業にはなり得ない……」

「社会活動は詩人の仕事ではありません」と私は答えた。

ドクターはちょっと驚いて私を見た。

「するとあなたの意見では、たとえばネクラーソフは詩人じゃないってわけですか。でも、あなたはほんの少しでも現在の社会生活に注目していますか。誠実で文化的なロシアの人間が、現時点で何に生き、何に心を動かしているか知ってますか?」

私はしばし考え、自分が知っていることを思い浮かべてみた。みなが話題にするのは、反動政治のこと、地方自治会《ゼムストヴォ》のお偉方のこと、「大改革時代にはじめられた有益な事業はすべて跡形もなく消滅した」こと、トルストイは《樅の木陰の庵《いおり》》での暮らしを勧めていること、われわれはまさにチェーホフ的な「たそがれ」の時代に生きていること……。トルストイ主義者が配っている『マルクス・アウレリウス箴《しん》言集』にあった言葉――「名門貴族として知られる人々の心がいかに冷淡か、ペディメント〔古代ローマの神殿建築の切妻壁〕が私に教えてくれた」。春にドニエプル川の船旅で一緒だったウクライナ人の悲しげな老人のことも思い出した。老人は小さな宗派《セクト》の信者で、使徒パウロの言葉を独特の調子で私に何度も語った――「神は天上でキリストをご自分の右に座らせて、彼をすべての支配、権威、権力、権勢の上に置き、またこの世ばかりでなく来たるべき世においても唱えられるあらゆる名の上に置かれた。だから私たちの戦いは、血肉に対する戦いではなく、もろもろの支配と権威と闇の世の主権者に対する戦いである……」。私は自分が以前からトルストイ主義に惹《ひ》かれていたことに気づき――この思想はあらゆる社会的桎梏《しっこく》からの解放と、私にとっても憎むべき「闇の世の主権者」への戦いを唱えていた――、トルストイ主義の宣伝をはじめていた。

「すると、あなたの意見では、あらゆる悪と苦難からの唯一の救済は、あの有名な無為、無抵抗にあるというんですね？」と、ドクターはわざとどうでもよさそうに尋ねた。

私は急いで、自分は活動にも抵抗にも賛成だが、それは「ごく特別なものに限る」のだと答えた。私のトルストイ主義を形成している諸要素の中には、まずピエール・ベズーホフとアナトーリイ・クラーキン、『ホルストメール』のセルプホフスコイ公爵、イワン・イリイチ、『されば我ら何をなすべきか』と『人には多くの土地が必要か』に引き起こされた互いに矛盾する強い感情があった。さらに、モスクワの国勢調査に関する論考で描かれた都会の不潔と貧困のすさまじい情景もあり、作品『コサック』と私自身の小ロシア旅行の印象から生み出された、自然や民衆に囲まれた生活への詩的な憧れもあった――私たちが送っている不公正な生活の塵埃《じんあい》を払い落とし、そんな生活をやめて、ステップ地帯の農場とかドニエプル川のほとりの白壁の土小屋で清らかな勤労生活をするのは、どんなに幸福だろう！　私はこういった考えを、土小屋のことは省いて、あれこれとドクターに語った。彼は注意深く聞いているようではあったが、その態度は寛大すぎた。少しの間、眠そうに垂れ下がった目が朦朧《もうろう》となり、嚙みしめた顎が欠伸《あくび》をこらえて震えたが、なんとかこらえて欠伸を鼻に抜けさせると、彼はこう言った。

「ええ、聞いてますよ……。つまり、あなたは自分のためには、いわゆる《現世》の通常の幸福は求めておられないんですね？　でも、個人に留まらない問題もありますよね。たとえば、私は決して民衆を賛美したりしません。残念ながら民衆をよく知ってますから、彼らがあらゆる叡知の宝庫であり源泉であるなんて信じちゃいませんし、民衆が言うとおり、大地は三頭の鯨に支えられてると主張すべきだとも思いません。それでもやっぱり、われわれは民衆に対して何の義務も負債もないでしょうか？　だが、あなたをこの方向に教え導こうとは思いません。とにかく、こうやって話ができて本当によかった。さて、話を戻しましょう。手短に、それに申し訳ないがはっきりと申しましょう。あなたと娘の間の感情がいかなるものであれ、そしてそれがどんな段階にあるにせよ、前もって言っておきます――もちろん、娘は完全に自由ですが、もしも彼女があなたと強い絆を結びたいと願い、それに対して私の、なんというか、祝福を求めた場合、彼女が受けとるのは断固たる拒絶です。あなたのことは大変好きだし、あなたの幸せも願っているが、しかたがない。なぜか？　ごく通俗的な言い方をすれば、二人が不幸になるのを、生活が定まらず貧乏するのを見たくない。それに、ざっくばらんに言います、君たちにどんな共通点がありますか？　グリケリヤはかわいらしい女の子で、どう見てもかなり移り気です。きょうはこれに夢中だが、明日は変わっている。あの娘が憧れてるのは、言うまでもなく、トルストイのいう《樅の木陰の庵》じゃない。ごらんなさい、こんな田舎であの娘がどんな服を着てるか。あれが甘やかされてると言いたくはないが、娘とあなたは全然お似合いじゃないと思いますよ……」

彼女は階段の下で私を待っていて、恐ろしいことを覚悟しているようなもの問いたげな目で私を見た。私は急いで、ドクターの話の最後の部分を彼女に伝えた。彼女はうなだれた。

「そうなの、お父さんに逆らうようなまねは、絶対にできないわ」と、彼女は言った。

五

ニクーリナの旅館に泊まっているとき、私はたまに外出して、目的もなくシチェプナヤ広場を歩き、修道院の裏手にあるひっそりした野原へ行き、古い塀に囲まれた広い墓地のあたりを散歩することがあった。そこは風が吹いているだけだった――もの悲しい片田舎、誰からも忘れられ打ち捨てられた十字架や墓石の永遠の安らぎ、どこか空虚で孤独なぼんやりした考えごと。墓地の門の上部に灰青色の果てしない平原が描かれていた――平原を埋めつくす墓はあばかれて口をあけ、傾いた墓標の下から、歯や肋骨がむき出しになった骸骨や、色褪せた緑色の死装束をまとった大昔の老人や老婆たちが起き上がろうとしていた。その上を、口元にラッパを当てた巨大な天使が飛んでいる。天使は色褪せた青い衣をなびかせ、娘のような足の膝を曲げ、真っ白な長い足の甲を後ろにはねあげていた……。旅館は田舎町の秋らしい平穏に満ちて、やはりひっそりとしていた。村々から来る人がほとんどいなかったのだ。私が散歩から帰ってくると、向こうの庇《ひさし》の下から、男物の長靴を履いた料理女が雄鶏を抱いて私の方に歩いてきた。「家に入れるんですよ。年とってすっかりぼけちゃったから、もう私と暮らすのがいいと思ってね」と、彼女は意味もなく笑いながら言った。私は石造りの広い表階段を上り、暗い玄関を抜けて、板寝床のある暖かい台所から住まいの方へ行く。そこには女主人の寝室と、大きなソファを二つ置いた部屋がある。その部屋にはたまに町人や司祭が泊まりに来るだけで、たいていは私ひとりだった。静かだった。その静けさの中で、女主人の寝室にある目覚まし時計が規則正しく時を刻んでいた……。「お散歩でしたか？」自分の部屋から出てきた女主人が、親切そうなやさしい笑顔で愛想よく尋ねる。なんと響きのいい魅力的な声だろう！　彼女は太っていて顔も丸かった。私は時おり彼女を平静に見ていられないことがあった。特に夕方、彼女がほてった体で蒸し風呂から帰ってきて、長々とお茶を飲んでいるときなど。髪はまだ濡れて黒っぽく、けだるい穏やかな目をした彼女は、ナイトガウン姿で肘掛け椅子に座って、清潔になった体をゆったりと伸ばしている。彼女がかわいがっている、目がピンクで白い絹のような毛をした猫が、彼女のちょっと開いた丸い膝にのってゴロゴロと喉を鳴らす……。外からコツコツという音が聞こえてくる――料理女が頑丈な鎧戸《よろい》を外から閉めるために、留め金がついた鉄のボルトを部屋の外から差し込んで、窓の両脇の丸い穴にガチャリと入れる――物騒なことが多かった昔をしのばせる装置だ。ニクーリナは立ち上がって、差し込まれた留め金の両端の穴に鉄の楔《くさび》を差し込むと、またお茶に戻る。そして部屋はますます心地よくなる……。すると、「何もかも投げ出して永久にこの旅館に留まり、ニクーリナの暖かい寝室で、あの目覚まし時計のチクタクという音を聞きながら眠ったらどうだろう！」というあきれた感情と考えが、私の心をよぎる。一方のソファの上には絵が掛かっていた――やけに鮮やかな緑色の森が壁のように隙間なく描かれ、その下に丸太小屋があり、小屋の横では穏やかに腰を曲げた老人が、やはり穏やかそうでおとなしい、毛がフワフワの足をした茶色の熊の頭に手を置いている絵だ。もう一つのソファの上に掛かっているのは、そこに座ったり寝たりするはずの誰にとっても完全にナンセンスなものだった――黒いフロックコートを着て白い顔をした尊大な老人、つまりニクーリナの亡夫が棺桶に納められた写真だ。台所からは、秋の夜長にふさわしく、包丁で何か刻む音と「教会脇に馬車が待つ。結婚式は華やかに……」と長く伸ばした歌声が聞こえる。日雇いの娘たちが、冬仕度のために、固く巻いた新鮮なキャベツをよく切れる包丁で刻みながら歌っているのだ。これらすべての中に——町人の歌、包丁の音、古びた民衆画、それにこの無意味で幸福な旅館の日常の中でその命がまだ続いているように思われる故人にさえも——、なんだか甘くて苦い悲しみが宿っていた……。

六

十一月に私は家へ帰った。私たちは別れるときに、今度はオリョールで会おうと約束した。彼女は十二月一日にオリョールへ行くが、人目を考えて私の方はせめて一週間は遅らせることにした。だが、十二月一日の凍てついた月夜に、私は彼女が町から乗ったはずの夜行列車に自分も乗るために、馬車でピーサレヴォへ向かった。おとぎ話のようにはるか昔のこの夜のことが、今もまざまざと目に浮かび、感じられる！　バトゥリノとワシリエフスコエの間のなだらかな雪原を走る自分が目に浮かぶ。二頭の馬は飛ぶように走り、軸馬はまるでその場に止まって頚木を揺らしているように速歩で進み、副馬は滑らかに尻を振って後脚の蹄鉄を白く光らせて雪の塊を跳ねあげ……時には急に道からはみ出して深い雪にはまり、あわてて足踏みをすると落ちた引き綱に引っかかり、それからまた力強く飛び出して副木を引きちぎらんばかりに疾走する……。すべてが飛び、前進する。だが、まるで立ち止まって待機しているようにも見える。はるか遠方、月の下にじっと静止して銀色に見えているのは、押しつぶされて鱗《うろこ》状に重なった雪だ。酷寒のせいで朧《おぼろ》に見える低い月も、虹色にかすんだ幅の広い神秘的で悲しげな環に囲まれて、やはり静止して白く浮かんでいる。そして他の何よりもじっと動かぬ私は、この疾走と静止の中で凍りつき、期待に身を固くしながら、静かにある思い出に浸っていた。あれはちょうどこんな夜、ワシリエフスコエに通じるこの道で、私がバトゥリノで初めて冬をすごしたときのことだった。私はまだ清らかで純潔で喜びに満ちていた——青春の最初の日々の喜び、そしてワシリエフスコエで借りてきた古書の四行詩《スタンザ》と書簡詩、悲歌《エレジー》とバラードが与えてくれるはずの詩的陶酔を初めて味わう喜びに。

馬は走る。あたりは空虚だ。
スヴェトラーナの目に映る曠野……

〔V・ジュコフスキイのバラード『スヴェトラーナ』（一八一三）より〕

「あのすべてが、今はどこに行ってしまったのか！」と私は考えるが、自分の今の状況——身を固くして何かを待っていることは、一瞬も忘れなかった。馬車の走りに合わせて（いつでも私に魔法をかける力がある移動のリズムに合わせて）、「馬は走る。あたりは空虚だ」と詩を口ずさむと、自分が昔の勇者のように思えて、円筒形の軍帽と熊皮の外套に身を包み、どこかへ馬を走らせているところだという気がしてくる。現実を思い出させるのは、毛皮の半外套に厚ラシャの長上着を重ねて雪まみれで御者台に立っている作男と、粉雪で凍りついて強い匂いをたてる麦藁だけだ——麦藁は馬車の前部の私の足元に詰まっている。ワシリエフスコエを過ぎた所で、軸馬が大きな窪みに足をとられて、梶棒が折れた。作男が梶棒を結わえつけている間、私は列車に遅れるのではないかとひたすら気をもんでいた。駅に着くとすぐになけなしの金で一等車の切符を買って——彼女は一等車に乗っている——ホームへ走った。思い出す、酷寒の雪煙のせいで月光がかすんでいたことを。ホームの灯と電信局の窓の照明が、月光に溶け込んでいた。もう列車が近づいてきている。私は雪に煙る彼方を眺め、酷寒と体内の冷たい戦慄のせいで、自分の体がガラスに化したように感じた。不意にベルが鳴り、ドアがきしみながら開き、急いで駅舎から出てくる人々の靴音が鋭く響いた。もくもくと煙を上げる黒い機関車が遠くに現れ、その重い呼吸に合わせてゆっくりと進む恐ろしい暗赤色の三角形の火が見えてきた……。列車は近づいてくる――全体に雪をかぶって凍りつき、吠えたて、きしみ、金切り声を上げながら……。私は列車の昇降口に飛び乗って、ぱっとドアを開けた。赤いカバーに覆われた車内灯の下の薄闇で、毛皮コートを肩にかけた彼女が、その車両にたったひとり座っていて、まっすぐに私の方を見た……。

車両は古くて天井が高く、三対の動輪がついていた。列車は酷寒の中を走りながら轟音をたて、しょっちゅうガタンと上下に揺れてドアや壁をきしませ、凍りついた窓は灰色のダイヤモンドのようにきらめいた……。私たちはもうどこか遠くまで来ており、深夜になっていた……。すべては何だかひとりでに起こった、私たちの意志や自覚とは無関係に……。彼女は顔をほてらせ、何も目に入らない様子で起き上がって髪を直し、目を閉じて、人を寄せつけない様子で隅に座った……。

七

その冬、私たちはオリョールで暮らした。

新しく非常に親密な関係で秘かに結ばれた二人が、あの朝汽車を降りて編集局へ入っていったときの気持ちを、どう表現できようか！

私は小さなホテルに泊まり、彼女は以前と同じくアヴィーロワさんの家に住んだ。私たちはそこにほぼ一日中いて、秘密の時間は私のホテルで過ごした。

それは肉体的にも精神的にも消耗する切ない幸福だった。

思い出す。ある夕方、彼女はスケート場に出かけ、私は編集局で仕事をしており――私はもう、ちょっとした仕事と若干の給料を与えられていた――、家には誰もいなくて静かだった。アヴィーロワさんは何かの会合に出かけていた。夜は果てしなく長く、窓の外の通りを照らす街灯は寂しげで誰にも必要のないものに思われ、近づいては遠ざかっていく通行人の雪をきしませる足音は、まるで私から何かを奪っていくようだった。憂鬱、悔しさ、嫉妬が私を苦しめた――私はこうして一人座り、自分にはふさわしくない下らない仕事をやっている。彼女のためにそこまで身を落としているのだ。ところが彼女は、黒いトウヒが立ち並び白い雪が積もった土手に囲まれた凍りついた池で――軍楽隊の音楽が鳴り響き、薄紫色のガス灯の光に照らされてスケーターたちの姿が点々と黒く見える所で――楽しんでいるんだ……。突然ベルが鳴って、彼女がすばやく入ってきた。グレーのスーツにリスの毛皮のグレーの帽子をかぶり、手には光るスケート靴を持っていた。たちまち部屋の中のすべてが、寒い戸外から入って来た彼女のさわやかな若さと、寒さと運動のために紅潮した顔の美しさに、明るく覆われた。「ああ、疲れた！」と言って、彼女は自分の部屋へ行った。私がついていくと、彼女はソファに身を投げ、まだスケート靴を持ったまま、疲れた顔に笑みを浮かべてソファにもたれかかった。私はもう慣れっこになった苦痛を覚えながら、靴紐の下に盛り上がっている足の甲や、グレーの短いスカートからのぞくグレーのタイツに包まれた足に目をやった。スカートの厚手のウール生地ですら、欲望をそそって私を苦しめた。私は彼女をなじりはじめたが――私たちは一日中会っていなかったのだ！――不意に、全身を貫くような愛とやさしさを感じて、彼女が寝ているのに気づく……。彼女は目を覚まして、やさしく悲しげに言った。「ほとんど聞こえてたわ。怒らないで、ほんとにすごく疲れたの。だってこの一年であんまりたくさんの経験をしたんですもの！」

八

オリョールに住む口実を作るため、彼女は音楽の勉強をはじめた。私も「声《ゴーロス》」新聞での仕事という口実を見つけた。最初のうちは仕事がうれしかった――自分の存在に少しは正当性ができたのがうれしく、義務というものが皆無だった私の生活に少しは義務ができたことが慰めになった。そのうち、「ぼくはこんな生活を夢見ていたのか」という疑問がしばしば浮かぶようになった。たぶん現在《いま》がぼくの人生の最高の時で、ぼくは全世界を所有しているはずなのに、オーバーシューズさえ所有していない！　これは全部、当分のこと、今だけのことなのだろうか？　じゃあ、この先には何がある？　このごろ感じはじめたように、決してすべてが順調というわけじゃない――私たち二人の親密さも、二人の感情や考えや趣味が一致しているかという問題も、それに彼女の貞淑さだって。私はこの冬、「夢と現実の永遠の不一致」を、また完全無欠な愛は永遠に不可能であることを、かつて知らなかったほど強烈に経験して、ひどく不当な目にあっていると感じたのだった。

彼女と一緒にダンスパーティーやお客に招ばれて行くときが、いちばん苦しかった。彼女が誰かハンサムでダンスのうまい男と踊り、私の方は彼女が満足して生き生きしている様子や、スカートと足のすばやい動きを見ているときには、勇壮な音楽が私を打ちのめし、ワルツのリズムが涙を誘った。彼女がトゥルチャニノフと踊ると――それは異様に背の高い将校で、艶のない浅黒い顔に短い頬ひげ、じっと動かぬ黒い目をした男だった――みんなが見惚れた。彼女はかなり背が高かったが、彼は彼女より頭ふたつ分は高くて、彼女をひしと抱き寄せて滑らかに長いターンをさせ、上からじっと彼女を見つめた。それを見上げる彼女の顔には、幸福そうにも不幸そうにも見える、すてきだけれど私にとってはひどく憎らしい表情が浮かんでいた。そんなとき私はどんなに熱心に、何かとんでもないことが起こりますようにと神に祈ったことか――彼が不意に身をかがめて彼女にキスをして、それによって一気に私の重苦しい予想、心臓の停まりそうな思いが裏づけられ、解決すればいいのだ！

「あなたって自分のことしか考えてないわ。何でも自分の思い通りになりさえすればいいと思ってる」と、彼女が言ったことがある。「きっと、どんな個人的生活も人づきあいも喜んで私から取り上げて、あらゆる人から私を引き離すんでしょう、今あなたが自分にしてるみたいに……」

彼女の言う通りだった。あらゆる愛に、特に女性に対する愛の中に、哀れみや優しい同情が含まれることを要求する秘かな法則にしたがって、私は彼女が陽気にはしゃいだり、人に好かれたい、輝きたいと願ったりするとき――特にそれが人前だと――、嫌でたまらなかった。私が心から好きなのは、彼女の素朴さ、おとなしさ、従順さ、頼りなさ、すぐに子供みたいに唇をとがらせて流す涙だった。確かに私は、人が集まるとたいてい孤立して意地悪な観察者に徹し、その孤立や意地悪さに秘かに喜びさえ感じた。それは、私の感受性と眼力と人間の欠陥への洞察力を格段に鋭くしてくれるものだったから。それでも、私はどんなに彼女との親近感を求め、それを得られずにどんなに苦しんだことだろう！

私はよく彼女に向って詩を朗読した。

「聞いて、感動するから！」と私は叫ぶ。「わが魂を運び去れ、鳴り響く彼方、林にかかる月のごとき悲しみの地へ！」〔A・フェートの詩「歌い手」（一八五七）より〕

だが彼女は感動などしない。

「うん、とってもいいわね」彼女はソファにゆったりと寝そべって頬杖をつき、横目で見ながら小声でそっけなく言う。「でも、どうして『林にかかる月のごとく』なの？　これはフェート？　大体フェートって自然描写が多すぎるのよね」

私は憤然とする。描写だって！　そして、そもそも私たちと分離した自然など存在しない、どんな小さな空気の動きも私たち自身の生の動きなのだと、証明にかかる。彼女は笑う。

「ねえあなた、蜘蛛だけよ、そんなふうに生きてるのは！」

私は朗読する。

なんたる哀愁！　並木道のはずれは
また朝から塵の中に見えなくなり、
また銀色の蛇たちが
雪溜まりを越えて這って行った……

〔A・フェートの無題の詩（一八六二）より〕

彼女は尋ねる。「この蛇って何のこと？」

そこで、これは雪嵐、地吹雪のことなのだと説明しなくてはならない。

私は青ざめた顔で朗読する。

凍てついた夜は靄《もや》に包まれ、
私の幌馬車をのぞきこむ……
山を越え森を越え、煙のごとく雲が湧き、
翳れる月の幻が光る……

〔Y・ポロンスキイの詩「冬の道」（一八四四）より〕

「でも私はそんなの一度も見たことないわ！」と、彼女は言った。
私の朗読には、すでに秘かな非難がこもっていた。

雲間からもれる太陽の光は、熱く、そして高く、
ベンチの前の輝く砂に、絵を描く君……

〔A・フェートの無題の詩（一八八五）より〕

彼女はこの詩は好ましげに聞いていたが、それはきっと、自分がベンチに座ってかわいいパラソルで砂に絵を描いている姿を想像したからに過ぎなかった。
「これは本当にすてき。でも詩はもうたくさん、こっちに来て……。あなた、いつも私に不満そうね！」
私はしばしば、自分の子供時代や青年になった頃のこと、うちの屋敷の詩的な魅力、母と父と妹のことを彼女に語った。彼女は聞いてはいたが、冷酷なほど無関心だった。私は彼女から悲しみや感動を引きだしたくて、わが家が時おり貧乏に襲われた話をした。例えばあるとき、家じゅうのイコンから金製の古い飾り枠

を剥ぎ取って、町のメシチェリノワのところへ質入れに行ったことがある。メシチェリノワは東洋的な恐ろしい顔をした一人暮らしの老婆で、鉤鼻で口ひげが生えていて白目が大きく、絹の服を着て何枚ものショールや宝石つきの指輪を身につけていた。博物館で見るような調度品をごたごたと詰め込んだ、ひっそりした家では、オウムが一日じゅうけたたましく冷たい声で叫んでいた。その話をした私は、悲しみや感動の代わりに何を目にしただろうか。

「へえ、大変ね」と、彼女は冷たく言ったのだ。

私は町での暮らしが長くなるにつれて、自分は町ではまったくの用無しだとますます強く感じるようになった。なぜかアヴィーロワさんまで、私への態度が変わって、そっけなく冷笑的になった。町での生活が暗く退屈になればなるほど、もっともっと彼女と二人きりになって、何か読んだり話したり自分の意見を言ったりしたいという気持ちが募った。ホテルの部屋は狭くて灰色で、自分のことが——全財産であるトランクと数冊の本が、それにひとりぼっちの夜が、ひどく侘しかった。夜はあまりにみじめで寒かったので、私は眠ると言うより夜を克服しようとして、寝ながらも夜が明けるのを、酷寒の冬の朝に近くの鐘楼で最初の鐘の音が鳴るのを、ずっと待っていた。彼女の部屋も狭かった。部屋は廊下の奥の中二階への階段の脇にあったが、庭に面した窓があって静かで暖かく、きれいに片づいていた。夕方になると暖炉が焚かれ、彼女はとても気持ちよさそうにソファのクッションにもたれかかった。体を丸くしてかわいい靴を履いた足を体の下に折っていた。私は朗誦した。

夜半に吹雪が荒れ騒ぎ
森の中のひっそりした場所で

私と彼女は向かいあって座り
枯れ木が音を立てて燃えている……

〔A・フェートの無題の詩（一八四二）より〕

だが、ここでうたわれた吹雪も森も野原も、暖かさや住居や火がもたらす野性的な詩的喜びも、すべて彼女とは全く無縁だった。

私はずっと、こう言えば十分だと思っていた――「君は、踏みならされた秋の道を知ってるかい？　堅くて薄紫色のゴムみたいで、蹄鉄の鋲の跡が刻まれていて、低いところにある太陽の下で金色の帯のようにまぶしく光っている道を？」――そう言いさえすれば、彼女は歓喜すると思っていた。彼女にこんな話をしたことがある。晩秋のある日、ゲオルギイ兄さんと私は、森で白樺を伐採してもらってそれを買いとるために出かけた。調理場の天井が急に落ちて、いつも暖炉の上に寝ている元料理人の年寄りが危うく死ぬところだったので、梁にする木材を買いに行ったのだ。降り続く雨の中（日光の中でさっと降りかかる小粒の雨だった）、百姓たちと荷馬車に乗って最初は街道を、次に林の中を進んだ。雨と日光が細かく混じりあって輝き、まだ緑色ではあったがすでにしおれた草原は、水に洗われて驚くほど伸びやかで、絵のように美しかった……。私は語った。大きく枝を張って上から下まで小さな赤茶けた葉で覆われた白樺が、私には言い表せないほど哀れに思えた――百姓たちが木の周りをどかどか歩いて眺め回してから、大きく皺が寄った獣のような手にぺっと唾をかけて斧をつかみ、白と黒がまだらになった幹に一斉に斧を打ちこんだとき……。「君には想像もつかないよ、何もかもどんなにしっとりと濡れて、どんなにきらきらと輝いていたか！」私はこう語って、最後にこれを短編に仕立てたいのだと告白した。彼女は肩をすくめた。

「でも、いったい何について書くっていうの。自然描写ばっかりじゃない！」

私にとってもっとも複雑で切ない快楽のひとつが、音楽だった。彼女が何かすばらしい曲を弾くとき、私はどんなに彼女を愛しただろう！　感激して我を忘れ、彼女への愛で心が疲れるほどだった！　私はよく演奏を聞きながら考えた——「もしもいつかぼくらが別れるようなことになったら、彼女を失ったぼくはどうやってこの曲を聞くだろうか。大体、彼女と愛や喜びを分かち合わなかったら、ぼくはどうやって何かを愛したり喜んだりするのだろうか？」。だが私は、自分が嫌いなものについては非常に判断が厳しかったので、彼女はかっとすることがあった。

「ナージャ！」と彼女は鍵盤から手を離して、激しい動きで隣室の方を向いてアヴィーロワさんに叫ぶ。「ナージャ、聞いてよ、彼ったらひどいこと言うのよ！」

「ああ、言うとも！」と私は大声を出す。「どんなソナタも一曲の四分の三は低俗、騒音、混乱だ！　ああ、ここは墓掘り人のシャベルの音！　ここは草原の妖精たちの舞い、ここは滝の音！　妖精って言葉、ぼくはすごく嫌いだ！　新聞で見かける『疑いが濃い』って言葉よりひどいよ！」

彼女は自分が熱烈な演劇好きだと信じ込もうとしていたが、私の方は演劇が大嫌いで、大部分の俳優や女優たちの才能は、他の人々よりはるかに上手に俗っぽくなれる能力、この上なく俗っぽいお手本に従ってクリエイターや芸術家のふりができる能力に過ぎないという確信を深めていた。縁結びの婆さんの役は、必ず玉ネギ色の絹のスカーフをかぶりトルコ風のショールをかけて、卑屈な仕草と甘ったるい口調でチート・チートィチの前で身をくねらせる。チート・チートィチは必ずいばってそっくり返って、大きく広げた左手を心臓の上に、つまり裾長のフロックコートのポケットに当てている。豚みたいな市長、落ち着きのないフレスタコーフ、陰にこもったしゃがれ声で話すオシップ。いやらしいレペチーロフ、きざに憤慨してみせるチャアツキイ、指をぴくぴく動かし、いかにも役者らしいプラムみたいにぽっちゃりした唇を突き出すファムソフ。*ハムレットは葬列の松明《たいまつ》持ちのようなコートに羽つきの帽子、好色そうな物憂い目にアイラインを入れ、太股を黒いベルベットで包み、野卑で扁平な足をしている。私はどれもこれも身震いするほど嫌いだった。それにオペラときたら！　リゴレットは極端なせむしで、自然の法則に反するほどに足が両方向に広がり膝はくっついている！　スサーニンは気味悪い恍惚とした表情で虚空を見つめて、雷のような声で「さし昇る太陽よ」と歌いだす。『ルサールカ』の粉屋は、木の枝のような細い両手を荒々しく広げてその手をひどく震わせるが、結婚指輪をはめたままだ！　服はボロボロで、ズボンはまるで狂犬の群れがかみついたように引きちぎれている！　私たちは芝居について議論すると、意見が合うことがなくて、互いにどんな譲歩も理解もしなかった。有名な田舎役者がオリョールで『狂人日記』に出演したときは、みんな熱心に見て賞賛した。彼は部屋着姿で、女っぽいのに髭もじゃで病院のベッドに座り、馬鹿みたいにうれしそうな驚きの表情を強めつつ、長く、耐えがたいほど長く沈黙を保ち、それからそっと一本の指を上げ、ついに信じられないほどゆっくりと、思いきり大げさに顎を突きだして、音を区切って話しはじめる――「きょう、と、いう、日は……」。次の日にはさらに華麗にリュビーム・トルツォフになりすまし、三日目には鼻の青い垢じみたマルメラードフになって、「あなた様にちょっとしたお話をしてもよろしいでしょうか？」と言うのだ。あるいは、有名な女優が手紙を書くシーンがある。彼女は急に何やら運命的な手紙を書くことに決めて、さっと机に向かうと、乾いたペン先を空のインク瓶に浸し、長々しい三行を一瞬で紙にしたため、封筒に入れて、ベルの音で登場した白いエプロン姿のかわいい小間使いに、「すぐにこの手紙を使いに持たせて」と命令するの

＊チート・チートィチ以下、リュビーム・トルツォフまで、当時ロシアでよく上演されていた芝居やオペラ――オストロフスキイ作『よその宴会で二日酔い』、ゴーゴリ作『検察官』、ヴェルディ作『リゴレット』など――の登場人物が列挙されている。

だ。劇場でそんな夜を過ごした後は、私と彼女は必ず怒鳴り合いになり、夜中の三時までもアヴィーロワさんを寝かさなかった。私の罵倒は、ゴーゴリの描いた狂人やトルツォフ、ドストエフスキイのマルメラードフのみならず、当のゴーゴリ、オストロフスキイ、ドストエフスキイたちにも向けられた。

「かりにあなたの言う通りだとしても」と彼女は大声を出す。すでに顔は青ざめ目は暗さを増して、いっそう魅力的になっている。「なぜ、そんなにいきり立つわけ？　ナージャ、この人に聞いてみてよ！」

「なぜかって」と、私も大声で答える。「役者が〈香り〉を〈かぁおぉりぃ〉と発音するだけで、ぼくはそいつの首を絞めたくなるからさ！」

私たちがオリョールの誰かと会うと、その後にも必ずこんな大声の口論がもち上がった。私は彼女と一緒に自分の観察力の鋭さを味わい、一緒に観察力に磨きをかけて、彼女にも周囲への容赦ない見方を伝えたかった。だが現実には、彼女に自分の感情や考えの味方になってもらいたいという願いとはまったく正反対の結果になっているのを見て、暗澹たる気持ちになるのだった。あるとき私は彼女に言った。

「ぼくにどれだけ敵がいるか、わかってくれたらな！」

「どんな敵？　どこにいるの？」と彼女は聞いた。

「あらゆる敵がそこら中に──ホテルに、店に、通りに、駅に……」

「いったい誰が敵だっていうの？」

「みんな、みんなだよ！　いやらしい顔といやらしい身体ばっかりだ！　使徒パウロが、『すべての肉は同じからず。人には人の、家畜とは異なる肉あり……』って言ってる。実際、ぞっとするような連中がいるよ。足の裏をぺったりつけて前傾姿勢で歩く、つい昨日四つんばいから立ち上がったような連中がね。昨日ボルホフスカヤ通りを長く歩いたんだけど、肩幅が広くてがっしりした警察署長がぼくの前を歩いてた。コート姿の署長の広い背中とか、光るブーツのふくらんだ胴をじっと見てた。ああ、ブーツの胴、ブーツの匂い、グレーの上等なコートのラシャ地、ベルトのボタンを、ぼくは本当に食い入るように見たよ、軍人の格好をした四十歳の力強い動物をね！」

「よく恥ずかしくないわね！」彼女はいかにも嫌そうに言った。「あなたは本当にそんなに意地悪ないやらしい人なの？　あなたって人がわからないわ。驚くべき矛盾のかたまりね！」

九

そんなことがあっても、毎朝編集局に着いて、コート掛けに下がっている彼女のグレーのコートや——コートには彼女自身が、彼女の中の非常に女性的な一部が含まれているようだった——、その下に置かれた、彼女の最も感動的な一部であるすてきなグレーのオーバーシューズを目にすると、ますます嬉しさと親しさを感じるようになった。彼女に会うのが待ちきれなくて、私は誰よりも早く出勤して仕事に取りかかり——地方通信を読んで校正したり、首都の新聞の記事から「自社通信」を作り上げたり、田舎の小説家の短編をほとんど全部書き直したりするのが仕事だった——、耳を澄まして待っていた。するとついにすばやい足音とスカートの衣擦れが聞こえる！　彼女は駆け寄ってくる。全身がみずみずしく、手はひんやりして香《かぐわ》しく、若々しい目は熟睡の後でひときわ輝いている。彼女はさっと周囲を見てから、私にキスをする。時には全身から凍りついたコートの毛皮の匂いや冬の外気の匂いをたてながら、私のホテルに寄ることがあった。私は林檎のような冷たい顔にキスをして、この暖かくて優しいものを、毛皮コートに包まれた体と服を抱きしめる。彼女は笑って身をかわし——「離して。用事があって来たのよ」——、ベルを鳴らしてボーイを呼び、すぐに部屋を掃除するように言いつけて、自分も手伝うのだった……。

あるとき、彼女とアヴィーロワさんの話を聞いてしまったことがあった。夕方に食堂に座っていた二人は、私が印刷所にいると思って、あけすけに私のことを話題にしたのだ。アヴィーロワさんが尋ねた。

「ねえリーカ、この先どうするの？　私が彼をどう思ってるか、知ってるでしょう。もちろん、彼はとっても感じがいいから、あなたが魅かれたのはわかる。でも、これからは？」

私は谷底に突き落とされたような気がした。私は「とっても感じがいい」に過ぎないのか！　彼女はせいぜい「魅かれた」だけなのか！

答えはさらにひどかった。「でも、私に何ができる？　出口が全然見えないの……」

私はこの言葉にかっとなったので、今にも食堂に飛び込んで、「出口はあるとも、一時間後にオリョールからおさらばしてやる」と叫ぶところだったが、また彼女が口を開いた。

「ナージャ、私が彼を本当に愛してることがわからないの？　それに、あなたはやっぱり彼のことを知らないわ、彼は人が思うより千倍もいい人よ……」

確かに私は、実際よりもずっと悪く思われることがあった。私は緊張と不安に満ちた生活を送っていて、人に対してしばしば厳しい尊大な態度を取り、よく憂鬱や絶望に落ち込んだ。だが私は、何ひとつ私と彼女の仲を脅かすものはなく、誰も自分から彼女を奪おうとしていないとわかれば、とたんに人が変わったようになり、善良で素直で快活になれる生来の気質を取り戻すのだった。これから彼女と行くパーティーが自分に屈辱も痛みももたらさないとわかっていれば、私はどんなに浮き浮きと身支度をして、鏡に映る自分を好ましく眺め、自分の目や濃い赤みがさした若々しい頬や純白のシャツに見とれたことだろう！　シャツは薄く糊付けされていて、身につけるとパリパリと快い音を立てて襞《ひだ》の部分の糊が取れた。嫉妬の苦しみがなければ、ダンスパーティーもどんなに幸福だっただろう！　パーティーの前にはいつも、私にとって辛い数分間があった。アヴィーロワさんの亡夫の燕尾服を着なければならなかったのだ。それは確かにまだ新品で、一回も着ていないように見えたけれども、やはり体に突き刺さるような気がした。でも、その数分間は忘れることができた――家を出て、冷気を吸いこみ、星がちりばめられた空を見て、辻橇にさっと乗りさえすれば……。何のためか知らないが、パーティー会場の明るく輝く入り口は赤の縞模様のテントで飾られ、その付近では警官たちがきびきびと馬車を誘導していた。しかし、そんなことはどうでもいい、もう会場だ。奇妙な入口、強い光に明るく白く照らし出された玄関前のぬかるんだ雪、そしてあたりのきらめくようなスピードと調和、はっきり聞こえる警官の声とぴんと凍りついた口ひげ、雪を踏む磨き上げたブーツ、白いニットの手袋をはめてポケットにつっこんだ両手。到着する男たちのほとんどは制服を着用して――昔のロシアにはたくさんの制服があった――、みんな自分の官等と制服に興奮している。私は当時すでに気づいていたが、人はどんなに高い地位や称号を得ても、決してそれに慣れることはない。到着する男たちはいつも私を刺激して、すぐに鋭敏になる私の意地悪な観察力の対象になった。その代わりに、女性はほとんど全員がかわいくて魅力的だった。彼女たちがロビーで毛皮やボンネットから解放されて、赤い絨毯が敷きつめられた広い階段を大勢で上って行くと、その姿が鏡に映って魔法のように数が増えた。それから舞踏会前のがらんとした豪華なホール、そのさわやかな冷たさ、重く垂れ下がったシャンデリアのダイヤモンドのような輝き、カーテンで覆われていない巨大な窓、広々とした輝きわたる寄せ木張りのフロア、生花とお白粉と香水と舞踏会用の白いキッドの手袋が入り交じった匂い。次々に到着する人々を見て興奮が募り、楽隊の最初の音と最初に踊るペアの入場を待ち受ける気持ちが高まる――まだ汚されていないホールのまん中に真っ先に進み出るのは、一番自信があって一番上手なペアと決まっている……。

私はいつも彼女たちより早く舞踏会に出発した。私が着く時間にはまだ続々と馬車が到着して、一階ではボーイたちが、強い匂いをたてる毛皮コートと半コートと制服外套の山に埋もれており、薄手の燕尾服だと冷気が身を切るようだった。他人の燕尾服を着て髪を撫でつけた私は、スタイルがよくて前より痩せて、ここでは誰とも関わりがなくて孤独だった。編集局で奇妙な位置を占め、変にプライドの高い若者である私は、パーティーでは初めは冷静で頭も明晰で皆から孤立して、自分を氷でできた鏡のように感じている。それから次第に人が増えてにぎやかになり、楽隊の音楽も耳になじんできて、ホール入口には人がひしめき合い、女性たちが次々にやって来て、空気も次第に重く暖かくなってくる。そして私はまるで酔ったように、女性を見る目はより大胆に、男性を見る目はより傲慢になって、人をかきわける動作も滑らかになり、誰かの燕尾服や制服に触わると、礼儀正しいが高飛車な口調で「失礼」と詫びた……。そして不意に彼女たちを見つけて――二人は少し笑いを浮かべ、注意深く人込みを抜けていく――、親しさときまり悪さと驚きを覚えて心臓がどきっとする。確かにあの二人だが、普段のようではない。特に彼女は、まったく違っていた！　こんなとき私はいつも、彼女の若さとか細さに驚かされる。コルセットで締めつけたウエスト、透き通った軽やかで清楚なドレス、手袋の上から肩先までむき出しで凍えて子供のように紫色になった腕、まだ頼りなげな表情……。でも髪は社交界の美女のように結い上げて、非常に魅力的だったが、そこにはすでに私から解放される準備や私への裏切り、秘められた背徳への準備さえも感じられた。すぐに誰かが駆け寄ってきて舞踏会独特のせわしない動作で低く一礼すると、彼女は扇をアヴィーロワさんに預けて、何だかぼんやりした態度で優雅に相手の肩に手を置き、ターンしながら爪先立ちですべるように進んで、くるくる回る人の群れと騒音と音楽の中に入り込んで、姿が見えなくなる。私は早くも冷たい敵意を感じながら、まるで永の別れのように彼女を見送る。

小柄で活動的でいつも朗らかなしっかり者のアヴィーロワさんも、舞踏会では若さと輝くような美貌で私を驚かせた。ある舞踏会で私は不意に彼女はまだ二十六歳だと気づき、自分でそれを信じる決心はつかないものの、この冬彼女の私に対する態度が微妙に変わった理由に、つまり彼女が私を愛して嫉妬しているのかも知れないということに、初めて思い当たった。

十

それから私たちは長く別れることになった。

ドクターの思いがけない来訪が、ことの始まりだった。

厳しく冷え込んだ晴天の朝、編集局の玄関に入ると、非常になじみ深い強いタバコの匂いがして、食堂の方から活発な話し声や笑い声が聞こえた。私は足を止めた、何ごとだろう？　それはドクターが家中にタバコの煙を充満させ、しゃべっているのだとわかった。ある程度の年齢になると何年もまったく変わらず、体調のよさと絶え間ない喫煙と止むことのないおしゃべりを楽しむタイプがいるものだが、彼はそんな人に特有の活発さで、大声でしゃべっていた。私はひるんだ――この突然の来訪は何を意味するのか、彼女に何か要求しにきたのだろうか、私はどんな風に入っていこうか、どんな風にふるまおうか。しかし、最初の数分間は大したことは起きなかった。すばやく気を取り直して入っていった私は、快い驚きを覚えたほどだ。ドクターは持ち前の人の善さからちょっと困惑して、申し訳なさそうに笑いながら、「一週間ばかり田舎の疲れを取りに」来たのだと急いで説明した。私はすぐに彼女が興奮していることに気づいた。なぜかアヴィーロワさんも興奮していた。ただ、それはすべてドクターのせいだと――田舎から町に出てきたばかりなので特にはつらつとして、車中で一泊した後によその家の食堂でお茶を飲んでいる、この思いがけない客人のせいだと思うこともできた。私はもう安心しはじめていた。ところがそこで衝撃が待ち受けていた。ドクターの話を聞いていて突然わかったのだが、彼は一人で来たのではなく、ボゴモーロフと一緒だったのだ――ボゴモーロフというのは、若くて裕福で町では名の知れた皮革商人で、ずっと前から彼女に気があった。ドクターの笑い声が聞こえた。

「彼はおまえに恋してるそうだ、リーカ、首ったけだとさ。固い決意でやって来たと言ってる。だから今や、この不幸な男の運命は、完全におまえが握っているわけだ。おまえがその気になれば彼を助けることになるが、その気にならなければ彼は永久に破滅ってわけだ……」

ボゴモーロフは裕福なだけではなかった。頭が良くて性格は快活で魅力的、大学出で外国暮らしの経験があり、外国語を二つ話すことができた。彼はちょっと見るとぎょっとしてしまうような外見だった――濃い赤毛の髪をぴっちりとまん中分けにして、やさしい丸顔で、とてつもない肥満体だったのだ。自然の摂理に反するほど大きく育った非常に栄養の行き届いた赤ん坊とも、全身が脂肪と血液で輝いている巨大な若いヨークシャー種の豚ともつかなかった。しかし、このヨークシャー豚のすべてが華麗で清潔で健康的で、それを見るとこちらが喜びに包まれるほどだった。青い目は紺碧の空のようで、顔色はなんとも言えず清らかで、物腰や笑い方や声の響き、目や口の動きには内気と優しさが溢れていた。手足は心打たれるほど小さく、イギリス製の生地で仕立てた服と靴下やシャツやネクタイは全部シルクだった。私が彼女の方にぱっと目をやると、彼女はきまり悪そうに笑っていた。すると不意にすべてが私とは関係のない疎遠なものと化し、私自身もこの家にとってひどく余計で不必要なもののような気がして、彼女への憎しみがさっと私を捉えた……。

それから私たちは一日のうち一時間も二人だけで過ごすことはできなくなり、彼女は父親やボゴモーロフと離れなくなった。アヴィーロワさんは常に謎めいたうれしそうな笑みを浮かべて、ボゴモーロフにたいへん親切に愛想よくしてみせたので、彼は最初の日からこの家の身内同然になり、朝から来て夜遅くまで居すわり、ホテルには泊まりに帰るだけになった。しかもそんなときに、リーカが所属しているアマチュア演劇サークルのリハーサルがはじまった。謝肉祭《マースレニツァ》に行う公演の準備がはじまり、リーカを介してボゴモーロフばかりかドクターにまでちょっとした役が振られた。リーカの言うには、ボゴモーロフが言い寄るのを許しているのは父親のためだけで、ボゴモーロフに冷たい態度をとって父親を怒らせたくないからということだった。私はなんとか自制してその言葉を信じているふりをして、何度か無理してリハーサルを見に行き、やりきれない嫉妬心やリハーサルで感じるその他の苦しみもすべて押し隠そうと努力した。私は彼女のことが恥ずかしかった。彼女が「演技をしよう」とみじめに努力する姿が恥ずかしくて、目のやり場に困った。そもそもこれは人間の無能さがさらけ出される恐るべき見世物だった！　リハーサルを指揮していたのは、仕事にあぶれたプロの俳優だった。もちろん自分にはすごい才能があると思いこみ、自分の哀れな舞台経験を誇りにしていた。年齢不詳で、生白《なまじろ》い顔にはこしらえものみたいな深いしわが寄っていた。彼はしょっちゅうカッとなって演技指導をしながら怒りまくるので、こめかみの血管が膨れて堅い縄のように浮き出していた。彼が男や女の役をやって見せると、誰もが必死でそのまねをした。その声や動作のひとつひとつが私を苦しめた。あの役者は確かに我慢できないほどひどかったが、まねる方はもっとひどかった。なぜ、何のために、彼らは芝居をやっていたのだろうか？　このサークルには、どんな田舎町でも必ず見かける、痩せぎすで自信家で厚かましい将校夫人もいれば、常にそわそわして何かを待っている、唇をかむ癖のある派手な服を着た娘もいた。いつも一緒にいて驚くほど似ているので町では有名な姉妹もいた——二人とも背が高く、髪の毛は太くて黒く、眉も黒くて一つにつながって、厳しい表情で押し黙り、まさに轅《ながえ》でつながれた一対の黒馬というところだった。特別任務についている知事直属の役人もいた――まだまだ若いのにブロンドの髪がすでに薄くなりかけている男で、赤い瞼の下の青い目を大きく見開き、非常に長身で、高い襟のシャツを着て、辟易《へきえき》するほど礼儀正しくて繊細だった。この地方で有名な弁護士もいた――恰幅《かっぷく》がよくて体が大きく、胸板も肩も厚くて足もどっしりしているので、私は燕尾服姿の彼を舞踏会で見かけると、いつもボーイ長と勘違いした。そして若い画家もいた――黒いビロードの上着、ヒンズー教徒みたいな長髪、山羊のような頬ひげが生えた山羊のような横顔、半分閉じた目と真っ赤な唇は女みたいで恥ずかしくなるほど厭らしい、そして女のような腰まわり……。

本番の日になった。私は幕が上がる前に舞台裏をのぞいてみた。人々は気も狂わんばかりに叫んだり言い争ったり、衣装を着たりメイクをしたりで、楽屋から走りだしてぶつかっても互いに相手がわからない状態だった。全員がひどく珍妙な扮装をして――茶色の燕尾服に紫色のズボンという男さえいた――不自然な鬘《かつら》や髭をつけ、塗りたくった顔には表情がなかった。額や鼻にピンクの膏薬みたいなものを貼り、アイラインを引いた目を輝かせ、マネキン人形のような黒く太い睫毛を重たげに動かしていた。私は彼女とぶつかったが、やはり彼女とわからず、お人形さんのような様子に驚いた。時代遅れの優雅なピンクのドレスに、豊かな金髪の鬘《かつら》、のっぺりした顔には民衆版画《ルボーク》的な美しさと子供っぽさがあった……。ボゴモーロフは黄色い髪の屋敷番を演じた。「庶民タイプ」を創造するために、特に派手にこしらえられていた。ドクターは退役将校である老齢の伯父さんの役だった。彼から芝居がはじまるので、幕が開くと別荘の籐椅子に座っていた。板で作った緑色の木がむき出しの床に立てられ、その下に籐椅子が置かれている。ドクターは真新しい繭紬《けんちゅう》のスーツを着て、やはり顔全体をピンクに塗り、途方もなく大きな白い口髭を付け、椅子の背にもたれて広げた新聞をもったいぶって読んでいる。よく晴れた夏の朝をあらわす舞台装置で、彼は下からのライトで全身を煌々と照らされ、白髪なのに驚くほど若々しかった。彼は新聞を読んでから何か愚痴っぽいセリフを言うはずだったが、いつまでも新聞を見ているばかりで、プロンプターボックスからの必死のささやきにも拘わらず、一言も発することができなかった。とうとう彼女が舞台袖から飛びだして（子供っぽくはしゃいだ、いたずらっぽい笑い声をたてながら）、後ろから飛びついて彼の目を両手で押さえ、大声で「だーれだ？」と言うと、ドクターもやっと一語ずつ区切りながら叫んだ——「離せ、離せ、山羊さんや、誰だか、よーく、わかってるぞ！」

客席は薄暗かったが、舞台は晴れて明るかった。私は最前列に座って、舞台を見たり周囲を見たりしていた。最前列に並んでいるのは、窒息しそうなほど太った裕福な文官、すばらしい官等や容姿を持つ警察官や軍人たちだった。彼ら全員が、舞台上の不自然なポーズや中途半端な笑顔にまさに釘付けだった……。私は第一幕の終わりまでも座っていられなかった。舞台で何かをこつんと打つ音がすると——これはもうすぐ幕が下りる合図である——私は急いで飛び出した。芝居は最高潮で、自然の明るさの廊下にまで——そこで物慣れた老人が私にコートを着せてくれた——役者たちのやたらに威勢のいい叫び声が聞こえてきて、実に不自然に響いた。私はようやく通りへ出た。私の中の激しい孤独感が頂点にまで高まった。人の姿はなくて清潔で、街灯の光が静かに照らしていた。私はホテルには帰らず——あの狭い部屋は恐ろしすぎた——編集局へ向かった。官庁街を過ぎてひっそりした広場へ折れた。広場のまん中にそびえ立つ聖堂の金色の円屋根がほのかに光って、星の瞬く空に消え入りそうだった。私が雪を踏む靴音にさえ、何か高尚で恐ろしいものが感じられた……。家の中は暖かくて静かで、灯のついた食堂で時計がゆっくりと時を刻んでいた。アヴィーロワさんの息子は寝ており、ドアを開けてくれたばあやは眠そうな目で私を見てから行ってしまった。私はとてもよく知っている部屋、階段の下にある私にとって本当に特別な部屋へ入って、暗闇の中で、やはりよく知っている、今や何だか運命的に感じられるソファに腰を下ろした……。私はみんなが到着して賑やかに入ってくる瞬間を待ちながら、怖さも感じていた――みんな先を争うように話をはじめ、笑い声を上げ、サモワールを囲んで芝居の印象を語るだろう。彼女の声と笑いが響き渡る瞬間が、何より怖かった……。部屋には彼女が、彼女の不在と存在が溢れ、彼女のあらゆる匂いが――彼女自身の、彼女のドレスの、香水の、ソファに置かれたガウンの匂いが――溢れていた……。窓の外には紺色の冬の夜が不気味に広がり、庭の木々の黒い枝の向こうで星が輝いていた……。

大斎期の一週目に、彼女は父親やボゴモーロフと一緒に家に帰った（その前にボゴモーロフのプロポーズを断った）。私は長いこと彼女と口をきかなかった。彼女は出発の準備をしながら泣き、私が急に彼女を引き止めるのではないか、彼女を放さないのではないかと、ずっと期待していた。

十一

田舎らしい大斎期の日々が過ぎていった。辻馬車の御者たちは所在なげに街角に立ち、凍えきって、時々やたらに腕を交差させる運動をしてみたり、通りがかった将校におずおずと「旦那、お乗りになりませんか」と声をかけたりしていた。コクマルガラスは春が近いのを感じて興奮気味に元気に鳴いていたが、ハシボソガラスの鳴き声はまだ鋭くて険しかった。

彼女と別れていることは、夜には特に恐ろしく感じられた。夜中に目が覚めて、ぞっとすることがあった。これからどうやって、何のために生きていこうか？　これは私だろうか――この意味もない夜の闇の中で、数千人の他人が住む県庁所在の町で、細長い窓がまるで黙りこんだ長身の悪魔のように一晩中灰色に見えているホテルの部屋で、こうして横になっているのは本当に私だろうか？　町で親しいのはアヴィーロワさんだけだ。でも、本当に親しいか？　二面性のある気づまりな親しさだ……。

今では私は遅めに編集局に行くようになった。アヴィーロワさんは私が玄関に着いたのを応接室から見ると、うれしそうに笑う。彼女は私に対して再び優しく愛想良くなって、薄笑いを浮かべなくなり、私は彼女のいつも変わらぬ好意と心遣いを感じた。二人で夕べを過ごすことも多く、彼女は私のために長い時間ピアノを弾き、私はソファに寝そべるように座って、ずっと目を閉じていた——音楽がもたらす幸福、それと同時に急激に強まる愛の苦しみとすべてを許す優しさのせいで涙がにじんでくるから。私は応接室に入ると彼女の小さくてしっかりした手に口づけして、常任編集者の部屋に進む。その部屋では、社説担当の愚かで物思わしげな男がタバコを吸っている。オリョールに追放されて警察の監視下にある男で、その外見はかなり奇妙だった。平民のような顎ひげ、茶色の粗ラシャの半コート、強烈だが快い匂いを放つ油を塗ったブーツ、おまけに左利きだ。右手が半分欠けていて、袖に隠れた残り半分で紙を机に押し付けて、左手で書く。猛烈にタバコをふかしながら、長いこと座って考えていたかと思うと、不意に紙をしっかり押し付けて、力強くすばやく猿のように器用に書きまくる。次にやってくるのは、外国情報担当の、驚いたように見える眼鏡をかけた短足の老人だ。彼は玄関でウサギ皮の裏がついたコートと耳当てつきのフィンランド製帽子を脱いで、ブーツと幅広のズボンと皮ベルトで締めたフランネルの上着だけになると、本当に小さくて痩せっぽちで、十歳の子にしか見えなかった。白髪まじりの多めの髪の毛がばらばらにぴんと突き出た様はヤマアラシのようで、驚いたように見える眼鏡も恐ろしかった。彼はいつも巻紙とタバコの入った二つの小箱を持参して、仕事中にしょっちゅう巻きタバコを作った。首都の新聞を見ながら慣れた様子で薄い色の刻みタバコを少量つまんで、紙巻き器の銅製の筒に入れ、ぼんやりと手探りで巻紙を取り、紙巻き器の取っ手を柔らかい地の上着の胸に押し付け、タバコの入った筒を丸めた巻紙に当てて器用に机の上に押し出すのだった。それから製版工と校正係が立ち寄る。製版工は落ち着いて堂々と入ってくる。驚くほど礼儀正しくて無口で、打ち解けない男だった。痩せぎすで髪はジプシーのように黒く、顔はオリーブ色で小さな口ひげは黒く唇は死人のような灰色で、いつも清潔でこざっぱりした身なりをしていた。黒いズボンと青い上着と糊のきいた大きな襟、すべて輝くばかりに清潔で新しかった。私はたまに彼と印刷所で話をしたが、彼はそんな時には日頃の無口をうっちゃって、暗い目でまっすぐに私の目を見ながら、機械仕掛けのようなしゃべり方で声も高めずに、いつも同じ話をした。どんな時代にもあらゆる場所であらゆる事において不正がはびこっているという話だった。校正係の方はしょっちゅうやって来た。いつも記事の中に不明箇所や認めがたい部分を見つけて、記者に説明や修正を求めに来て、「すみません、ここは言い方がまずいですよ」と言う。彼は太って不格好で、細かく縮れた濡れたような髪をしていた。自分がひどく酔っていることにみんなが気づくのではないかと恐れて神経質になり、背を丸めて説明を求める相手の方にかがみこみ、アルコール臭い息を抑えながらちょっと体を離し、艶のあるむくんだ手を震わせて、不明箇所や彼によれば言い方がまずい箇所を指し示すのだ。私はこの部屋に座って、注意散漫に他人の色々な原稿に手を入れていたが、大抵はただ窓の外を見て、私自身は何をどのように書くべきか考えていた。

今では、私には恋とは別のもう一つの秘かな苦悩、もう一つの辛い「かなわぬ夢」があった。私はまたあれこれ書いて――今度は散文が多かった――、また発表しはじめていた。しかし、私が考えていたことは、私が書いて発表したこととは違っていた。全然別のことを書きたい、私が書けたことや書いてきたことではなく、書けなかったことを書きたいという望みに私は苦しめられた。人生に与えられているものから、真に書くに値する何かを自分の中で作り上げること――それはなんと稀有な幸福、精神的な営みだろう！　私の生活は次第に、この「かなわぬ夢」との新たな闘いへと変わって行った。恋とは違うが同じように捉えがたい幸福の探索と追及、それについての絶えざる思索へと。

　正午に郵便物が届く。私は応接室へ出ていき、アヴィーロワさんがきれいに入念に整えた頭をいつも通り仕事に傾けているのを目にして、その他のすてきなものも目にする――机の下に見える柔らかに光るヤギ革の室内履きと肩にかかった毛皮のケープを。ケープには灰色の冬の日と冬の窓が照り映え、窓の向こうには灰色の雪空があった。私は郵便物の中から首都の雑誌の最新号を選び出して、急いでページを切って開く……。チェーホフの新作だ！　その名前を見るだけで何かがこみ上げて、私はちらっと短編に目をやるだけだ。それを読む楽しみを予感すると嫉妬の痛みが襲ってきて、作品の冒頭を読むことさえできないのだ。その間に応接室には、大勢の人が入れ替わり立ち替わり姿を見せる。広告の注文主も来るし、ものを書く欲望に取り憑かれた実に様々な人もたくさん来る。ふわふわのマフラーとミトンを身につけた上品な老人が、安い大判の紙の分厚い束を持って来る。それには『詩と思索』という題が、羽根ペンで書いていた時代の見事な事務書体で記されている。また照れて顔を真っ赤にした、うら若い将校の姿もあった。彼は原稿を持参して、それを読んでくれるよう、掲載にあたっては決して本名を出さないで、「編集局の規則が許せばイニシャルのみ」にしてくれるよう、はきはきした丁寧な口調で頼み込む。お次は、興奮と毛皮のコートのせいで汗をかいた初老の司祭だ。「観察者《スペクテーター》」というペンネームで「村の情景」という作品を発表することを望んでいる。その次は郡裁判所の執行官……。異常に几帳面な男で、新しいオーバーシューズ、新しい手袋、新しいイタチ革のコート、新しい貴族帽を玄関で不思議なほど時間をかけて脱いで、がりがりに痩せて背が高くて歯が目立つ清潔な姿になると、真っ白なハンカチで三十分近くも口ひげを拭く。私はその間ずっと作家の観察力を発揮して、彼の一挙一動を食い入るように見つめる。

「そうだ、あの人はどうしてもすごく清潔で几帳面で動作がゆっくりでなければならない。だって、歯の間があいてて口ひげが濃くて額はリンゴみたいに突き出て、もう禿げかけて目は輝き頬には結核らしい赤みがあって、足は大きくて扁平で、大きな丸い爪のついた手も大きくて扁平ときてるんだから！」

昼食前にばあやと男の子が散歩から帰ってくる。アヴィーロワさんは玄関へ走っていってさっとかがみ、男の子の白い羊皮の帽子を脱がせ、白い羊皮の裏がついた青いコートのボタンをはずしてやって、生き生きと頬が紅潮した小さな顔にキスをする。男の子はぼんやりとよそを見ながら、何かかけ離れた自分の考えにふけり、気がない様子で母親がコートを脱がせたりキスしたりするままにさせている。そして私はそのすべてを嫉妬している自分に気づく。男の子の幸福な散漫さやアヴィーロワさんの母としての幸福に、ばあやの年寄りらしい穏やかさにも嫉妬していた。私は、用意された仕事や関心事で人生が満たされている人が羨ましかった。彼らの人生を満たしているのは、期待でもなければ、人間の行為の中で最も奇妙な「執筆」のために何かを考案することでもなかった。人生において単純で正確な一定の仕事を持っていて、その仕事をやってしまうと明日まで完全に平穏で自由でいられる――そんな人たちが私には羨ましかった。

昼食がすむと、私は外出する。町にはすばらしいぼたん雪が、眠気を誘うように降りしきっていた。こんなに優しくてまっ白な雪は、いつでも人を欺いて春は近いと思わせる。雪の積もった通りを、どこかで一杯ひっかけて来たに違いない呑気そうな辻馬車の御者が、まるで何かすばらしいものが待っているみたいに、私の横を音もなく飛ばして行く……。これ以上ありふれた情景があり得るだろうか？　ところが今は何もかもが、束の間の印象の一つ一つが私を傷つける。傷つけておいて即座に、この印象を無駄に滅びさせるまい、跡形もなく消滅させるまいという衝動を駆り立てる。この場でこの印象をわが物にして、そこから何かを引き出そうという貪欲な衝動を生み出すのだ。ほら今、辻馬車の御者が一瞬見えた。ちらついた彼の姿が私の心でも一瞬光って、元の姿の奇妙な似姿となって心に残り、その後どんなに長く、しかも空しく、私の心を悩ませたことか！　さらに行くと豪華な車寄せがあって、その前の歩道の脇に停まっている箱馬車のニス塗りの車体が白い雪を通して黒々と浮かび、大きな後輪の油まみれの輪金《リム》が見える。古い雪に埋まった後輪にふわりと新雪が降りかかる。私は歩きながら、御者台にこんもり見える御者の背中に目をやる。御者は肩幅が広くて、子供みたいに胸高にベルトを締め、クッションのようにふくらんだビロードの四角形の帽子をかぶっている。そして不意に私は目にする。馬車のガラス張りの扉の向こうで、サテンのボンボン入れ《ボンボニエール》の中にかわいい小犬が座って、ぷるぷる震えながらじっとこちらを見て、何か話しかけたそうにしている。犬の耳は結んだリボンにそっくりだ。またもや稲妻のようにさっと喜びが走る——リボンそっくりの耳！

私は図書館に寄る。非常に蔵書量の多い古い図書館だ。でも図書館はなんと陰気で、誰にとっても不必要だったことか！　古い荒れ放題の建物、だだっ広くて飾りのない玄関、二階への寒い階段、フェルトの上に張ったオイルクロスが破れているドア。ぼろぼろになった本が上から下まで詰めこまれた三つのホール、長いカウンター、デスク。小柄で胸が小さくて無愛想に黙りこんだ女性図書館員は、地味な黒っぽい服を着て、細くて青白い手の中指にインクのしみをつけている。彼女の下で働くグレーの上着を着た少年は、誰にも世話を焼いてもらえず、柔らかくて長く散髪していない髪はネズミみたいだ……。私は「閲覧室」へ進む。何かくすぶった匂いがする丸い部屋で、まん中の丸テーブルに「主教管区通報」や「ロシアの巡礼」が載せてある。ひとりで丸テーブルに向かい、背を丸めてひっそりと厚い本のページをめくっているのは閲覧室の常連の痩せた若者、着古した短いコートを着た中学生で、ハンカチを丸めてひっきりなしに鼻を慎重に拭っていた。私たち二人以外に、誰がここに来る必要があっただろうか——どちらもこの町で驚くほど孤独で、どちらも奇異なものを読んでいる私たち以外に。彼が読んでいたのは、中学生にしてはまったく突飛な、「課税台帳」に関する本だった。図書館員は私にも何度か怪訝《けげん》そうな目を向けた。私が請求したのは、「北方の蜜蜂」、「モスクワ通報」、「北極星」、「北方の花々」、プーシキンが発行人の「現代人」などだったからだ（いずれも一八二〇―三〇年代の雑誌）。だが私は、新刊の「偉人伝」を借りることもあった。偉人たちの中に自分を支えてくれるものを見つけるため、嫉妬しながら彼らと自分を比較するためだった。「偉人」！　世の中にはなんと多くの詩人や小説家、物語作家がいたことか。だが、その中の何人が名を残しているだろうか。時代を問わず永遠に残っているのは、いつも同じ名前だ！　ホメロス、ホラティウス、ヴェルギリウス、ダンテ、ペトラルカ……。シェイクスピア、バイロン、シェリー、ゲーテ……。ラシーヌ、モリエール……。いつだって「ドン・キホーテ」、いつだって「マノン・レスコー」だ……。私は図書館のこの部屋で初めてラジーシチェフを読んで、大いに感激したことを覚えている。「あたりを見回し、わが心は人類の苦しみに傷ついた」＊！

夕方になると図書館を出て、暮れゆく町を静かに歩いた。あちこちで鐘の音が上からゆっくりと降ってきた。自分のことや彼女のこと、遠くのわが家のことを考えると寂しい気持ちになって、私は教会に立ち寄る。そこにも誰にも必要でないものがあった。ひっそりした薄闇、まばらなロウソクの火、老婆と老人。ロウソクを売る教会執事は、身じろぎもせずにかしこまって立ち、灰色の髪を百姓らしくまっすぐに分けて、商人のように厳しく目を光らせていた。番人は弱った足を引きずって、ある場所では傾いてあまりに勢いよく溶けるロウソクを立て直す。次の場所では尽きかけたロウソクの火を吹き消して、焦げ臭い匂いとロウの匂いをたてながら年寄りじみた手でロウソクを握りつぶし、他の燃えさしとまとめて塊を作る。彼は明らかに、この地上での私たちの不可解な生存とすべての秘蹟につくづく嫌気が差していた――洗礼、聖体拝領、結婚、葬儀、すべての祭日とすべての精進、年から年へ永遠に繰り返されるこれらのことに。司祭は祭服をはおらずに長衣だけを着てひどく細身で、家にいるときのように何もかぶらず女みたいに髪を垂らしていた。彼が閉ざされた王門に向かって立ち、首にかけた領帯が垂れ下がって胸から離れるほど深く礼をして、ふっと息を吐いて声を高めると、陰鬱な悔い改めた薄闇に、もの悲しい空虚の中に、その声が反響する――「主よ、わが命の支配者よ……」。私はそっと教会を出て、春が間近な冬の空気を再び吸いこんで、灰青色の黄昏を眺める。手の平を窪めた乞食が上辺《うわべ》だけへりくだって、ふさふさした白髪頭を私の前に低く下げる。彼は五コペイカを取って握りしめ、私の方を見て、私をハッとさせる――ひどく年老いた酔っぱらいの淡いトルコブルーの目、苺のような巨大な鼻。大きくて粒々でぷっくりした苺が三つ重なったような三段鼻……。ああ、再び苦しみと喜びが混じった気持ちが押し寄せる。苺のような三段鼻！

ボルホフ通りを下りながら、暮れゆく空を眺めると、そこに見える古い家々の屋根の輪郭が心を悩ます。それらの輪郭の心和らぐ不思議な魅力。古《いにしえ》の人間の覆い――こう書いたのは誰だったろう？　街灯がともされ、店々の窓が暖かく照らされ、歩道を行く人々の姿が黒く見えて、夜は青くなり、町は楽しく心地よくなっていく……。私は探偵のように一人の通行人の、そしてまた別の通行人の後をつけて、背中やオーバーシューズを見て、何かを理解しよう、この人の持つ何かを捉え、彼の身になろうと努力する。書くのだ！　ほら、これらの屋根について、オーバーシューズや背中について書くのだ。決して、「専制や暴力と闘い、抑圧された恵まれない人たちを守るため、そして明確な人間像《タイプ》を提示するため、社会性や現代性や時代の傾向と思潮を広範に描きだすため」に書くのではない！　私は歩みを速めて、オルリク川の方へ下って行った。夕方はすでに夜に変わり、橋のガス灯が明るく燃えている。その下で背を丸めて手を脇の下につっこみ、犬のように私を見て犬のように全身を大きく震わせて、こわばった口で「旦那様！」とつぶやいたのは、赤くか

＊A・ラジーシチェフの作品『ペテルブルグからモスクワへの旅』（一七九〇）より。

じかんだ裸足で雪の上に立っている浮浪者だ。ぼろぼろの更紗のシャツと丈の短いピンク色のズボン下だけを着て、吹き出物だらけのむくんだ顔に薄く氷が張ったような濁った目をしていた。私は泥棒のようにすばやく彼の像をとらえてそれを自分の中にしまいこみ、そのお礼に十コペイカ玉を握らせた……。人生は悲惨だ！　だが、本当に「悲惨」だろうか。ひょっとして、人生は「悲惨」とはまったく別なものではないか？　私は数日前にもこの浮浪者に五コペイカを恵んで、単純にも「それにしても悲惨ですね、あなたの生活は！」と叫んだら、彼は思いがけない大胆さと気骨と私の愚かさへの怒りを見せて、「悲惨なことなんてありませんよ、お若い方！」とかすれ声で答えたのだ。さて私が橋を越えると、大きな建物の一階にあるソーセージ屋が、鏡張りのショーウインドーをギラギラと光らせていた。ウインドーいっぱいに吊り下げられたハムやソーセージが数も種類も非常に豊かなので、同じように上から下まで商品で埋められた白くて明るい店内が見えないほどだった。「社会的コントラストだな！」と、ウインドーの光と輝きの中を歩きながら、私は何者かに腹いせするように辛辣なことを考えた……。モスクワ通りまで来て、御者たちが集まる茶店に入った。話し声と混雑と湯気の暖かさに包まれて座り、真っ赤になった肉付きのよい顔や赤毛の頬ひげ、錆びついて塗料の剝げたお盆をじっと見た。お盆には白いティーポットが二つ載っていて、蓋と取っ手が湿った細紐で結びつけられていた……。民衆の生活の観察か？　いや、そうではない——ただ単にこのトレーと湿った細紐の観察だ！

十二

私は時には駅の方へ行くこともあった。凱旋門を越えると暗闇がはじまり、田舎町の荒涼たる夜が開ける。

私の頭に郡役所のある小さな町が浮かんでくる。知られざる町で現実には存在しておらず、私が想像しているだけの、でも私の全人生がそこで過ぎてきたような町だ。雪に埋もれた広い通り、雪の中に黒く浮かぶ数軒の小屋、その一軒にともる赤い灯が私には見える。私は有頂天になってつぶやく。そうだ、雪、あばら屋、灯明、その三つの言葉を書くだけだ、それ以上は何もいらない！　野を渡る冬の風が早くも運んでくるのは、機関車の汽笛やシュッシュッという音、そして遠さと広大さを感じさせて心の底まで興奮させる、快い石炭の匂い。客を乗せた黒い辻馬車が、向こうから疾走してくる。モスクワからの郵便列車が到着したのだろうか。確かに列車は到着済みで、駅のビュッフェは人々と照明、料理とサモワールの匂いで沸き返り、タタール人の給仕たちが燕尾服の裾を翻して走り回っていた。彼らは揃ってがに股で色黒で頬骨が高く、馬のような目をして、砲弾のような丸い形の頭は髪を短く切って青々としていた。大きなテーブルには商人の一団が陣取り、去勢派信徒たちがチョウザメの冷製にホースラディッシュをつけて食べていた。彼らの顔は大きくてむっちりして女性的で肌はサフラン色で、目は細くて、キツネの毛皮のコートを着ている……。駅の本屋は、私にはいつも大きな魅力だった。私は飢えた狼のように周囲をぐるぐる回り、背伸びをして、スヴォーリン社の本の黄色や灰色の背表紙に書かれた題を読み取ろうとした。ここの何もかもが旅や列車への私の永遠の渇望を掻き立てて、どこかへ一緒に旅をしたらこの上なく幸せになれるはずのあの女《ひと》への切ない思いにつながるので、私は急いで外に出て辻待ちの馬橇に飛び乗り、町をめざし編集局へと走りゆく。どんな時でもなんとすばらしいのだろう、心の痛みとスピードが混ぜ合わさると！　橇に乗って道路の窪みにぶつかったり沈みこんだりしながら頭を上げると、ああ今夜は月夜だ。流れゆく白っぽい冬雲の向こうに、青白い顔がちらつき白く輝いている。その顔はなんと高いところにあって、なんと万物と無縁なのだろう！　流れる雲は月の顔を見せたり隠したりしているが、それは月にはどうでもよくて、雲になんか何の関心もないのだ！　私は首が痛くなるほど頭を反らして、目を逸《そ》らさずに、月がどんな顔をして雲の中から滑り出てくるかを見きわめようとする。死者の白い顔だろうか。全体が内側から輝いているが、それはどんな輝きか。ステアリンの輝き？　そうだ、そうだ、ステアリンの輝きだ！　どこかで、この表現を使おう！

私は編集局の玄関でアヴィーロワさんと出くわして、彼女を驚かす。「あら、ちょうどいいわ。コンサートに行きましょう！」彼女はとてもきれいな黒いレースの服を着ているので、いっそう小柄でスマートに見え、肩と手、そしてやさしい胸のふくらみの上の方を露出している。髪を美容院でセットして、顔には薄くお白粉をつけているので、目がいっそう黒く輝いて見える。私は彼女に毛皮コートを着せかけながら、こんなに接近している露出した体や、いい匂いがするカールした髪に不意に口づけしないよう、やっと自分を抑える……。シャンデリアに煌々《こうこう》と照らし出された貴族会館のホールの舞台には、首都から来た有名人が立っている。美人の女性歌手と黒い髪をした巨漢の男性歌手だ。男性歌手の例にもれず、彼も健康美と、若い牡馬《おす》さながらの荒々しい力強さで人を驚嘆させる。大きな足に履いたエナメル靴、見事な仕立ての燕尾服、シャツの白い胸あてと白いネクタイ、そのすべてをキラキラ輝かせて、彼は挑戦的に英雄的に轟かせる――勇気と雄々しさと恐るべき厳正さを。女性歌手は彼の声と離れたり重なったりしながら、大急ぎで彼の歌に応えたかと思うと次には遮って、優しい非難、訴え、情熱的な悲しみ、沸き起こる歓び、幸福な笑い声のようなフィオリトゥーラを響かせる……。

十三

私はよく夜明けとともに飛び起きた。時計を見るとまだ七時にもなっていない。もう一回毛布にくるまって、もう少し寝ていたいと強く思う。部屋は寒くて灰色で、まだ眠っているホテルの静けさの中、早朝らしい物音――廊下の端でボーイが服にブラシをかけてボタンがカチャカチャ鳴る音が聞こえるだけだ。しかし、また一日を無駄に費やしてしまうのではないかという恐怖がこみあげ、できるだけ早く今度こそしっかりと机に向かわねばという焦燥感に駆られて、私は勢いよく呼び鈴を鳴らして、その音をしつこく廊下に響かせる。すべてがなんとよそよそしくて不快なことか――ホテルも、ブラシをかけている不潔なボーイも、氷のように冷たい水を顔にしたたらせるみすぼらしいブリキの洗面台も！　薄い寝巻きを着た私の若い痩せた体はどんなにみじめで、窓ガラスの向こうの窓枠に積もった大粒の雪の上で体を丸めている鳩は、どんなに凍えきっていることだろう！　不意に楽しい大胆な考えが浮かんで心が燃え上がる。すぐに帰ろう、バトゥリノへ、懐かしのわが家へ！　しかし、急いでお茶を飲み、みじめな小卓の上の数冊の本をざっと片づけると――小卓は洗面台の横の隣室に通じるドアに寄せかけてあり、隣室には、くすんだ感じの悲しげな美人が八歳の子供と入っていた――、私はいつも通り朝の日課に没頭する。その日課とは執筆への心の準備をして、自分の中にあるものをしっかりと選り分けて、今にも形の定まりそうなものを探し出すことだ。その瞬間を待ち受けていると、また今度も期待だけに終わり、募る興奮と冷たくなる手、そして完全な絶望と、町への、編集局への逃亡で終わってしまうのではないかという恐怖が襲ってくる。また頭が混乱してくる。てんでばらばらな感情や思考や観念がたくさん混ざりあった、自由で無秩序なために私を苦しめるものが、頭をよぎって行く。根本にあるのはいつも自分のこと、個人的なことだった。他人をどんなに見つめてみたところで、当時の私が他人に関心を持てただろうか？　そうだな――私は考えた――まず自分のことを書いてみようか。でも、どんなふうに？　『幼年時代』や『少年時代』〔L・トルストイの初期作品〕のようなものを書くのか。それとも、もっと簡潔に、「私は何年にどこどこで生まれた」と書くか。いや、これじゃ無味乾燥でつまらない。しかも正しくない！　だってこれはぼくが感じていることと全く違う！　こんなことを言うと恥ずかしいけれど、でも本当はこうだ——私は宇宙で生まれた。かつて太陽系が、それから太陽と呼ばれるものが、そして地球ができた無限の時空間で生まれた……。でも、これはどんな意味だろう？　ぼくはこのことについて、空虚な言葉以外に何を知っているというのだ。地球は最初はガス状の輝く塊だった。数百万年後に気体が液体になり、それから凝固して、さらに二百万年ほどが過ぎて地球上に単細胞生物が、藻類や滴虫《てきちゅう》類が現れた。それから無脊椎動物、蠕虫《ぜんちゅう》類、軟体動物。それから両生類。その後には巨大な爬虫類……。それから穴居人、彼らによる火の発見……。そしてカルデア、アッシリア、たえずピラミッド建設やミイラ作りばかりやっていたみたいなエジプト……。ヘレスポントス征服を命じたアルタクセルクセス……。ペリクレス、アスパシア、テルモピュライの戦い、マラトンの戦い……。

でも、それよりずっと前に、アブラハムが立ち上がって家畜の群れを連れて約束の地へ歩きはじめた伝上の日々があった……。「アブラハムは信仰の力によって、彼が受け継ぐことを約束された国へ行く使命を受け入れ、どこへ進むか知らないままに歩き出した……」そうだ、行き先を知らないままに！　ぼくと同じだ！「信仰の力によって、使命を受け入れ……」何への信仰だろうか。神の命令にこめられた恵み深い慈悲への信仰だ。「どこへ進むか知らないままに歩き出した……」いや、知っていたのだ。彼は何らかの幸せを、優しくてすばらしいものをめざしていた。喜びを、つまり愛の感覚を、命を与えてくれるものをめざしていた……。ぼくだってずっとそんな風に——愛や喜びをもたらすものによってのみ、生きてきた……。

小卓の横にあるドアの向こうからは女性と子供の声、洗面台のペダルの音と水のはねる音、お茶をいれる音、「コースチェンカ、パンを食べて」という母親の声が聞こえてきた。私は立ち上がって部屋を歩き回りはじめる。ほら、このコースチェンカだっているぞ……。母親はこの子にお茶を飲ませると、正午までどこかへ出かけてしまう。昼に帰ってきて、石油コンロで何か料理して食べさせ、また外出する。コースチェンカはホテル全体の子供のようになって、一日中みんなの部屋をぶらついて、部屋を覗いて誰かいるとおずおずと話しかけ、時には媚びて相手の気に入るようなことを言ったりするのに、誰にも相手にされず、「さあ行った行った、邪魔しないでくれ」と追い払われることもある。それを見るのは本当に辛かった！　ある部屋に住む小柄な老婦人は非常にまじめで礼儀正しく、自分を他の下宿人より上とみなして、廊下ですれ違っても相手を見ようとせず、しょっちゅうトイレに閉じこもってはその後で大きな水音を立てた。彼女は、背中の広い大きなパグを飼っていた。太って首筋に皺が寄り、ガラスで作ったグズベリーのような飛び出した目にいやらしく折り畳まれた鼻、人を馬鹿にしたように傲慢に突き出した顎をして牙のような二本の歯の間からヒキガエルみたいな舌をのぞかせていた。この犬はいつも同じ表情をしていたが——ひどい厚かましさしか表れていなかった——、実はこいつは極端に怒りっぽかった。誰かの部屋を追い出されたコースチェンカが廊下でこのパグとぶつかるとすぐさま、犬が憎々しげにあえいで咳き込むような音を立てるのが聞こえてくる。犬はたちまち怒りくるって凶暴な大声で吠え立てるので、コースチェンカはヒステリックにわっと泣きだす……。

私は再び机に向かうが、生活の貧しさに悩み、その生活が平凡なのに強烈に複雑であることに悩んでいた。私はコースチェンカのことかそれに似たようなことを書きたかった。たとえば、あるときニクーリナの宿屋に女の裁縫師が一週間ほど泊まりこんで、仕事をしたことがあった。その初老の町人女は端切れのちらかったテーブルで何かを裁断して、仮縫いしたものをミシンに置いてカタカタと縫いはじめた……。彼女は布を裁つとき、鋏の動きやカーブに合わせてかさついた大きな口を色々な方向に曲げる。サモワールを囲んでお茶を楽しむときは、ニクーリナにお世辞を言おうとずっと気にしている。わざとらしく話に熱中しながら、白パンが入った籠の方へ、まるで無意識のように労働者らしい大きな手を伸ばしたり、カットグラスのジャム瓶を横目で見たりする。女のそんな様子のひとつひとつが、どんなに価値があっただろう！　それじゃ、数日前にカラチェフスカヤ通りで見かけた松葉杖をついたびっこの女はどうだろう？　びっこやせむしの人たちは皆、どこか挑戦的な歩き方をするものだ。彼女は身体を控えめに揺らしながら、両腕で松葉杖を突いて向こうからやって来た。脇の下から松葉杖の黒い柄をのぞかせ、肩を前へ突き出すようにして、左右交互に杖に身を預けて歩きながら、じっと私を見ていた。小さな毛皮コートは子供用みたいに丈が短かった。明るく澄んだ賢そうな茶色の目も、やはり子供のようだったが、その一方ですでに人生を、その悲しみや不思議を、すべて知っているようでもあった……。ある種の不幸な人たち、彼らの顔、そして心が覗いているような目は、時になんとすばらしいことだろう！

　それから私は、自分の人生を書くのに何から書きはじめるべきか、またじっくり考えてみる。いったい何から！　ともかく最初に宇宙について、ある瞬間に私が姿を現した宇宙について語るのでなければ、せめて最初にロシアについて語らなければならない。私はどんな国に属し、どんな生の結果としてこの世に現れたのかを読者に理解させねばならない。しかし、このことについて私は何を知っているだろう。スラヴ人の父祖伝来の生活、スラヴの種族間の内紛……。スラヴ人の特徴は高い身長と亜麻色の髪、勇敢で客好きなところだ。彼らは太陽と雷と稲妻を神格化し、森の精《レーシイ》やルサールカや水の精《ヴォジャノイ》や「あらゆる自然の力や現象」を崇めていた……。他に何があるだろう？　諸公の招集、ツァリグラードからウラジーミル公のもとにやって来た使者たち、民衆たちが泣き叫ぶ中でドニエプル川に投げ入れられたペルーン像……。ヤロスラフ賢公、彼の息子や孫たちの争い、それにフセヴォロド大巣公、私が知っているのはそれくらいだ……。いや、私は現在のロシアについても何も知らない！　知っていることといえば、零落する地主と飢える農民、地方自治会のお偉方や憲兵や警官、そして作家たちの表現を借りれば、必ず「大家族を背負っている」村の司祭たち……。他に何を知っているだろう。ここオリョールはロシア最古の町のひとつだ。せめてこの町の生活や住人たちについて知らなければならないが、私は何を知っているだろうか。いくつかの通り、辻馬車の御者たち、馬車の通行で汚れた雪、たくさんの店、看板また看板……。主教、県知事、ハンサムな巨漢の残忍な警察署長ラシェフスキイ……。それにパリツィンのことも知っている。彼はオリョールの誇りで町の中心人物、昔からロシアの名物とされてきた偏屈な変わり者の一人だ。年寄りで家柄が良く、アクサーコフやレスコフの友人で、古代ルーシの宮殿のような家に住み、家の丸太の壁は貴重な古いイコンで覆われている。色とりどりのモロッコ革で刺繍したゆるやかな長衣《カフタン》を着て、髪はおかっぱ、皮膚がぴんと張った顔に細い目がついている。非常に頭が切れて、噂では驚くほど本を読んで博識だそうだ……。このパリツィンについて、私は他に何を知っているか。何も知らない！

しかし、ここで怒りが込み上げる。なぜ私が何かや誰かについて、完璧に知っていなければならないのか。なぜ、自分が知っていることや感じていることを書いてはいけないのか。私はまた立ち上がって部屋を歩き回る。怒りを感じたのがうれしくて、救いを求めてその怒りにすがりながら……。不意に心に浮かんできたのは、去年の春訪れたスヴャトゴールスキイ修道院、ドネツ河畔の修道院の壁に沿って作られていた巡礼たちの宿泊場、そしてある見習い修道士の姿だった。宿泊場所を見つけてくれと無理を言って、私が彼を修道院の中庭で追い回したとき、彼は肩をすくめて私から逃げ、その手足も髪も祭服の下着の裾も、何もかもが風に舞っていた。細くしなやかな腰、そばかすだらけの若い顔、脅えたような緑色の目、一本一本が縮れて驚くほどふさふさしてもつれた細い金色の髪……。それから心に浮かんだのは、ドニエプル川の航行が際限なく続く気がした春の日々。そして、ステップで夜明けを迎えたこと。列車の座席の堅さと明け方の寒さのために全身がこわばって目を覚ました私は、窓ガラスがくもって白くなり、外が何も見えないことに気づいた。どこを走っているのか、まったくわからない！　この何もわからない状態はすてきだった。朝の鋭敏な感覚で飛び起きて、窓を開けて肘を突いた。白い朝、一面の白い霧、春の朝が匂い、霧が匂った。列車が速く進むので、手や顔が濡れた洗濯物で打たれるような感じがした……。

十四

ある時なぜかいつもの起床時間を寝過ごしたことがあった。目が覚めても起き上がらずに、窓外に目をやって冬の日の穏やかな白い光を眺め、めったにない安らぎと、めったにないほど醒めた頭と体を、そして周囲のものすべてのちっぽけさと単純さを感じていた。長いこと横になったまま、この部屋は私にとって本当に薄っぺらで、私より小さくて、私とは何のつながりもないことを感じていた。それから起き上がり、顔を洗って服を着て、安っぽい鉄製のベッドの頭側の壁に掛けたイコンに向かって、いつものように十字を切った。実に驚くべきことに、そのイコンがいま私の寝室の壁に掛かっている――濃いオリーブ色で古びて石のように堅くなった滑らかな板、銀製の粗末な枠飾り、アブラハムに食事を供される三人の天使の姿が浮き出て、その東洋的で荒々しい、灯明に燻されて茶色になった顔が枠飾りから覗いている。母の一族に受け継がれてきたこのイコンは、まるで出家生活のようだった幼年時代や少年時代、青年期初期を終えて私が世間へ出て行ったときの、母から私への祝福の品だった。幼年期から青年期初期までの、この地上での私の存在の秘かで曖昧な時期全体が、今の私にとってはおとぎ話のような秘められた特別な時期であり、私自身にさえ自分のものには思えない独自の生に変容した、はるかな昔である……。イコンに向かって十字を切ってから、私はベッドの中で思いついた買い物をするために外へ出た。歩きながら、昨夜見た夢を思い出した。謝肉祭《マースレニツア》の時期に、またロストフツェフ家に下宿している私が父とサーカス小屋に行き、黒いポニーの一団が走っている舞台を見ていた。ポニーは全部で六頭、鈴がついた銅製の飾りを首につけて、馬銜《はみ》をきつく締められていた。赤いビロードの手綱がぎゅっと締まっているので、馬たちは頸木《くび》の中で太く短い首を曲げていた。短く切った鬣《たてがみ》が黒いブラシのように突き出し、前頭部には赤い羽飾りが差してあった。馬たちは鈴を鳴らしながら頭を猛々しく強情そうに傾け、横一列で小刻みな足取りで揃って走っていた。毛色も体高も横腹の張り方もまったく同じ短足の馬たちは、舞台に走り出ると急に足を踏ん張って馬銜を嚙み、羽飾りを振りたてた。燕尾服姿の団長は長いこと号令をかけ鞭を振って、観客に向かって膝を折るお辞儀を馬たちにさせた。そのあと突然流れだした軽快なギャロップの音楽にのって、ポニーたちは縦に並んでまるで追いかけっこをするように丸い舞台の縁を走りだした。こんな夢を見たのだ……。私は文房具屋に入って、黒い艶《つや》紙の表紙がついた厚いノートを買った。部屋に帰ると、お茶を飲みながら考えた――「そうだとも、もう沢山だ。これからはただ読んで、たまに何も狙わずに簡潔に書くだけにするんだ、いろんな考えや感情、観察なんかを……」。そしてペンをインクに浸すと、心を込めてきちんと書いた。

「アレクセイ・アルセーニエフ、記録」

それから長く座って何を書こうかと考え、部屋中にタバコの煙を充満させた。しかし、苦しんでいたのではない。ただ思いにふけって心静かだった。とうとう書きはじめた。

――有名なトルストイ主義者のN公爵が編集局に来訪。トゥーラ飢饉救済募金に関する収支報告の掲載を依頼に来たのだ。小柄で、かなり太っている。カフカス製らしい柔らかいブーツにアストラカンの帽子、アストラカンの襟がついたコート。どれも古くて擦りきれているが、ものはよくて清潔だ。グレーの柔らかなシャツをベルトで締め、その下に丸い腹を突き出して、金縁の鼻眼鏡をかけている。態度は非常に控えめだったが、色白の端整な顔と冷たい目が、私には不快でならなかった。すぐに彼が大嫌いになった。私はもちろんトルストイ主義者ではない。でも、みんなが思っているような人間でもない。私は、人生が、そして人々がすばらしくて、愛と喜びをもたらすことを願っており、それを阻むものを嫌うだけだ。

――先日ボルホフ通りを上っていくと、こんな情景が開けていた。日暮れどき、ひどく冷え込んで、西の空には雲がなくて、その緑色に透き通った冷たい空から、言葉にできない不思議な哀愁を湛えた夕方の明るい光が町全体を照らしていた。歩道には寒さで顔が青ざめた年寄りの手風琴弾きが立って、ひどく古びた手風琴の音を――フルートのような音や高く低く移ろう音やかすれた音を、酷寒の夜に響かせていた。手風琴からほとばしるロマンティックな、遠い異国を思わせる古風なメロディーも、様々な夢想やそこはかとない哀惜の思いを誘い、やはり心を苦しめる……。

――私は至るところで哀愁と恐怖を味わう。二週間ほど前に見た光景が、今でも目に焼きついている。これも夕方のことだったが、その日は暗くどんよりしていた。小さな教会に偶然立ち寄った私は、説教台の横の床すれすれのところに灯がともっているのを見て近づいて行き、立ちすくんだ――子供の棺の傍に三本のロウソクが立てられて、紙のレースで縁取りした薔薇色の棺と、その中に横たわる色黒でおでこの突き出た赤ん坊を弱い光で悲しく照らし出していた。この子は完全に生きているように見えただろう――もしも小さな顔が磁器のようでなければ、閉じた目のふっくらした瞼《まぶた》と小さな三角形の唇が紫色でなければ、そしてもしもこの子の横たわっている様子に、この世のすべてのものからの、限りなく穏やかな永遠の隔たりさえなければ！

――私の書いた二編の短編小説が掲載されたが、どちらも何もかもが偽りで不愉快だ。一編は飢饉に苦しむ農民の話だが、私は彼らを見たこともなく、まったく同情もしていない。もう一編は地主の零落という俗っぽいテーマで、やはり作り話だ。私が書きたかったのはただ、貧しい地主Rの家の前に生えている巨大な銀色のポプラのこと、それにじっと動かない隼《はやぶさ》の剝製――Rの書斎の棚で茶色っぽい羽を広げて、黄色いガラス製の輝く目で永遠にこちらを見下ろしている、あの隼のことだけだ。零落について書くとすれば、私はその詩情だけを表現したい。みすぼらしい畑、どこかの地主屋敷と庭園が貧しく残っている様子、召使い、馬、猟犬。そして老人と老婆たち、つまり若い人たちに表側の部屋を譲って屋敷の裏手に引っ込んだ「大旦那様たち」のこと――すべてが沈欝で、心を打つ。さらに、「若旦那様たち」がどんな連中かも語るのだ。彼らは無知で怠惰で赤貧の身でありながら、自分たちには高貴な血が流れていて、貴族こそ唯一の名誉ある高貴な階級だと今でも考えていた。貴族帽にルバシカ、幅広のズボン、ブーツ……。集まっては酒を飲んでタバコを吸い、自慢話をする。古い大きなシャンパングラスでウォトカを飲み、高笑いしながら銃に空包を詰めて、火のついたロウソクを狙い撃ちして、火を消す。そんな「若旦那たち」の中のPとかいう男は、荒れはてた屋敷から領地内の水車小屋へ引っ越して、当然ながら製粉はずっと前にやめているその小屋で、愛人《おんな》と暮らしている。やっと見えるくらい鼻が低い女だ。彼は板寝床や藁の上で、あるいは「庭で」、つまり水車小屋のわきの林檎の木の下で、彼女と寝る。林檎の木の枝に掛けた割れ鏡に、白い雲が映っている。彼は退屈のあまり、水車小屋近くの淀みで泳いでいる百姓たちのアヒルにしょっちゅう石を投げる。アヒルたちはその度に一斉に鳴き声を上げ、激しい音を立てて水面を走り回る。

――昔わが家の召使いをしていた盲目の老人ゲラーシムは、盲人は皆そうだが、歩くときは顔をちょっと上げてじっと耳を澄ますようにして、勘に頼って杖で道を探っていた。彼は村のいちばん端にある百姓家に住んでいた。ひとり者だったが、鶉《うずら》を飼っていた。鶉は白樺の樹皮で編んだ籠に入れられて、始終もがいて飛び上がり、毎日キャンバス地の天井にぶつかるので、毛が禿げてきていた。ゲラーシムは盲目にもかかわらず、毎年夏の夜明けに、鳴き声を楽しむために野原に行って鶉を捕えた。鶉の声は、目の見えない彼の顔に吹きつける暖かい風にのって野原に響き渡る。鶉はだんだん網に近づきながら、一定の間をおいて鳴き声を上げるが、その声は次第に激しく高くなり、捕まえる者にとっては恐ろしげになっていく。それを聞いて心臓が止まりそうになる瞬間ほど、この世で楽しいことはないと、彼は語ったものだ。これこそ欲得抜きの、真の詩人だ!

十五

昼食のために編集局に行く気になれなかった。私はモスクワ通りの居酒屋に行った。そこで鰊《にしん》をつまみにウォトカを何杯か飲んだ。縦に裂いた鰊の頭が皿にのっているのを見て、思った。「これも書いておかなきゃ——鰊の頬は螺鈿《らでん》のように光っていた」それからセリャンカ〔塩漬けキャベツと肉などの蒸し焼き〕を食べた。客の数はかなり多く、ブリン〔ロシア風クレープ〕やキュウリウオのフライの匂いがした。空気の淀んだ一階のホールでは、白い服のボーイたちが背筋をしゃんと伸ばして頭を反らし、ダンスのような足取りで走り回っていた。こちらもあらゆる点でロシア精神の見本のような店主は、カウンターの奥にすっくと立って、ボーイたちを注意深く目で追って、ずっと前に身につけた厳格さと敬虔さを表す役どころを演じていた。町人たちが座っているテーブルの間を、まるでコクマルガラスのような背の低い黒衣の修道女たちが、ごつい編み上げ靴でそっと歩き、静かにお辞儀をして、表紙に銀モールの十字架がついた黒い本を差しだすと、町人たちは顔をしかめて、財布の中からできるだけ汚い小銭を選び出す……。こうしたことすべてがなんだか自分の夢の続きのようで、私はウォトカやセリャンカや幼い日の思い出に少し酔って、涙がこみあげてくるのを感じた……。部屋に帰ると、横になって寝入った。哀愁と何かへの悔恨を感じながら日暮れどきに目を覚まして、鏡を見て髪に櫛を入れると、髪が役者みたいに長いのが嫌になって床屋へ出かけた。床屋では背の低い人が白いケープをかけて座っていたが、頭頂部が禿げて耳が尖っているので、まるでコウモリみたいだった。床屋はその人の鼻の下と頬に驚くほどたくさん石鹸の泡を塗り立てた。牛乳のように白い泡を剃刀で器用に取り除くと、また少し泡を塗り付け、今度は下の方から無造作に何回か剃刀を当てて泡を取り除いた。客は少し腰を浮かすと、身をかがめて顔を赤くして片手で胸のケープを押さえ、もう一方の手で顔を洗いはじめた。

「スプレーしましょうか」と床屋が尋ねた。

「やってくれ」とコウモリは言った。

床屋はいい匂いのするスプレーをしゅっとかけて、客の濡れた頬をタオルで軽く押さえた。

「さ、よろしゅうございます」ケープを取りながら、床屋はてきぱきと言った。立ち上がったコウモリを見ると、かなり奇妙な人だった。大きな頭に大きな耳、顔の肉は薄いが幅広で赤いモロッコ革の色、ひげ剃りをすませて目は幼児のようにきらめき、口は黒い穴のよう、全身は背が低くて肩幅が広く、胴は短くてクモのように膨らみ、足は細くてタタール人のようにがに股だった。男は床屋にチップをやって、上等な黒いコートを着て山高帽をかぶると、葉巻に火をつけて出て行った。床屋は私の方を向いた。

「誰だかご存知ですか。大金持ちの商人のエルマコフですよ。チップはいつもいくらだと思います？　ほら」

彼は手を開いて、愉快そうに笑いながら見せた。

「二コペイカぽっきりですよ！」

それから私はいつものように町を散策した。教会を見つけて敷地に入り、建物に入った。それ以前から孤独や悲しみのせいで、教会に入る習慣ができていたのだ。中は暖かで、経机の横の丈の高い燭台でたくさんのロウソクが赤々と燃えていたので、もの悲しい中にも祝祭的な雰囲気があった。経机の上に模造ルビーをはめこんだ銅の十字架が置かれ、その前で聖職者たちが悲しみと感動を込めて、「主よ、汝の十字架にひれ伏さん」と歌っていた。入口近くの暗がりで、ラシャの裾長コートを着て革のオーバーシューズを履いた、老いた馬のようにごつくてたくましい大柄な老人が、厳しく（誰かに教え諭すように）低い声で伴唱していた。経机を取り巻く群衆にまじった巡礼は、前方からロウソクの金色の光で照らされていた。彼は痩せぎすで、下を向いた顔はイコンに描かれた顔のように細くて暗い色をしていたが、ほとんど見えていなかった。黒っぽい色の長い巻き毛が、原始人か修道士か女性のように頬に垂れ下がって、顔を隠していたのだ。左手に長年使って艶の出た杖を握りしめ、肩には黒い革袋をかけ、誰からも孤立して一人で立ちつくしていた。私はそれを見て、またも涙がにじんできた。祖国ロシアとその暗かった古き時代への甘く悲しい感情が、胸にぐっと込み上げてきたのだ。後ろにいる人が下の方からロウソクで私の肩をそっと叩いた。振り返ると、長いマントの上に大きなショールをはおり、口からまともな歯が一本だけ突き出ている老婆がお辞儀をした。「十字架に捧げてくださいい、旦那さま！」私は言われるままに喜んで、死者のように冷たくて爪が青くなっている手からロウソクを受け取り、まばゆい燭台の方へ進んで、不器用に、そしてその不器用さを恥じながら、たくさんのロウソクの中になんとか一本を立てると、不意に「出発しよう！」と思った。そして一歩下がって礼をすると、教会の優しく心地よい光と暖かさを後にして、入口近くの暗がりへそっと急いだ。表階段に出ると、無愛想な暗闇と上方でひゅーひゅーと鳴る風が私を迎えた。私は帽子をかぶりながら、スモレンスクへ行くことに決め、「行くぞ！」と自分に言った。

なぜ、スモレンスクへ？　私はブリャンスクの森、ブルィニの森（口承叙事詩において勇士イリヤ・ムウロメツが盗賊ソロヴェイを退治した場所〕、ブルィニの盗賊たちのことを夢みていたのだ……。ある横町で私は居酒屋に入った。一つのテーブルで、なんだか不愉快な若者が酔ったふりをしてうな垂れて大声を出していた。自分の破滅に陶酔するという、ロシア人が大好きなことをやってみせていたのだ。「俺が懲役に行ったのは、間違い、とんでもない間違いのせいだったんだ！」別のテーブルでは、黒い口ひげをまばらに生やした男が頭を反らして、嫌悪の面持ちで若者を見ていた。首が長くて、薄い皮膚の下で大きく突き出した喉仏がよく動くところをみると、この男は泥棒だった。カウンターの脇では、洗濯女らしい背の高い女が、薄っぺらのワンピースの裾を貧弱な足に張り付かせて、ほろ酔いで体を揺らしていた。女は給仕に向かって誰かの卑劣さを言い立てて、洗濯で皮が剝けた細い指でカウンターを叩いていた。ウォトカの入ったカットグラスの小さなコップが前に置いてあって、女は時々それを手に取ったが、飲みはせずにまた下に置き、また指でカウンターを叩きながら話をしていた。私はビールを飲みたかったが、居酒屋の淀んだ空気はあまりに臭く、ランプの灯はあまりに暗かった。凍りついた小さな窓の窓敷居とそこで腐りはてた雑巾から、水が垂れていた……。

アヴィーロワ宅へ行くと、運悪く食堂にお客がいた。「あら、うちの詩人さんよ！　お知り合いじゃなかったわね？」私は彼女に挨拶してから、客たちに会釈した。アヴィーロワさんの隣に座っている皺だらけの老紳士は、茶色に染めた口ひげを短く揃え、同じく茶色の部分鬘《かつら》を頭頂部につけて、白絹のチョッキと黒いモーニングコートを着ていた。彼はさっと立ち上がり、年齢にしては驚くほどしなやかに、とても礼儀正しく返礼した。上着の前は黒い組紐で縁《ふち》取りしてあったが、私はもともとそれが大好きなので、嫉妬心とそんな服への憧れが湧いてきた。中央に座った婦人は、一瞬も黙らずにとても上手に話をしていた。彼女はアザラシの前足のようにむっちりした手を差し出したが、その艶のいいふっくらした掌《てのひら》に、手袋の縫い目の跡がギザギザの縞模様になっているのが見えた。彼女は少し息を切らして早口でしゃべった。まったく首が見えないほど太って、特に脇腹の後ろ側に肉がついて、コルセットで締めつけた腰は石のように固く丸かった。肩にふわりと掛けた毛皮の匂いが、甘ったるい香水やウールの服や温かい体の匂いと混じり合って、息が詰まりそうだった。

十時になると客たちは立ち上がり、散々お世辞を振りまいてから帰って行った。

アヴィーロワさんは笑いだした。

「ああ、やっと帰ったわ！　さあ、私の部屋でちょっとゆっくりしましょう。ここは通風口を開けなくちゃ……。でも、あなた、なんて顔してるの？」

両手を差し出しながら、彼女は優しく咎めるように言った。

私は彼女の手を握って、答えた。

「ぼく、明日出発します……」

彼女は驚いて私を見た。

「どこへ？」

「スモレンスクへ」

「なぜ？」

「これ以上、こんな風には生きていけません……」

「でも、スモレンスクに何があるの？　とにかく座りましょう……。わけがわからないわ……」

私たちは夏用の縞模様のカバーがかかったソファに腰を下ろした。

「ほら、このソファの生地がありますね。列車で使っている生地だ。ぼくはこの布さえ平静には見られない。どこかへ行きたくなるんです」

彼女が奥に座り直したので、足が私の前にきた。

「でも、どうしてスモレンスクなの」いぶかしそうに私を見て、彼女は訊いた。

「そのあとはヴィテプスク、そしてポロツク……」

「なぜ?」

「わかりません。何より、言葉がすごく好きなんです。スモレンスク、ヴィテプスク、ポロツクっていう……」

「いいえ、冗談ぬきで」

「冗談じゃありません。ある種の言葉がどんなにすてきか、わかりませんか? その昔スモレンスクは、くり返し火事で炎上して、くり返し包囲されていた……。あの町はぼくの一族とも関係あるんですよ。昔あの町にあった大火事で、わが一族の古い証書が焼けてしまったので、先祖伝来の大きな権利や家系の特権を失ってしまったんですから……」

「次々に面倒ばかり! あなた、ひどく寂しいの? 彼女から手紙はこないの?」

「手紙はきません。でも、それが問題じゃないんです。オリョールでの生活は全然ぼくに向いてない。《さまよう鹿《しか》は自分の草場を知っている》って言うでしょう。文学の仕事だって、ひどいものだ。午前中ずっと机に向かってても、頭の中は狂人みたいなたわ言ばかり……。ぼくは何によって生きてるのか? 故郷《いなか》のバトゥリノにある小さな店の娘は、もう嫁に行く望みをなくしちゃったので、意地悪な鋭い目で人を観察することで生きている。ぼくの生活もそれと同じだ」

「本当にまだ子供なのね!」彼女はやさしく言うと、私の髪を撫でた。

「急速に発育するのは、下等な生物だけです」と私は答えた。「それに、子供でない人なんて、どこにいます? オリョールへ来る列車で、エレーツ地方裁判所の裁判官と乗り合わせたことがあります。スペードのキングに似た、まじめで立派な人でした。ずっと座って『新時代』新聞を読んでましたが、ふと立ち上がって出て行って、姿が見えなくなった。ぼくは心配になって、車室を出てドアを開けた。列車の轟音のせいで彼には物音が聞こえず、ぼくが目に入らなかったんでしょう。何が見えたと思います？　彼は威勢よく踊ってたんですよ、車輪の動きに合わせて足で大胆なポーズを決めて」

彼女は私の方へ目を上げて、急に声をひそめて意味あり気に尋ねた。

「よかったら、一緒にモスクワへ行きましょうか？」

私はぞくっと体が震えた……。顔を赤くして申し出を断り、感謝の言葉をつぶやいた……。今でも大きな喪失の痛みとともに、あの瞬間を思い出すことがある。

十六

次の夜、私はもう列車に乗って殺風景な三等の車両にいた。ひとりきりだったので、ちょっと怖いほどだった。室内灯のぼんやりした光が悲しげに震えて、木製のベンチを照らしていた。目には見えない隙間から外気が強く吹き込む暗い窓辺に立って、私は手で光を遮って夜の森をじっと見つめた。数千匹の赤い蜂が飛び去って後ろの方で揺れ動き、時おり冬の冷気と共に香《こう》の匂いや機関車で燃やしている薪の匂いが漂ってきた……。ああ、森の夜はまるでおとぎ話のように本当に暗くておごそかで壮大だった！　狭い林道が果てしなく続き、それに沿って鬱蒼たる松の老木が幻影のように暗く立ち並んでいた。列車の窓から落ちる四角形の明かりが木々の下の雪溜りを斜めに走り過ぎ、時おり電柱がさっと目の前をよぎった。遠方の高みでは、すべてが闇と秘密の中に沈んでいた。

翌朝は不意にさわやかに目覚めた。あたりは明るくて穏やかで、列車は停車していた。もうスモレンスク、大きな駅だ。私は汽車から飛び降りて、澄んだ空気を深々と吸いこんだ。駅舎の入り口付近で群衆が何かを取りまいていた。駆け寄ってみると、狩猟でしとめられた野生のイノシシだった。荒々しくて巨大で頑丈なイノシシは硬直して凍りつき、ひどく堅そうに見えた。濃い剛毛が全身から灰色の長い針のように突き出して、その上に粉雪が降りかかっている。豚のような目と強く噛みしめた二本の白い牙が見えた。「ここに泊まろうか」私は考えた。「いや、もっと先のヴィテプスクまで行こう！」

ヴィテプスクには夕方着いた。寒さの厳しい夜だった。どこもかしこも雪が深く、しんとして清らかで、私にはとても古くてロシア的ではない町に思えた。高層の家々はかたまり合って見え、屋根の傾斜が急で窓は小さく、下の階には奥行きのある半円形の門がついていた。しょっちゅう出くわしたユダヤ人の老人たちは、裾長上着に白い靴下と半ブーツという格好で、こめかみに羊の角のような筒状の垂れ髪が下がり、顔色が悪くて、悲しくて物問いたげな暗い色の目をしていた。中央の通りでは祭り《グリャーニエ》が開かれていて、太った娘たちが一団になり、地方色豊かにユダヤ風の紫や青や赤のビロードの厚手コートを着て華やかに装い、歩道をそぞろ歩いていた。彼女たちの後ろを、と言っても慎み深く少し離れて、若者たちが歩いていた。全員が山高帽をかぶっていたが、こめかみにはやはり垂れ髪があった。東洋的なのっぺりした顔は若い娘のように優しい丸顔で、頬は若々しい絹のような髯に縁どられ、カモシカのような物憂い目つきをしていた……。まるで古代の町のように感じられる町で、私は不思議さと珍しさに魅せられて群集にまじって歩いた。

日暮れどきにたどり着いた広場には、鐘楼が二つある黄色いカトリック教会がそびえ立っていた。中に入ると薄闇の中にベンチが並び、前方の台に灯明が半円形に並んでいるのが見えた。すぐに私の頭上のどこかでゆるやかに瞑想的にオルガンの音が鳴りだして、低く滑らかに流れ、それから音は高まって鋭く金属的になり、それをかき消そうとする何かから身を振りほどこうとするように振動し、軋《きし》んだ。そしてついに振り切って逃げだし、天上の歌声が高らかに響き渡った……。前方の灯明の間からぶつぶつとつぶやく声が高まったかと思うと低くなり、ラテン語で呼びかける鼻にかかった声が聞こえてきた。薄闇の中、両側に立ち並んだ太い石柱の上部は暗がりに消え、下の台には甲冑《かっちゅう》をまとった兵士の像が黒い亡霊のように立っていた。祭壇のはるか上の暗がりに、ステンドグラスの大きな窓がかすかに見えていた……。

十七

その日の夜、私はペテルブルグへ向かった。ヴィテプスクのカトリック教会を出ると、ポロツク行きの汽車に乗るために駅へ戻った。ポロツクでどこか古いホテルに泊まって、わけはないがしばらく完全に一人で過ごそうと思ったのだ。ポロツク行き列車の出発時刻は遅かった。駅は人気《ひとけ》がなくて暗かった。食堂はカウンターにぼんやりした照明が灯っているきりで、壁の時計があまりにゆっくりと時を刻むので、まるで時間そのものが尽きかけているようだった。私は永遠に思えるほど長く、死んだような静けさの中で一人座っていた。やっとどこからかサモワールの匂いがして、駅が活気づいて照明がつきはじめたとき、私は急いで、自分でも何をしているかわからぬまま、ペテルブルグ行きの切符を買った。

ヴィテプスクの駅で延々とポロツク行き列車を待っている間に、私は周囲からの恐ろしい孤立と驚きと不可解さを味わった。私の目の前にあるものすべては、いったい何なのか、なぜ、何のために私はこの中にいるのか？　カウンターのランプがぼんやりした光を投げている静かな薄暗い食堂、ホールの薄暗い空間、その長さと天井の高さ、どんな駅でもおなじみの画一的な飾りつけがされた中央テーブル、裾が垂れ下がって後ろにつきだしている燕尾服を着て、背中を丸めた寝ぼけ眼《まなこ》の老下男——夜の駅らしいサモワールの刺激的な匂いが食堂に流れると、彼はよろよろとカウンターの後ろから出てきて、不満げに年寄りっぽく不器用に壁際の椅子によじのぼって、震える手で球形の曇りガラスの壁灯に灯をつけはじめた。その後で長身の憲兵は、背中にスリットが入って高価な牡馬の尻尾のように見える踵まで届くコートを着て、無遠慮に拍車をガチャガチャ鳴らして、ホームへ向かって食堂を横切って行く。このすべては、いったい何なのか。なぜ、何のためにあるのか。それに、外から入ってきてホームに向かう憲兵から立ちのぼる冬の夜や雪の新鮮な匂いは、なんとも独特で、何にも似ていない！　ここで私は茫然自失の状態からはっと我に返って、なぜか突然ペテルブルグへ行くことに決めた。

ポロツクでは冬の雨が降っていて、通りは濡れてみすぼらしかった。私は列車の待ち時間にちょっとだけ町を覗いてみて、自分がこの町に幻滅したのをうれしく思った。さらに旅を続けながら、こんなことを書きとめた。「限りなく長い一日。限りなく続く雪と森の広がり。窓の外はずっと生気のない青白い空と雪原が続く。列車は森に分け入って木々の茂みの黒さに染まったかと思うと、ふたたび広々とした物悲しい大雪原に出る。遠くの地平線上では、墨のようにぼやけて見える森の上、鈍い鉛色をした塊が低空にたなびいている。通りすぎる駅舎はすべて木造だ……。北、北なのだ！」

私にはペテルブルグはもう北の果てに感じられた。私の目には建物がとてつもなく整然として高層でどれも同じに見える通りを走って、御者は薄暗い吹雪の中、リゴフカにあるニコラエフスキイ駅の近くへ私を連れて行った。午後二時を過ぎたばかりというのに、降りしきる雪を通して、官庁のように巨大な駅舎の丸時計がもう明るく光っているのが見えた。私は駅のすぐ近く、リゴフカの運河沿いの地区に泊まった。そこは物騒な界隈で、薪置き場や辻馬車の寄せ場、茶店、宿屋、居酒屋があった。私は御者に勧められた宿で着替えもせずに長いこと座り込んで、疲労と列車の揺れのせいで全身が溶けそうになりながら、六階の高さから、限りなく陰鬱な窓の外、日暮れ前の煙る雪景色を見ていた……。ペテルブルグ！　私は強く感じていた――いま私はペテルブルグで、この街の暗くて複雑で不吉な偉大さに全身を包まれている。部屋は暖房が効いて、古いウールのカーテンや同じ生地の長椅子の匂いと、粗末な部屋の床に塗った何か赤っぽいもののひどい悪臭で、息が詰まりそうだった。私は部屋を出て、急勾配の階段を駆け降りた。外へ出ると、見通しのきかない吹雪の中で冷たい雪に打たれ、その中にちらっと見えた辻馬車をつかまえると、フィンランド駅〔フィンランド行きの列車が発車する駅〕へ走らせた。異国情緒を味わってみたかったのだ。駅で私は早いペースで飲んで酔っぱらい、突然彼女に電報を打った。

――アサッテ、ユク。

巨大で人が多い古都モスクワは、雪どけ期の晴天と解けかけた雪溜りと解け出した水、そして水溜まりの輝きで、私を迎えてくれた。さらに鉄道馬車の轟音、行き交う人や乗り物の喧騒、ずっしりと荷を積んだ驚くほどたくさんの荷橇、人がひしめく汚い街路、そして民衆版画《ルボーク》のように美しいクレムリンの城壁、豪壮な建物、宮殿、その間で輝く教会の金色のドームにも迎えられた。私は聖ワシーリイ聖堂に驚嘆し、クレムリン内の聖堂を見て歩き、オホートヌイ・リャドにある有名なエゴーロフの店で朝食をとった。そこはすばらしかった。一階はかなりくすんで、平民の商売人が多くて騒々しかったが、二階にある天井の低い二つのホールは清潔で静かで上品で――喫煙さえ禁止だった――、小窓に差しこむ中庭からの陽光と籠で囀るカナリヤのおかげで、とても心地よかった。隅では灯明が白くまたたき、ひとつの壁では上半分を占める暗い絵がニスの光を放っていた。その絵には、反り返った瓦屋根と細長いテラスが描かれていた。お茶を飲む中国人たちは不釣り合いに大きく描かれ、顔が黄色く、安物のランプの絵で見かける金色の長衣と緑色の帽子を身につけていた……。その日の夜、私はモスクワを発った……。

私たちの町では、すでに馬橇に替わって馬車が走り、駅では自由なアゾフ海の風が吹き荒れていた。もう乾いて歩きやすくなったホームで、彼女は私を待っていた。彼女の春用の帽子が風でぱたぱたして、視界を奪っていた。私は遠くから彼女を見つけた。彼女は困ったように風に顔をしかめて、通過する車両を目で追って私を探していた。彼女の様子には、身近な人と別れていた後でいつも私たちが驚かされる、心を打つような気弱そうなところがあった。少し痩せて、質素な服を着ていた。私が列車から飛び降りると、彼女は唇にかかったベールを持ち上げようとしたが、それができなくて、ぎこちなくベール越しにキスをした。顔は死人のように青ざめていた。

辻馬車の中では彼女は黙って、頭を下げて風をよけていた。ただ何回か辛そうに冷たく、「あなた、私に何てことしたの、何てことしたの！」と繰り返した。

それから、やはり真面目な口調で、「あなたは貴族ホテルへ？　私も一緒に行くわ」と言った。

ホテルの部屋に入ると――二階にある、入口の間つきの大きな部屋だった――、彼女はソファに腰を下ろして、ボーイが愚かにもトランクを部屋のまん中に置くのを見ていた。ボーイはトランクを置くと、何か用はないか尋ねた。

「ないわ」と、彼女は私の代わりに言った。「行ってちょうだい……」

そして帽子を脱ぎ始めた。

「どうして、ずっと黙ってるの、何も言わないの？」と、震える唇を噛んで、彼女は冷たく言った。

私は膝をついて彼女の足を抱きしめ、スカートの上から足に口づけして泣いた。彼女は私の頭を上げさせた。私は再び、私がよく知っている言いようもなく甘い唇を感じ、互いの心臓が止まりそうになるほどの至福を感じた。私は立ち上がってドアに鍵をかけ、凍えた手で、風にふくらむ白いカーテンを引いた。窓の外では黒々と見える春の木を風が揺らし、その木に留まったミヤマガラスが酔っ払いのように体を揺らして、不安げに大声で鳴いていた……。

「父は一つだけ頼んでるの」後でぐったりと横になっているとき、彼女がそっと言った。「結婚はせめて半年待ってくれって。ね、待ってあげて。どうせ私の人生は、今はもうあなただけのものなんだから、私を好きなようにしていいのよ」

火のついていないロウソクが鏡の下の燭台に立ててあり、くすんだ白いカーテンは揺れもせず、白い漆喰の天井に様々な奇妙な形の浮き彫り装飾が見えていた。

十八

私たちは、ゲオルギイ兄さんがハリコフから引っ越した小ロシアの町へ行って、兄が主任をつとめている地方自治会の統計係で二人で働くことにした。受難週間と復活祭はバトゥリノで過ごした。母と妹はもう彼女を熱愛していたし、父は愛しそうに呼びかけ、毎朝自分から彼女に手を差し出して口づけをさせた。ニコライ兄さんだけが、礼儀正しく控えめに丁寧に接していた。彼女はおとなしくて、当惑しながらも幸福そうだった。私の家族、家、領地、私の部屋――今や彼女にもすばらしく思えてきた私の青春時代が過ぎた場所――、私の本――彼女は私の部屋でほのかな喜びをもってそれを眺めた――、そのすべてが自分に関係があるという新しい感覚が、彼女を幸福にしていた……。それから私たちは出発した。

夜中にオリョールまで行った。明け方にハリコフ行きの汽車に乗り換えた。

晴れた朝、私たちは列車の通路で暑い窓辺に立っていた。

「不思議だけど、私はどこにも行ったことがないの、オリョールとリペツク以外はね。次はクールスク？　ここは私にとってはもう南方だわ」

「ぼくにとっても、そうさ」

「クールスクで食事しましょうか？　ねえ、私はまだ一度も駅で食事したことがないの……」

クールスクから先は列車が進むにつれて、ますます暖かく楽しげになっていった。線路脇の斜面にはもう濃い緑の草や花々が生い茂り、白い蝶が飛び交い、その姿にはすでに夏が感じられた。

「夏は暑いんでしょうね！」笑みを浮かべて彼女は言った。

「兄さんの手紙じゃ、町じゅう庭園だらけだって」

「そうね、小ロシアですもの。考えたこともなかったわ……。見て見て、ポプラの大きいこと！　しかも、もうすっかり緑になってる！　なぜ、こんなに水車が多いの？」

「風車だよ、水車じゃなくて。じきに石灰岩の山が見えてきて、それからベルゴロドだ」

「やっとあなたの気持ちがわかったわ。私もやっぱり北には住めない、こんなに光が溢れていないもの」

私は窓を押し下げる。日が照って吹く風は暖かく、機関車の煙が運んでくる石炭の匂いまで南方的だ。彼
女が目の上に手をかざすと、太陽は熱い縞模様の影を作って、彼女の顔を、額の横で揺れる若々しい黒っぽい髪を、更紗のシンプルなワンピースを、まばゆく照らして暖める。

ベルゴロド近くの低地に、晴れやかに花が咲いているさくらんぼ園と白い漆喰壁の百姓家の、やさしい素朴な光景が見える。ベルゴロドの駅では、輪形パンを売るウクライナ女たちの早口の声が快い。

彼女は買うときに値切ってみて、自分が家庭的なことと小ロシアの言葉を使ったことに満足する。

夕方ハリコフで再び乗り換える。

夜明けに目的地へ近づく。

彼女は眠っている。車内ではロウソクが燃え尽きようとしている。ステップにはまだ夜の闇が広がっているが、はるか向こうの東の空は、低いところから徐々に緑色になりつつある。ここの大地は私たちの故郷とはなんと異なっているのだろう——所々に固く盛り上がった灰緑色の墳墓があるだけで、草木もなく果てしなく続く平原は！　まだ眠っている小さな駅を通過した。周囲には灌木の茂みも高木もなく、駅そのものも石造りで装飾はなく、朝焼けの中に青白く立っている……。このあたりの駅は、なんて孤独なんだろう！

そして車内も明けはじめる。床の近くは薄闇だが、上はもうほのかに明るい。彼女はまだ眠っていて、頭を枕に埋めて足を縮めていた。私は、母が彼女にプレゼントした古い絹のショールでそっと彼女をくるんでやる。

十九

駅は町から離れた広大な低地にあった。駅舎はあまり大きくなくて感じがよかった。駅には愛想のいいボーイやポーター、二頭立ての馬を轅《ながえ》でつないだ乗り心地の良い四輪馬車《タランタス》の親切な御者たちがいた。

町には木が鬱蒼と茂った庭園がたくさんあって、山の斜面にはコサック首領《ヘトマン》の聖堂が建ち、町はその山の東と南に伸びていた。東の低地には頂上に古い修道院がある険しい小山が盛り上がり、その先はただ緑が広がって、傾斜したステップにつながっていた。南の方角を見ると、川の向こう岸の明るい草原を越えたところで、視線はきらめく陽光の中に吸いこまれる。

庭園がたくさんあるのと、板敷きの「歩道」沿いにポプラの並木が伸びているせいで、町のたいていの通りは狭く感じられた。「歩道」を通ると、胸の大きい堂々とした娘が手織り布の巻きスカートを太股に張りつかせ、力強い肩に天秤棒をのせて重い水桶を運んでいるのをよく見かけた。ポプラは見たこともないほど高くて力強く、私たちを圧倒した。時は五月、雷雨や土砂降りの雨が多く、ポプラはなんと美しく緑の葉をきらめかせ、なんと爽やかに樹脂の香りをまき散らしていたことだろう！　ここでは、春はいつも晴れやかで楽しく、夏は猛暑で、秋は澄みきって、冬は長いけれど穏やかで吹く風は湿っていて、馬橇の御者たちは気持ちのいい鈴の音を響かせて行き交うのだった。

私たちはそんな通りのひとつに家を借りたが、家主のコヴァニコ老人は——大柄で、よく日焼けして、白髪頭を丸く刈り込んでいた——、中庭、離れ、屋敷、屋敷裏の庭園と何でも揃った地所を所有していた。自分は離れに住んで、屋敷を私たちに貸した。白亜の壁の屋敷は、裏には庭園が、正面にはガラス張りの大きなテラスがあるせいでうす暗かった。老人はどこかの役所に勤めていて、勤めから帰るとたらふく食べて、休息した。それから開け放した窓辺に半裸で座り、キセルでタバコをふかしながら「おお、山では刈り入れ……」と歌を口ずさんだ。

屋敷の部屋はどれも天井が低くて質素だった。玄関にはいかにも古びた長持ちが置かれ、色糸で縁飾りした素朴な麻布が掛けてあった。私たちのメイドは、どことなくノガイ人（北カフカスに住むチュルク系民族）的な美しさを持つ、ごく若いコサック娘だった。

ゲオルギイ兄さんは前にもまして優しく親切にしてくれた。私の望み通り、兄と彼女はすぐに身内や友人として親くなり、私が彼女と、あるいは兄と口論をすると、ふたりは必ずお互いの味方をした。

職場の同僚や知人（医師、弁護士、地方自治会職員）のグループは、ハリコフでの兄のグループに似ていた。私は気軽にこのグループに加わり、やはりハリコフから移って来ていたレオントヴィチやワーギンに再会してうれしかった。ただ、こちらのグループはハリコフと違ってメンバーの考え方がもっと穏健で、彼らはミルゴロド〔クライナの小さな町。ゴーゴリの小説集『ミルゴロド』に描かれている〕的な平穏さが漂うこの町にふさわしく暮らして、町のあらゆる社会層の人たちと――警視監とさえ、仲良くしていた。

私たちが一番よく集まったのは、ある役所勤めの人の家だった。彼は五千デシャチーナ〔一デシャチーナは一・〇九ヘクタール〕の土地と一万頭の羊を所有しており、贅沢で上品な家も構えていたが――家族のためだった――、本人は小柄で、質素で、服装もみすぼらしく、ヤクーツク流刑の経験もある人だったので、自分の家ではみじめな客人のように見えた。

二十

中庭には石囲いの古井戸、離れの前には白アカシアの木が二本あり、屋敷の表階段の脇には栗の木がそびえて、その黒っぽい頂きがガラス張りのテラスの右側に影を落としていた。そのすべてが夏の朝の七時頃にはもう日光を浴びて熱く輝き、鶏小屋の雌鶏たちは単調な鳴き声を響き渡らせていたが、家の中、特に窓が庭園を向いている奥の部屋は、まだ涼しかった。寝室ではタタール風の小さな部屋履きをはいた彼女が寒くて胸をつんと尖らせて顔を洗い、水と石鹸の爽やかな香りが漂っていた。彼女は恥ずかしがって、首筋に石鹸の泡をつけたまま、濡れた顔を私に向け、靴の踵をトンと鳴らして、「あっちに行って！」と言う。それから、窓がテラスに面した部屋からお茶の匂いが漂ってくる。そこではコサック娘が、靴底の鋲の音を立てながら歩いている。娘は素足に靴を履いているので、血統のいい子馬のような細い足首が東洋風に輝いているのがスカートの下に見える。琥珀のネックレスをした丸い首も輝いていた。黒髪の頭は生き生きとよく動き、つり上がった目も輝き、動くたびに尻も揺れた。

兄はタバコを手に笑みを浮かべて、父親のように重々しくお茶の席へやって来る。小柄で太りぎみの兄は父には似ていなかったが、父の地主貴族らしい物腰はどこか兄にも伝わっていた。着る服は上等になり、座るときの足の組み方もタバコの持ち方も、上流社会風にゆったりしていた。かつては誰もが兄には輝かしい未来があると確信し、兄自身もそう確信していたのに、今では小ロシアの片田舎での役割に心から満足して、目を輝かせてお茶の席へやってくるのだった。彼は自分が力と健康に満ちていると感じており、私たち二人は彼にとって本当に愛しい家族であり、三人で勤務に行くのは――勤務は、ハリコフ時代と同様に半分は喫煙とおしゃべりで成り立っていた――彼にとって毎日の楽しみだった。やっと身仕度ができた彼女が夏らしい軽快な装いで出てくると、兄は彼女の手に口づけしながら、喜びで輝かんばかりだ。

私たちは日光を浴びて照り映える見事なポプラの横を通り、熱された歩道の敷板を伝い、家々の熱い壁や庭園の陰を歩いていった。彼女がさしたパラソルの明るい絹地が、濃い青空に丸く突き出していた。それから私たちは焼けつくような広場を横切り、役所の黄色い建物に入って行く。役所の一階は守衛たちのブーツや彼らが吸う安タバコの匂いがした。二階への階段を、ウクライナ人らしく頭を傾けて、書類を抱えて忙しそうに昇り降りしているのは、光沢のある黒い絹の上着を着た清書係や事務官たち、見かけは純朴そうでも海千山千のずる賢い連中である。私たちは階段の下を通って、私たちの課がある一階奥の天井の低い部屋へ入っていく。快活でインテリらしくだらしない人々がたくさんいるので、とても心地よい場所だ。ここで彼女が、種々のアンケート用紙を地方に発送するために封筒に入れているのを見ると、私にはとても奇妙な感じがした。

正午になると守衛が、安物のコップに入ったお茶と、安物の小皿にのせた薄切りレモンを持ってくる。こういうお役所らしさも、最初のうちは私にとってなんだか愉快だった。その時刻には、他の課にいる友人たちもおしゃべりと喫煙のために集まってきた。書記官のスリマもやってくる。金縁眼鏡をかけた少し猫背のハンサムな男で、髪も髭もまっ黒でビロードのようにきらめいていた。軽快な歩き方や笑い方、そして話し方にも媚びるようなところがあった。いつも笑顔で、自分の物腰がソフトで洗練されていることをたえずひけらかしていた。唯美主義的な男で、山頂の修道院を「凍れる和音」と呼んでいた。彼はよく私たちの課に来たが、次第にうっとりとわけありげに彼女を見るようになった。彼女の机に近づき、その手に口づけするために身をかがめ、眼鏡をちょっと持ちあげて、甘い笑みをかすかに浮かべる。「いま送ってらっしゃるのは何ですか」。彼女はこう訊かれると身を堅くして、できるだけ愛想よく、でもできるだけ簡潔に答えようとする。私はまったく平静で、今や彼女のことで誰にも嫉妬しなかった。

私はこの職場でもいつのまにかオリョールの「声《ゴーロス》」新聞のときと同様に、なんだか独特の位置を占めるようになり、みんなから従業員に対するように愛想はよいが嘲笑的な目で見られていた。私は座って、ゆっくり計算して、どこの郡のどこの郷でタバコが、あるいはビーツがどれだけ作付けされたか、その害虫対策にどんな方法がとられたかについて報告書を作成したり、時には周囲の会話にまったく注意を払わず、ただ何か読んだりしていた。自分の机があって、新しいペン先、鉛筆、上等の用箋を好きなだけ請求できることが、私にはうれしかった。

二時に勤務は終わる。兄は笑って立ち上がり――「皆の者、帰宅じゃ！」――、全員ににぎやかに各自の帽子を取り、一団となって明るい広場へ出て、握手して、繭紬《けんちゅう》の服やステッキをきらめかせながら別れていく。

二十一

五時頃まで町は人気《ひとけ》がなく、家々の庭は太陽に灼《や》かれていた。兄は昼寝をして、私たち二人は彼女の大きなベッドにただ寝そべっていた。太陽は家の周囲をぐるりと回って、もう寝室の窓を照らして庭から窓を覗きこんでおり、洗面台の鏡に庭の明るい緑が映し出されていた。この町でゴーゴリは学び、この地方一帯――ミルゴロド、ヤノフシチナ、シシャキ、ヤレシキ――が彼の世界だったので、私たちはよく、「小ロシアの夏の日は、なんとすばらしく華麗なのだろう!」〔ゴーゴリの短編小説『ソロチンツィの定期市』より〕という句を思い出して笑った。

「それにしても暑いわね!」彼女はこう言って、陽気に溜め息をついて仰向けになる。「それにハエの多いこと! ねえ、菜園の一節の続きはどうだった?」

「エメラルド色、トパーズ色、サファイア色をした軽い羽虫たちが、色とりどりの菜園の上を舞う……」

「そこは、魔法みたいにすてき。ミルゴロドに行ってみたいわ。絶対にいつか行かなくちゃ、ね? なんとか行きましょう! でも、ゴーゴリって実際には本当に変わってて、いやな人だったのね。一度も恋をしなかった、若いときにも……」

「そう、若いときのたった一度の愚行が、リューベック行きだった」

「あなたのペテルブルグ行きみたい……。どうしてあなたはそんなに旅行が好きなの?」

「じゃあ君は、どうしてそんなに手紙をもらうのが好きなの?」

「今は誰からも手紙もらってないわ!」

「でも、もらうのは好きだろう。人はいつでも何か幸せなことやおもしろいことを期待して、何か楽しいことや事件が起こるのを夢見てる。だから、旅にも魅かれるんだ。それに自由、広大な空間……、新しさ。新しいことはいつでも楽しいし、生きてるっていう感覚を高めてくれる。ぼくらはみんなそれだけを望んで、どんな強烈な感覚の中にもそれを探してるんだから」

「そう、その通りだわ」

「君はペテルブルグのことを言う。わかってくれたらな、あれがどんなにひどかったか。それにぼくはあの町で、自分はとことん南方の人間だってことを、即座にしかも永遠に悟ったんだ。ゴーゴリはイタリアからの手紙にこう書いてる。「ペテルブルグ、雪、卑劣漢、官庁――これらすべては私が夢で見たものです。私はこの生まれ故郷でふたたび目覚めました」[*1]。ぼくもやはり目覚めた。チギリン、チェルカシ、ホロル、ルブヌイ、チェルトムルイク、ジーコエ・ポーレ、ああ、こういう地名を聞くと落ち着いていられない。草葺きの屋根、百姓の短く揃えた髪、黄色と赤のブーツを履いた村の女たち、こういうのを見ると興奮しないではいられない。女たちがサクランボやプラムを天秤棒で運ぶときに使う白樺の樹皮で編んだ籠を見るだけでもね。『かもめが空を舞い子供のように泣いている。太陽は暖かく輝き、コサックの曠野に風が吹く……』[*2]これはシェフチェンコさ、まさに天才詩人だね！ 世界に小ロシアほどすばらしい国はない。しかも肝心なのは、そこにもう歴史がないってこと――小ロシアの歴史はずっと昔に永遠に終わってるってことだ。あるのはただ過去、歌、伝説――超時間的なものだけだ。これが何よりぼくを喜ばせるんだ」

「あなたはよく口にするわね、喜ばせるとか、喜びとか」

「人生は喜びであるべきだ……」

傾いた太陽の光が開いた窓からペンキ塗りの床に強く差し込み、鏡の反射が床にちらついていた。窓辺はあかあかと照らされ、そこに蝿が群がって楽しげにうごめいていた。彼女のむき出しのひんやりした肩にも蠅はたかった。突然窓辺に雀が留まり、鋭い目で元気よく周囲を見回してから高く飛び上がり、もう夕方の日差しを受けて透き通って見える庭園の明るい緑の中に、ふたたび消えて行った。

「まだ何か話をして」と彼女は言った。「いつかクリミアに行ける？　私がどんなに憧れてるか、わかってくれたら！　あなたは何か物語が書けるはずよ。すばらしいものを書きそうな気がする。私たちにお金があったら、お休みをとれるのに……。どうしてあなたは書くのをやめちゃったの。あなたは浪費家ね、自分の能力を浪費してる」

「コサックの中に放浪族《ブロドニキ》と呼ばれる連中がいた。放浪する《ブロジーチ》という動詞からきてるんだ。たぶん、ぼくも放浪族なのさ。『神はある者に暖炉上の寝床を与え、またある者に橋と道を与え給う』ゴーゴリで一番すてきなのは手帳だよ。〈冠毛のあるカモメが、まるで括弧のような形で街道から飛びたつ……。街道は緑に染まってアザミが茂り、その向こうには果てしない平原の他は何もない……。編み垣と溝の上にヒマワリが伸び、百姓家は美しく塗られ、庇は藁葺き、窓はかわいい赤で縁取られている……。汝、ルーシの古き根よ、汝のもとで、感情はいよいよ真摯にして、スラヴの自然はいよいよ優しい！〉」

彼女はじっと聞いていた。そして不意に尋ねた。

「ねえ、あなた、なぜ私にゲーテの一節を読んでくれたの？　ほら、ゲーテがフリデリーケのもとを去るとき、金糸入りの灰色の胴着を着た男が馬に乗ってやって来るのを、想像の中で見るところ。何て書かれてた？」

＊1　ゴーゴリのジュコフスキイ宛書簡から。ゴーゴリは当時滞在していたローマを「生まれ故郷」と呼んだ。
＊2　ウクライナの国民的詩人タラス・シェフチェンコの詩『オスノヴィヤネンコまで』（一八四〇）より。

「馬に乗っているのは私自身だった。私がこれまで一度も着たことのない金糸入りの灰色の胴着を着ていた」*

「そう、すばらしくて、しかも怖い箇所だわ。あなた、言ったわね、どんな人にも若い頃にはそれぞれに空想する胴着があるもんだって……。どうして彼は彼女を捨てたのかしら」

「自分はいつも自分の『悪魔』に突き動かされていると、彼は言ってるよ」

「そうね、あなたもじきに私のことを愛さなくなる。ねえ正直に言って。あなたの一番の夢は何？」

「ぼくの夢？　昔のクリミアの汗《ハン》になって、君と一緒にバフチサライの宮殿に住むこと……。バフチサライの町は、ものすごく暑い石だらけの峡谷にあるんだけど、宮殿の中には永遠の日陰と冷気と噴水があって、窓の外には桑の木が……」

「そうじゃなくて、本気で」

「これが本気さ。だって、ぼくはいつでも本当に馬鹿げたことで生きてるんだ。ほら、ゴーゴリのカモメだって、ステップと海が結びついてるだろう……。ニコライ兄さんは、おまえは生まれつきの馬鹿だって、笑ってぼくに言ったよ。ぼくだって大いに悩んだよ、偶然デカルトの言葉を読むまではね。あのデカルトが、自分の精神生活において明快な合理的思考は常にもっとも小さな位置を占めてきたと言ってるんだ」

「それで、宮殿にはハーレムがあるの？　私だって本気よ。あなた、私に証明しようとしたでしょう――男性の愛の中には色々な恋愛感情が混じり合ってるって。そしてあなたはそれをニクーリナと、それからナージャとも経験したって……。あなたは時々私に対して残酷なくらい率直だわ！　同じことを、最近うちのコサック娘についても言ったでしょう」

「ぼくはただ、あの娘を見てると、ステップに行って天幕で暮らしたい気持ちが猛烈に起こるって言っただけだよ」

「ほら自分で言ってる、彼女と天幕で暮らしたいって……」

「彼女と、なんて言ってない」

「じゃあ、誰と？　あら、また雀！　雀が飛び込んできて鏡のところでバタバタするの、すごく怖いわ！」

彼女はさっと起き上がって、ぎこちなく手を叩いた。私は彼女のむき出しの肩を、そして足をつかんで、キスをした……。彼女の体の熱い部分と冷たい部分の差が、何より私を感動させた。

二十二

夕方には暑さも収まってくる。太陽は家の裏に回り、私たちはガラス張りのテラスの、中庭に向かって開かれた窓の近くでお茶を飲んだ。彼女はそのころ本をたくさん読むようになり、この時間にはいつも兄に何か質問をして、兄は彼女の教育を楽しんでいた。夕方は限りなく穏やかで静かだった。ただツバメだけが庭を飛び交い、急上昇して高い空に消えて行った。兄と彼女が話をしている間、私は歌を聞いていた。「おお、山では刈り入れ……」歌は山で刈り入れをする農民たちについて語り、別れの悲しみを長々となだらかに歌い、それから調子を強めて、はるかなる遠方や自由、勇ましい軍勢について高らかに歌いあげた。

「山の麓を、高い山の麓を、コサックたちが行く！」

コサック部隊が低地を移動し、その先頭を誉れ高きドロシェンコが馬で行く。歌は長々と哀調をこめてそ

＊ゲーテの自伝『詩と真実』第三部より。ゲーテは一七七〇年から七一年にかけて牧師の娘フリデリーケに恋をしたが、一七七一年八月に彼女のもとを去った。彼女と別れて馬を走らせていた時、ゲーテは自分自身が馬に乗って向こうからやってくるのを見た。その八年後に、あのとき見たのと同じ服を着てフリデリーケと会うためにその道を通ったと記されている。

れを伝える。ドロシェンコに続くのは「軽率にも女をタバコやキセルと交換した」サガイダーチヌイだ。*

こんなおかしなことをした人間への驚きが誇らしげにゆっくりと歌われる。しかし、それに続いて、太鼓のリズムが明るく自由に響きわたる。

「俺は女とは関わらない！　タバコとキセルこそ、旅するコサックに必要なのさ！」

私は甘くてもの悲しい気持ちになって何かを羨みながら、聴いていた。

私たちは日暮れ時には散歩をした。町へ行くこともあれば、崖の上の聖堂の裏にある小公園や、町はずれの野原へ行くこともあった。町のいくつかの舗装道路には、ユダヤ人の色々な店や不思議なほどたくさんの時計屋、薬屋やタバコ屋が並んでいた。石畳の道路は白く光って日中の暑さでたまった熱を放ち、四つ角の小店では通行人たちが炭酸水で割った様々な色のシロップを飲んでいた。そのすべてが南方について語りかけ、さらに遠くへと思いを誘った。あのころ私はなぜかケルチについてよく考えたのを覚えている。聖堂から低地を見下ろしては、クレメンチュクやニコラエフへ行くことを想像した。野原へ行ったときは、まったく農村らしい西の郊外を歩いた。平原の中を矢のようにまっすぐ伸びるミルゴロド街道に面して、百姓家やサクランボ園や瓜畑が散っていた。街道のはるか前方では、頚木につながれて頭を垂れた二頭の去勢牛がウクライナ人の荷車を引いて、電柱の列に沿ってのろのろと動いていた。荷車は進み、まるで海に消えるように電柱とともに消えていく。最後の電柱は平原の彼方にかすんで、まるで杭のように小さく見えた。これがヤノフシチナ、ヤレシキ、シシャキへ続く道だった……。

夜は町の公園で過ごすことも多かった。公園では音楽が演奏され、灯に照らされたレストランのテラスは、闇の中でまるで劇場の舞台のように遠くからくっきりと見えた。兄は直接レストランへ向かうが、私と彼女は、公園の端になる崖の方まで歩いて行くこともあった。夜は闇が濃くて暖かかった。眼下の暗闇に点々と灯が見えて、教会音楽のように整った歌声が下から上ってきて消えていく。町外れで若者たちが歌っているのだ。歌は闇と溶け合い、静けさと溶け合った。遠くでは列車が轟音をたてて光る鎖となって走り去り――そのときには谷の深さと暗さが格別身に染《し》みた――、まるで地中に沈みゆくように次第に轟音が消え、光も消える。すると再び歌声が聞こえてきて、止むことなく鳴いているヒキガエルの声が谷向こうの地平線のあたりに響き、その鳴き声は周囲の静寂と暗闇に呪文をかけて、果てしない虚脱状態に誘い込むかのようだ。

　人の多いレストランのテラスへ入ると、暗闇の後なので眩しさと心地よい気後れを感じさせられる。もうほろ酔い加減で上機嫌の兄が、ワーギンやレオントヴィチ、スリマたちと一緒にいるテーブルから手を振った。彼らはにぎやかに私たちに席を勧めて、白ワインとグラスと氷を追加注文する。それから演奏が終わり、テラスの後ろの庭園は暗く静まって、時おりどこからともなく吹く風が夜の虫がくっついたランプに吹きつけるが、私たちはまだお子様の時間だと言い合っていた。ついにお開きの時間だと合意する。それでもすぐには解散せず、歩道を踏み鳴らして声高にしゃべりながら、みんなで帰った。庭園は眠りに落ち、遅くなってから昇った月の低い光に暖かく照らされて、神秘的に黒く沈んでいる。やっと皆と別れて庭に入ると、月が庭を覗きこみ、その光がテラスの黒いガラスに照り映えていた。コオロギが小さな声で鳴いている。離れの脇に立っているアカシアの葉の一枚一枚、枝の一本一本が、驚くほど鮮やかに優美に、動かぬ影を白壁に描き出している。

　何よりすてきなのは眠る前のひとときだった。ナイトテーブルでロウソクが慎ましく燃えている。涼しい空気が爽やかさと若さと健康という幸せを運んで、開け放った窓から入ってきた。彼女はネグリジェ姿でベ

＊ドロシェンコ、サガイダーチヌイはいずれも十七世紀前半のコサックの首領。

ッドの端に腰掛け、黒っぽい目でロウソクを見ながら、艶やかな髪をお下げに編んでいた。

「あなたはいつも私がすごく変わったって驚いてるけど、あなただってどんなに変わったか、わかってくれたらねえ。あなたは私のことをあまり気にとめなくなったわ！　特に二人きりじゃないときに。心配だわ、私はあなたにとって空気みたいになっていくんじゃないかしら。空気がないと生きていけないけど、空気のことは気にとめないでしょう。そうじゃない？　あなたはそういうのこそ一番大きい愛だって言うけど。でも、それはもう、あなたには私だけじゃ不足ってことじゃないかしら」

「そうさ、不足さ」私は笑いながら答える。「今のぼくには何もかも不足なんだ」

「だから私は言ってるのよ、あなたはどこかに行きたがってるって。ゲオルギイ兄さんの話だと、あなたは地方を回って統計をとる出張を願い出たんですってね。いったい何のために、暑い中を埃まみれで馬車に揺られて、それから暑苦しい村役場に座って、私が発送してるあの調査用紙を使ってウクライナ人たちに長たらしい質問をするの？」

　彼女は編み終えた髪を背中に払って、目を上げた。

「何があなたを引きつけるの？」

「ただぼくが幸せだってこと、今のぼくにはなんだか本当に何もかも不足だってことさ」

　彼女は私の手を取った。

「ほんとうに幸せ？」

二十三

彼女があんなに一緒に行きたがっていた所へ、私はミルゴロド街道を通って初めて出かけた。何かの公用でシャーキに派遣されるワーギンが、私を連れて行ってくれたのだ。

指定された時間を寝過ごすのではないかと、私と彼女がどんなに心配したか——暑くなる前に、できるだけ早く出発する必要があった——、彼女が夜明け前に起きて私にお茶を用意してから、私が一人で行ってしまう哀しみをこらえて、どんなに優しく起こしてくれたか、よく覚えている。どんよりと曇って涼しい朝だったので、雨で旅行が台無しになるのではないかと、彼女はたえず窓の外を見ていた。門口で駅逓馬車の鈴が鳴る音を聞きつけて、二人ともさっと立ち上がり、急いで別れの挨拶を交わし、木戸の外に停まった馬車に向かって駆け出したときの、あの甘美で不安な興奮を私は今でもこの身に感じる。馬車には、キャンバス地の長いコートを着てグレーの夏帽子をかぶったワーギンが乗っていた。

それから茫漠たる広大な空間で鈴の音は静まり、乾燥した暑い一日がはじまり、馬車は猛烈に土埃が立つ道を滑らかに進んで行った。周囲のすべてがあまりに単調なので、まどろむように光る遠くの地平線を眺める気力も、張り切ってそこに何かを期待する気力も、すぐに失せてしまった。私たちは真昼どきに穀草が伸びた暑い平原で、いかにも遊牧民を思わせるものの横を通った。コチュベイ*が所有していたようなどこまでも続く牧羊場であった。揺れる馬車の中で私はノートに書き留めた。「真昼、牧羊場、暑さで色を失った空、オオタカ、ブッポウソウ……。私は完全に幸せだ！」ヤノフシチナでは宿屋について書き留めた。「ヤノフシチナ、古い宿屋、黒い部屋のひんやりした薄闇。ユダヤ人はビールはおいてないと言う。『あるのは飲み物だけね』『どんな飲み物だい』『飲み物ですよ、スミレっていう名前の！』長上着を着たユダヤ人は痩せぎすだ

*ワシーリイ・コチュベイはコサックの首領マゼッパに関する密告状をピョートル一世に送り、一七〇八年に処刑された。プーシキンの物語詩『ポルタワ』（一八二九）で、裕福なコチュベイが所有する草地がはてしなく広がる様が描かれる。

ったが、奥の部屋から飲み物を運んできた中学生は丸々と太って、明るいグレーの上着に腰高に新しいベルトを締めた、ペルシア的な容貌の大変な美少年だった。主人の息子だ。私はシシャーキを過ぎるとすぐにゴーゴリの手帖の一節を思い出した。「なだらかな道の途中に忽然と窪地が現れる。断崖が下に深く伸びている。その奥は森また森だ。近くの森は緑で遠くの森は青く、そのまた向こうに銀色がかったクリーム色の砂の帯……。早瀬と断崖の上で、風車が羽根をきしらせながら回っている……」この断崖の下、谷の奥でプショール川は湾曲しており、たくさんの庭園で緑豊かな大きな村があった。私たちはその村で長いこと、ワーギンが用があるというワシレンコという人を探した。家は見つけたが当人は不在だったので、私たちは家の横に立っている菩提樹の下で、草地に生えた柳の茂みから流れてくる湿気とカエルの声に包まれて、長く座っていた。それからワシレンコも加わって、同じ場所に一晩中座って、夕食をとったり果実酒を飲んだりした。ランプが木々の緑を下から照らし出していたが、周囲は夏の夜の漆黒の闇に囲まれていた。その闇の中で不意に木戸がかたんと鳴って、お白粉を厚塗りした娘が着飾った姿でテーブルの脇に現れた。地方自治会病院の助手をしているワシレンコの友だちだった。もちろん彼女はすぐに、県関係の客が来ているのだと察した。最初は当惑してどう振る舞ってよいかわからない様子でよもやま話をしていたが、そのうちに私たちと一緒に何杯かお酒を飲むと、私が毒舌を吐くそのたびに金切り声をあげるようになった。ひどく神経質な女で、頬骨が張って、黒い目は目つきが鋭かった。筋ばった手は強い消毒液の匂いがした。鎖骨が浮き出て、水色の薄地のブラウスの下の乳房は大きく、胴は細いが太股はむっちりしていた。夜更けに私は彼女を送って行った。暗闇の中、小道の乾いた轍《わだち》を伝って歩いた。編み垣まで来ると彼女は立ち止まり、私の胸に顔を寄せてきた。私はなんとか自制した……。

ワーギンと私が家に帰ったのは次の日の夜遅くだった。彼女はもうベッドに入って本を読んでいた。私を見ると驚き、そして喜んで起き上がった。「えっ、もう帰ってきたの？」私が急いで旅のことを全部語り、笑いながら病院助手の話をはじめると、彼女は話を遮った。

「どうして私にそんな話をするの？」彼女の目に涙が溢れた。

「ひどいわ！」急いで枕の下のハンカチを探しながら、彼女は言った。「私をひとり置いて行って、その上……」

私は一生のうちに何度、この涙を思い出したことだろう！　たとえば今思い出すのは、あれから二十年ほどたってからこの夜を思い出したときのことだ。それは黒海沿岸のベッサラビアの別荘でのことだった。私は海水浴から帰って、書斎で横になった。暑くて風の強い真昼どき、家を取り巻く庭園から聞こえるざわめきは絹のように柔らかくて、けれど燃えるようで、静まったかと思うと、また激しく高まった。木々の中に見える光と影、しなった枝が前後に大きくうねる……。ざわめく風が勢いを増して近づき、暗い書斎の窓を覆っている緑の木々に吹きつけると、暑さのせいでエナメルのように光る空が緑の中から現れ、書斎の白い天井の影が消えて天井は明るいスミレ色になった。それからざわめきは静まり、風は通りすぎて、どこか庭園の奥、浜辺に通じる断崖の上で消えた。私はそのすべてを眺め、耳を澄ませながら、不意に思った――二十五年前に私が彼女と同棲をはじめた、はるか昔に忘れ去られた小ロシアの片田舎で、やっぱりこんな真昼のひとときがあった。私が遅く目を覚ますと――彼女はもう勤めに出ていた――、やはり庭に面した窓が開いていて、窓の外ではやはり木がざわめき、枝が揺れて、光がまだら模様の影を作っていた。部屋では幸せな風が自由に吹き抜け、炒めた玉ネギの匂いを運んで食事が近いことを知らせていた。私は目を開けてこの風を胸に吸い込み、枕に肘を突いて、隣にある彼女の枕を眺めた。枕にはまだスミレの香りがかすかに残っていた。それは彼女の美しいブルネットの髪の香り、そして仲直りしてからも彼女が長く握りしめていたハンカチの香りだった。そのすべてを思い出し、私はあれから彼女なしに半生を過ごして全世界を見て、いまだにこうして生きて世界を見ているのに、彼女はもう永遠にこの世にいないことを思い出した。私は頭がひんやりして、足をソファから下ろし、外へ出て、まるで空中を歩くように並木道に足を踏み入れ、道のはずれにわずかに見える碧《あお》い海を見ながら、海辺の断崖へ向かった。突然、その海は私にとって恐ろしくて不思議な、新しく創《つく》られたばかりのものに思えた……。

　あの夜、私は彼女にもうどこへも行かないと誓った。数日後、私は再び出かけた。

二十四

　私たちがふたりでバトゥリノに行ったとき、ニコライ兄さんは言った。

「心底おまえがかわいそうだよ。若くして十字架を背負ったな！」

　だが私は、自分が十字架を背負ったとは全く感じていなかった。

　私は今度も自分はたまたま役所勤めをしているのだと思っていたし、どうしても自分を妻帯者とはみなせなかった。今や彼女のいない生活を思うだけでぞっとしたが、ふたりが永遠に別れないという可能性にも戸惑いを感じた。私たちは本当に永遠に結ばれて、このまま年寄りになるまで生きて、他の人と同じように家や子供を持つのだろうか。そういうもの――家や子供――が、私には特に堪え難かった。

「私たち、教会で結婚式を挙げましょうね」彼女は将来を夢見て言った。「とにかく私はそうしたいの。結婚式ほどすてきなものはないわ！　たぶん赤ちゃんができる……。まさか、欲しくないはずないわね？」

　何かが甘く秘かに私の心を締めつけた。しかし、私は冗談ではぐらかした。

「不死なる者は創作し、死すべき者は自らに似た者を生産する」

「じゃ、私は？」彼女は訊いた。「私は何を生きがいにすればいいの、私たちの愛も若さも過ぎ去って、私がもうあなたに必要じゃなくなったら？」

　こんな言葉を聞くのはひどく悲しかったので、私は心を込めて言った。

「絶対に何も過ぎ去りはしない。君がぼくに必要でなくなる時なんてないよ！」

　今では私の方が（以前にオリョールでは彼女がそうだったのだが）、自分は自由なままで、万事において自分がリードしながら愛され愛したいと願っていた。

　そうだ、私がいちばん心を動かされるのは、彼女が寝る前にお下げ髪を編み終えて私にキスをするため近づいてきたとき、ヒールがない靴だと彼女が私よりどんなに小さいかを目にし、彼女が下から私の目を見上げるのを目にするときだった。

　私がいちばん強く彼女への愛を感じるのは、彼女が私への最大限の献身と自己放棄を、そして私が何か特別な感情や行為への権利を持っているという信念を表現するときだった。

　私たちは何度も、オリョールで共に過ごした冬のことや、二人が別れて私がヴィテプスクへ行ったことを思い出した。私は言った。

「そうだ、たとえばポロツクだけど、どうしてぼくはあそこに魅かれたのか？　ポロツク、昔風に言えばポロチクという言葉は、ずっと前からぼくの中で、中世のキエフ公フセスラフ*の伝説と結びついてきた。まだ小さい頃にその伝説をどこかで読んだのさ。彼は兄弟にキエフ公の位を逐《お》われ、『ポロツクの民の住む暗き地』

＊ポロツクはベラルーシの北東部にある町。フセスラフ・ブリャチスラヴィチは一〇六八年から翌年にかけて短期間キエフ大公の位につき、その前後五七年の長きにわたってポロツクを支配する公であった。

へ逃げて、スヒマ修道士*として『甚だしき貧困のうちに』、祈りと労働と『魅惑的な追憶』のうちに生を終えようとしていた。夜明け前には必ず『辛く甘い涙とともに』目覚めてしまう――自分はまたキエフの『いと高き公の座に』ついている、ここはポロックじゃない、キエフのソフィア聖堂の鐘が夜半祈祷に呼び招いている、という偽りの夢を見るんだ。あれを読んで以来、ぼくにはあの時代の古くて粗野なポロックがすばらしく思えてきた。暗い荒涼たる冬の日、木造の教会や煤けた小屋のある丸木造りの要塞《クレムリン》、それに羊の毛皮をまとって樹皮草履《ラープチ》を履いた百姓たちが馬や徒歩で踏み荒らしていく雪溜まり……。ついにポロックへ行った時、ぼくはもちろん、想像してたものは何も見つけ出せなかった。それでもぼくの中には今でも二つの、想像のポロックと現実のポロックがある。現実のポロックでさえ、今でもやっぱり詩的に思えるんだよ。町はわびしくて湿っぽくて寒くて、暗かったけど、駅には大きな半円形の窓がある暖かい大ホールがあった。外は日が暮れはじめたばかりなのに、ホールではもうシャンデリアが輝き、ペテルブルグ行きの列車が到着する前に急いで腹いっぱい食べている大勢の人、官吏や軍人がいた。そこら中の話し声、ナイフが皿に当たる音、急いで走り回るボーイたちがふりまくソースやキャベツスープの匂い……。」

彼女はいつものように格別に注意深く聞き、聞き終わると、力をこめて同意した。「そう、そう、あなたの言うこと、わかるわ！」私はそれを利用して、彼女に自分の考えを吹き込む。

「ゲーテの言葉だけど、『われわれは自ら作り出したものに依存している』。ぼくにはどうしても抑えられない感情がある――何かを想像すると、その想像のもとになったところへ、どうしても行きたくなるんだ。その想像の向こうにある何か――そう、向こうだよ！――、ぼくが君に表現してあげられない何かをめざして行きたくなるのさ！」

あるとき私はワーギンと一緒に、ドニエプル川沿いに古くからあるコサック浅瀬村《カザーチイ・ブロードウィ》に行った。ウスリー地方へ移住する人々を見送るためだ。そして朝方に鉄道で帰ってきた。私が駅から家に帰り着いたとき、彼女はもう兄と一緒に役場へ出かけていた。男らしく日焼けして元気いっぱいで、大いに自分に満足していた私は、どんなに珍しい光景を見てきたかを彼女と兄に少しでも早く伝えたいと心をはずませながら――私の目の前で夥しい人の群れが、コサック浅瀬から数万キロ彼方の夢の国へ向かって、一斉に動き出したのだ――、がらんとしてよく片づいた家の奥へ急ぎ、着替えて顔や手を洗うために寝室へ入った。何やら喜びのまじった心の痛みを覚えつつ、彼女の細々した化粧道具や、枕の上に置かれたレース付きの小さなクッションに目をやった。すべてが私には限りなく大切なもの、しかも孤独なものに思われて、彼女にすまないという幸福な罪悪感を呼び起こした。だが、ナイトテーブルに本が開きっぱなしになっているのを見つけて、立ち止まった。それはトルストイの『家庭の幸福』で、開いたページに印がつけられている行があった。「当時の私の考えや感情はすべて、私のものではなくて、突如として私のものになった彼の考えや感情だった」私はページをめくって、さらに印がつけられた箇所を見つけた。「私はその夏にしばしば寝室に入ると、以前のような憂愁や希望や将来への夢のかわりに、現在の幸福への不安にとらわれることがあった……。こうして夏が過ぎ、私は孤独を感じはじめた。彼は絶えず旅行に出かけ、一人残して行く私を気の毒にも思わず、心配もしなかった……」

私は何分か身動きせずに立っていた。私の知らない、秘密の、悲しい――これが重要だ――感情や考えが彼女の中に存在し得る（現に存在している）、しかもそれがすでに過去形だなんて、私は思っても見なかった！「そのころの私の考えや感情は……。私はその夏しばしば自分の寝室に入ると……」いちばん思いがけ

＊厳しい苦行戒律に服する最高位の修道士。

なかったのは、最後の部分だ。「こうして夏が過ぎ、私は孤独を感じはじめた……」つまり、私がシシャーキから帰ってきた夜に彼女が涙を流したのは、偶然ではなかったということか？

私はことさら元気よく役場へ入って行って、陽気に彼女や兄とキスをして、のべつ話をして冗談を言った。秘かに苦しみながら二人きりになるのを待って、私は鋭く切り出した。

「君は、ぼくのいない間に『家庭の幸福』を読んだんだね」

彼女は顔を赤くした。

「そうよ、それが何か？」

「君があの本に付けた印には驚いたな」

「どうして？」

「だって、あれを見たら明白だもの、君はもうぼくと暮らすのが辛くって、孤独で、幻滅してるんだって」

「あなたはいつも物事を大げさにしちゃうのね！」と彼女は言った。「幻滅って何よ？　私はただちょっと悲しかっただけ。ほんとに、少し似てるなと思って……。信じて、あなたが想像したようなことは何もないわ」

彼女は誰に信じさせようとしていたのだろう、私にか、それとも自分自身にか？　しかし私はそう聞いて大変うれしかった。私は彼女の言うことを心から信じたかった、それに信じることは非常に都合がよかった。

「冠毛のあるカモメが街道から飛びたつ……、鳥は走る、腹部には青い羽毛、胸は揺れて波立ち、足には血と健康がみなぎっている……」これこそ私がめざすものだった！　私にこの夢を拒否することができただろうか！　それに私は、この夢は彼女との生活と完全に両立すると思っていた。私はあらゆる機会に彼女にひとつのことを吹き込んだ――「ただぼくのために、ぼくによって生きてくれ。ぼくの自由を、わがままを奪わないでくれ。ぼくは君を愛している。もしそうしてくれたら、もっともっと愛する」と。こんなに彼女を愛していたのだから、自分には何でも可能だ、何でも許されると、私は思っていた。

二十五

「あなたはすごく変わったわ」と彼女は言う。「前より男らしいし、親切でやさしい。陽気になったわ」

「そうだね。ところがニコライ兄さんも君のお父さんも、ぼくたちはひどく不幸になるって、いつも予言してたね」

「それはニコライが私を嫌いだからよ。バトゥリノでは彼の冷たい礼儀正しさのせいで、私がどんな思いをしたか、あなたには想像できないくらいよ」

「そりゃ違う、君のことを兄さんはすごく優しく言ってた。『彼女のことも気の毒でならない、まだほんの子どもなのにな。君たち二人の将来を考えてごらん、数年後の君の暮らしは、どこか田舎の税務署員といったところじゃないか』って。ぼくがよく冗談に自分の将来を描いて見せたのを覚えてるかい？　小さい部屋が三つあるアパートに住んで、月給は五十ルーブリ……」

「兄さんはあなたにだけ同情してたのよ」

「とんだ同情だよ。兄さんは言ってた。『希望はたったひとつ、君の〈自堕落〉が二人を救ってくれること、君にはそんなキャリアは無理なことがわかって、二人がすぐ別れちゃうことだ。君が残酷に彼女を捨てるか、それとも彼女もしばらく統計係なんかで働いて、君が用意してくれた運命がどんなものかを悟って、君を捨てるか』だって」

「私に関しては、ニコライの希望は実現しないわ。私は絶対にあなたを捨てないもの。私があなたを捨てるとしたら、それはただ、私がもうあなたに必要じゃなくてあなたの邪魔をしてる、あなたの自由や才能を邪魔してるってわかったときだけよ」

　人は不幸にみまわれた時、たえず一つの辛くて役に立たない問いに立ち返る――これはいつ、どのように始まったのか、どのように進行したのか、なぜ私は、自分に警告を与えたはずのことに注意を向けないでいられたのか？「私があなたを捨てるとしたら、それはただ……」なぜ私はこの言葉に、つまり彼女は自分の方が捨てる可能性を除外していたわけではないことに、注目しなかったのだろうか。

　私はあまりにも自分の「才能」を重んじ、ますます「自堕落」に自由を利用した――ニコライ兄さんが言った通りだった。私が家にいる時間はどんどん少なくなり、仕事のない日には乗物や徒歩ですぐにどこかへ出かけた……。

「どこでそんなに日焼けしたんだい」と、食事の席で兄が私に尋ねる。「また、どこへ行ってたんだ？」

「修道院に行って、それから川とか停車場とか……」

「いつも一人で行くのよ」責めるように彼女が言う。「修道院へは一緒に行こうって何度も約束したのに。私は一回しか行ったことがないけれど、すばらしい所だわ、厚い壁、ツバメ、修道士たち……」

　私は恥ずかしくて、目を上げて彼女を見るのが辛かった。でも自由を失うのが怖くて、ただ肩をすくめた。

「どうして君に修道士たちが必要なの」

「じゃあ、どうしてあなたには必要なの」

　私は話題を変えようとした。

「ぼくは今日、あそこの墓地ですごく不思議なものを見た。空っぽの、だけどもう完全にでき上がってるお墓なんだ。誰か修道士が前もって墓を掘らせて、頭の方には十字架まで立ててあるのさ。十字架にはすでに、誰がここに葬られているか、その人はいつ生まれか、そして〈没〉まで書かれてる。死亡の日付だけ空白なんだ。そこら中が清潔で秩序があって、小道や花束があって、そこに忽然として死者を待つ墓が現れる」

「ほらね」

「ほらねって、どんな意味？」

「あなたはわざと私の言うことをわかろうとしない。でも、かまわないわ。トゥルゲーネフの言ってる通りだわ……」

私は彼女をさえぎる。

「どうやら君は最近、ぼくたちのことで何か見つけるためにだけ本を読んでるね。まあ、女性はみんなそんな読み方をするものだけど」

「確かに私は女だけど、そんなに自己中心的じゃないわ……」

兄が優しく割って入った。

「さあ、もうたくさんだよ、君たち！」

二十六

夏の終わりに、役場での私の位置がもっと安定したものになった。それまではただそこで働いているだけだったが、今度は常勤になり、打ってつけの職務を与えられた。役所の蔵書の、つまり地下室にたまった種々の地方自治会出版物の「管理者」になったのだ。これはスリマが私のために考えついた職務で、私に任された。仕事の内容は、地下室に置いてある出版物の整理と分類、用意された場所への搬入――それは半地下にある、天井がドームになった細長い部屋で、必要なだけの戸棚が備えられていた——、その後の管理とどこかの課で必要になったときの貸出しだった。私は分類と搬入を済ませて、管理と貸出しに向けて待機した。ところが貸出しの用はなかったので——各課に資料が必要になるのは秋に開催される自治会会議の前だけだった——、残るは管理の仕事だけだったが、それはただ半地下の部屋に座っているということだった。壁と円天井が要塞のように厚くて、とても静かで——物音はどこからも全く届かなかった——、高いところに小窓がある部屋を、私はとても気に入った。小窓を通して上から日光が差し込み、裏の荒れ地に生えた野生の灌木や雑草の根元が見えた。こうして私の生活はますます自由になった。私は何日も地下納骨所のようなこの部屋の完全な孤独の中で、書いたり読んだりした。あるいはその気になれば一週間もこの部屋を覗かず、オーク製の低いドアに錠をかけて、気の向くままに出歩くことさえできた。

私はなぜかニコラエフへ行って町外れの農家を訪れるようになった。そこに、トルストイ主義者の二人の兄弟が信仰に基づいた生活をするために住み着いていた。一時期私は毎週日曜日に、町からひとつめの駅よりも向こうにあるウクライナ人の村で夕べを過ごし、最終列車で戻ってきた……。なぜ、汽車と徒歩でそこに通ったのか。彼女は私の放浪には他の色々なことに加えて秘密の目的があることを感じとっていた。私がシシャーキの病院助手について話したことは、私が考えていたよりずっと強い衝撃を彼女に与えていたのだ。あれ以来彼女には嫉妬心が芽生え、隠そうとはしていたが、いつも隠せたわけではなかった。シシャーキでの件から二週間ほどして、彼女は本来は善良で上品で、まだ娘みたいな性格なのに、完全にそれに逆らって、そこらにいる「一家の主婦」のような行動に出た。ちょっとした口実を見つけ、珍しく我を張って、メイドのコサック娘に暇を出したのだ。

「ようく分かってるわよ」彼女はいやみな口調で言った。「あなたはがっかりするでしょう。当然よね、あなたの言う〈子馬〉が部屋を歩く靴音はすてきだし、あんなに足首が細くて、目はつり上がってキラキラしてるんだから！　でも、あなたは忘れてるけど、あの子馬が生意気でわがままなこととときたら、私の辛抱にも限度があるわ……」

私は誠心誠意、心を込めて答えた。

「どうして君は嫉妬なんかできるんだろう。ぼくは君のすばらしい手を見て思うんだ――この手だけでも世界中の美女たちと取り替えないぞって。でもぼくは詩人、芸術家だ。ゲーテが言ってるように、どんな芸術も官能的なものなんだよ」

二十七

八月のある日、私は夕暮れ前にトルストイ主義者たちの農家へ出かけた。まだ暑さが厳しい時間で、しかも土曜日だったので、町には人影がなかった。私は閉まっているユダヤ人の店や古い商店街を通り過ぎた。晩祷を知らせる教会の鐘がゆっくりと鳴り、通りにはもう家々や庭園が長い影を落としていたが、あの独特な日暮れ前の猛暑がまだ残っていた。それは夏の終わりに南方の町で、庭園や前庭まで連日の太陽で灼《や》かれて、あらゆるものがあらゆる場所で――町でも草原でも西瓜《すいか》畑でも――長い夏にぐったり疲れたときの、あの暑さだった。

広場にある町の共同井戸の傍に、素足に底金つきのショートブーツを履いた背の高いウクライナ娘が、まるで女神のように立っていた。目は茶色で、ウクライナ人やポーランド人の女に特有の晴れやかな広い額をしていた。広場から丘の麓の谷間へ向かう通りからは、南方らしい地平線と平原の丘の連なりが遠方にかすかに見えた。私は通りを下り、町外れにある町人たちの地所の間を抜ける狭い道に折れ、そこから草地へ出た。草地から丘へ上ってその向こうの広野へ行くのだ。草地では、土壁が青や白に塗られた家々の間に脱穀場があって、そこで唐竿《からざお》が上下するのが見えた。脱穀作業をしているのは、夏の夜に粗野だが美しい声で教会の歌を歌っていた若者たちだった。丘にのぼると、見渡す限りの平原に刈り取りをすませた麦の株がぎっしり並んで、金色に光っていた。広い街道には柔らかい土埃が厚く積もって、まるでビロードのブーツを履いて歩いているような気がした。周囲のすべて、平原と大気全体が低い太陽の光に照らされて、堪えられないほど眩しかった。街道の左側、谷を見下ろす断崖の上に、壁の漆喰が剝げ落ちた百姓家が建っていた。それがトルストイ主義者たちの小屋だった。私は街道から外れて、未開墾地や刈り取り後の麦畑を通って小屋の方へ行った。しかし、小屋にもその周囲にも人はいなかった。開いている小窓から中を見ると、壁にも天井にも棚の上の壺にも無数の蝿が黒くたかってブンブンと羽音を立てていた。家畜の囲い場の門も開いていたので覗いてみたが、夕方の太陽が乾いた畜糞を赤く照らしているだけだった。西瓜畑へ行くと、若い方のトルストイ主義者の妻が、いちばん端の畦《あぜ》に座っているのが見えた。私は近づいて行ったが、彼女は私に気づかなかった。あるいは気づかない振りをしていた。小さくて、ひとりぼっちで、横向きにじっと座っていた。はだしの足を横に投げ出して、片手は地面につき、もう一方の手に持った麦わらを口にくわえていた。

私は近づいて、「こんばんは」と声をかけた。「どうして、そんなに沈んでるんです?」

「いらっしゃい、お座りなさいな」彼女は薄笑いを浮かべてウクライナ語で答えると、日焼けした手を私に差し出した。

私は腰を下ろして彼女を見た。まったく、西瓜畑の番をしている小娘というところだ! 日焼けした髪、胸元が大きく開いた田舎風のブラウス、むっちりした女っぽい太股に古ぼけた黒い巻きスカートが張り付いている。はだしの小さな足は埃まみれで、やはり黒くて日焼けしてかさついていた。そうか、この女は、素足で家畜の糞やちくちくする草を踏んで歩くんだなと、私は思った。彼女はもともとは私たちと同じく、素足を人目にさらすことのない階層の出だったので、私はいつも彼女の足を見るのがきまり悪いと同時に大いに見たい気にさせられた。私の視線を感じて、彼女は足を引っこめた。

「皆さんはどこです？」

彼女はまた薄笑いを浮かべた。

「それぞれ出かけました。聖なる兄弟の一人は、草地での脱穀作業に、貧乏な後家さんの手伝いにね。もう一人は、町の大先生のところに書き物を届けに行きました。この一週間に私たちが克服した罪、誘惑、肉欲についての定期報告です。それに、お決まりの〈受難〉も報告しなきゃね。ハリコフでわれらが〈兄弟〉パヴロフスキイがビラを配布して逮捕されたんです。兵役反対のビラです、言うまでもないけど」

「機嫌が悪いんですね」

「うんざりなんです」彼女は頭を振って後ろへ反らしながら言った。「私には無理だわ、これ以上」

「無理って、何が？」

「何もかも。タバコをくださいな」

「タバコ？」

「そう、タバコよ、タバコ！」

私がタバコを渡してマッチをすってやると、彼女は慣れない手つきで急いで吸いはじめた。きれぎれに吸いこんでは、女性らしく口から煙をはいて、黙って谷の向こうのはるか遠方を眺めていた。低い太陽がまだ私たちの肩とずっしり実った細長い西瓜を照らしていた。西瓜は私たちの傍にごろごろと横たわり、太陽に焼かれて蛇のように絡み合った編み垣の間の乾いた地面にめりこんでいた。彼女は不意にタバコを投げ捨て、私の膝に顔を押しつけて大声で泣き出した。私は彼女を慰めて、お日さまの匂いがする髪に口づけし、肩を抱き、彼女の足を眺めた。そして、なぜ自分がトルストイ主義者たちの家に通っていたのか、はっきり悟った……。

　では、ニコラエフはどうだろう。ニコラエフは何のために必要だったのか。そこへ向かう列車の中で、私はメモを取った。

――たった今クレメンチュクを出たところ、夕方。クレメンチュクの駅はホームも食堂も人が多くて、いかにも南方らしい蒸し暑さで、南方らしい混雑ぶりだった。車内も同様。多いのはウクライナ女で、みんな若くて日に焼けて元気がよく、旅と暑さで興奮している。「下へ」、つまり南方へ働きに行く女たち。彼女たちの熱い体の匂いと田舎風の服装に興奮を覚える。彼女たちがしゃべったり、飲み食いしたり、早口でしゃべりながらアーモンド形の目をくるくる動かしたりするのを見ていると、苦しくなってくる……。

――ドニエプル川を渡る長い長い橋、右側の窓から差し込む眩しい赤い日光、列車の下と遠方には、黄色く濁った満々たる水の流れ。浅瀬の砂地では、たくさんの女がまったく遠慮なく服を脱いで裸になり、水浴している。ひとりの女はブラウスを脱ぎ捨てて駆け出し、不器用に胸から水に飛び込み、足を激しくばたつかせている……。

――もうドニエプルをはるかに越えた。刈り取られた草や麦の根株で覆われた物寂しい丘は、夕方の影の中に沈んでいる。私はなぜか、呪われたスヴャトポルク*について考えた。彼はちょうどこんな夜に、少人数の従士隊を率いて、馬でこの谷を通過した――どこへ向かい、何を考えていたのか。それは千年も前のことだったが、今でも地上はこんなに美しい。いや、あれはスヴャトポルクではない。どこかの粗野な百姓が汗をかいた馬に乗って、影になった山間《やまあい》をゆっくりと進んで行くところだ。男の後ろにいる女は両手を後ろ手に縛られ、髪は乱れて若々しい足は膝までむき出しになり、歯を食いしばって男の後頭部を睨みつけている。男は光る目で前方を見ている……。

——湿気のある月夜。窓の外はなだらかな平原、黒くぬかるんだ街道。車両全体が眠っている。薄闇、埃のつもった壁灯の中には太いロウソクの燃えさし。開いた窓から吹き込む草原の湿気が、車内のむっと臭う濃い空気と奇妙に混じり合う。何人かのウクライナ女はあおむけに、手足を大きく伸ばして寝ている。大きく開いた口、シャツの下の乳房、巻き付けた布やスカートの下のむっちりした太股……。一人の女が目を覚まして、私をじっと見ている。みんなは眠っている。彼女が今にも小声で呼びかけてきそうな気がする……。

私が日曜ごとに訪れた村は、駅に近く、広々とした平坦な低地にあった。ある日あてもなく列車に乗ってきた私は、この駅で降りて歩き出した。黄昏《たそがれ》どきで、前方には庭園に囲まれた家々が白く浮き出し、手前の放牧場には古い風車の影が黒く見えた。風車の下に人が集まり、その向こうでバイオリンがキーキーと心を疼かせる音色をたて、人々が踊っていた。私はそれ以来何度も、日曜の夜にはこの人込みの中に立って、バイオリンの音色やダンスの足音、長々と響く合唱の声に真夜中まで耳を傾けた。人込みに近づくと、大きな胸をした赤毛の娘の横に立つ。娘は唇が厚くて、奇妙に光る黄色い目をしていた。私たちは人込みを利用して、すぐにそっと手を握る。互いを見ないようにしながら、静かに立っている。どこの誰とも知れない町の若旦那が、何のために風車の下に姿を見せるようになったのかを若者たちが知ったら、私にまずいことが降

＊キエフ大公ウラジーミルが一〇一五年に没したとき、長子スヴャトポルクは大公位に就くために弟たちを殺害したので、その名に「呪われた」をつけて呼ばれるようになった。

りかかるのを二人ともわかっていた。初めてのときは偶然に隣り合ったのだが、その後は私が近づくとすぐ彼女はちらっと振り返り、私が傍に来たのを感じると、手を握って一晩中離さなかった。暗くなると、彼女は私の手を強く握りしめ、ますます肩を寄せてきた。夜が更けて人が減ると、彼女はそっと風車の陰へ回って、すばやく身を隠した。私は駅への道をゆっくり歩き、風車の下に誰もいなくなるまで待ってから、身を屈めて走って戻った。私たちは言葉を交わすことなくこうして示し合わせ、風車の下でも口をきかずに立って、無言の至福の状態で互いを苛《さいな》み合った。あるとき彼女は私を送ってきた。列車が来るまでまだ三十分あって、駅は暗く静かだった。ただコオロギが人の心を慰めるように鳴き、遠くのあの村があるところで、黒々とした庭園の上に茜《あかね》色の月が昇るのが見えた。待避線に貨車が停まり、戸が開いていた。私は自分のしていることを恐れながらも、彼女を引っ張って貨車に入り込んだ。後から飛び乗った彼女は、私の首を強く抱いた。だが私は周囲を見るためにマッチをすり、ぎょっとして飛びのいた——マッチが照らし出したのは、車両のまん中に置かれた長い粗末な棺だった。彼女は山羊のように飛び降り、私もそれに続いた……。車両の下で彼女はいつまでも倒れたまま息が止まるほど笑い、激しく陽気にキスをしたので、私はもう、どうやって帰るか考えなかった。そしてそれ以来、あの村にはもう行かなかった。

二十八

秋になると私たちは、いつも年の終わりに町に訪れるお祭りのような日々を経験した。県下の地方自治会《ゼムストヴォ》代議員が県会に集まるのだ。冬も私たちにとってお祭りのようだった。小ロシア劇団の地方巡業でザニコヴェツカヤとサクサガンスキイがやって来たし、チェルノフ、ヤコヴレフ、ムラヴィナ〔当時の人気俳優やオペラ歌手〕など首都のスターたちのコンサートもあった。ダンスパーティーや仮面舞踏会、特別招待客を囲むパーティーもたくさん開かれた。私は県会が終わってからモスクワへ行ってトルストイを訪問した。帰ってくると、大喜びで世間的誘惑に身を任せた。そして、これらが、つまりこうした世間的誘惑が、私たちの生活を外側からすっかり変えてしまったのだ。二人は一晩も家で過ごさなかった気がする。いつのまにか二人の関係も変化し、悪化していった。

「あなた、また何だか変わったわ」あるとき彼女は言った。「完全に大人の男ね。なぜか、フランス人みたいな顎ひげも生やしたのね」

「気に入らない？」

「いいえ、どうして？　でも、何もかも過ぎ去るのね」

「そうさ。ほら君だってもう若い女性って感じだ。少し痩せて、ますます綺麗になった」

「そしてあなたはまた、私のことで嫉妬するようになった。だから、あなたに打ち明けるのが怖いわ」

「何を？」

「今度の仮面舞踏会で着る衣装のこと。高価じゃなくて、ごくシンプルなものにするわ。黒い仮面に、薄くて長い黒い服……」

「それで何を意味するつもり？」

「夜よ」

「つまり、またオリョールにいた頃みたいなことが始まってるんだね。夜だって！　けっこう俗っぽいな」

「オリョールみたいなことも俗っぽさも、私には見えない」と彼女はそっけなく、きっぱりと言った。私はそのそっけなさときっぱりした調子に、本当に以前と同じものを感じとって怖くなった。

「あなたがまた私に嫉妬するようになっただけよ」

「なぜ嫉妬するようになったと思う?」

「わからないわ」

「ううん、君にはわかってる。君はまたぼくから離れはじめた。また人に好かれたい、男たちから賞賛を受けたいと望んでる」

彼女は悪意のある笑い方をした。

「そんなこと言わない方がいいわよ。この冬、あなたはずっとチェルカーソヴァとくっついてたじゃない」

私は赤くなった。

「くっついてただって! ぼくたちが行く所に彼女もよく来るからって、ぼくが悪いみたいじゃないか。ぼくが何より辛いのは、君があまり打ち解けなくなって、ぼくに対して何か秘密ができてるみたいだってことさ。はっきり言ってくれ。どんな秘密なんだ、何を隠してる?」

「私が何を隠してるか?」彼女は答えた。「私たちの間にもう以前の愛がないっていう悲しみよ。でも、こんな話しても……」

そしてしばらく黙ってから、つけ加えた。

「仮面舞踏会のこと、もしあなたがいやなら、全然参加しなくたっていいの。ただ、あなたはすごく厳しいわ。私の夢をひとつひとつ俗っぽいと決めつけて、残らず取り上げる。自分は何もやめないのに……」

春と夏には、私はまたさんざん放浪の旅をした。秋の初めにまたチェルカーソヴァと会い(彼女とはその時まで、本当に何もなかった)、彼女がキエフに移ることを知った。

「永遠にあなたのもとを去るわ、私のお友だち」彼女は鷹のような目で私を見ながら言った。「夫が待ちくたびれてるの。私をクレメンチュクまで送っていかない？　ただし、もちろん絶対に秘密ね。私、クレメンチュクでまる一晩、汽船を待たなきゃならないの……」

二十九

それは十一月のことだった。私は今でも辺鄙《び》な小ロシアの町の静止した暗い日常がこの目に見え、この身に感じられる。狭い歩道に板が張り渡された人通りのない道路、道沿いの塀の向こうの黒々とした庭園、葉を落とした丈の高いポプラの並木、夏だけ営業するレストランの窓に板が打ち付けられた、ひっそりした町の公園、あの日々の湿った空気、落葉が朽ちゆく墓地の匂い、そしてこれらの通りや公園を私が当てもなくさまよい歩いたこと、いつも同じだった考えごとや思い出……。思い出——それはあまりにも重苦しく恐ろしいので、それから逃れるための特別な祈りさえ存在する。

ある宿命の時に、彼女がたまに口にしていた秘かな苦悩が、狂気となって彼女を襲った。その日はゲオルギイ兄さんの帰宅は遅く、私の帰宅はさらに遅かったが、彼女は私たちの帰りが遅いのを知っていた。役所はまた毎年恒例の地方自治会会議の準備に入っていたのだ。彼女はひとり家に残り、毎月そうであるように数日間は家も出ないで、毎月のその期間と同様にまったく普段と違う彼女になっていた。きっと彼女は長いこと、いつものように足を椅子に上げて、私たちの寝室にある寝椅子に半分横になって、たくさんタバコを吸ったことだろう——いつからかタバコを吸いはじめて、まったく君らしくないからやめてくれという私の頼みにも要求にも耳を貸さなかった——、じっと前を見つめて、それから急に立ち上がると、一気に私あてに数行の手紙を書き——帰宅した兄は、誰もいない寝室の鏡台に置いてあった紙切れを見つけた——、それから身の回りのものを集めにかかった。それ以外のものは、ただ放りだしていったので、私はその後長く、そこらに投げ散らされたものを集めてしまいこむ決心がつかなかった。夜には彼女はもう町を遠く離れて、父親のもとへ向かっていた……。なぜ私はすぐに彼女を追わなかったのだろうか。それはおそらく恥ずかしかったから。それにその時はもう、彼女が人生のある種の瞬間には意志を貫くことをよく知っていたからだ。私が送った電報と手紙には、結局ほんの短い返事が送られてきた――「娘はよそへ行きましたが、居場所についてはどなたにもお伝えしないようにと申しております」。

そばに兄がいてくれなかったら（その頼りなさや狼狽ぶりにもかかわらず）、その直後に私がどうなったかわからない。彼女が数行書き残していった釈明を兄はすぐには私に渡さないで、まず私に心の準備をさせてから――非常に不器用にではあったが――、ついに決心して、涙を浮かべて渡してくれた。紙にはしっかりした字で書かれていた。「あなたが私からどんどん離れていくのを、これ以上見ていることはできません。あなたが際限なく次から次に私の愛に侮辱を加えるのを、これ以上我慢できないの。自分の中にあるこの愛を消すことはできません。でも、私はもう屈辱の最後の一線まで、自分の愚かな夢や希望に幻滅する最後の一線まできてしまったことを、理解しないわけにはいかないの。私たちの別れを乗り越えるために、私を忘れて完全に自由な新しい生活をして幸せになるために、神様があなたに力を授けてくださるよう祈っています……」私は一瞬で読みきると、ふてぶてしくこう言ってのけた。足元の地面が崩れ落ち、顔と頭の皮膚が氷のように冷たくなって引きつるのを感じていたのだが。

「まあ、予想できたことだね。ありふれた話だ、この〈幻滅〉ってやつは！」

私にはまだ、寝室に行って何でもなさそうに寝椅子に横になってみせるだけの気丈さが残っていた。夕暮れに兄がそっと覗いたとき、私は寝ているふりをした。不幸が起きるといつも途方に暮れる兄は、父と同様にどんな不幸にも耐えることができないので、私が本当に寝ているのだと急いで信じこんだ。そしてもう一度役所の会議に出席しなくてはならないというのを口実に、そっと着替えて出ていった……。私がその夜ピストル自殺をしなかったのは、今日でなければ明日、とにかく自殺はするという決意が固かったからだと思う。窓の外の庭園が月光に白く照らされて、その光で部屋の中も明るくなった頃、私は食堂へ行ってロウソクに火をつけて、食器棚の前でお茶用のコップでウォトカを一杯また一杯と飲んだ……。家を出て、通りから通りへと歩いた。通りは恐ろしかった——静まり返って、暖かで、湿っぽかった。あたり一帯、木々の葉が落ちた庭園にもポプラ並木にも、白い霧が濃く立ちこめ、それが月光と混じり合っていた……。しかし、家に帰って寝室のロウソクに火をつけて、その薄暗い光の中で、そこらに投げ出されたストッキングや部屋履き、夏のワンピース、そして柄ものガウン——私は寝る前によくそれを着た彼女を抱きしめ、彼女の暖かい息を感じながら、上を向いた顔にキスをした——、そんなものを目にするのは、もっと恐ろしかった。わっと涙を流してこの恐怖から救われることは、彼女と一緒にいるときだけ、彼女の前でだけ可能なのに、彼女はいなかった。

そして次の夜になった。前夜と同じ薄暗いロウソクの光が、寝室の静止した沈黙を照らしだす。窓の外の暗がりでは、闇の中で晩秋の夜の雨がしきりに降っていた。私は横になって、正面の上の隅を見つめる。そこに、彼女が寝る前に祈りを捧げていた古いイコンが掛かっている。古びて鋳物のように固まった板の表面は赤色塗料で覆われて、その暗赤色の地に金色の衣をまとった厳しく悲しげな聖母が描かれている。暗い縁取りのある大きくて黒い、この世のものならぬ眼。その縁取りの恐ろしさ！ 冒瀆的な恐ろしい結びつきが思い浮かぶ——聖母と彼女が結びつき、このイコンと、彼女が狂ったように逃げ出した時に投げ散らしていった女性的なものすべてが結びつく。

それから一週間が過ぎ、次の一週間、そして一か月が過ぎた。私はずっと前に勤めをやめて、人前に出なくなった。一つ一つの思い出を、一日一日を、一晩一晩を克服していった。そして私は思った——かつてどこかの地でスラヴの百姓たちが、ちょうどこんな風に、森の中の道をたどっていくつもの窪みを乗りこえて重い荷をのせた大船をよろよろと引きずって行ったのだと。

三十

私は一か月ほど家でも町でも至る所で、彼女の存在に苦しめられた。とうとうこれ以上この苦しみに耐える力がないと感じて、バトゥリノに帰る決心をした。将来のことは考えずに数か月過ごそうと思ったのだ。最後にもう一度兄を軽く抱擁してから、動きはじめた列車に飛び乗り、車内に入って、「さあ、また鳥のように自由の身だ！」と自分に語りかけるのは、非常に奇妙な気分だった。雪の降っていない暗い冬の夜、列車は乾燥した空気の中で轟音を立てた。私はドア近くの隅っこに、小さなトランクをひとつ持って落ち着いた。席に座って、彼女と一緒のときに好んで繰り返していたポーランドの諺を思い出していた——「鳥が飛ぶために創られたように、人は幸福のために創られた」。そして誰にも涙を見られないように、轟音を立てて進む列車の黒い窓を見つめていた。夜中にハリコフに到着……。そうだ、二年前のあの夜は逆にハリコフを出発したんだった。春の夜明け、次第に明るくなる車内で彼女はぐっすり眠っていた……。私はいま壁灯の下の薄闇にじっと座って、重苦しくて粗野な狭い車内で、ただ待ち続けた——朝を、人々を、彼らの動きを、ハリコフ駅での一杯の熱いコーヒーを……。

それからクールスク、やはり思い出の場所だ。春の真昼、彼女と駅で食べた昼食、彼女の喜び——「駅で食事するの、生まれて初めてだわ！」。今はどんより雲って厳しく凍てついた夕方で、私たちが乗っている途方もなく長くてひどくありふれた旅客列車が停車して、クールスクーハリコフーアゾフ間の鉄道独特の大きくて重い三等車が、どこまでも続く長い壁を作っていた。私は列車を降りて眺めた。機関車はやっと見える遠くの前方に黒く立っている。人々がやかんを持って列車のステップを降りてきて――不快な奴ばかりだ――熱湯をとりに食堂へ急ぐ。私の席の近くの乗客たちも降りてきた。何にも興味がなくていかにも自分の不健康な肥満に疲れている商人と、やたらに活発であらゆることに好奇心旺盛な若者だ。その若者の平民らしくかさついた顔や唇が、一日中、私の嫌悪感をかきたてていた。彼は私に怪しむような視線を向ける。私の方も一日中、彼の注意を引いていたのだ。「黙りこんで座ってやがるな、地主の若旦那ともなんともつかない奴め！」しかし、彼は愛想よく早口で教えてくれる。

「お教えしますが、ここじゃいつでもガチョウの焼いたのを売ってます。べらぼうに安いんですよ！」

私は立ち止まって、自分は行けない食堂のことを考える――あそこには彼女と一緒に食事をしたテーブルがあるのだ。ここにもまだ雪はなかったが、もうロシアの厳しい冬の匂いがした。バトゥリノではどんな墓場が私を待っていることだろう！　老いた父と母、若さを失いゆく不幸な妹、貧しい領地、貧しい家、木々が葉を落とした庭園を吹き抜ける刺すように冷たい風、犬たちのいかにも冬らしい吠え声――冷たい風の吹く冬、犬たちの声には不必要でもの寂しい独特の響きがある……。列車の後ろの方も、前の方と同様に果てしなく長かった。ホームの柵の外に葉を落としたポプラが箒のようにそびえ、その向こうの丸石で舗装された凍りついた道路では、片田舎の辻馬車の御者たちが客待ちをしていた。その様子がクールスクという町の憂愁と倦怠を、言葉を使うことなく雄弁に語っている。ポプラの木の下にあるホームでは、しっかり身をくるんだショールの端を帯のように結んだ百姓女たちが、寒さに凍えた青い顔をして愛想よく呼びかけている。

べらぼうに安いという、ぶつぶつの皮膚をした凍った巨大なガチョウを売っているのだ。首尾よく熱湯を手に入れた乗客たちが駅舎から元気よく走って暖かい車両に戻りながら、寒さに震えることさえうれしげに、女たちを相手ににぎやかに値切っている……。ついに遠くで機関車が地獄のように陰気な叫びを上げ、これからの道のりが私を脅かす……。何よりも救いがないのは、彼女がどこに姿を消したのか、わからないことだった。もしそれがわかっていたら、私はどんな恥しさも押し殺して、とっくの昔に彼女に追いつき、どんな代償を払っても私の元へ帰らせただろう——彼女のあきれた行動はまちがいなく狂気の発作であって、彼女がそれを後悔しないのも、やはり恥しさのせいだけだったのだから。

父の庇護の下への私の新たな帰還は、もはや三年前の帰還とは似ていなかった。私は今ではすべてを違う眼で見た。するとバトゥリノの何もかもが、私が帰ってくる道中で想像したよりも悪い状態だった。村の貧しい百姓家、毛がもさもさして気性の荒い犬たち、厚い鉄錆《さび》で覆われた敷居、その横の凍りついた粗末な雨樋、屋敷への通路にも鉄錆の固まり、陰鬱な屋敷の前のがらんとした中庭、悲しげな窓がある屋敷、祖父や曽祖父の代からのばかばかしいほど高くて重い屋根、庇があるせいで薄暗い二つの外階段、あまりに古くて暗灰色になった階段の板——何もかも古びて荒れ放題で無益だった。無益な冷たい風が、トウヒの老木の梢に吹き付ける。トウヒは冬らしく裸になった哀れな庭から突き出して、屋根の上に見えていた。私は家の暮らしもすでにすさんだ貧しさに変わっているのに気づいた。暖炉の壁にできたひびは粘土でふさがれ、床には暖かくなるように馬に使う毛布が敷いてあった……。父はひとりで、これらに抵抗して持ちこたえようとしていた。少し痩せて小さくなり、まったくの白髪になっていたが、今ではいつもきちんと髭を剃り、髪をきれいにとかし、身なりも以前のように無頓着ではなかった。老いと貧しさの中でこうしてがんばっている姿を見るのは辛かった。父は（明らかに私のために、私の恥辱と不幸のために）家族の誰よりも元気よく陽気にふるまっていた。あるとき父はもう潤いのない震える手にタバコを持ち、愛情のこもった悲しげな目で私を見ながら言った。

「なあ、おまえ、何もかも理にかなってるのさ——若い頃のあらゆる不安と悲しみと喜びも、年老いてからの平和と安らぎも……。あれはどうだったかな、「穏やかな喜び」っていう詩は？——父は眼に笑みを浮かべて言った——あんなもの、どうでもいいんだが……

人里離れた片田舎、私たちは
野原の自由を胸に吸いこみ、
質素なあばら屋で
穏やかな喜びを味わう……」

父を思い出すとき、私はいつも後悔する。ちゃんと評価しなかった、ちゃんと愛さなかったという気がするのだ。父の生涯、特に若い頃についてあまりに知ることが少ないので、いつでも罪悪感を感じる。まだ知ることができたときに、あまりにも知ろうとしなかった！　だから、どんなにがんばっても、父がどんな人間だったのかを完全には理解できない。一種独特な時代の独特な種類の人間だった。成果こそ生まないが、すばらしく伸びやかで多面的な才能に恵まれた驚くべき人だった。その気性と生き生きした心と鋭敏な頭脳は、すべてを理解し、ちょっとしたヒントですべてを把握した。彼の中では、稀に見る精神的な率直さと精神的神秘性が結びつき、性格の外面的な単純さと内面的な複雑さが、そして冷徹な眼と美しいロマンチックな心情が結びついていた。その冬、私は二十歳、父は六十歳だった。今となっては何だか信じられない——

私にも二十歳だった時があり、私の若い力は何があってもまさに花開こうとしていた！　一方、父の人生はすでに過去のものだった。ところがあの冬、父ほど私の心を理解してくれた人はいなかったし、私の心で悲しみと若さが結びついていることを父ほどに感じとった人もいなかっただろう。あの日、私たちは父の書斎に座っていた。もう雪が積もって、よく晴れた静かな穏やかな日で、暖かくてタバコの煙が立ちこめた雑然とした書斎を、日光に照らされた雪の庭が低い窓から優しく覗きこんでいた。雑然とした書斎とその居心地の良さ、それにずっと変わらぬ質素な調度を、私は幼い頃から好きだった。私にとってその調度は、父のあらゆる癖や趣味と、また父と自分にまつわる古い思い出と切っても切り離せないものだった。父は「穏やかな喜び」のことを語ると、タバコを置いて、壁から古いギターを下ろし、お気に入りの民衆の歌を弾きはじめた。彼の眼差しは強く楽しげになり、同時に何かを内に秘めて、ギターの優しく明るい響きと調和していた。ギターは悲しげな笑みを含んで何か大切な失われたものについて歌い、また人生では何もかもいずれ通り過ぎるのだから涙には値しないとつぶやいていた……。

私は家に帰ってすぐ我慢しきれなくなり、あるとき急に家を飛び出して、まっしぐらに町へ向かった——そしてその日のうちに、何も得るところなく帰ってきた。ドクターの家に入らせてもらえなかったのだ。絶望のあまり大胆になった私は、よく知っているが今では恐ろしく感じられる車寄せで馬橇から飛び降り、カーテンが半分下りている食堂の窓をこわごわ見てから——二人の恋がはじまった秋にいったい何日を、この食堂で彼女と一緒にソファに座って過ごしたことだろうか！——、呼び鈴を引いた……。ドアが開くと、目の前に彼女の弟が突っ立っていて、青ざめた顔をして言葉を区切りながら言った。

「父はあなたとお会いするのを望んでいません。姉は、ご承知のように、不在です」

これが、あの秋に犬のヴォルチョークと猛烈な勢いで階段を昇り降りしていた、あの中学生だった。いま私の前に立っているのは、将校用の白いルバシカを着て深いブーツを履いた、非常に色黒の陰気な若者だった。黒い口ひげが生えはじめたばかりで、小さな黒い眼に敵意を込めてじっと見つめていた。青ざめた顔は色黒なので緑っぽく見えた。

「どうぞ、お引き取りください」と小声でつけ加えたとき、ルバシカの下で胸が波打っているのが見えた。

それでも私は冬の間、毎日辛抱強く彼女からの手紙を待ち続けた。彼女がこんなにも石のように冷酷になったとは信じられなかったのだ。

三十一

その年の春に私は、彼女が肺炎を起こして家に帰ってきて、一週間で亡くなったことを知った。自分の死をできるだけ長く私に隠しておくように、これが彼女の遺志であったことも知った。

彼女がはじめての給料で私にプレゼントしてくれた茶色のモロッコ革の手帖は、今でも私の手元にある。あれは、たぶん、彼女の一生でもっとも感動的な日だった……。手帖の扉には、彼女がプレゼントする時に書いたいくつかの言葉が、まだ読み取れる、興奮と、急いだのと、内気さのせいで起きたふたつのミスもそのままに……。

つい先日、私は彼女の夢を見た。彼女がいなくなってからの長い人生で、初めてのことだった。彼女は、私たち二人が生活を共にして青春時代も共にした頃と同じ年齢だったが、顔にはすでに過ぎ去った美貌の魅力が現れていた。痩せていて、喪服のようなものを着ていた。ぼんやりとしか見えなかったが、誰に対しても二度と経験することのなかった愛と喜びの強い力を、肉体と精神の近さを、私は感じていた。

一九二七年－一九二九年、一九三三年

アルプ・マリティムにて

解説

望月恒子

この巻には長編小説『アルセーニエフの人生』を収めた。ブーニンは詩も散文も書いたが、散文作品は短編が多かった。ごく短い断片的なものも含めて生涯に二五〇編ほどの短編が書かれた。また一九一〇年代の『村』と『スホドール』、革命後の『ミーチャの恋』と『エラーギン少尉の事件』など、ロシア文学で中編小説《ポーヴェスチ》と呼ばれる数十ページほどの分量の作品が数編ある。『アルセーニエフの人生』は、ロシア文学の長編小説《ロマーン》としては分量は多くないが、ブーニンが長い生涯に書いた唯一の長編小説である。

作品の成立過程

この小説は五つの部分から成り立っており、各部分は本や書物を表すкнига《クニーガ》という語で呼ばれている。第一の書から第四の書までは一気に書かれたが、第五の書の執筆に時間がかかり、全体としては非常に長い年月をかけて執筆・発表された。

ブーニンの妻の回想によれば、作家がこの作品の着想を得たのは亡命直後のことであった。一九二〇年二月にロシアを出国したブーニンは、三月末にフランスに到着。その年の十月、五十歳の誕生日を迎えたときに、人生について書く意図を口にしたという。作家が実際に執筆にとりかかったのは、南フランスの町グラースにおいて、一九二七年夏のことだった。この年から一九二九年にかけて、第一の書から第四の書までが、パリで発行されていた亡命ロシア人向けの新聞「最新に到るまでの期間は、一九二〇年から一九五三年まで三十年以上続いたブーニンの亡命生活のほとんど全期間に渡っていた。

十月革命後にソヴィエト・ロシアを離れた作家や詩人、知識人たちは、両世界大戦間期、すなわち一九二〇－三〇年代に、ヨーロッパを中心に世界各地で独自のロシア語雑誌や出版社を興し、祖国を持たない亡命者の文学を創り上げた。約七十年のソ連の歴史で大量の出国現象が見られた時期が三回あったが、その最初で、規模も最大であった革命後の数年間の動きは、亡命の第一の波と呼ばれる。第一の波の亡命者たちによるヨーロッパでの文学活動は、一九二〇年頃にはじまり、亡命ロシアの首都と呼ばれたパリがドイツ軍に占領された一九四〇年頃まで続いた。そのうち、一九二〇年代末から三〇年代初めの期間が最盛期であったと、亡命ロシア文学史家グレープ・ストルーヴェは述べている。これはちょうど、『アルセーニエフの人生』の前半部である第一の書から第四の書までが逐次発表された時期、そして続編の第五の書が着手された時期に当たる。

ニュース」等に不定期で発表された。それと並行して、やはりパリで発行されていた雑誌「現代雑記」の一九二八－二九年の四つの号に、「書」ごとにまとめて掲載された（「現代雑記」は亡命ロシアで最も権威ある雑誌だった）。その後一九三〇年に、第一の書から第四の書までが『アルセーニエフの人生　日々の起源』という題で単行本として出版された。第五の書は、ちょっと間を置いて一九三二年に新聞雑誌で発表が開始されたが、途中に休止期間があり、一九三九年にようやく完結した。その年に、第五の書だけが『リーカ』という題で単行本になった。第二次世界大戦後の一九五二年に、ニューヨークのチェーホフ出版社が第一の書から第五の書までを『アルセーニエフの人生　青春』という題で出版して、初めて小説全体が一冊の本にまとめられた。この版では、雑誌版のテクストにかなり修正が加えられていた。本が出版されたとき、作家はすでに老齢で病も重かったが、いくつかの修正を本に直接書き込んで、翌年亡くなった。現在では、その最後の修正まで含めたものが作品の最終的なテクストと認められている。作品を着想してからテクストの最終決定

『アルセーニエフの人生』が連載された時期の雑誌「現代雑記」の数号をめくってみると、ブーニンやザイツェフなど古い世代の作家の活躍、ナボコフやガズダーノフなど若い世代の台頭、それに詩や評論の隆盛もまざまざと読み取れる。革命や内戦による苦悩と創作不振の時期を経て、一九二五年に小説『ミーチャの恋』で文学への復帰を果たしたブーニンは、晩年まで創作欲を失わず、結果として、祖国から切り離されてもすぐれた作品を書き続けた作家たちの中で随一の存在になった。それには作家自身の強い意志や性格が大きく作用したことは言うまでもないが、彼の文筆活動を支えた亡命文学界の果たした役割も決して小さくなかった。本作品の前半部分への高い評価も大きな要因になって、ブーニンが一九三三年にノーベル文学賞を受賞したことは、全世界に散らばった亡命ロシア人たちを大いに喜ばせ、元気づけることになった。

亡命ロシアで批評家として大きな影響力のあったアダモーヴィチは、本作品が発表されたとき、老作家の創作の充実ぶりに驚嘆した。「ブーニンの革命前の作品はその中で最良のものも、亡命後の作品には劣る。また亡命後の作品でも、『アルセーニエフの人生』〔第一の書～第四の書〕は『ミーチャの恋』よりも優れているし、『リーカ』〔第五の書〕はこの長編の第一の書より完成されている」と彼は述べた。『アルセーニエフの人生』は、作家の亡命後の代表作であると同時に、ブーニン文学全体の到達点とみなし得る作品であった。

自伝性と象徴性

本作品は、アレクセイ・アルセーニエフという人物が一人称で語る形をとった小説である。老境にさしかかった主人公が自分の人生を振り返って語るが、その叙述は生涯に渡るわけではなく、彼が二十代半ばになった時点で終わる。ただし、作品は未完ではなく、完結したものとして読むことができる。アルセーニエフの人生はブーニン自身と共通する部分が大きい。古い貴族の家系、田舎で育った幼年時代、地方都市での中学時代、文学に目覚めて詩人を志した青年時代、そして五十歳を超えてフランスに亡命している現状などは、すべて作家の実体験に即している。また、人並外れた鋭い感受性や若い頃からの放浪癖といった特徴も、主人公と作家に共通していた。さらに、作品内で印象深く描きこまれた多くの人物たち——父や兄をはじめとして、変わり者の放浪者である家庭教師、田舎町の民衆詩人、町人階級の下宿の主人、それにアルセーニエフが恋をする少女や女性たち——そのほとんどすべてが現実の人物をモデルとしていた。あらゆる点から見てこの作品の自伝性は明らかである。しかし、ブーニンは作品が自伝として読まれることは拒否した。第一の波の亡命ロシア人の中には、帝政ロシアの諸分野の名士が多数含まれていたので、回想記は亡命社会でもっとも重要なジャンルだったと言われるが、ブーニンがめざしたのは、当然ながら、著名な政治家や軍人たちが残した数多くの回想記とはまったく目的を異にする芸術作品であった。

作品冒頭に、「ものごとは、もし書きとめられざれば、闇に覆われて忘却の柩にゆだねらるるが、書きとめらるれば、あたかも生けるもののごとく……」（9頁）という古めかしい文が掲げられている。これは、十八世紀前半に北ロシアの古儀式派信徒の間で指導的立場にあったイワン・フィリッポフという人物の著作からの引用である。十七世紀半ばに行われた典礼改革はロシア正教会の分裂を引き起こし、改革に反対して国家宗教から分離した人々は、古儀式派とか分離派と呼ばれる大きな分派を形成した。その一部が北方の白海沿岸にあるポモリエ地方に住みついて、独特の共同体を作った。フィリッポフはこのポモリエ派共同体の創設者の一人であった。十九世紀後半から二十世紀初頭にかけて、ロシアの知識人たちは古儀式派や異端諸派《セクト》を民衆精神の表れとみなして、強い関心を示した。本作品では古儀式派の最も有名な指導者である長司祭アヴァクームの自伝にも触れられており、ブーニンが帝政末期の知識人らしく、古儀式派に深い関心を持っていたことがうかがえる。

フィリッポフの文章は、出典について何の説明もなしに作品冒頭で引用されている。その文章には見慣れない古語や古い語形が含まれていて、読者を困惑させる。しかし、文章の言わんとするところは明快だ。物も事も、人の手で書き留められて初めて忘却の運命を免れるというのだ。書く行為を通じて自分の人生に新たな生命を与えたいという強烈な意志、すなわち本作品執筆のモチベーションを、ブーニンは自分より二百年も前に北ロシアの人里離れた土地で国家に弾圧されながらも信仰を守って生きた人物の言葉に託したのである。

引用のあとの作家自身の言葉は、「私は半世紀前に、中部ロシアにある村の父の屋敷で生まれた」という文から始まる。「村」は都市に対する田舎という意味でも用いられる語であり、「屋敷《ウサージバ》」も単なる家ではなく、地主貴族が所有する領地に建てられた屋敷を指す。村や領地の名を具体的に挙げずに、主人公は自分の生まれた時と場所を漠然と、いわば象徴的に示している。帝政ロシアの貴族階級にとって屋敷《ウサージバ》は、代々の家族の生活の場であると同時に、近隣の貴族たちが訪問し合う社交の場、独特の貴族文化を継承する場であり、さらには小作人（一八六〇年の農奴解放以前は農奴）や屋敷の召使いをつとめる民衆と直接触れ合う場でもあった。十九世紀ロシア文学には、トルストイの初期の三部作『幼年時代』『少年時代』『青年時代』やアクサーコフの『家族の記録』『孫バグロフの幼年時代』など、貴族作家による一連の自伝的な作品がある。ブーニンの幼少年期は、裕福な先輩作家たちとは違って、経済的にひどく貧しいものだった。しかし、先祖伝来の領地で成長する少年の物語という構造自体が、『アルセーニエフの人生』をロシア貴族による自伝的な作品群の掉《とう》尾に位置付けている。

アルセーニエフが生まれた父の領地はカーメンカ、一家がカーメンカから移り住む母方の領地はバトゥリノと呼ばれるが、この二つの村の名は架空のものである。この作品では場所の名指しが非常に注意深く行われている。二つの領地とその周辺の村や集落は、架空の名をつけられている。それに対して、バトゥリノからいちばん近くにある町――幼い主人公が生まれて初めて見た町、中学時代に数年間暮らし、第五の書では恋人リーカの実家がある町――は、小文字で町《ゴーロド》と書かれ、名前は与えられていない。しかし、アルセーニエフが新聞社で働く大きな町は、モスクワやペテルブルグと同様に、具体的にオリョールと名指される。ウクライナの町々についても同様のことが行なわれる。主人公が親元を去る決心をして兄を訪ねていく町はハリコフと名指されているが、しばらく後にやはり兄を頼っていってリーカと同棲する町は、小文字で「小ロシアの町」とのみ書かれる。ブーニンの実人生に即して言えば、前者はエレーツ、後者はポルタワであり、二つの町の特徴は作品内で詳細に伝えられるが、町の名は示されず、一方はロシアの、他方はウクライナの典型的な田舎町のイメージを浮かび上がらせる。架空の地名と現実の地名が混在し、そこに町という普通名詞で呼ばれる土地も加わり、虚構と現実と象徴性が融合して、帝政末期のロシアの地方を表す独特な作品世界を作り出している。

思い出す行為──誕生以前の記憶、そしてロシア

アルセーニエフが最初の思い出として挙げるのは、「秋になる前の太陽に照らされた大きな部屋、その南向きの窓から見える丘の斜面を照らす乾いた陽光」（11頁）である。人生で最初の記憶が、何かのできごとではなく、何歳のときのことか、なぜ記憶に残ったのかも定かでない、一枚の絵のような情景であることが、この作品の特徴を示している。『アルセーニエフの人生』は、主人公の人生にいつ、何が起きたかを語る作品ではない。鋭い感覚の持ち主である主人公が、この世に満ちる光や音や匂いを、そして周囲の人や事物をどのように感受したか──作品ではそれが述べられる。

現在の「私」が過去を振り返るという構造のために、作品では「私は覚えている」「私は思い出す」「記憶にある」等の表現が頻出する。また、「私はどこで生まれ育ち、何を見ただろうか」、「私はいつ、どのようにして、神への信仰や神についての理解、感覚を身につけたのか」など、疑問文が多いのも目につく。こうした表現によって、過去から現在へと向かう作品内の自然な時間の流れ以外に、現在から過去にさかのぼる意識も強調されることになる。『アルセーニエフの人生』第一の書から第四の書までを単行本にまとめた際に、ブーニンは「日々の起源」という副題を付けた。作家は手探りするように記憶を確認しながら、日々の起源、記憶の源に至ろうとしている。

本作品における「思い出す」という表現について補足しておきたい。第一の書十四に、アルセーニエフが子供の頃に、本の挿絵でライオンやピラミッドを見て恍惚としたことが書かれている。それに続く文はこう

だ。

──タンボフの野でタンボフの空の下にいながら、忘れがたい前世で目にしたものや生きる糧にしていたすべてを、あまりに強烈な力で思い出したので、後にエジプトやヌビアや熱帯地方に行った時は、こう言うしかなかった。「そうだ、そうだ、何もかも私が三十年前に初めて《思い出した》のと、まさに同じだ！」（42－43頁）

主人公が現実には見たはずのないものを「思い出す」のには、生に関するブーニンの独特の考え方が影響していた。実はブーニンは、今与えられている生だけが自分の記憶や感覚の領域ではないと思っていた。人に教えられて知ったことではなく、自分の感覚が捉えたことだけを書き留めようとする主人公にとって、感覚が記憶していない誕生は自分のはじまりとは言えない。日々の起源を求めて時間をさかのぼる彼は、記憶の中にこの生では経験していないものが含まれていることに気づき、それは以前のいくつもの生で経験したことだとみなす。誕生と死で区切られた一個の生だけが人間の定めではなく、人の心にはもっと多くの生が記憶として残されているというのである。

誕生以前の記憶の例をもう一つ挙げておこう。第四の書十五で、アルセーニエフはハリコフからクリミア半島へ旅に出る。夜明けに汽車の窓から外を見ていると、列車が開けた場所に出たとき、丘の背後から空にせりあがる「暗くて巨大な拡がり」が不意に目に飛び込んでくる。見つめているうちに彼は、それが海であると認識する。内陸部である中央ロシアで生まれ育った主人公は、列車が黒海沿岸に出たときに生まれて初めて海を見たのだが、それを「見た」とは言わずに、「そして私は不意に恐怖と歓喜のうちに、海だとわかった。初めてなのに、思い出してわかった！」と表現する。本作品で頻繁に用いられる「思い出す」という語には、こんな用法も含まれていた。感知できる記憶を求めて、思い出すという行為を拡張していくと、何世代、何十世代の記憶を内包する幽玄なものとしての生が立ち現れるのである。

さて、この作品では主人公の生が記憶の中から蘇ってくるにつれて、その舞台であったロシアも同じように生き生きと姿を現す。亡命後のブーニンは、もっぱら革命前のロシアについて書いた。『アルセーニエフの人生』もその例に漏れないが、亡命後の他の作品と比較して、この作品では「ロシア」という言葉が多く使われていた。ロシアを舞台に書いたすべての作品で、「ロシア」という語が多用されるわけではない。作品が掲載されたパリのロシア語新聞・雑誌は、読者が亡命ロシア人に限定された閉鎖的なメディアだったから、テーマがロシアに関係しているのは当然で、ことさらそれを言う必要はなかった。現に『ミーチャの恋』や『日射病』では、「ロシア」は使用されていない。それに対して本作品では「ロシア」は二五回も用いられ、付け加えるなら「ロシアの、ロシア的な」を表す形容詞の使用例も目立って多い。思うに、『ミーチャの恋』などでは恋愛が中心的な主題なのに、『アルセーニエフの人生』ではロシアそのものが主題の一つであることが、この違いを生んだのであろう。自身は亡命者として異国にあり、祖国はソヴィエト社会主義共和国連邦という抽象的な名称の国になって過去を否定的に見ている状況は、過去のロシアに対する作家の思いをいやがうえにも強くした。「ロシアの百姓は、なぜ赤貧の生活を送ってきたのか」(48頁)、「私たちの目の前で魔法のようにあっという間に滅びたロシアでのできごとは、なぜ起きたのだろうか。」(48頁)――アルセーニエフは自分の生の記憶を探るのと同じ熱心さで、革命前のロシアに関しても様々な問いを発する。記憶の中にあるロシア、ソ連ではもう消滅したと彼が思うロシアを、言葉で再構築したいという強い思いがそこに見て取れる。「ものごとは〔……〕書きとめらるれば、あたかも生けるもののごとく……」作品冒頭に置かれた引用は、何かを書き留めることによって忘却の運命から救い出そうとする意志を示しているが、その願いは、個人の生だけでなく、失われたロシアにも向けられていた。

作品の自然描写

少年が初めての恋に破れて自殺するまでを描いた『ミーチャの恋』にはじまり、亡命後のブーニンの主なテーマは恋愛と死であった。本作品でもこれらは重要な位置を占める。死のテーマを追ってみると、第一の書では村人セーニカ、妹ナージャ、母方の祖母の死が描かれる。第二の書は従姉の夫ピーサレフの突然死の知らせとその通夜で終わり、第三の書は彼の葬儀からはじまる。第四の書の最後では、主人公が若いときに見た葬送列車と、そこで見かけたロマノフ家の大公の数十年後の葬儀が描かれる。そして第五の書は、主人公のもとを離れていった恋人リーカの突然の死で終わる。『アルセーニエフの人生』は、表題の通りにアルセーニエフの生が発展し拡張していく様を描きつつ、実は全体が死の影に覆われている。

作品で死や恋愛と同じくらい目立つ位置を占めているのは、自然描写である。第五の書に、主人公がリーカに詩を読んで聞かせる場面がある。リーカが「これはフェート？　大体フェートって自然描写が多すぎるのよね」と言うと、彼は憤然として、「私たちと分離した自然など存在しない、どんな小さな空気の動きも私たち自身の生の動きなのだ」と力説する。これこそアルセーニエフの、そしてブーニン自身の生き方と創作の基盤となる考え方だった。自然と私たちの生が密接に結びついたものである以上、人間の生を描くこの作品において、自然描写は作品の細部ではなく、むしろ根幹であった。

アルセーニエフが好きな詩を朗読するこの場面で引用されるのは、ほとんどがアファナーシイ・フェートの詩である。フェートはオリョール県出身で、トゥルゲーネフやトルストイ、そしてブーニンと同郷の人だった。自然や恋愛、芸術を主題とするすぐれた抒情詩を書いたが、生前の評価はあまり高くなかった。十九世紀後半のロシアの詩壇では、明確な社会的意識のもとに民衆への愛などを書く「市民詩」と呼ばれる詩が、主要な潮流となっていたからである。それに対抗して詩においては市民的義務よりも芸術的価値を重んじる人々は純粋芸術派と呼ばれ、フェートはこの派の代表的詩人であった。十九世紀末になると芸術観が大きく変化して、象徴派の詩人たちがフェートを高く評価するようになる。アルセーニエフの文学的な好みは、明らかに芸術派の方にあったのである。

この小説には市民詩の方を良しとする考え方の人々も登場する。第四の書で兄ユーリイの仲間が、若き主人公に自分たちの文学観を押し付ける。この場面で引用される「詩人である前に市民でなければならない」とは、市民派の詩人ネクラーソフの有名な言葉である。

どんな領域でも市民としての義務を優先し、詩においてさえ審美的な価値よりも思想的内容を重視する傾向は、当時のロシア・インテリゲンチアの間に広く行き渡っていた。このような伝統的傾向への反発として起こったのが、象徴派の運動である。ブーニン自身は、象徴派の時代にその影響を受けなかった数少ない詩人と言われ、確かに彼の詩は象徴派を含むモダニズムの試みとは無縁の古典的な静謐さを湛えている。ザイツェフは若き日のブーニンについて、「インテリゲンチア的思考が支配する分厚い雑誌にとって、彼は〈身内（スヴォイ）〉ではなかった。現れたばかりの象徴派にとっても、彼は〈身内〉ではなかった」と総括しており、多くの人がこの考えに賛同している。だがその一方で、芸術に対する姿勢や詩の好みにおいて、ブーニンは象徴派と共通する部分を持っていた。『アルセーニエフの人生』を一貫して流れる詩、芸術、恋愛、自然などのテーマとその扱い方は、詩においてもひたすら内容偏重だった、自分たちより前の時代へのアンチテーゼの意味を持っている。その意味ではブーニンは、明らかに時代の子であった。さらに、市民詩を良しとする内容偏重の芸術観は、ソ連の公的な文学観に引き継がれたことも付け加えておかねばならない。ネクラーソフの雑誌『同時代人』でチェルヌィシェフスキイやドブロリューボフが展開した功利的な文学観が、時を経てソ連で復活したのである。つまり『アルセーニエフの人生』においてブーニンは、革命前のロシア知識人の世代間の違いを描きだすと同時に、ソ連の文学観に対するアンチテーゼをも明示していた。

ブーニンの小説における描写、特に自然描写のすばらしさについて、批評家たちの意見は一致している。十七歳で詩人として出発したブーニンは、次第に散文の比重を高めていった。特に亡命後は詩の数が激減し、生涯に残した約一二〇〇編の詩のうち、一九一八年以降の詩は六〇編に満たない。亡命後のブーニンは、詩人として持っていた資質、言語感覚を散文に注ぎ込み、その結果が描写の部分に見事に表れたと言えよう。

ソ連の作家パウストフスキイは若い時からブーニンの才能の信奉者で、亡命後の作品も注意深く読んでいた。ポスト・スターリン期にいち早くブーニン再評価の動きを興した彼が、一九五六年にこんなことを述べている。

――ブーニンは、特に自伝的な書である『アルセーニエフの人生』において、散文の領域の境界に到達している。散文が詩と溶け合って有機的な不可分の一体となる境界、もはや詩と散文を区別することは不可能で、一語一語が強く熱した封印のように心に跡を残す、そんな境界に彼は到達したのだ。

亡命作家の名前を出すことさえ危険だったスターリン時代のソ連にも、パウストフスキイのような理解者はいた。その賛美が、まさに詩と散文が融合した独特の文体に、そして『アルセーニエフの人生』に向けられていたことを記憶しておきたい。

本書はソ連で出版された全六巻のブーニン作品集の第五巻（モスクワ、出版社 Художественная литература, 一九八八）を底本として使用した。この作品の既訳として、高山旭訳『アルセーニエフの青春』（河出書房新社、一九七五年）がある。

本作品の新たな日本語訳の話は、一九九九年の晩秋、群像社の社長だった宮澤俊一さんが、私が勤務していた北海道大学を訪ねて来られたときに始まった。その数か月前に群像社から二巻本でブーニン短編集を出さないかというお話があり、大学院生時代からこつこつとブーニンを読んでは論文を発表してきた私は、喜んでその提案を受け入れ、すでに翻訳すべき作品の選定を終えていた。その段階で宮澤さんから札幌に行くとご連絡があり、十一月初めのある夕方、北大までいらしてくださったのである。そのとき宮澤さんが話されたのは、二巻の予定を五巻にして本格的なブーニン作品集にしたい、そのために収録作品の選定をやり直してほしいということ、さらに代表作である『アルセーニエフの人生』はぜひとも新訳で収録したいので、その翻訳は望月がやるようにということだった。

私は東京での学生時代に一度、宮澤さんとお会いしたことがあった。その後私は札幌に移り住み、一九八九年に宮澤さんがレニングラード・マールイ・ドラマ劇場の日本公演を企画して、札幌にも同劇団を率いて来られたときに、札幌側の通訳の一員として再びお目にかかった。公演の打ち上げの席で私がご挨拶すると、宮澤さんは彼の特徴であった強い視線をひたと私に向けて、ただ一言、「妻を亡くしまして」とおっしゃった。その年の四月に奥様の五月女道子さんを亡くされていたのだ。北大に来られた時は、それ以来の十年ぶりの再会ということになる。宮澤さんが私の研究室に入って来られたとき、私はハッと胸を衝かれた。体調が悪いとうかがってはいたが、札幌までお一人で来られたことが信じられないほど、痩せておられたのである。しばらく時間をかけて呼吸を整えてから、宮澤さんは全五巻のブーニン作品集を提案なさった。「群像社の出版は時間がかかるが、私にはもう時間がない。ブーニンは二年で出します。短編の訳は他の方に任せて、あなたは各巻解説とアルセーニエフに集中してください」と言われた。お申し出のありがたさと、宮澤さんを案ずる気持ちが、どちらも込み上げてくるようだったのを思い出す。これから友人に会うと言われて、北国らしく早々と暮れてしまった北大構内を去って行かれた後姿が忘れられない。宮澤さんはその身体で数日後にモスクワに出発して、国際オクジャワ学会に参加なさったと聞く。札幌にいらしてから約三か月後、二〇〇〇年二月に亡くなられた。

ブーニン作品集は、宮澤さんが企画なさった最後の本と言っていいと思う。一九七〇年代に六年間ソ連の出版所で働き、その間に触れたソヴィエト文学の新しい流れを日本に紹介したくて群像社を興された――その宮澤さんの最後の思いが、なぜブーニン作品集だったのか。それについては、群像社を引き継がれた島田進矢さんも直接ご本人から聞いたことはないというが、生涯ロシアを友として生きた宮澤さんの心に、最後にブーニンが強く響いたことは確かだ。

宮澤さんが逝去なさったために、ブーニン作品集の企画はいったん中断したが、島田さんによる群像社の再出発があって、二〇〇三年にとうとう刊行がはじまった。その後、諸々の事情によって刊行は大幅に遅れ、現在までに第一巻・第三巻・第五巻が刊行されている。私は二〇一七年三月に北大を定年退職したとき、最優先の課題はこの作品集の完成だと思っていたのだが、図らずも二〇一八年一月に進行した肺がんが見つかった。『アルセーニエフの人生』を収める第四巻を最後に発行して作品集の刊行を締めくくるというのが、私と宮澤さんとの、次いで島田さんとの約束であったけれども、こういう事情により、島田さんにお願いして未刊の第二巻に先んじて本巻を発行していただくことにした。幸い、発達した現代医学に基づく治療が功を奏して良い体調を保つことができ、こうして翻訳を仕上げられたことに、大きな喜びと安堵を感じている。

宮澤俊一さんと、彼の志を継いでロシア文学紹介の事業を真摯に続けておられる島田進矢さんの力がなければ、『アルセーニエフの人生』の新たな日本語訳は生まれ得なかった。心より感謝申し上げる。

二〇一九年五月　札幌にて

イワン・アレクセーエヴィチ・ブーニン

（1870 - 1953）

中部ロシアの貴族の家系に生まれ、ほとんど独学で作家となる。貴族社会の崩壊や農村の荒廃を描く中短編小説でチェーホフの後継作家とも目されて高く評価され、豊かで美しいロシア語の伝統を引き継ぐ作品を生みだしていったが、ロシア革命による社会の激変をまのあたりにし、祖国を去ってフランスに渡った。その後、ナボコフの一世代上の亡命作家を代表する存在として独自の作品世界を作りあげ、1933年にロシア人で最初のノーベル文学賞作家となった。

訳者　望月《もちづき》恒子《つねこ》

専門はロシア文学。特にブーニンについて多くの研究がある。訳書にブーニン作品集3『たゆたう春／夜』（共訳、群像社）、主な論文に「時空を越える思考―ブーニンとモダニズム」「記憶の源流―ブーニン『アルセーニエフの生涯』を読む」など。北海道大学名誉教授。

ブーニン作品集　4

アルセーニエフの人生《じんせい》　青春

2019年9月8日　初版第1刷発行

著　者　イワン・ブーニン
訳　者　望月恒子

発行人　島田進矢
発行所　株式会社 群 像 社
神奈川県横浜市南区中里1-9-31 〒232-0063
電話／FAX 045-270-5889　郵便振替　00150-4-547777
ホームページ http://gunzosha.com　Eメール info@gunzosha.com
印刷・製本　モリモト印刷

装　丁　寺尾眞紀

И. А. БУНИН（I. A. Bunin）
Собрание сочинений

ISBN978-4-905821-94-6

落日礼讃 ロシアの言葉をめぐる十章

カザケーヴィチ 太田正一訳 「庭」「母国」「夕陽」などのなにげないロシアの言葉の奥に広がる大小さまざまな物語や豊かな感性を、日本に住むロシアの詩人が広大無辺な連想で織り上げていく。読むほどに、いつしかロシアのふところ奥深くいざなわれ、イメージのなかでひろがる風景にどっぷりとひたる連作エッセイ。

ISBN4-905821-96-7 2400円

森のロシア 野のロシア 母なる大地の地下水脈から

太田正一 茫々とひろがるユーラシアの北の大地を全身で受け止めた作家たちの魂の軌跡をたどる連作エッセイ。水のごとく地霊のごとく、きわなき地平を遍歴する自然の歌い手たちの系譜をたどりながら描くロシアのなかのロシア！

ISBN978-4-903619-06-4 3000円

私のモスクワ、心の記憶

ニーナ・アナーリナ 正村和子訳 都会にあふれる庭の緑に心あらわれ、街角に人と人のつながりが息づいていたあの頃。友情をはぐくんだ通りが交叉し、会話の絶えなかった台所のある暮らしは国の違いを越えてなぜかとても懐かしい…。戦後の良き時代と人びとの思い出。

ISBN4-905821-98-3 1900円

ロシアを友に

宮澤俊一 ペレストロイカに先駆けた1970年代のロシア演劇の熱気を肌で感じて日本で初めてロシア人演出家による舞台を実現させ、ソ連社会の底流で新しい文学を生み出していた現代作家を紹介してきた演劇人・出版人の遺稿集。文化交流に注がれた友情の軌跡。

ISBN4-905821-39-8 2300円